KB078815

인도여행의 한 수

글·사진 정금선(鄭琴仙)

좋은땅

이 책은 쉰 살 중반의 여인이
생애 처음으로 홀로 떠나는 31일간의 인도 자유여행 이야기입니다.

추 · 천 · 글

인도를 배낭여행으로 다섯 번 다녀오셨다는 말씀을 듣고, 제가 깜짝 놀라서 "위험하지 않으셨어요?"라고 물었을 때, 선생님께서 하셨던 말씀이 기억에 남습니다. "겸손하면 위험하지 않아!" 항상 그러하듯이 이 말씀 또한 오랜 연륜과 무수한 경험에서 걸러져 나온 '사리' 같은 말씀이라는 것을 직감했습니다. '겸손'이라는 화두를 가지고 이 책을 읽으며 제 삶을 차분히 돌아봤습니다. 나이가 들어가면서 자신에게는 너그러워지면서 남들에겐 교만해지려는 저를 다잡는 계기가 되어 감사했습니다.

주변의 평균적 기대치에 맞춰 타협하고 느슨해지려 할 때마다 선생님을 뵈면 새로운 힘이 솟습니다. 선생님의 도전정신과 삶에 대한 건강한 열정이 저를 충전시킵니다. 여행에 관심이 많아서 일찍이 선생님의 여행기에 눈독을 들여왔던 터라 누구보다 먼저 선생님의 귀한 기록을 접할 수 있었습니다. 산티아고 순례와 주변국, 시베리아 & 캄차카, 중미(쿠바, 멕시코, 과테말라), 에티오피아, 아프리카 중남부 8국, 아이슬란드 & 핀란드, 돌로미티와 오스트리아, 영국, 이탈리아, 러시아 등, 선생님의 기록은 제가 함께 있는 듯한 몰입감을 주어 즐겁습니다. 빽빽이 짜인 일정들 사이 사이에서 엿보이는 개인적 번민들과 여행지에서의 돌발상황, 막다른 상황에서의 신속한 타협(그대로 감사?)의 기록들에 공감하고 웃었으며, 후배 뚜벅이들을 위한 세세하고 꼼꼼한 기록에 감동했습니다.

학창 시절, 선생님은 항상 수업에 열정적이셨고 불필요한 격식을 없애는 데 앞장서는 강단이 있으셨으며, 생활은 누구보다 검소하셨습니다. 제가 이 책에 애정이 더 가는 이유는, 홀로 가장 낮은 자세로 걷고 이동하는 인도에서의 순례를 통해 인간의 삶과 죽음, 인생살이의 민낯과 진솔하게 마주한 기록들이 선생님의 쉼 없는 구도자적 삶을 연상시키기 때문입니다. 인도에서의 여정이 그동안의 인생 순례길에 아낌없이 쏟아부은 땀에 대한 따스한 위안과 보듬음의 시간이셨기를… 나마스테

제자 김순미

[일정표와 여행일기]

✔ 일정이 야간비행, 야간버스나 야간기차의 이동으로 날짜가 조금씩 다를 수 있음

시 · 작 · 하 · 기

내 생애 처음으로 홀로 떠나는 해외여행 인도.

두 아들이 대학에 들어가고 난 후 1년에 두 번 해외여행을 시작했다. 그전에는 학교 근무 중 각종 야간 연수를, 방학 중에는 연수 강사로 활동하며 자기 계발하는 재미에 빠져 살았다. 내 나이 50에 들어서면서 나의 생활 방식을 확 바꿔 2006년부터 방학만 되면 낯선 일행들과의 자유 배낭여행에 맛 들였다. 2009년 겨울. 일 년 중 가장 맘 편하게 여행할 수 있는 방학인데 이번에도 일상에서 벗어나서 특별한 뭔가를 하고 싶었다. 오롯이 내가 하고 싶은 일을 하는 재충전의 시간으로 토닥토닥 자가 포상의 기회를 얻고 싶었다.

나 홀로 자유 배낭!! 적지 않은 나이에 현지 동행도 없이 오롯이 혼자 떠나는 해외여행은 인도가 처음이다. 처음부터 홀로 여행하려 한 건 아니었고 예전처럼 배낭여행사 모객에 참여했지만, 결과적으로 홀로 떠나는 인도여행이 되었다. 첫 인도 여행은 2007년 아들과 함께 인도와 네팔을 여행했으나 이번은 입대를 앞둔 아들과 동행이 어려웠다. 여행 준비 단계에서 친구나 후배, 자식 또래의 제자 중 동행을 구했는데 쉽지 않았다. 홀로 인도여행을 계획하며 잠도 오질 않고 입술이 위아래 모두 부르터져 버렸다. 여러 번 망설이다가 '한 살이라도 젊었을 때 배낭여행을 떠나는 거야'라는 생각과 '하고 싶은 게 있으면 지금 하자'라는 맘에 그나마 물가가 싼 인도여행을 생각했다. 여행경비가 적게 든다는 이유도 있지만 인도여행 경험이 있었기에 정말 여러모로 매력 있는 곳이기도 했다. 그래서 다시 한번 인도로 떠나볼 맘으로 그동안 이용했던 배낭 전문 여행사 사이트를 찾았다. 내가 이 여행사를 즐겨 찾는 이유는 인도를 속속들이 알고, 일반적인 패키지여행이 아니라 자유 배낭여행 학교를 운영하고 있기 때문이다.

2006년 1월에 지중해의 꽃(터키, 그리스, 이집트)을 처음 배낭여행을 시작한 곳이고 아들과 함께한 2007년 1월엔 히말라야의 꿈(인도, 네팔)에 참여함으로써 자유 배낭여행의 묘미를 알았다. 이 경험을 바탕으로 그냥 끌려다니는 관광이 아니라 진정 자유로운 배낭여행자가 되고 싶었다. 여행 중 낯선 곳을 찾아 머물며 만나고 헤어지며 스스로 현지를 공부하는 배낭여행은 상상만으로도 참 매력적이었다. 이번 여행이야말로 처음부터 끝까지 오롯이 혼자서 다니며 새로운 나를 찾고 싶었다. 이 기록은 다섯 번의 인도여행 중 두 번째이지만 지금 생각해보니 좀 더 젊은 나이에 도전해 볼 걸 하는 아쉬움이 남는다.

정말 일행도 없이 혼자서 막무가내로 시작한 인도 여행이지만 결과는 누구에게나 자랑하고 싶은 여행이고 특히 누구나 홀로 여행을 원하고 준비하는 마음이 있다면 적극적으로 권하고 싶다. 가끔 주변에서 혼자 가는 인도 여행을 꿈을 꾸지만, 실행을 두려워하는 분들을 많이 만난다. 무엇이든 하고 싶은 일이 있으면 두려워 말라 권하며 이 책은 여행안내서가 아니라 나의 솔직담백한 여행 경험담이다. 지금이야 내 손 안에 스마트폰이 있으니 웬만한 여행 정보, 지도와 교통편 예약, 현지어 대화 등 스마트폰 앱만 잘 사용할 줄 알아도 편안하게 여행할 수가 있다. 이미 출간된 '기적의 순례와 여행'에 이어서 내가 이 인도여행 이야기를 혼자 떠나고 싶은 이에게 두 번째 메시지로 보내는 이유는 큰 산을 넘으면 작은 산들은 가볍게 넘을 수 있어서다. 인도여행에서 위험은 곳곳에 도사리고 있으나 조금만 알면 지혜롭게 대처할 수 있다는 내 나름의 '인도여행의 한 수'다.
홀로 여행이야말로 진정한 명상이요 특별한 사유의 시작이다.

이 책은 14년 전 인도 여행 당시 큰아들이 선물한 똑딱이 카메라로 찍고 매일 기록한 손글씨 일기를 재정리한 것이다. 세월이 많이 지나 고리타분할 수 있지만, 부끄럽지 않게 시공을 초월할 수 있는 인도라서 좋다. 좌충우돌 무용담 같으나 나의 젊은 날을 회상하면서 당시에 이런 경험을 했으니 다음 여행을 쭉쭉 이어갈 수 있지 않았나 싶다.

儉而不陋 華而不侈(검이불루 화이불치)

검소하지만 누추하지 않고, 화려하지만 사치스럽지 않게 _ 김부식의 삼국사기 중

사실 인도는 계급사회인만큼 호화롭게 여행하려면 얼마든지 할 수 있다. 그러나 인도의 참맛을 느끼려면 여유 있어도 낭비하지 않으며, 고생스럽더라도 자부심 품고 여행하는 것이 어떨까? 아무튼 힘든 인도여행이지만 문화와 정서가 자신의 취향에 맞는다면 금상첨화리라. 인도여행은 막연히 한번 가 보고 다시는 안 가겠다며 머리를 절레절레 흔드는 이가 있는가 하면 다른 한편은 나처럼 한 번의 인도여행이 계속 머리끝을 끌어당겨 또 가고 싶은 매력으로 이어진다. 당신도 부디 후자이길 바라며. 덧붙여 인도여행을 통해 자신이 얼마나 행복한 삶을 살고 있는지, 사소한 것도 감사하는 살아가길.

나마스테~~ _()_

2023년 봄 문턱에서
정 금 선

청춘은 여행이다.
찢어진 주머니에 두 손을 내리꽂은 채
그저 길을 떠나도 좋은 것이다.

체 게바라(Che Guevara)

[준비 1] 항공권 발권과 비자 만들기, 가족의 이해와 협조

당시에 직항은 없고 세 번에 나눠가야 하는 것이라 직접 인터넷으로 항공권을 신청하면 매번 완료 상태가 아닌 부분 대기가 걸려 있었다. 지금이야 그동안 다수의 경험으로 앱을 이용해 비자나 발권을 쉽게 할 수 있지만 처음엔 내 능력으로는 결코 쉬운 일이 아니었다. 약간의 대행비용이 발생하긴 하지만, 맘의 안정을 위하여 비자 발급 의뢰와 여행 경로의 도움을 얻고자 배낭여행사를 이용했다. 시간적 여유가 있어 직접 할 수 있다면 좋겠지만 이렇게 항공권과 비자 발급을 전문 여행사에 맡기는 것도 나쁘지 않다. 그동안 나의 경험으로 보아 대행 발생 비용 이상의 좋은 정보를 얻을 수 있다. 당시 인도 비자 발급업무는 TT Service(02-790-5672, 근무 월-금 09:00~15:30)이고 비자비용은 65,000으로 대행료와 택배비 포함되어 총액이 85,690원이었다. 여권, 비자 신청서, 여권 사진 2장, 비자 대금 입금 확인증이 필요하며 무조건 타행환 송금 및 인터넷뱅킹만 유효했다. 입금 시 입금자 성명과 여권 소지자의 이름이 일치해야 하며 여권 발급에 드는 소요 시간은 겨울철 성수기를 제외하고는 모두 1박 2일이 소요된다. 참고로 현재는 2014년 10월에 출시된 애플리케이션 인도전자비자(india-evisas.com)에서 온라인 신청할 수 있다.

이 책은 14년을 훌쩍 넘긴 인도 여행기이나 지금과 크게 달라진 것도 없다는 것과 인도여행에 대한 꿀팁과 이런 정도의 여행을 하다 보니 나머지 해외여행들을 혼자서도 잘 할 수 있다는 경험담의 기록이다. 그동안 중미, 남미, 아프리카 등등 3개국 이상 국경을 넘어야 하는 경우는 길벗이 있는 자유 배낭이지만, 이를 제외하고는 내가 원하는 대로 자유롭게 혼자서 다닐 수 있었다. 특히 인도여행을 통해 무섭다거나 더럽다는 생각보다 이 어려운 것도 해 냈다는 자신감이 생겨 이후로도 70여 개 나라를 여행했다.

한 달간의 해외여행을 떠나면서 서울서 대학에 다니는 큰아들은 차치하더라도 가장 맘에 걸리는 것은 집에 남을 남편과 입대 일자를 기다리는 작은아들이다. 아들은 사관학교 조교로 곧 입대하니 그렇다 치고 최 선생은 한두 해도 아니고 이쯤 되면 내가 여행을 계획하고 있음을 알 텐데도 한 번도 묻지 않는다. 묻지도 않는데 내가 먼저 말하긴 뻘쭘하지만, 여행 출발 일자가 코앞인데 이쯤 되면 어쩔 수 없다. 출발 일주일 전에야 "나 인도여행 가네. 지금 송금하러 가"라고 말했다. 허락이 아닌 통고 같아서 예상은 했지만, 나의 가출(?) 여행에 완전 무표정에 무반응이다. 항상 그랬듯이 내키지는 않지만 묵인한다는 뜻이다. 이마저 얼마나 감사한 일인가!! 내 뜻을 말하고 나니 뭔지 모르게 속이 후련했다.

묵묵부답의 처지를 이해를 안 한 건 아니지만 본인으로도 별 뾰쪽한 대안이 없을 터이다. 게다가 내가 현지 여행을 말린다 해서 안 갈 사람이 아니라는 것도 잘 안다. 우린 부부이긴 해도 개인사를 진짜 존중(?)해 주는 편이다. 마치 오래된 친구처럼. 최 선생은 집 나가면 개고생이라며 여행이라면 TV에서 방영하는 여행프로그램으로 만족하는 사람이다. '뭐 하러 돈 들여가며, 시간 낭비하여 여행을 가나?' 하는 주의다.

주변 사람들은 왜 부부가 같이 가지 혼자서 가느냐? 아니면 혼자서 가게 하는 너의 남편도 참 대단하다고 말한다. 물론 나의 홀로 여행을 허락해주는 님편이 고맙긴 하지만 솔직한 심정은 눈치 보고 모셔야 하는 남편을 동행한 여행은 나에겐 여행이 아니다. 방학 때만이라도 그런 상황을 벗어나고 싶어 떠나는 여행이었다. 아무튼 가지 말라 붙잡지 않고 조용히 지켜봐 주는 최 선생이 진심으로 고맙다. 조금 쑥스럽긴 하지만 여행으로 에너지 재충전되면 여행 기간이 아닌 때에는 모든 일상에 정말 최선을 다하며 살았다.

[준비 2] 31일간의 홀로 인도여행 루트 짜기와 지도

첫 인도여행 경험으로 많은 돈 들이지 않고 방학 기간 내내 머물 수 있는 곳이 인도였다. 두 번째이긴 하지만, 회화 능력도 없는데 난생처음 해외여행을 혼자서 가려니 어디를 어떻게 여행해야 할지 막막하기만 했다. 게다가 여행의 목적도 뚜렷하지 않고 그저 맘 가는 대로 몸 가는 대로 다니고 싶으니 쉬울 수도 있으나 두려움보다는 막연한 호기심이 컸다. 누가 여행 목적이 뭐냐 물으면 정말 할 말이 없다. 그냥 오십 고비를 훌쩍 넘긴 중년의 여인이 밤이 돼도 집으로 돌아올 수 없는 곳으로 멀리 떠나고 싶었을 뿐이다. 정말 아무것도 모른 채 겁 없이 뛰어들었던 홀로 인도여행으로 나만의 계획을 세웠다.

여행 출발 전 31일간의 예상 일정은 뭄바이(3)-> 고아(4)-> 함피(2)-> 하이데라바드(1)-> 아우랑가바드(3)-> 보팔(1)-> 산치(1)-> 가야(1)-> 바라나시(2)-> 델리(2)-> 자이푸르(1)-> 자이살메르(2)-> 조드푸르(1)-> 우다이푸르(3)-> 델리(1)-> 인천이다.

막말로 동행이 없으니 잘못 간다고 탓할 사람도 없고, 눈치 볼 사람도 없으니 혼자만의 자유여행을 만끽하고 싶다. 맘에 든 도시에서 2박 3일 정도로 여유 있고 짜임새 있게 보내고 싶다. 상황에 따라 난관을 헤쳐 나가는 나의 이성적 판단력을 믿어보기로 했다.

첫 인도여행에서 느낀 거지만 기차로 꼬박 밤을 새워가야 하는 경우도 많다. 인도여행에서 기차 예약만 제대로 할 줄 안다면 여행의 반은 성공한 것이라 했다. 더욱 중요한 것은 기차 속에서 전 세계 여행자를 만나 오랜 시간 머물고 현지인들의 삶 속으로 깊이 파고들 수 있다. 무엇보다 놀랐던 것은 기차역마다 클락룸이나 웨이팅룸 등 해외여행자에 대한 시스템이 잘 갖춰져 있으니 말 그대로 인도는 배낭여행자의 천국이다.

단 하루도 숙소 예약은 하지 않았으나 꼼꼼하게 열차 편과 출발 도착 시각을 살피고 이동시간이 8~10시간 이상 되는 곳은 야간으로 하여 이동시간과 숙박비도 줄이고 시체놀이를 하면서 이동하는 것도 나름 즐겁다. 특히 변수 가득한 인도여행을 하다 보면 나만의 여행 노하우를 만들 수도 있고, 뜻하지 않게 새로운 맛집을 찾을 수도 있을 것이다. 등골 오싹할 위험에 처할 수도 있지만, 상상도 못 할 재밌는 여행을 할 수 있다. 홀로 여행에서는 낯선 이에게 먼저 말을 걸어 도움을 청할 수 있는 침착함과 겸손함도 필요하다.

현지 사정과 나의 건강 상태, 기후, 기간 등 여행 조건을 고려하여 여행을 할 수 있도록 했다. 이동이 너무 잦고 도시 내에서 방문지가 너무 많으면 몸이 지치게 마련이고 욕심을 내다보면 전 일정을 망칠 수도 있다. 솔직히 난 그다지 건강한 사람이 아니었다. 하지만 여행을 시작하면서 다음 여행을 가기 위해 꾸준한 운동과 섭생에 신경 써야 했다. 스스로 건강을 챙기는 일. 어쩌면 이것이야말로 여행이 주는 최고의 선물이 아닐까 싶다. 건강해야 움직일 수 있고 움직이니 건강해지는 거다.

내게 딱 맞는 헐렁하지만, 구체적인 나의 여행 경로를 짰고 모든 여행기는 그날그날 수기로 작성했다. 끌려다니는 여행이 아니니 내가 계획하고 실천한 대로 메모할 시간이 있어 좋다. 동행인 눈치를 볼 필요 없이 혼자라서 가능한 최고의 징점이다. 그러기 위해 꼭 필요한 것들을 메모할 수 있는 수기 여행일기 틀(여행사 제공, 자체 편집)을 만들었다.

드. 디. 어. 인도 입국을 허가하는 전자비자가 내 손에 들어왔다. 31일간 홀로 떠나는 인도 소풍이 시작이다. 나의 모든 주변으로부터 해! 방! 감! 을 만끽하자.

[여행일기] _ **A4** 단면 출력으로 뒷면은 자유 기록 여백으로 남김. 추가내용 포스트잇 사용.

일째 년 월 일 요일	날씨	도시:
	숙소:	
	전번:	
	메일:	
	1박 가격	Rs
준비물		
주요 일정		

시정	세부 내용

아 침		점 심		저 녁	
교통비					
기타지출					

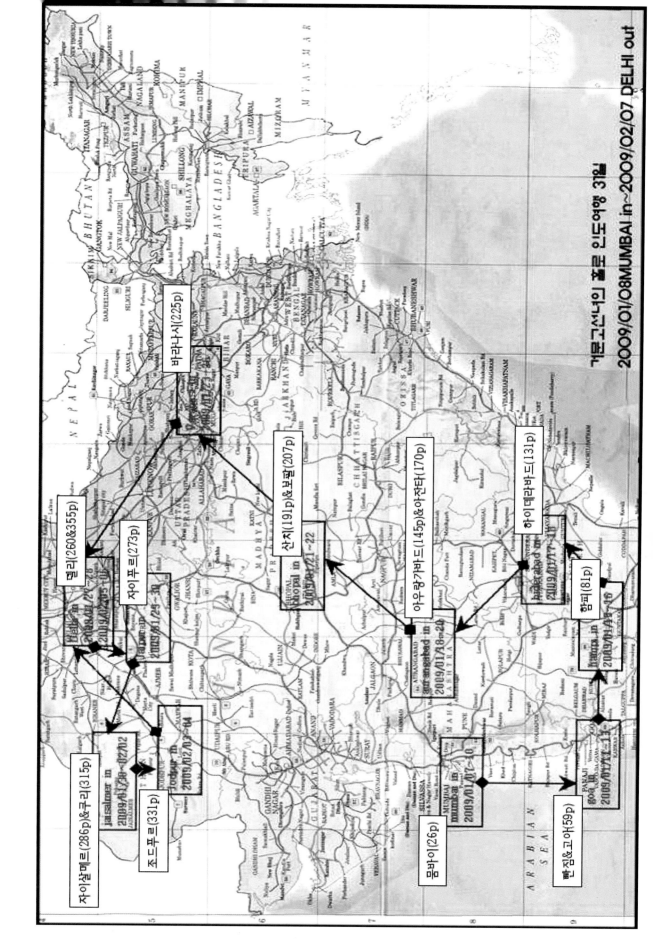

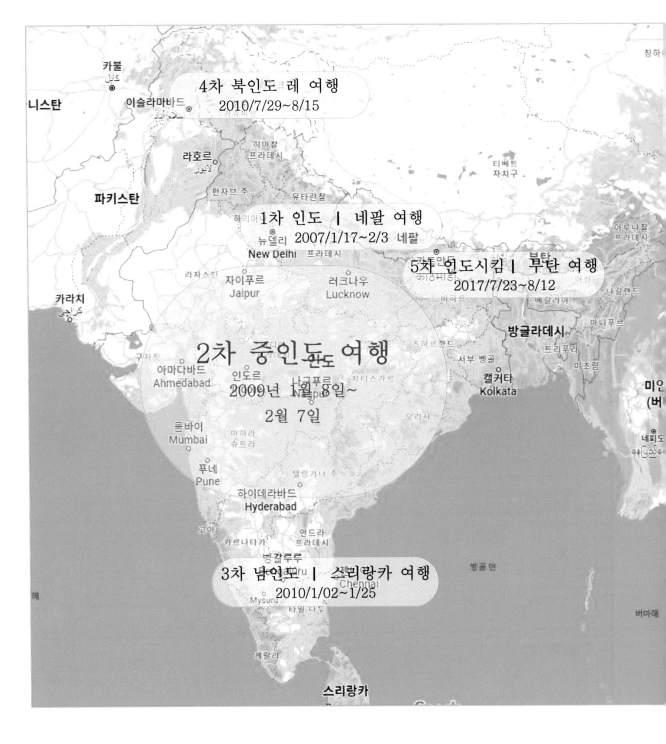

4차 북인도 레 여행
2010/7/29~8/15

1차 인도 ┃ 네팔 여행
뉴델리 2007/1/17~2/3 네팔

5차 인도시킴 ┃ 부탄 여행
2017/7/23~8/12

2차 중인도 여행
2009년 1월 8일~
2월 7일

3차 남인도 ┃ 스리랑카 여행
2010/1/02~1/25

2차 중인도 여행 이동 경로로 [뭄바이-> 빤짐&고아-> 함피-> 하이데라바드-> 아우랑

가바드-> 아잔타-> 보팔&산치-> 바라나시-> 델리-> 자이푸르-> 자이살메르-> 쿠리->

조드푸르-> 델리-> 인천]. 31일간을 숙소와 현장 투어 하나도 예약 없이 여행 시작.

[독백] 여행 출발 전, 차~암~~ 이런 일도 다 있다.

　　이런 상황을 어떻게 설명해야 할지 모르겠다. 연일 밤잠을 설쳤
는데 월요일(5일) 새벽에도 뒤척이다 잠자리에서 일어나 노트북을
펴고 책상 앞에 앉았다. 여행 일정을 짜고 있는데 최 선생이 일어
나 곁에 오더니, 며칠날 출발하느냐 묻는다. 그리고 이어서 언제
오느냐고 묻는다. 누구랑 가느냐는 묻지 않았다. 이 부분에서 참
멋진 남자라 생각하며 묻는 말에만 사실대로 대답했다. 8일(목) 새
벽 4시 버스로 출발하고 2월 7일 도착한다는 내 말에 순간 심란한
표정을 지으며 31일간이나 되니 피곤하며 힘들지 않겠냐고 걱정한
다. 억지로 모른척할 줄 알았는데 관심을 보인다는 건 엄청난 변
화이다. 이런 상황을 좋아해야 할지 말아야 할지. 아침이 되어 식
사를 준비하고 아침상에서도 아무 말 없더니 출근하는 현관 앞에
서 수요일에 오겠다고 한다. 시외 근무하는 최 선생의 보직 관계
로 주말부부가 된 터였다. 매번 여행 간다면 아무 말 없이 터미널
까지만 배웅하니 이번에도 그러나 보다 생각하고 말았다.

　　7일 수요일 아침. 이제 내일 새벽이면 한 달간의 여정을 시작한
다. 그동안 환전(1$=1,300원)도 하고 근무처에서 필요한 출력물도
준비하고 해외여행 계획서도 제출했다. 비자와 여권과 항공권은
내일 아침에 인천공항에서 여행사 직원에게 직접 받는다. 예상치
못한 일이 안 일어나길 바랄 뿐이다. 어젠 전자메일로 마지막 돌
아올 항공권이 아직 결정되지 않은 전자티켓을 받았다.

낮엔 작은아들의 도움으로 인도여행에서 필수품인 번호 열쇠와 쇠사슬, 배낭을 샀다. 그리고 마트에 가서 이것저것 집에 남은 이들이 먹을 먹거리들과 내가 가지고 갈 약간의 밑반찬, 저녁 식사로 생선회와 샐러드, 간단한 찌개류 등으로 준비하고 집 안 청소하는데 오후 5시 즈음 최 선생이 귀가했다. 잠시 머뭇거리더니 저녁은 외식하자고 해서 난 집에서 먹을 수 있게 준비했다 말했다.

조용하게 식사를 마친 다음 집 안을 정리하고 있는데 최 선생은 "여행 잘 다녀오소."라는 말과 함께 내게 흰 봉투를 내민다. 지금까지 여행 떠날 때 단 한 번도 경비를 받아 본 적이 없었는데 차~암~ 이런 일도 다 있구나. 작년에도, 재작년 아들들하고 갔을 때도 터미널까지 배웅해 주면서도 마지못해 허락(?)하는 여행이었다. 이번엔 적지 않은 용돈까지 챙겨주다니 놀라운 일이다. 하지만 나의 결정을 받아주고 내게 두말하지 않고 편히 여행을 갈 수 있게 하는 것만으로도 감사할 일이다. 최 선생은 어느 여행사로 가느냐고 묻는다. 난 순간 혼자 떠난다는 말은 차마 할 수가 없었다. 괜히 걱정하게 하고 싶지 않았다. 지난번에 갔던 여행사이고 인도에 가면 한국 사람들 득실거릴 만큼 많다고 덧붙였다. 그리고 일정표랑 여정을 책상 위에 출력해 두었다고 안심시켰다. 가족의 협조, 이렇게 모든 일이 잘 마무리되니 다행이다.

나이 들면서 끌낭여행을 하려 했는데 쉰 살이 훌쩍 넘은 나이에 30여 일간을 혼자 떠나는 인도 배낭여행이 됐다. 이번 여행의 결정이 내 인생에서 정말 잘한 결정이었기를 기대해 본다.

박노해 <걷는 독서> 서문 중

"이 책은 지난 30여 년 동안 날마다 계속해온 나의 '걷는 독서'
길에서 번쩍, 불꽃이 일면 발걸음을 멈추고 수첩에 새겨온 '한 생각'이다.
눈물로 쓴 일기장이고 간절한 기도문이며
내 삶의 고백록이자 나직한 부르짖음이기도 하다.
그리고 그리운 그대에게 보내는 두꺼운 편지다."

자! 지금부터 '앉아서 인도 여행'을 떠나볼까요?

여행 시작: 광주➤ 인천➤ 홍콩➤ 델리➤ 뭄바이 이동

전날 저녁 최 선생은 몇 시에 출발할 거냐 물으며 터미널까지 배웅해 주겠다고 했다. 난 8일 새벽 3시에 일어나 배낭과 사이드 백을 다시 챙겼다. 부족하면 부족한 대로 현장에서 해결하자며 새벽 4시 인천공항 행 버스를 타기 위해 3시 30분에 집에서 나섰다. 최 선생은 나를 터미널 앞에 내려주고 걱정 가득한 표정으로 기념 사진 한 컷하고 돌아갔다. 힘들면 언제든 돌아오란다.

고속도로가 한가한 새벽이라 4시간이 조금 못 걸려 인천공항에 7시 50분에 도착했다. 항공권과 비자 발급을 대행해준 여행사에서 여권을 받기로 한 시간이 조금 남아 먼저 서점을 들렀다. 집에서 여행 관련 서적 외에 읽을거리로 두 권의 책을 준비했지만 아쉬움이 있어 한 권을 더 샀다. 내용이 무거운 것보다는 쉽게 읽을 수 있는 '사이토 시게타'가 쓴 [좋아하는 일을 하며 나이 든다는 것]이라는 수필집이다. 내가 읽을 생각도 있지만, 편안하게 읽고 주변인에게 돌려보려고 선택했다. 현대인들의 마음을 치유하는 책이니 여행 중 현지에 두고 와도 좋겠다.

약속한 8시에 공항 로비에서 항공권 발권 대행사의 여행객 일행을 만났다. 여차하면 같이 갈 뻔한 이들은 20명이 함께 움직인다고 한다. 난 여행사 직원에게 항공권과 여권, 비자를 받고 서로 좋은 여행 되라며 헤어졌다. 나의 일정표를 보고 있으려니 서울에 사는 친구가 공항에 와 있다며 날 더러 어디에 있냐는 전화가 왔다. 사전에 문자 연락은 있었지만 진짜로 나올 거라는 생각은 안 했다. 아니 헤어지는 과정이 쑥스럽고 어색할까 봐 분명하게 극구 사양했었다. 그런데 얼마나 바삐 움직여 이 먼 데까지 배웅해 주러 왔을까 싶으니 고맙기도 하고 미안하기도 했다. 친구는 동행해주지 못해 미안하다며 출국까지 지켜봐 주었다. 보딩을 받기 위해 같이 긴 줄을 기다리며 배낭을 뭄바이까지 부치는 일과 항공 좌석 티켓을 받는 일을 마치고 공항의 2층 라운지에 갔다. 친구는 상자에 든 홍삼 캔디와 젤리를 건네며 건강과 안녕의 기도를 하고 아쉬운 작별을 했다. 솔직히 말해서 난 짐을 최소한으로 줄였기에 젤리와 캔디가 한 짐처럼 크게 느껴졌다. 하지만 이 캔디와 젤리가 이토록 고마운 사랑일 줄을 여행 끝날 때까지 뼈저리게 느껴야 했다.

나에게 있어 친구란 서로를 존중하고 그 인생까지도 함께 나누는 관계이다. 간섭이 아니라 서로의 있는 그대로 모든 것을 끌어안을 수 있는 관계가 좋은 친구다.

10시 40분. 입국 절차를 마치고 면세점에서 튜브로 된 고추장볶음 6개 묶음과 선크림 콤팩트 한 개를 샀다. 시간이 조금 남아 컴퓨터가 놓인 [na*** shop]으로 들어갔다. 여행할 때마다 느낀 거지만 공항에서 보내는 시간이 아깝다는 생각이 들었었다. 공항까지 배웅 나와 준 친구와 잘 다녀오라고 격려해준 지인들에게 인터넷 샵에 앉아 마지막 인사 메시지를 남기던 중 갑자기 공항 방송에 내 이름 석 자가 나온 것이다. 아니? 허~얼~~~ 홍콩행 정금선은 빨리 비행기를 타야 한다는 공항 내 방송이 나오자 난 카페에 쓰던 글을 중단하고 그대로 등록 후 불나게 달려갔다. 내 비행기 이륙시간이 11시 40분으로 기내 입석은 11시 20분까지인데 순간 40분까지라고 착각했다. 글 등록 시간은 11시 15분이니 달려서 비행기에 오른 시간은 정말 딱 11시 20분이었다. 아이고 야~~~

휴~우~우~ 시작부터 이게 뭔가 하다가 이 와중에도 뭔가 잘 될 거 같다는 예감이 들었다. 첫 이동은 대한항공을 이용해 홍콩까지 간 다음에 다시 에어인디아를 이용하여 델리로 가는 항공기를 바꿔 타야 한다. 델리에서 다시 기내에 한 시간 이상 머물다 최종 목적지 뭄바이로 간다. 뭄바이 도착 예상 시간이 현지 시각으로 자정을 넘긴 12시 30분이고 한국과의 시차가 -3시간 30분이니 총 이동시간만 딱 24시간이니 각오해야 한다. 기내식을 세 번이나 먹으며 뭄바이까지 장장 24시간을 이동했다.

이 과정에서 환승을 위해 홍콩 공항에서 내려 에어인디아를 찾아가 뭄바이행 환승편 티켓을 받아야 한다. air India를 찾기 위해 E1 gate를 찾아 항공 AI 311 티켓을 받아 16시 45분(홍콩은 한국과 시차는 한 시간)에 갈아탄 비행기는 델리를 향했다. 델리에 도착한 시간은 23시로 장시간 좁은 자리에 앉아 있기 불편했다.

델리행 기내에서 나의 옆자리에 앉은 인도 여자, 그리고 뭄바이행에서 옆에 앉은 비즈니스를 하는 인도 남자와의 짧은 대화에서 나의 인도여행을 실감하게 되었다. 이들과 마지막 헤어질 때 인도 여자는 결혼했다는데 여고생 같은 이미지다. 그녀는 내게 여행이 즐겁고 행복한 시간으로 이어지기를 축원해 주었다. 나와 짧은 시간의 대화로 정이 들었는지 헤어지기 아쉬워하는 인도 여인. 그녀는 오빠를 따라 홍콩에 왔다가 다시 델리로 돌아간다고 했다. 현재 24살로 자신의 결혼 생활이 매우 행복하다며 수줍어했다. 나의 여행 일정을 보며 내 맘에 담긴 '시킴'을 적극적으로 추천하는 여유도 보여주었다. 그녀가 내릴 델리 공항에 착륙해 좌석에서 일어서서도 쉽게 출입구를 향하질 못한다. 또 다른 인도 남자는 중국과 인도로 오가는 사업가로 아들이 7살과 8살로 두 명이며 자기 아내는 '카운슬러'라는 말도 덧붙였다. 또 한 명의 인도 남자는 내가 한국 여자라는 말을 듣고 자신은 남대문과 중국, 홍콩, 뭄바이로 오가는 사업가라며 '고아'지역을 추천해준다. 이들은 특별히 묻지도 않는 말도 투철하게 스스로 알아서 하는 친절함과 적극성이 있다. 인도인으로서 인도를 여행하겠다는 이방인인 내게 뭔가 선물하고 싶은 마음이리라.

뭄바이(Mumbai)

여행 2일 차 01/09

꼴라바의 무용담과 호텔 뭄바이, 기적 같은 고아행 기차표

인도 특유의 진한 음식 향과 장시간 항공 이동으로 심신이 지친다. 거의 손도 대지 못한 세 번째 기내식을 물리고 뭄바이에 도착한 시간은 밤 12시 30분이다. 인도와 우리나라와의 시차는 -3시간 30분이니 24시간 이동을 한 것이다. 수화물을 찾아 입국 절차를 마치고 공항 내에서 200불을 환전하였다. 1달러에 47.35Rs로 수수료를 떼고 내게 넘겨진 돈은 9,180Rs이다. 여기서 잠깐!! 환전까지는 잘했는데 여행 서적에도 나온 하지 말아야 할 일을 저지르고 말았다. 밤 1시인데 꼴라바 행 프리페이드 택시(texi no: NNT 2900, Destination:COLABA, Total Amount 345Rs) 티켓을 끊었다. 2년 전의 기억을 되살려 할 수 있음을 스스로 확인하듯 덜커덕해버린 것이다. 게다가 오늘 밤 기거할 숙소를 예약하지도 않은 상태다. 내가 생각해도 무식해서 겁 없는 여자였다. 야간 움직임은 위험할 뿐만 아니라 숙소 구하기도 어려우며 사고를 당할 수도 있다. 그러니 될 수 있으면 공항 안에 마련된 방문객 대기실(Visitor`s Lounge)에서 보낸 뒤 아침에 움직여야 하거늘.

혼자서도 무사히 목적지에 도착했고 환전하여 수중에 돈이 들어왔다는 기쁨에 자동으로 움직이기 시작했다. 이미 되돌리기엔 늦었다 싶어 지정된 택시를 찾아갔다. 다행히 기사 양반은 너무 착해 보이고 나이가 지긋하다. 그런데 첫 인도여행에서 길벗이 택시를 타기 위한 바우처를 절대로 기사에게 줘서는 안 된다는 말이 귀에 쟁쟁하다. 공항을 빠져나오기 위해서 출구에 바우처를 보여야 하는데도 기사와 싸움하듯 주지 않고 내가 차에서 내려 보여주고 공항을 빠져나왔다. 첫 인도여행에서 배운 대로 했다. 이국땅의 시커먼 밤거리에서 기사를 믿지 못해 기분 상하게(?) 해 놓고 어쩌자는 건지.

시작부터 나의 숨 막히는 공포는 시작되었다. 공항에서 '꼴라바'라는 목적지까지 거리가 얼마인지 어느 정도 시간이 걸리는지 방향이 어느 쪽인지조차 아무것도 알지 못한다. 이런 상황에서 과연 날 목적지까지 무사히 데려다주려는지 내 심장은 시커멓게 쪼그라질 대로 쪼그라들어 콩알만 해졌다. 하지만 겉으론 태연한 척하면서 사진기를 꺼내어 기사 앞뒤 모습 사진도 찍었다. 되지도 않은 핸드폰을 꺼내 들고 집에 통화하는 것처럼 잘 도착했다고 말했다. 지금 프리페이드 택시를 타고 꼴라바의 인디아 게스트하우스로 가는 중이라며 한국말과 영어를 섞어가며 상황을 알리는 듯 연기를 한 것이다. 이런 경우를 대비하여 호신술을 배워두던지 그도 아니면 호루라기를 준비하던지 고춧가루 스프레이라도 있으면 좋았을 걸 내겐 아무것도 없는 상태이다. 정신만 똑바로 차리자 하던 중 내가 탄 택시는 더욱 짙은 어둠으로 빨려 들어갔다. 40여 분이 지나 시커먼 골목길에 차가 세워졌다. 불빛이라고는 하나 없는 거리에서 목적지에 왔다며 내리라고 한다. 주변엔 세 사람의 실루엣만 흐릿하게 보인다. 잠시 후 내게 달려들 듯 다가오는데 순간 난 호랑이 소굴에 들어온 착각을 일으켰다. 무슨 빈민굴 같은 시커먼 공간에 눈동자 여섯 개만 나를 주시하며 환영의 손짓을 한다. 이 순간 내가 믿을 수 있는 건 택시 기사밖에 없었다. 기사가 이곳이 India G.H.라며 내리라고 하지만 도저히 다리가 떨려 내릴 수가 없었다. 내 상식으로 호텔이나 숙소라면 최소한 작은 불빛으로 상호를 알리는 간판이 있어야 했다. 그런데 아무리 둘러봐도 그런 것들은 보이지 않았다. 난 배낭을 차에 두고 잠깐 내려 이곳이 진짜

India G.H.인가 상호를 보려고 두리번거렸지만 보이질 않아 기사에게 잠시 머물러 달라며 "Just a moment` please."를 연발했다. 그리고 작은 배낭만 메고 청년들이 올라오라는 비좁은 계단을 올라갔다. 2층에서 3층으로 꺾어진 난간에 서양 연인 둘이 앉아 사랑을 나누고 있다. 이 상황을 보고서야 아아~ 이곳이 여행자들이 잠을 자는 숙소는 숙소구나 하는 감이 조금 왔으나 이건 경험에서 얻어지는 감일 뿐이다. 하지만 입구의 안내실은 굳게 닫혀 있고 내가 두들기니 손바닥만 한 쪽문이 열리면서 얼굴만 빠끔히 내밀고는 방이 없어 재울 수 없다는 말만 돌아왔다. 여행 서적에 나와 있는 다른 숙소 이름들을 대 보긴 했지만, 마찬가지라는 말뿐이었다. 난 더 밖으로 내몰리고 싶지 않았다. 그래서 서양 연인 둘이 있는 옆에서 날을 새도 좋겠냐고 물었다. 그들은 그럴 수는 없다며 다음 골목을 돌아가면 아마 방이 있을 거라며 Delight G.H.를 알려준다. 바쁜 심야에 일하는 기사를 보내고 나니 아까 들어올 때 봤던 검은 눈동자 중 한 명이 내게로 온다. 이들은 골목 구석에 앉아 숙소로 손님을 데려다주며 호텔에서 조금씩 수고비를 받는 사람들이다. 인도 청년 '라훌'은 나를 Delight G.H.로 데려다주며 내일은 India G.H.에 방이 나올 거란다.

영화에서나 나올법한 수동 엘리베이터. 나무로 된 문짝을 당기고 접이식 철장을 옆으로 밀어 다시 문을 닫은 후 5층 버튼을 눌러 덜컹거리며 타고 올라온 숙소. 다행히 Delight G.H.에는 싱글룸이 있었다. 난 안도의 한숨을 쉬며 혼자만의 안정된 공간에 들어와 있다는 생각으로 방문을 꼭 잠그고 옷을 입은 채 그대로 침상에 떨어졌다. 아! 이건 흔히 말하는 꿩 대신 닭이 아니라 닭 대신 꿩이었다. 그야말로 행운이다. 이것이 인도다. 잠깐 눈을 붙였는데 벌써 새벽인지 창밖의 낭랑한 새소리에 기분이 맑아진다.

다시 Delight G.H.에서 죽은 듯이 자고 일어난 시간은 08:00 시이다. 세면과 주변 정리 후 하루 일정을 세웠다. 가장 중요한 건 다음 여행지인 고아행 기차표를 예매하는 일이었다. 인도여행에서 기차표만 원하는 대로 예매할 줄 알면 여행의 반은 성공한 거라고 했다. 2년 전의 인도여행에선 길벗과 아들이 있어 별 어려움 없었는데 이젠 뭐든 혼자 알아서 해결하여야 한다. 내가 움직여야 할 길의 루트를 정한 후 창의 커튼을 열었다. 의외

로 막힘없이 탁 트인 전경 멀리 붉은 돔이 보인다. 초행길이니 확실하지는 않으나 외형으로 보아 Mumbai Hotel 이라 짐작한다. 하루 일정을 세우고 작은 배낭을 메고 숙소를 나서면서 체크인했다. 1박에 350Rs로 단체 여행이 아닌 개별 여행자라서 2년 전보다 두 배 이상 가격이 올라 있다. 텍스 포함하여 여권과 함께 이틀간의 숙박비 728Rs를 내고 숙소를 나섰다. 기차역은 숙소에서 택시를 이용하면 될 일이지만 모든 이동을 걸어서 다녀보겠다는 처음 의도대로 걸어서 Mumbai C.S.T를 찾아 나선다. 간밤에 내가 보았던 주변을 살펴보니 정말 숙소의 간판은 A4 크기만 하고 어제 처음 들렀던 India G.H는 새 단장 중으로 진짜 폐가처럼 보였다. 인도 전 지역 어디서나 볼 수 있듯이 길바닥의 성소는 말끔히 청소되어 있었고 현지인들은 경건한 모습으로 예불을 드리며 하루를 시작한다. 골목길을 빠져나와 차도로 나오는 순간 눈 앞에 펼쳐지는 넓은 바다. 아침 햇살이 눈부시게 빛나고 해안선에 부서지는 잔잔한 파도와 넘실대는 작은 배들. 뭄바이 남단의 나라 포트 입구에 있는 꼴라바 지역과 Mumbai Hotel.

내가 단체 배낭 여행객들과 함께하지 않고 홀로 여행하게 된 동기는 델리에서 바라나시까지 첫 인도 여행 때와 겹치는 부분도 있었지만, 뭄바이로 입국하고 싶어서였다. 여행 직전 일련의 뭄바이 호텔의 테러 사건이 터지자 거의 모든 단체 여행자들이 위험을 무릅쓰고 뭄바이로 입국하는 것을 원치 않아서 델리로 입국했지만, 난 그냥 도시 뭄바이로 입국했다. 아마 이런 일로 갑자기 여행사의 여행경비 15만 원이 추가됐지 않았나 싶다.

호텔 뭄바이(Taj Mahal Hotel)

부두에 자리한 <타지마할호텔(Hotel Mumbai)>은 뭄바이의 최고의 명소다. 나의 여행 출발 직전에 인도판 9.11테러로 테러범이 타지마할호텔을 향해 총을 겨누는 뭄바이 로이터 연합뉴스가 나왔었다. 테러범은 모두 26명이었던 것으로 추정되며 이들 중 9명 이상이 사살됐다는 뉴스다. 내가 그 사건의 현장에 두 발로 서 있다는 사실이 믿기지 않았다. 뭄바이 테러는 60시간 만에 종료되었지만, 불과 얼마 전 일로 아직 그 불씨는 사라지지 않은 상황이다. 2008/11/29일 자 공식 사망자 195명, 부상자 295명으로 사망자가 더 늘어나리라는 것과 타지마할호텔의 진압 작전은 끝났다고 하산 카르프 뭄바이 경찰서장이 공식 선언한 상태였다. 내가 뭄바이에 도착한 2009년 1월 9일. 전날 우리나라 아침 뉴스에도 뭄바이 여행을 자제해 달라는 보도가 있었다. 하지만 난 이미 항공권을 구매한 상태였고 뭄바이는 나의 첫 번째 홀로 여행의 시작점이 되었다. 불과 한 달 전 파키스탄의 이슬람 테러 조직에 의한 끔찍한 사건을 겪은 타지마할호텔은 겉에서 봤을 땐 언제 그랬냐는 듯이 조용하기만 했다. 눈앞의 타지마할호텔과 게이트웨이 오브 인디아 앞 광장에는 이른 아침임에도 불구하고 인파가 몰려있었고 나 역시 그 인파 중 한 사람으로 화려하고 중후한 호텔의 규모에 놀라고 총을 들고 삼엄한 경비를 하는 제복 입은 군인의 모습에 놀랐다. 그리고 정문 앞에 서 있는 커다란 터반을 두른 도어맨의 정중하고 품위 있는 몸짓에 주눅 들었다. 고풍스럽고 웅장한 구관 호텔과 현대적 감각이 물씬 풍기는 타지마할호텔의 신관 모습. 역사적으로 보면 타지마할호텔의 탄생은 영국의 식민 통치에 대한 분노의 상징이란다.

인도를 여행하다 보면 도시든 시골이든 건물이든 차든 <TATA>라는 표시를 자주 볼 수 있다. 대충 호텔 유래에 대해선 알고 있었지만, 난 도대체 타타가 뭘까 궁금했다. 이번 여행을 통해 TATA에 대해서도 조금 더 알게 되었다. 타지마할호텔의 건물주는 인도의 최고 재벌인 타타 그룹의 창업주 잠셋지 타타(Jamsetji Tata, 1839-1904년)이다. 잠셋지 타타가 이 호텔을 세운 이유로 전해지는 이야기가 있다. 그는 당시 봄베이로 불렸던 이 도시 뭄바이의 특급 호텔인 왓슨스에 갔다가 문전박대를 당했다. 이 백인 전용 호텔은 인도 최고의 갑부도 발을 들여놓지 못하게 했다. 잠셋지 타타는 이에 분노하여 자기의 돈으로 최고급 호텔을 짓기로 결심한다. 당시 건축비 4억 2,100만 Rs. 요즘 환율로 하면 약 125억 원으로 당시 환율하락을 생각하면 막대한 금액이었을 걸로 추정된다. 호텔은 잠셋지 타타가 죽기 1년 전인 1903년 12월에 개관했다. 2009년 현재까지 105년 된 건물은 6층으로 565개의 객실이 있다. 외벽은 진한 회색빛 돌로 장식되어 있으며, 지붕에는 대형 붉은색 돔이 얹혀있고 건축 양식은 유럽풍과 이슬람풍이 혼재된 유럽의 사라센 양식이다. 정문에 들어서면 조각과 실내 장식이 오래된 고급 호텔의 분위기를 물씬 풍긴다. 하룻밤 묵어갈 형편은 아니니 가격은 물어볼 생각도 안 하고 둘러만 보는 것으로 만족한다.

호텔의 바로 건너편인 나라 포트의 <게이트웨이 오브 인디아(Gateway of India)>는 높이 26m에 폭 15m 크기로 당시 인도 왕이기도 한 영국의 조지 5세가 메리 왕비와 함께 1911년 12월 인도를 방문한 것을 기념하기 위해 식민지 정부가 만들었다. 1911년에 착공하여 13년 후인 1924년에 완공[1])됐다. Gateway of India는 현재는 수리 복구 중으로 그 실체가 겉으로 나타나지 않고 검은 포장으로 덮여있다. 이 부두의 앞 바다는 아라비아해로 한때

인도의 관문 역할로 해외로 오가는 길목이며 육중함과 역사의 때가 묻어 있어 이곳 뭄바이가 요지였음을 말하고 있다. 인도사람들은 관광하러 온 이방인들에게 매우 호의적이며 카메라에 사진 찍히기를 너무나 좋아하며 눈에 힘을 바짝 준다. 힘을 준다는 건 내 느낌

---

1) [출처] '뭄바이 비극' 종교갈등 카슈미르 연장선 (호서신학연구소) 작성자 여수륜

일 뿐 이 사람들의 눈매는 또렷하고 깊다. 난 지린내로 가득해 더럽다는 생각보다 이런 때 묻지 않고 순수하며 따뜻하고 호의적인 사람들이 있어 인도가 좋다.

타지마할호텔과 게이트웨이 오브 인디아 앞에서 잠시 머물다가 빌딩 숲이 우거진 시내로 향했다. 이제 마하라쉬트라 주의 뭄바이를 탐닉할 차례이다. 뭄바이 시가지를 뒤덮고 있는 영국풍의 아름답고 중후한 건물과 세련된 거리를 보는 순간 간밤의 두려움은 사라졌다. 중부 인도지역의 민족 영웅인 <차트라파티 쉬바지(Chhatrapati Shivaji)>의 동상은 게이트웨이 오브 인디아 앞에 말을 탄 모습으로 아라비아해를 지켜보고 있다. 쉬바지는 17세기 중인도의 유명한 왕으로 이슬람교도 제국인 무굴에 맞서 강력한 힌두 왕국을 세운 사람이다. 뭄바이 국제공항(BOM)도 차트라파티 쉬바지 에어포트이고 중앙역(C.S.T) 이름도 차트라파티 쉬바지 터미너스다. 이제 슬슬 꼴라바 지도를 따라 시내 깊숙이 들어선다. 아침 식사 시간이 지났는데도 그다지 배가 고프지 않다. 나 혼자만의 여행이니 밥은 먹고 싶을 때 먹으면 되고 지금 순간 내가 하고 싶은 일을 하면 된다. 누군가를 위해 식사를 준비한다는 것은 아름다운 일이다. 하지만 난 지금 그런 것들로부터 온전히 해방된 상태로 이번 여행은 이 기분을 만끽하고 싶다. 보물을 가득 채운 비밀의 창고 열쇠를 쥔 듯 밥을 안 먹어도 배부르고 가슴은 들뜬 상태다.

뭄바이는 고아 주의 기독교인과 이슬람교인, 힌두교 상인과 조로아스터 교인들까지 어우러진 다국적 도시면서 경제도시의 면모를 보여주고 있다. 우선 웰링턴광장까지 간 다음 웨일즈 왕자박물관을 지나서 제항기르 아트갤러리에서 길을 꺾어 봄베이(뭄바이의 옛 지명) 대학이 있는 곳에 와서 크리켓을 하는 운동장에서 잠시 쉬었다. 도심 한복판의 넓은 부지에 크리켓 경기를 즐기며 팀을 구성하여 운동하는 사람들이 수백 명에 이른다. 우리나라에는 없는 크리켓이라는 경기는 인도에서 가장 인기 있는 스포츠 중 하나다. 나무 밑동이 잘린 곳에 자리를 잡고 경기를 유심히 살펴보았다. 외형적으로는 야구와 비슷한데 단순한 스포츠라기보다는 전투에 가깝다. 뭄바이는 세계 최고의 크리켓 리그가 있는 곳이다. 크리켓이라는 운동이 인도인을 몸살 나게 하는 이유는 뭘까?

다시 라자바이 시계탑 쪽으로 걸어서 성토마스성당 쪽으로 나왔다. 도심의 방향과 이정표와 같은 후띠뜨마 촉을 지나 물어물어 북쪽으로 길을 잡으며 뭄바이 C.S.T를 찾아갔다. 대부분의 여행길이 그렇겠지만 이제 여행 시작이고 나에게 뭄바이는 아주 낯선 초행길이다. 사실은 길모퉁이에 뭄바이 C.S.T가 있는데 출입구가 어디고 기차표 예약은 어디서 이뤄지는지 짧은 영어 실력으로 찾아가는 게 쉽지 않았다. 하지만 이들은 이방인들이 단어만 말해도 뭘 의미하고 뭘 바라는지 금방 눈치껏 알아서 답해주는 친절함이 있다.

뭄바이에는 인도의 다른 도시에서는 찾아보기 힘든 이층버스가 있고 도시 대기오염의 주범인 오토릭샤는 뭄바이 시내에서는 찾아볼 수 없었다. 하지만 어느 도시보다 대중교통이 발달해 있다고 하니 내일은 버스 타는 것에 도전해 봐야겠다. 뭄바이 거리에서 신호등은 별 의미가 없을 뿐 아니라 고장 나서 제 기능을 제대로 하는 신호등을 찾아보기 힘들다. 인파가 많은 곳 뒤편의 돔 모양이 내기 찾던 뭄바이 기차역이다. 일단 정지선에서 누런 관복을 입은 여자가 긴 줄을 들고 서서 통행을 제한하는 인간 신호등 모습이 새롭다.

멀리 유네스코 세계문화유산인 <뭄바이 기차역 C.S.T> 돔이 보이고 그 외형의 아름다움에 감탄사와 함께 뭄바이의 손꼽히는 명물임을 거듭 확인했다. 이곳 역시 뭄바이 테러

사건 발원지이기도 하다. 난 본 건물 오른쪽으로 돌아 다시 한번 꺾어 2층 7번 창구를 찾았다. 여기서 뜬금없이 중국 청년을 만날 수 있었다. 그도 고아행 표를 예매한다며 동행하게 되었는데 예약 창구 앞에서 문제가 발생했다. 내 앞에서 중국 청년이 먼저 창구 안쪽에 얼굴을 대고 고아행 표를 요구했다. 하지만 돌아오는 답은 오늘도 내일도 그곳으로 가는 기차표는 구할 수가 없다는 것이었다. 그리고 Sleeper 등급은 그다음 날인 모레까지도 기차표가 매진됐단다. 여행자에게 이동 일정에 차질이 생기면 다음 일정들이 도미노 현상처럼 줄줄이 이상이 생긴다. 그 중국 청년은 예약 표에 기록된 내용을 보니 서른 살로 상급 기차는 너무 비싸다며 기차표 예약을 포기하고 버스로 가겠다며 자리를 떠났다. 난 고아행 기차표가 첫 번째 과제라는 맘으로 기어코 티켓을 끊고 말겠다는 생각이 들었다. 내 앞 중국 청년에게 고아행 표가 없다는 걸 뻔히 알면서도 창구에 대고 원하는 기차표를 말했다. 없다면 어쩔 수 없지만, 행여 하는 심정으로 내가 원하는 내일 날짜와 기차 등급과 번호를 써서 창구 앞으로 밀어 넣었다. 그리고는 "나마스테~ 아이 원트 고우 투 고아. 플리즈 원 퍼슨 원 티켓~" 라고 문법적으로 맞든 말든 영어 발음이 좋든 나쁘든 개의치 않고 작지만 또렷하게 말을 했다. 그런데 금방까지 없다던 기차표가 내가 원하는 시간에 원하는 등급으로 가능하다며 친절한 설명과 함께 내 손에 고아행 기차표가 쥐어졌다. 이렇게 기적처럼 첫 기차표 예약이 성공했다. 아아~~~ 이럴 수도 있구나!!

매표원 아저씨에게 감사의 인사를 하고 돌아서서 고아행 기차표를 받아 두 손을 번쩍 치켜들었다. 옆에 함께 있던 노랑머리 서양 여자와 키다리 아저씨가 자기 일 인양 "브라보!!"를 외치며 축하해 주었다. 와~우!! 여행의 시작에 불과하지만 이렇게 술술 잘 풀릴 줄 몰랐다. 내게 기차표 예약은 일종의 밋션 같은 것이었다. 고아 주의 빠짐을 가려면 뭄바이에서 마드가온 역까지 티켓을 끊어야 한다. 의기양양 꿈인가 생시인가 하며 [기차번호 0111, 구간:mumbai~madgaon, 일자:10-01 / 23:05 출발~11-01/ 10:45 도착, 좌석:S3 12, 가격 293 Rs]를 보고 또 보고 재확인하며 예약사무소 밖으로 나왔다.

그 복잡하던 뭄바이역 앞의 하늘이 훤했다. 역 안을 들어갈 때까지 그 많던 사람들은 어디론가 사라지고 역 주변은 지난 테러 여파 때문인지 무장한 군인들이 삼엄한 경계를 펴고 있었다. 분위기야 어쨌든 난 기분 좋은 김에 관리자급처럼 보이는 군인에게 사진 한 장 찍어도 되느냐며 답도 듣기 전에 셔터를 눌렀다. 제복을 입은 아저씨는 안 된다며 눈을 부릅뜨지만 난 한쪽 눈을 찡긋하며 기념 촬영까지 했다. 콧노래가 절로 나는 이 기분을 만끽하려고 노점상에서 코코넛을 파는 아저씨에게 코코넛 야자수를 주문하고 목을 축이는 여유까지 보였다. 아~싸~아~ 첫 밋션의 멋진 성공이라 하늘의 별을 딴 기분이었다. 아무튼, 기분 좋은 중인도 여행의 시작이다. 뭐든 잘 될 거야!! 이런 나의 긍정의 힘을 믿고 약간 흥분된 기분을 가라앉히며 숙소로 돌아왔다.

근데 아무리 생각해봐도 중국 청년에겐 없던 티켓이 나에게는 생긴 이유를 지금도 알지 못한다. 어설픈 대화 끝에 붙인 '플리즈~~'의 힘인지도 모른다. 순간 착각일지 몰라도 대한민국 아줌마의 저력이 뭔 줄 아는 사람이었는지. 흐흐 설마~~

숙소에 드니 그때야 허기짐이 느껴졌다. 이곳 뭄바이 Delight G.H.는 부엌 사용이 자유로웠다. 집에서 준비해 온 마른 누룽지를 챙겨 숙소의 부엌에서 물만 넣고 끓여 달라고 부탁했다. 소통이 문제인데 어쩌면 이들도 힌두어 밖에 할 줄 모를 터이다. 내 배에 스트라이크가 생길 줄 몰라 한국의 누룽지를 만들어 먹겠다며 손짓·발짓을 하니 신기한 듯 바라보며 도와준다. 물론 이 부엌에서는 손님들이 원하면 음식도 만들어 각 방에 배달하는 레스토랑업도 겸하고 있다. 첫 식사는 아침 겸 점심으로 숙소의 방에서 자가 해결이다. 난 누룽지 한 양푼을 끓여 집에서 준비해간 멸치볶음과 콩자반 그리고 면세점에서 산 볶음고추장으로 하루 식사를 해결했다. 인도여행 중 배탈을 경험하지 않은 사람이 없다 할 정도니 인도여행의 제일 큰 난관은 음식이다. 호기심도 좋지만 먹는 것에 조심하고 배 속은 조금 빈 것이 좋다. 하지만 한 양푼의 누룽지를 다 먹고 나니 이제 잠이 온다. 뭄바이에서 첫 밋션인 기차표를 예약했다는 기쁨과 누룽지의 포만감으로 낮잠을 즐기는 오후 시간이 되었다. 나는 지금 홀로 여행을 나와 있으니 누구 눈치 볼 것 없고 신경 쓸 것도 없어 좋다. 홀로 배낭여행자의 자유로움과 나름의 멋을 만끽한다.

 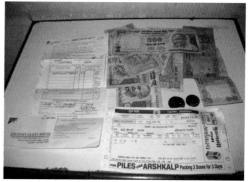

늘어지게 한숨 자고 일어나니 하루해가 조금 나른해지는 15시경이다. 예상치 못했던 꼴라바 숙소 앞의 나라 포트다. 유람선을 타고 그 바다로 나가고 싶었다. 자리를 털고 일어나 인디아게이트로 나가 50Rs(약 1$)를 주고 <아폴로 밴더>라는 유람선을 탔다.

조그만 유람선 안에는 현지인들만 가득하고 이방인인 내게 따뜻한 시선을 보낸다. 인도 여인들은 자기 나라의 전통 복장을 선호하는지 참 많은 여인이 사리를 입고 있다. 이들 중 한 남자는 내게 가까이 와서 자기 아내와 사진 한 장 찍어달라며 호의와 함께 간청한다. 내가 외국인이라는 것이 신기한 모양이다. 난 내 의지와 별 상관없이 가만히 서 있으면 되고 그들은 번갈아 가며 내 곁에 와서 사진을 찍는다. 내가 그 상황에서 싫다고 인상을 쓴다거나 거드름을 피운다는 게 우습다. 조금만 참으면 되니 약간의 미소도 보이며 모델 노릇을 했다. 여기에 게시하진 않았지만, 꽤 많은 사람과 사진을 찍었던 거 같다. 난 이런 상황을 이들의 순수함이라고 생각되지, 저들이 사진을 이용해 나쁜 짓을 할 거라는 생각은 아예 들지도 않았다. 한 시간도 채 되지 않은 짧은 시간이지만 아라비아해 가운데로 가서 부드러운 남녘의 태양 볕을 흠뻑 가슴으로 맞았다.

배에서 내려 다시 시내로 걸어 나왔다. 벌써 시간은 17시가 넘어 버렸고 유료 관람하는 웨일즈 왕자박물관이나 현대미술전시관은 문 닫을 시간이 되어버려 발길을 돌려야 했다. 무료 관람이 가능하며 18시에 문을 닫는 <제항기르 아트갤러리>에 들어갔다. 난 이곳에서 놀라운 발견을 했다. 멋진 전시관과 전시물도 좋았지만, 작가들이 직접 나와 방문객에게 작품을 설명하며 기념 촬영도 흔쾌히 응해 준다는 사실과 자기의 작품이 담긴 기념엽서를 정중히 봉투에 담아 관람객에게 선물한다는 사실. 정말 여유롭고 흐뭇한 오후 시간이었다. 마치 배낭여행자인 내가 대단한 문화인이 된 것처럼 느껴졌고, 멀고도 먼 이국땅에서 잘 알지도 못하는 작가들의 작품을 감상한다는 것은 새로운 의미가 있는 경험이었다. 그리고 그 작품들을 감상하면서 각자의 개성이 나타나 '아하! 작품세계에서 창의성이란 이런 것일 수 있지.' 그리고 작가와 작품을 번갈아 보면서 '작가가 풍기는 분위기와 작품의 분위기가 어쩜 저리 같을까?' 하는 생각이 들었다. 작가들이 준 자기의 작품에 관련한 팸플릿을 보면서 활동 스타일과 활발한 작품 생활이 주는 의미가 남다르게 느껴졌다. 여성 작가의 이름은 'Samita Nag'로 작품 분위기는 매우 추상적이고 파격적이며 어둡고 무거워 보였다. 이에 반해 연세가 좀 되어 보이는 남자 화가의 이름은 'Kanti Rathod'로 선과 면을 이용하여 시각을 자극하는 뭔가를 표현하는 것으로 주로 밝은 색상을 이용해 시선을 모으게 하는 것으로 좌우대칭 또는 균형을 잡아 안정감이 있어 보였다.

　또 다른 첫 번째 방의 작품은 화판마다 동일 인물이 묘사되어 자화상이 아닐까 싶은 생각이 들었다. 그는 피에로를 소재로 동화적인 평면과 입체적 효과로 즐겁고 재미나는 작품들을 제작했고, 색감이 어찌나 고운지 보는 이의 맘까지 밝아지게 했다. 나이에 상관 없이 모두 좋아할 것 같은 참 다양한 작품을 한 곳에서 감상할 기회였다. 난 작품 감상으로 지친 심신을 위해 1층 입구의 THE SAMOVAR라는 작은 카페에 들어갔다. Mango Lassi(67Rs) 한 잔을 시키고 하루 일정을 되돌아보며 일기도 쓰고 책도 보며 휴식을 만끽했다. 그리고 다음 시간엔 뭘 할까? 연구와 고민 아닌 고민을 하며 다음 날 계획도 세웠다. 그런데 사진 중 망고 라시(주황색 유리잔) 사진이 두 개가 있다. 다른 점이 뭘~까~요? 흐.~ 왼쪽은 처음 한 입 먹은 망고 라시의 맛이 찐하고 걸쭉한 원액 주스였다. 이미 먹어 반 컵이 되어 버린 망고 라시에 얼음 조각을 달라고 하여 오른쪽은 다시 한 컵으로 만들었다는…. 찐한 맛보다는 개운한 맛을 느낄 수 있어 오지게 기분이 좋아 기념으로 사진을 찍어봤다. 그리고 이 카페가 아트갤러리인 만큼 실내 장식이 재미있어 붉은색의 바람개비도 찍어주는 센스 ㅎㅎ~~ 인도에서 붉은색이 가진 의미는 '환영'을 뜻한다.

온전한 휴식 후 가벼운 맘과 상쾌한 기분으로 카페를 나서면서 뭄바이 시내에서 버스 타는 법을 알아보기로 했다. 우선 버스를 타려면 아라비아 숫자를 쓰지 않으니 Marathi 숫자 표기법을 알아두어야 한다. 나는 여행 서적을 통해 마라티 숫자 표기법을 눈으로 익혔다. 123번 버스를 타고 '마린 드라이브'와 '초우파티 해변' 그리고 간디의 뭄바이 집으로 지금은 박물관이 된 '마니 바반'까지 돌아볼 생각이다. 제항기르 아트갤러리에서 길 건너 123번 버스가 오는 곳을 찾았다. 이곳 버스 정류장은 우리처럼 한 곳의 말뚝에 여러 번호의 버스가 서는 게 아니고 각자 번호마다 버스가 서는 위치가 약간씩 다르다.(요즘은 우리나라도 이런 정류장이 생김) 난 신중하게 내가 원하는 버스를 찾아 탔다. 과연 내가 원하는 대로 목적지에 갈 수 있을까? 차장에게 '마린 드라이브'와 '초우파티 해변'을 돌아 다시 이곳 '꼴라바'까지 돌아오고 싶다고 더듬거리며 말했다. 그랬더니 주변의 사람들이 내게 환승 티켓이 있다며 15Rs라고 알려주니 난 목적지까지 돌아올 수 있는 환승 티켓을 살 수 있었다. 이들은 남의 일에 기꺼이 나서서 친절과 관심을 보여준다.

　자신 없는 나의 영어 발음인데도 다 알아듣고 내가 원하는 답이 돌아온다. 이렇게 인도를 여행하다 보면 뜻하지 않게 주변의 도움을 많이 받게 된다. 언뜻 보면 대개 할 일 없이 남의 일에 간섭하는 것처럼 보이고 크든 작든 일이 생기면 벌떼처럼 순식간에 사람들이 모여든다. 버스 안에서 한 장의 버스표를 떼는 데도 대여섯 명이 나서서 도와준다. 버스 안내원의 버스표 박스는 양철로 되어 앙증맞은 철가방이다. 그 안에는 노선별로 여섯 가지의 종이가 작은 책처럼 꽂혀 있다. 뭄바이의 시내버스 내부는 마치 우리나라 시골 버스 안처럼 매우 정겨워 이방인인 나까지도 금세 이웃사촌쯤 된다.

　내 옆에 앉은 뭄바이의 IB 대학생은 내 아들보다 더 어려 보인다. 자신이 다니는 학과를 이야기하며 나를 안심시키려는 듯 가방 속에서 학생증을 내보이며 날 도와주려 한다. '마린 드라이브'까지 가는 동안 그 대학생과 손짓과 몸짓으로 얘기했다. 편안한 미소까지 보이며 자기 집 근방에서 내리면서 내가 앉은 차창을 향해 끝없이 손을 흔든다. 난 123번 버스 종점에서 내려 예상에 없던 신시가지를 구경했다. 이 중에 나를 놀라게 하는 한 장면은 길거리 땅바닥에 주저앉아 짜이를 먹는 일행(가족?)들이다. 이들은 왜 하필 시궁창 냄새가 풀풀 나는 곳에서 그것도 맨땅에 앉아 인도 차 짜이(Chai)를 마시는 걸까. 그 이유가 뭘까? 아마 아무런 이유도 없고 시궁창의 악취라는 의식도 없이 우리가 그냥 물을 마시듯 차를 마실 뿐이니 이조차도 이들의 문화이리라.

　난 한번 끊은 버스표로 다시 길 건너 환승 버스를 타고 <초우파티(Chowpatty) 해변>으로 왔다. 한때는 세상에서 가장 더러운 해변이라고 불렸지만, 지금은 오명을 벗으려는 듯 해변은 의외로 깨끗하다. 많은 사람이 있고 가족 단위 또는 연인들의 데이트 장소로도 손색이 없을 만큼 아름다웠다. 마침 해가 지는 석양으로 해변 주변이 붉게 물들며 엷은 밤안개가 자욱이 내려앉아 한층 낭만적인 분위기를 자아냈다. 혼자라서 좀 쓸쓸해 보일 수도 있겠지만 난 나름대로 휴가의 기분을 만끽하며 편안함을 느꼈다.

　늦은 시간이라 마니 바반을 둘러보는 일을 접고 다시 버스를 타고 꼴라바로 돌아오는데 숙소로 가려면 어디쯤에서 내려야 할지 모르겠다. 조수에게 "타지마할호텔?" 하며 물으니 지금 내려야 한다 알려준다. 이런 것이 여행 감이고 촉이다. 시간은 벌써 밤 10시다.

　복잡한 시장을 돌아 타지마할호텔 쪽으로 돌아오며 호텔의 야경을 볼 수 있다. 아침에 보는 맛과 또 다른 풍경과 맛을 느낄 수 있었다. 아라비아해 나라 포트 부두에 접해 있던 타지마할호텔의 야경은 낮보다 화려하고 고급스러워 보이며 멋졌다. 은은한 조명으로 객실마다 동그랗게 나와 있는 발코니는 누구를 위한 것일까? 동행이 있다면 이 역사적인 공간에 하룻밤 정도 머물고 싶다. 며칠 전 이곳에서 끔찍한 테러가 있었다는 것이 믿기지 않는다. 이 호텔 앞을 지나 다시 오른쪽으로 꺾어 깊숙하게 들어가면 나의 숙소 Delight G.H가 나온다. 숙소 앞 시장에 들러 포도와 파프리카를 사고 들어와 일기를 쓰며 야식하던 중 리셉션에 전화가 왔다고 날 부른다. 난 의아해하며 무슨 일이지? 하고 나가 봤더니

인디아 G.H.에 방이 나왔다며 나의 의사를 묻는다. 전혀 옮길 의사가 없으니 이대로가 좋아 전화는 뒷전에 두고 하루 더 머문다. 현지 여행 첫날 만족한 하루를 보냈으니 인디아 G.H.에 미련이 없다.

뭄바이 엘레판타섬에서의 특별한 인연과 뭄바이 기차역

8시에 일어나 '엘레판타섬'을 가려고 아드리아해 나라 포트로 나가 매표소를 찾았다. 줄지어 늘어선 매표소 창구를 찾아 9시 출발 승선 티켓(120Rs)을 끊었다. 여행책을 보니 섬까지 소요 시간이 1시간이다. 넉넉하게 시간을 잡고 12시에 숙소 체크아웃시간에 맞춰질 거라 예상하며 스케줄을 잡았다. 엘레판타섬을 향하는 보트는 선착장인 아폴로 밴더에서 탄다. 난 어제처럼 수선스러운 상황을 피하고 싶고, 탁 트인 바닷바람을 느껴보려고 2층으로 올라가려 했더니 티켓을 보자고 한다. 오~잉?

2층의 디럭스형은 아래층보다 가격이 비싸다는 것을 배에 타고서야 알았다. 허 참 나~~ 하지만 역시 어제 탔던 유람선과는 달리 외국 여행객들이 많았고 조용하다. 특히 배 한가운데 앉은 젊은 서양 연인이 부드러운 햇살의 자연조명을 받아 영화의 한 장면처럼 내 눈 안에 화악~하고 들어온다. 왜 저 젊은 연인들은 뭘 해도 멋이 있는지. 아무렇게나 앉아 있어도 그냥 화보다. 그 뒤에는 전형적인 모습의 인도 여인이 합장하고 앉아 있다. 나중에 알고 보니 엘레판타섬행 배는 출발 시각과 도착 시간이 정해져 있고 배 한 척에 한 팀으로 가이드가 붙은 <엘레판타섬 투어>였다. 합장하고 지그시 눈을 감고 있던 그 인도 여인은 우리들의 현지 가이드였다. 이럴 줄 알았으면 그 여인도 사진 한 장 찍어 둘걸. 나 외에 동양인 일가족 세 명도 눈에 들어왔다. 아스라이 섬이 보이더니 출발한 지 한 시간 정도 지나 배는 엘레판타섬에 도착하였다.

배에서 내릴 때 선장은 우리에게 돌아갈 배 시간은 12시 30분이라고 전한다. 뭐라고? 그렇다면 편도 한 시간 소요되니 오후 1:30분에 뭄바이 꼴라바 나라 포트에 도착한다는 얘기다. 여기서부터 숙소의 체크아웃 때문에 조금씩 불안했다. 이럴 줄 알았으면 배낭을 챙겨 리셉션에 맡겨놓았으면 좋았을 걸 하는 생각에서다. 이런 수선스러운 생각을 하며 섬 입구까지 갔다. 그런데 섬 입구인 목적지까지는 걸어가기도 하지만 작은 레일 위로 가는 장난감 같은 기차도 있다. 그리고 섬 입장료(5Rs)와 사원 입장료(300Rs)를 따로 낸다. 어차피 투어라면 승선 티켓팅을 할 때 한꺼번에 하면 좋으련만 여행객의 불편함보다는 많은 손님을 받기 위한 거 같았다. 하지만 이곳까지 와서 엘레판타섬의 사원에 안 들어갈 사람도 있을까 싶지만, 안 들어가는 사람도 있긴 있다.

<엘레판타동굴(Elephanta Caves)>은 6~8세기 굽타왕조 때 조성된 힌두교 석굴사원으로 꼴라바에서 9킬로 떨어져 있다. 어두워서 석굴 내부를 제대로 보려면 손전등이 꼭 필요한데 나는 없다. 사원 내부의 조각상은 심하게 훼손되어 있었는데 이는 1534년에 포르투갈 군인들이 상륙하여 사격 표적으로 이용했다고 한다. 팔다리가 떨어져 나간 춤추는 시바(나따라자) 조각상을 보니 이런 무지몽매한 일도 있냐는 생각에 한심하기까지 했다. 지금은 유네스코 세계문화유산으로 지정되어 대대적인 수리 중이었다. 사원 내부에는 섬세한 조각들이 가득 차 있었고 함께 온 가이드인 인도 여인은 영어로 유창하게 하나씩 설명한다. 자세한 내용은 모르겠지만 사전에 책을 통해 알아둔 터라 대충은 이해할 수 있었다. 가장 먼저 눈에 띈 것은 브라마와 비슈누, 시바의 삼면을 이루는 뜨리무띠(Trimūrti) 조각상은 이 세 개의 신이 하나라는 삼위일체상이다.

인도여행 중 힌두교에 관한 공부는 필수적이라는데 이 세 명의 신을 알면 힌두교가 보인단다. 가끔 여행자 중에는 힌두교에 심취해 그 매력에 빠진다. 사원 안에 있는 춤추는 시바와 함께 시바의 아내인 빠르바띠 조각상도 정교하고 아름답기로 유명하다. 사원 주변에는 원시림 같은 늪도 있고 작은 전시관도 있어 전시관에 들어가 이 섬 관련 전시물들도 보았다. 마당에는 수많은 원숭이 가족들이 사람 구경을 하는 건지 사람이 원숭이 구경하는 건지 모르겠다. 서로 바라보며 눈을 맞추는데 긴꼬리원숭이 눈이 이렇게 예쁜 줄은 몰랐다. 체구가 작기도 하고 새끼원숭이가 많아 아그라 몽키사원의 원숭이에 비하면 왠지 순해 보인다. 전시관을 둘러보고 나오는데 상처가 심한 원숭이를 돌보는 가족을 보며 가슴 찡한 감동도 느끼고 가방에 바나나라도 준비했다면 좋았을 걸 애처롭고 미안하다. 그런데 엘레판타섬이라면 코끼리 서식지쯤 되나 싶었는데 코끼리는 안 보인다. 원래는 동굴사원(가라뿌리)으로 해안 근처의 커다란 코끼리 조각상이 있었는데 1534년에 포르투갈 사람들이 이곳에 상륙하면서 이 조각상을 보고 그때부터 엘레판타섬이라 부르게 됐단다. 그당시 코끼리 상은 1814년에 영국인들에 의해 현재 뭄바이 박물관으로 옮겨져 있단다.

배를 타려 내려오는 계단 양쪽엔 선물 가게들이 즐비하게 늘어서 있었다. 마을 입구에서 사원까지 오가는 길은 별로 길지도 않지만 오르는 길을 가마에 태워주며 돈을 버는 사람들도 있었다. 이들은 신기하게도 나를 보더니 "재팬니스? 차이니즈?" 한다. 난 대꾸하고 싶지 않았으나 집요한 물음에 "사우스코리언"이라고 대답했더니 한국말로 "가마 타세요~ " 한다. 에고!! 소비자와 눈 맞춤? 상술이라 생각하기엔 좀 뭐하지만 놀랍다. 여행자 중 이 가마를 이용한 사람을 보지는 않았지만, 재미로 타는 사람도 있을 거고 정말 멀리 있을 줄 알고 가마를 이용하는 사람도 있을 것이다. 조금 다른 이야기지만, 가마를 본 순간 100여 년 전 선교사들이 우리나라에 들어와 지게를 타고 지리산에 올랐다는 말이 생각났다. 히말라야 등반에 포터를 이용한다고 생각하니 별다를 게 없다는 생각도 들었다. 하지만 포터는 단순한 짐꾼이 아니고 진정한 산악 전문 가이드다. 잡초도 들판에 있으면 아름다운 야생화로 보이듯 무엇이든 있어야 할 것이 제자리에 있을 때 빛이 난다.

그건 그렇다 치고 난 숙소의 체크아웃시간 때문에 맘속이 좀 복잡해 있었다. 선물 가게와 음식을 파는 가게에 들러 전화를 쓸 수 있냐고 물어도 전화기가 없다는 말만 돌아올 뿐 나의 답답함을 해결해 줄 방법이 없었다. 하루 방값 400Rs가 아깝다기보다는 시작부터 조금만 신경 썼으면 안 써도 될 돈을 바보같이 낭비한다는 게 속상했다. 이런저런 생각과 함께 선착장으로 내려오는데 원주민처럼 보이는 할머니와 어우러진 풍경이 눈에 들어왔다. 난 카메라를 열어 사진을 찍으려는데 잠깐만 기다리라며 양손을 들어 좌우로 흔들더니 옆에 놓인 항아리를 머리에 올리고 포즈를 취한다. 그냥 생각 없이 셔터를 누르고 다시 가던 길로 걸으려는데 길을 막아서며 돈을 요구한다. 이름하여 이 할머니는 이 자리에 앉아 관광객을 상대로 하는 '포토 모델'이었다. 다른 때 같으면 박시시하는 맘으로 10Rs라도 줬을 것을 좀 괘씸하다는 생각과 숙소 문제로 신경 쓰다 보니 짜증이 나서 무시해버렸다. 난 이때만 해도 자유여행 초짜인지라 이게 이 할머니의 직업이었다는 사실을 몰랐다. 지금 생각하니 참 무모하고 미안한 행동이다. 길거리에 체중계 하나만 딸랑 놓고 한 번 잴 때마다 1Rs씩 받는 사람도 있으니 나중에야 인도라는 나라는 참 희한한 직업도 많다고 생각했다. 다시 선장이 얘기한 돌아갈 배를 탈 장소와 정해진 시간에 맹그로브 숲이 있는 부두에 다다랐다.

배를 타고 아폴로 밴더를 향해 돌아오던 중 선장에게 나의 사정을 단어와 손짓으로 간단하게 이야기했다. 그리고 전화 좀 빌려 쓸 수 있느냐 물으니 이 섬은 전화 통화가 안되고 자신은 전화기가 없다고 한다. 어쩔 수 없다는 생각에 포기하려는데 섬에 들어갈 때 보았던 동양인 가족 중 엄마가 아이에게 한국말로 뭐라 한다. 사실 함께 탄 승선객 중 동양계는 그 가족과 나밖에 없었다. 난 깜짝 놀라며 "한국 사람이세요?" 하고 물었다. 그들 역시 깜짝 놀라며 들어올 때 나를 봤는데 내가 일본 사람인 줄 알고 말을 못 붙였다고 한다. 사실 나도 그 가족이 중국 사람들인 줄 알았다. 반가움에 통성명하다 보니 남편이 미래** 뭄바이지사에서 근무하며, 자신은 전남 여수사람으로 체육 선생님을 하다가 현재는 휴직 중이란다. 아이와 함께 인도에 들어와 산 지 얼마 되지 않았다고 한다. 그녀는 인도 옥수수가 맛이 있다며 집에서 삶아 온 옥수수를 내게 내민다. 여러 가지 이야기 중 지금 난 숙소 체크아웃 문제로 고민 중이라 했다. 마침 남편이 핸드폰이 있다며 걱정하지 말라고 연락해 주겠다며 핸드폰을 꺼낸다. 하지만 배 이동 중엔 불통 지역으로 통화권 안으로 들어가면 다시 연락하겠단다. 부두와 가까워지자 통화연결이 되었고 잘 처리되었으니 걱정하지 말라고 안심시켜준다. 그러면서 부두에 정차되어있는 자신의 차로 내 숙소까지 바래다주겠다며 호의를 베푼다. 사실 난 거기까지 바라지 않았지만, 이 머나먼 이국땅에서 자국민을 만난다는 게 쉽지 않고 현재는 뭄바이 테러 때문에 한국 관광객을 보기 어렵다고 말했다. 그 가족은 부두에 와서 전화로 기사를 부르고 차를 대기시키라고 하는 거 같았다. 잠시 후 도요타 승용차가 우리 앞에 멈추었고 난 편히 숙소까지 갈 수 있었다. 그리고 체크아웃 문제는 아무 이유도 트집도 잡지 않고 너무도 쉽게 자~알 풀렸다. 게스트하우스 주인에게 어찌 이

야기했는지 몰라도 한국인 가족의 도움으로 한 시간을 넘긴 체크아웃은 편안하게 해결되었다. 게다가 난 주인에게 한 시간 정도 더 머물러야겠다며 부엌을 사용해 어제와 같이 누룽지에 한 끼 식사를 해결했다. 부엌에서 일하는 청년 세 명은 나의 식사에 관심을 보였다. 나는 누룽지에 관한 이야기를 하면서 복통 날까 두려워 누룽지만 끓여 먹지만 서서히 인도 음식에 적응해 가리라 설명하며 10Rs를 팁으로 전했다.

맘의 안정과 배부름의 여유에서일까? 예약된 고아행 저녁 기차표 시간까지는 열 시간도 넘게 남았다. 그래서 남은 오후 일정을 계획했다. 배낭을 챙겨 리셉션 로비에 두고 <웨일즈 왕자박물관>을 찾아 나선 시각은 14시가 조금 넘었다. 문 닫을 시간까지 세 시간 남았으니 충분하다. 박물관 입장은 300Rs로 실내 촬영하려면 촬영권을 사야 하는데 티켓을 사지 않고 실내에 들어와 버렸다. 입장표 받는 곳이 너무 허술하여 조금 당황스럽긴 했지만 잘 단장된 정원과 전시된 내부의 내용이 너무 충실하여 놀라웠다. 촬영을 할 수 없었지만 가능한 부분만 하고 꼼꼼히 살펴보고 싶었다. 그런데 몸이 말을 안 듣는다. 거금을 내고 박물관에 입장했는데 너무 피곤하다. 너무 꽉 찬 일정이 원인이기도 하다. 게다가 일상 오수를 하는 습관 때문인지 어디든 눕고만 싶다. 어디라도 잠시 누울 곳이 없나 두리번댄다. 3층까지 올라와 보니 창밖을 향해 있는 등받이 의자가 있다. 난 모든 걸 제쳐 두고 의자에 누워 20여 분 정도 꿀잠을 잤다. 진수성찬 눈앞에 두고 혼자 라면 먹는 꼴이지만 어쩔 수 없다.

18:00 시. 배낭을 챙겨 나와 뭄바이 C.S.T 역으로 가기 위해 숙소 앞에서 택시를 탔다. 기차 시간이 심야(23:05)이기에 시간이 충분하여 걸어갈 수도 있지만 무거운 배낭을 가지고 이동할 때는 괜히 출퇴근 시간대의 복잡한 버스 이용이나 걷기를 고집하고 싶지 않다. 하지만 설치된 미터기를 사용하지 않고 값을 흥정한다는 게 성가신 일이기는 하다. 인도의 도시는 바가지요금 부르는 것이 일반화되어 있고 특히 외국 여행자들에게는 필요 이상의 많은 돈을 요구한다. 이럴 때 흥정을 안 하려면 적당한 가격을 미리 말하는 게 나의 방법이다. 2박 3일간 뭄바이에 머물면서 거리상 값을 자신이 적절하게 측정하거나 여행책을 이용하여 적절한 가격을 미리 정했다. 난 차에 오르기 전에 기사에게 50Rs 줄 테니 갈 거냐고 물었다. 너무 쉽고 경쾌하게 "OK~"한다. 내 의지대로 한 거니까 바가지 당했다는 생각도 없다. 그도 손해 보는 가격이 아니니까 긍정적 사인을 했을 것이다.

인도의 거의 모든 역에서 볼 수 있는 광경이지만 저녁이 되면 이동하는 사람도 많다. 기차 시간을 기다리면서 역 안엔 많은 사람이 바닥에 자리 펴고 누워있거나 삼삼오오 둘러앉아 있다. 그리고 자정이 되면 기차역 안은 노숙자들로 가득 차 발 디딜 틈도 없다.

예정된 기차가 얼마나 연착될지는 아무도 장담 못 하기에 그 먼지 많은 역 안에서 아랑곳하지 않고 잠을 자거나 머문다. 난 이 복잡한 곳을 빠져나와 저녁 식사를 위해 역의 오른쪽 2층 식당 Re-Fresh Food Plaza로 올라갔다. 난 아직 현지 음식 적응하기엔 이르다 싶어 토스트와 에그오믈렛, 스위트라시(45Rs)를 시켰다. 라시는 떠먹는 요구르트와 같은 것으로 여행 시작하면 자동으로 오는 변비를 해결해줄지도 모른다는 생각으로 자주 찾는다. 주문한 음식을 먹으며 카메라 속의 사진을 보며 하루를 정리하고 다음 일정인 고아에 관한 여행 정보를 얻어 보지만 출발 시간은 아직도 멀었다. 배낭을 식당 구석에 맡겨놓고 역 주변 구경을 나서고 싶어 레스토랑 매니저에게 그래도 되겠냐 물었더니 기차역 안 2층에 있는 외국인을 위한 휴게소(Waiting Room)를 안내한다. 바쁜 시간임에도 불구하고 식당 사장이 직원에게 안내해 줄 것을 지시하니 그 직원은 내 배낭까지 들고 엘리베이터로 향한다. 이런 경우도 작은 팁(10Rs 정도)을 주는 것이 맘 편하다.

외국인 전용 휴게소는 입구에서 여권과 기차표를 보여주는 간단 입소 절차를 거친 뒤 자신이 알아서 쉴 곳을 정해 자리 잡는다. 이 휴게소는 샤워장과 화장실이 깨끗하게 갖춰진 상태로 서양 배낭여행자들이 많았다. 난 이곳에서 47세 헝가리 출신 여인을 만났고 그녀는 나처럼 혼자 여행하는 배낭족이었다. 척 봐도 내가 아마추어라면 그녀는 프로 여행자급으로 배낭의 크기가 자신의 키만큼 컸다. 우린 서로에게 배낭을 맡겨놓고 번갈아 가며 샤워실에 들어 샤워했다. 헝가리 여인과 난 샤워를 하고 나와 다음 여행지인 고아에 관해 이야기했다. 역시 나의 짧은 영어 회화 능력으로 깊은 이야기는 하지 못했지만, 그녀는 매우 천천히 이야기해 주었고 6개월간 자기의 장기 여행을 설명해주기도 했다. 이 여인은 인도의 매력에 흠뻑 빠져있었다. 참 멋진 여행자라는 생각과 이럴 땐 정말 내가 영어 회화를 잘할 수 있으면 좋겠다는 생각이 든다. 나의 짧은 언어능력으로 심도 있는 여행 이야기를 쉬이 나눌 수 없어 안타까웠다. 서로 소통이 자유로웠다면 동행이 되기도 할 텐데 그건 내가 바라는 바가 아니다.

휴게소에서 홍삼젤리와 캔디를 배낭 속으로 넣으며 배낭 정리를 했다. 침낭과 비옷, 밑반찬 몇 가지와 속옷 몇 장과 세면도구, 몇 권의 책이 전부였다. 출국 때 입고 간 옷과 현지에서 입을 옷 두 벌을 비닐봉지에 쌓아 배낭 양옆으로 배치했다. 첫 인도 여행 때 인도 현지에서 산 옷을 챙겨왔다. 이마저 없다면 현지인 복장도 특이하고 편하며 값도 싸니까 현지에서 기념으로 한 장씩 사서 입는 것도 좋다. 그래서 31일간의 여행임에도 배낭이 그다지 크지 않은 편이다. 나의 여고 동창이 한 달씩 여행 다니면 가방이 얼마나 클까 걱정한다. 사실 난 일주일 여행이나 한 달 여행이나 가방 크기엔 별 차이가 없다. 저녁 세수할 때 입었던 속옷과 양말을 빠는 것은 어렸을 적에 엄마에게 받은 가정교육이다. 그래서 그날그날 입은 옷을 빨아 다음 날 입으면 된다. 그러니 날마다 갈아입을 옷이 필요한 것도 아니고 번갈아 입을 것과 여분 한 벌 정도이면 된다. 배낭을 싸는 방법도 매우 중요하다. 배낭에 달린 크고 작은 주머니에 적당히 안배할 줄도 알아야 한다. 꼭 필요한 것만 체크 목록을 만들고 가벼운 걸 아래쪽에 둔다. 가끔은 빼고 빼도 계속 나오는 나의 배낭을 보고 그 작은 배낭 안에 뭐가 그리 많이 들어 있냐며 신기해한다.

23시까지 휴게소에 있던 사람들은 거의 나와 같이 남쪽으로 가는 마드가온 행 기차를 타는 손님들이었나 보다. 전광판에 기차가 들어온다는 사인이 뜨자 모두 동행인 듯 부산하게 움직이기 시작한다. 인도여행에서 기차가 출발 시각을 지키는 경우는 거의 없다. 하지만 이날 뭄바이에서 고아 주의 마드가온으로 가는 기차는 정해진 시간에 출발하니 행운이라 생각했다.

드디어 뭄바이에서 빤짐으로 향해 가는 첫 야간기차 이동이다. 가난한 배낭여행자로 숙박 비용도 아끼고 시간도 벌 겸 이후 야간 이동이 많으리. 현직교사로 고정 수입이 있긴 하지만, 이때만 해도 한 번의 여행경비로 2~3백만 원씩 쓴다는 것이 통 큰 배짱이고 맘 편치 않은 호사였다. 어쨌거나 기차를 타러 가는 일은 예상보다 쉬웠고 내 좌석(S3 /12)을 찾아가 앉는 일도 쉽게 진행되었다.

그런데 아무리 생각해봐도 기차 예약사무실에서 티켓을 끊어주던 그 남자분이 내게 큰 선물을 준 거 같았다. 중국 청년이 물었을 때 방금까지 없다던 기차표가 왜 나에게는 있게 됐을까? 내가 대한민국 여권을 미리 들고 있다가 내밀어서인지도 모르겠다. 인도사람들은 한국 사람들을 정말 좋아한다. 이건 선행자들이 다져 놓은 선한 이미지라 생각하며 진심으로 감사할 일이다. 나도 인도에 올 다음 여행자들에게 선한 영향력을 줄 수 있기를.

올드고아(Old Goa) & 빤짐(Panjim)

인도 야간열차, 복잡한 이동과 고아주 빤짐의 하루

2007년에 이어 두 번째 인도여행이지만 혼자서는 처음으로 첫 기차표를 끊어 잘 타고 이동하게 된 기쁨이 참 컸다. 뭄바이에서 고아와 빤짐(빠나지)을 가기 위해 10시간 동안 야간기차 이동을 하면서 기차 내에서 아침 세수를 했다. 항공기 내에서 준 시리얼을 먹지 않고 가방에 넣어 온 것을 한잔의 커피를 시켜 간단하게 아침도 먹었다. 일상처럼 내 방에서 자지 않고 낯선 사람들과 기차 내에서 자면서 이제 여행 시작에 불과한데 내가 이 환경에 잘 적응할 수 있을까 싶다. 인도의 슬리퍼(SS)급 기차는 통로와 함께 디귿자 모양으로 마주 보는 3층과 창 쪽 복도는 2층으로 한 모둠이 8명으로 구성되어 있다. 2층은 의자를 벽 쪽으로 접고 펼 수 있다. 1층에 앉을 때 2층 의자가 접혀 있어야 허리를 펼 수 있지만 2층 자리를 펴겠다고 하면 모두 누워야만 한다. 그러니까 자고 싶으면 2층 배정된 사람은 1층 사람의 맘을 헤아려야 하고, 앉고 싶으면 1층 사람이 2층 사람에게 양해를 구해야 한다. 대신 3층인 사람은 오르고 내리는 불편함을 감수해야 한다.

뭘 먹고 싶어도 혼자만 딸랑 먹을 수 없어 상대의 눈치를 살피며 서로 배려하고 염려하게 된다. 짧지 않은 기차여행에 적당한 통성명과 함께 친분이 쌓이게 된다. 처음엔 낯선 사람끼리 서로 어색하여 각자의 일에 전념하지만, 종착역이 다가오면서 분위기는 처음과는 사뭇 다르다. 이런 인도여행의 기차 시스템은 생각할수록 매력이 있다. 피로 해소와 후식으로 드시라며 친구가 챙겨준 홍삼 젤리와 캔디를 나누는 순간 모두 친구가 된다.

창밖 풍경이 전형적인 시골 풍경으로 차분하다. 기차는 아침 10시 45분에 마드가온 역에 도착하였다. 마드가온 기차역에서 바로 빤짐으로 가려면 다시 버스 정류장이 있는 마르가오로 이동해야 한다. 오토릭샤(30Rs)를 타고 마르가오 카담바 버스 정류장으로 와서 빤짐행 버스(220Rs)를 탔다. 내게 이 과정이 정말 복잡하게 느껴졌지만, 차근차근 해결해 가는 재미도 있다. 그런데 뭄바이에서 같이 고아행의 기차를 탔던 다른 사람들은 빤짐으로 가지 않고 고아 해변으로 간단다. 이때만 해도 그 많은 사람이 왜 그리 가는지 나는 잘 알지 못했다. 델리에서 뭄바이로 이동할 때 기내에서 만나 고아를 추천한 남자의 말이 나중에 생각났다. 나의 계획은 빤짐을 거쳐 남북부 해변으로 가는 것이었는데 남인도 여행에서는 고아를 찾아 해변에서 머묾이 최고라는 것은 한참 후에야 알게 되었다.

이동하기 전 다음 일정을 위해 다음 장소의 기차표를 예약해야 하지만 일요일은 휴무다. 여행책을 통해 미리 알게 된 빤짐의 호텔 Republica를 찾기엔 배낭도 무겁고 잘 알지 못한다. 일요일 아침 빤짐에 도착하면서 복잡한 터미널을 빠져나와 오토바이를 탔는데 호텔까지는 5분도 채 걸리지 않았다. 호텔은 만도비 강이 바라다보이는 조용한 곳으로 하루 200Rs로 체크인하였는데 의외로 관광객이 없어 조금 실망했다. 그래도 빤짐에 숙소를 정하지 않았다면 빤짐의 아름다움을 몰랐을 것이다.

빤짐 도착 첫날 13:30분에 세탁과 정리 후 세정까지 완료하고 빤짐 시내 구경에 나섰다. 숙소의 정문에서 오른쪽으로 꺾어 알틴호 언덕에 이르는 사오 토메(Sao Tome)는 앙증맞은 건물과 인상적인 주택가들이 있어 인도라기보다는 북유럽쯤에 와 있는 착각이다.

더욱 신기한 것은 알틴호 언덕 동남쪽에 있는 폰테이너스(Fontainhas) 마을이다. 시가지가 한눈에 보이는 전망대 같은 곳으로 3년 전 그리스 크레타섬의 카잔차키스 묘에 올라갔을 때가 연상되었다. 빤짐 구시가지부터 처치 스퀘어까지는 커다란 나무 그늘 밑 벤치가 있어 오가는 사람 구경하는 즐거움도 있는 거리다. 흰 건물의 성당은 1541년에 세워진 <동정녀 마리아 성당(Ourlady Church)>으로 눈부신 하늘에 투영되어 정말 아름다웠다.

시립공원과 만도비 강가를 걸으면서 강이 보이는 레스토랑에 들었다. 인도 맥주 킹피셔를 주문 후 잔잔한 파도가 있고 넓은 개펄이 있는 강을 바라본다. 북인도에서는 공식적으로 술을 팔지 않는데 이곳 남쪽은 맥주를 파는 상점은 따로 있지만, 레스토랑에서 쉽게 마실 수 있었다. 평소 맥주나 술을 즐겨 하지 않지만 집을 떠나온 여행자이기에 나의 이런 일탈 행동도 즐겁다. 크고 작은 배들이 평화롭게 떠가고 한도 끝도 없이 펼쳐진 개펄에서 뭔가를 잡아 올리는 어부들이 한 폭의 그림처럼 다가온다. 강인데 왜 펄이 있는 건지 이해가 안 가지만 물이 빠진 모습에 펄이 보인다. 성당에서 도보로 15분 거리의 <뮤니시펄 마켓(Municipal Market)>을 둘러보았다. 빤짐에서 가장 큰 국영 재래시장이긴 하지만 일요일이라 한가하여 분주한 시장 속 분위기는 만끽할 수 없었다. 그러나 인도 다른 지역에서는 찾아보기 힘든 육류, 쇠고기나 베이컨 등을 살 수 있고 해산물 판매대도 있다. 갓 잡은 새우나 생선도 싼값으로 살 수 있는 곳이 있다. 분명 북인도와는 다른 남인도의 국영시장의 모습은 놀라웠다. 시장 안을 조금 걸어 들어가면 큰 건물이 나오는데 그 안으로 들어가 2층으로 오르는 길에 조명등에 비친 대형만화 그림이 걸려 있었다. 그리고 깔끔하고 가지런히 정돈된 과일 전을 보고 기존의 구시가지나 시장과는 다름을 느꼈다.

이곳에서 포도와 바나나를 사고 와인 판매점에 들러 인도 맥주 캔을 한 개 샀다. 이걸 가지고 다시 <시립공원(Municipal Garden)>으로 들어와 잔디에 앉아 휴식을 취했다. 홀로 여행이란 가이드의 계획된 시간표 따라 끌려다니지 않고 가고 싶을 때 가고 쉬고 싶을 때 쉬는 것을 자신 맘대로 할 수 있어 좋다. 이렇게 난 여행 중 낯선 땅에서 날 알아보는 사람도 없기에 아무 데든 가장 편한 자세로 앉아 주변을 즐기고 휴식을 취하거나 책을 본다. 벤치는 있어도 좋고 없어도 좋지만 큰 나무가 있으면 더욱 좋고 아름다운 꽃이 있으면 향기에 취한 눈과 코가 즐겁다. 자연이 모두 친구가 되고 휴식과 자유가 있는 진정한 여행이라는 생각마저 든다.

해는 저물고 주변은 칠흑 같은 어둠이다. 여행 중 숙소는 내 집이다. 조용한 호텔 2층 난간에서 내려다본 만도비 강의 야경도 아름다웠다. 이곳에도 야간유람선이 있는데 고아 전통음악과 춤이 곁들여진 주로 여행자들의 축제란다. 그 분위기를 느껴보고 싶은 맘도 있지만 혼자서 야간유람선을 탄다는 게 좀 껄끄럽다. 그냥 베란다에서 강물 위로 떠다니는 야경을 보는 것으로 만족하기로 했다. 집에 전화 안부나 할까 하다가 이왕 집을 나서서 일탈했는데 그냥 참자는 맘이 앞섰다. 나 없어도 세상은 잘 돌아간다고 일상에서 벗어나고 싶지만, 맘이 그저 편하지만은 않다.

만도비 강의 일출과 성지 올드고아와 잊지 못할 안주나

인도의 숙소를 정할 때 싱글 룸을 찾아보지만, 트윈 또는 더블 베드가 대부분이었다. 그럴 때마다 난 한쪽 침대에 짐들을 맘껏 펼쳐놓고 누구의 눈치도 볼 것 없이 편하게 지낸다. 난 평소에도 깔끔한 정리 정돈 형이 아니라 대충 어질러 놓고 사는 형이다. 그리고 집에서는 불면으로 인한 고통이 심한 편인데 여행을 나오면 흔들리고 시끄러운 기차 속에서도 잘 자고, 허름하고 더러운 침구도 별 상관없이 내 침낭을 펴고 잘 잔다. 진짜 역마살 낀 여행 체질로 내가 생각해도 이런 내가 신기하다.

새벽 6시에 가뿐히 자리를 털고 산책 나왔다. 아직 밤에서 깨어나지 않은 호텔의 모습도 참 소박하다. 일출 사진이 가능한 곳이 어디일까 하는 맘으로 만도비 강가로 산책하러 나갔다. 어느 곳에도 빛의 기운은 없어 포기하고 돌아오려다 말고 아직 해 뜰 시간이 되지 않을 수도 있다는 생각에 어제와 반대 방향으로 강변을 걸었다. 왁자지껄한 야간유람선의 밤 풍경과는 달리 신선한 바람의 새벽 강가는 정적이 감돈다. 그런데 이게 무슨 횡재인가?

전혀 예상치도 않고 귀띔도 없었으며 여행책에도 누구의 경험담도 없었다. 그런데 이렇듯 아름다운 일출을 보는 순간 뒤통수를 저 붉은 태양으로 한 대 얻어맞은 기분이 들었다. 어찌나 황홀했던지 입가에 미소가 절로 난다. 아~아!! 이건 횡재다!! 빤짐이라는 도시는 여행자들에게 자칫 스치는 도시 정도로 비칠지 모르나 지중해의 어느 항구 도시를 옮겨놓은 것처럼 아름다웠다. 빤짐의 만도비 강(Mandovi River)의 일출. 이토록 예쁜 일출을 보게 될 줄이야. 해가 막 떠오르는 저 앞에 보이는 다리가 'Old Pato Bridge'이다. 강가에 줄지어 서 있는 불 꺼진 가로등까지 멋진 일출을 더욱 멋있게 연출한다. 길거리의 조각상은 포르투갈식민지 시절의 잔재들로 시립공원 주변에도 당시의 모습들이 여기저기에 남아있고 그 조각상들을 돋보이게 하는 쪽빛 하늘이 신비롭다.

주변의 고아 주 박물관은 포르투갈의 식민지 시절이던 1947년에 개관하여 다양한 종교 전시물을 갖추고 있다. 특히 고아 주 빤짐에는 전체 주민의 35%가 가톨릭을 믿고 있어 인도가 갖는 힌두교의 이미지가 완전히 사라진 도시다. 아침 산책길에서 봤던 다리의 남쪽으로 폰테이너스(Fontainhas)라는 빤짐의 구시가지가 있다. 이곳은 컬러풀한 부촌으로 알틴호 언덕에 올라 내려다본 빤짐의 모습은 마치 중세 유럽의 한 도시에 와 있는 기분마저 든다. 이긴 괴기 포르투갈식민지 시절의 분위기가 아직 남아있기 때문이다. 이곳이 지금까지 내가 알고 있는 인도 맞아? 할 정도로 분위기가 다르다. 보는 즐거움과 느끼는 즐거움이 함께하는 강변의 깨끗한 거리였다. 이번 여행은 사전에 예약한 것이 하나도 없어 도시 이동할 때마다 다음 이동할 도시와 방법, 숙소를 그때그때 생각해야 한다.

오늘은 다음 행선지인 함피를 가기 위해 미리 기차표를 예약해 두어야 한다. 지난 뭄바이의 경험도 있어서 배낭을 챙겨 리셉션에 맡겼다. 바쁜 것도 없고 기다린 사람도 없어 차분하게 걸어서 주변을 둘러보며 버스 정류장으로 향한다. 빤짐은 기차역까지 가지 않고 버스 정류장 2층에 가면 기차표를 예약할 수 있다. 마침 아침 9시경으로 예약 실의 문이 열렸다. 원래 계획은 고아와 빤짐에서 3박을 할 예정이고 함피로 이동할 생각이었다. 그런데 내가 원하는 14일(수요일)에는 기차가 없고 화요일에 있다며 13일이 괜찮겠냐고 묻는다. 난 얼떨결에 OK~를 해 버렸다. 차라리 뒤로 물러 15일 기차표를 예약하여 고아에 좀 더 머물까 생각할 때 이미 함피 행 기차표가 내 손안에 있다. 그러니까 난 경황없이 생각과 행동을 따로 하고 있었다. 그런데 예약에서 신경이 거슬리는 것이 또 하나 있었다. 다른 도시에는 없는 대기표를 끊는데 10Rs를 받더니 차표 값이 172Rs인데 자신들의 2Rs를 받겠다며 거스름돈 8Rs를 안 내주는 것이었다. 난 차라리 박시시를 하더라도 기어코 받겠다는 심경으로 옆에 기다리고 서 있다가 나머지 돈 8Rs를 챙겼다. 참 나도 나지 ㅎ. ㅎ 나중에야 알게 된 사실이지만 인도에선 거스름돈을 안 내주는 일이 다반사란다. 이렇게 동전이 필요할 때가 있으니 귀찮아도 모아둘 필요가 있다. ㅎ.~

짧은 시간에 많은 것을 보고자 고아 주 관광청의 시티투어를 이용하려고 계획했다. 사설 여행사 투어도 있긴 하지만 만약의 경우 사고가 났을 때를 대비한다면 가능한 한 관광청 투어가 좋다. 그런데 관광청이 내 책의 안내 지도와 달리 다른 곳으로 이사 갔다. 관광청을 찾아가는데 생각보다 많은 시간이 흘러 버렸고 애를 좀 먹었다. 결국, 찾긴 찾았는데 투어버스는 9시 30분에 이미 출발한 상태로 난 관광청 투어를 이용할 수가 없었다. 어차피 이리된 거. 어쩔 수 없다. 혼자서 이곳저곳 찾아가 보기로 하였다. 낼 아침 기차를 타고 함피로 가야 하기에 숙소를 북부 해변으로 이동할 수는 없는 노릇이었다. 이런 경우 중요한 것은 계획대로 되지 않았다고 낙심하기보다는 자유여행의 여유로움을 그리고 자신의 실수를 적당히 덮어줄 필요가 있다. 난 숙소에 다시 들어 맡겨둔 배낭을 전날 저녁 잤던 방에 풀고 하루 더 묵겠다고 연장하였다. 가뜩이나 여행객이 없었던 주인은 기분 좋은 모양이다. 난 아침 식사를 하며 배부름의 즐거움으로 일정 축소의 아쉬움을 달래기로 하였다. 이미 시간은 10시가 넘어버렸지만 멋지고 고급스러운 식당을 찾아 나섰다. 이 도시에서 맛있고 실내 장식이 뛰어났다고 소문난 Venite Hotel 2층의 베니뜨의 식당이다. 밖으로 난 난간의 식당 테이블이 이채로워 보였다. 딱 두 사람이 마주 앉을 만한 테라스 공간에 작은 탁자와 마주 보는 의자가 놓여 있었다. 해산물 식당으로 유명하다고 했지만, 메뉴를 서슴없이 시키기엔 내 뱃속에 무리가 될 성싶어 오믈렛과 구운 빵, 그리고 바나나라시를 주문했다. 갓 구워낸 빵이 적당한 아삭거림과 함께 어찌나 담백하고 맛있던지 추가 주문했다. 겉은 바삭하고 속은 구수하고 부드러운 베니뜨의 구운 식빵 맛을 잊을 수가 없다. 이건 진짜 굿모닝~~ 이다. 고아 주 관광청에서 준 투어 내용을 보고 이후 일정을 계획했다. 어차피 오늘은 빤짐에서 혼자 알아서 이곳저곳으로 고아 주 내를 돌아다닐 생각이다. 하루 일정을 잡기 위해 브런치를 한 후 간단한 일정을 세웠다.

다시 버스 정류장으로 가서 15분에 한 대씩 있는 올드고아행 버스(왕복 15Rs)를 탔다. 빤짐에서 10여 킬로 떨어진 올드고아행 버스를 타면서 차장에게 Old Goa에서 내리겠다고 말했다. 차장의 안내로 올드고아 정류장에서 내리자마자 오른쪽으로 꺾으면 이정표가 나오며 넓은 평지에 성당과 박물관이 있어 쉽게 찾을 수 있다. 올드고아는 포르투갈의 국민시인 카몽스가 자신의 대표작 Os Lusiadas에서 '동방의 귀부인'이라 칭했던 곳으로 포르투갈의 수도인 리스본을 재현한 도시다. 1843년 당시에 빤짐으로 수도를 이전하면서 건물들을 억지로 철저하게 파괴했다. 한때는 영국의 런던과 맞먹을 만큼 큰 도시가 황폐해졌고 지금은 몇 안 되는 성당만 보존된 상태로 뒤늦게나마 이 성당들은 유네스코 세계문화유산이 됐다. 도시 곳곳에 바로크풍의 성당이 있는데 성 카제탄 성당과 수도원, 대주교 궁전과 고고학 박물관을 구경 후 성 캐서린 성당, 봄 지저스 성당 순으로 관람하기로 정했다. 한적한 시골 마을 안의 성당들은 파란 하늘에 보석처럼 반짝였다. 어쩜 저리도 하늘 색깔이 예쁠까? 중남부 인도여행을 하면서 가장 인상적인 것은 많은 유적지도 있지만 진짜로 내 맘을 사로잡은 건 걷기 중 맑은 공기와 파란 하늘이다. 천천히 걸으며 올려다보는 하늘은 날 더욱 겸손하게 만든다. 흔히 다른 사람들은 빤짐에서 올드고아까지 12km 길이의 해안도로가 멋지다고 하고 오토바이 렌트를 하여 움직이기도 한단다. 이럴 때를 대비하여 오토바이 타는 것도 배워둘 걸 그랬다.

먼저 <성 프란시스 성당(St. Francis)>과 <성 카제탄 성당(St.Cajetan)>은 로마의 성 베드로 성당의 축소판이란다. 이는 이탈리아 건축가 프란체스카 만코가 설계하고 교황 우반 3세가 지은 성당이다. 건물은 붉은 홍토(라테라이트) 벽돌로 지은 뒤 흰색 회칠을 하였다. 성당 건물에 들어서기 전에 폐허가 된 잔재들과 넓은 정원을 둘러보고 맘을 진정시킨다. 화려한 장식의 제단과 돔형의 지붕이 아주 웅장하다. 내부엔 사진 촬영을 금하도록 팻말이 있었지만 아무도 신경 쓰지 않고 사진을 찍고 나도 찍는다.

　다음 찾아간 <고고학 박물관(Archaeological Museum)>은 1517년 건설된 성 프란시스 수도원을 개조한 것이다. 갈색 지붕의 하얀 건물 내부에는 포르투갈에 의해 파괴된 힌두사원의 석상과 잔재들이 있다. 박물관 복도에 역대 총독들의 사진과 총독 Affonso De Albuquerque의 동상이, 실내 중앙에는 포르투갈 국민 시인인 카몽스의 동상이 있다. 아이러니하게도 총독의 동상은 박물관 문밖에 세워져 있으나 국민시인 루이스 바스 데 카몽스는 박물관 안쪽 중앙에 널찍하게 자리 잡고 있다. 카몽스는 포르투갈의 항해가인 바스쿠 다가마가 인도를 발견하기까지의 과정을 다룬 대서사시 '우스 루시아다스'를 지었다.

　다음 <성 캐서린 성당(St. Catherine`s Cathedral)>은 올드고아에서 가장 큰 성당으로 1562년에 시작되어 90년 동안 지어진 건물이다. 캐서린이라는 성당의 이름은 307년 로마 황제였던 막센티우스의 개종 회유에도 굴하지 않고 순교하여 추앙받던 알렉산드리아의 캐서린에서 따온 것이라는데 나의 이집트 여행에서 만난 시나이산 캐서린과 동일 인물이 아닌가 싶다. 책에도 나와 있시 않고 가이드가 없으니 정확히 알지는 못하나 가톨릭교 안에서 캐서린의 순교는 지대한 영향력이 있어 보인다. 성당 안의 단상은 온통 금으로 뒤덮여 화려하게 꾸며진 성찬대와 좌우 벽에는 성녀 캐서린의 생애를 다룬 화려한 벽화도 있어 여행자들의 발길을 더디게 하였다. 천장화의 희미한 남녀 나신은 미완성인 듯 낙서인 듯 보이지만 아마도 핍박과 박해를 당한 성녀 캐서린과 그 상대역인 황제 막센티우스가 아닐지? 낙서 앞에서도 숙연해지니 난 막연히 기도하고 싶은 맘에 가는 양초에 불을 지폈다.

내 옆에 있던 여행자는 내게 사진 찍어주겠다며 친절을 베푼다. 서로 사진을 찍어주며 작은 소통이 오갔다. 혼자서 여행 다니는 사람들의 맘을 어찌 모르겠는가. 황금빛으로 찬란하게 빛나는 정면의 성찬대는 성당완성 후 40여 년에 걸쳐 완성했다고 한다. 플래시를 켜서 사진을 찍으면 너무도 화려하게 발광하여 강제로 닫아 찍었다. 금빛 찬란함보다 갈색 중후함이 좋은 이유는 내가 나이가 들어서일까? 포르투갈의 고딕 건축 양식에 외관은 토스카나식이고 내부는 코린트식으로 꾸며져 있으며 성찬대를 중심으로 커다란 기둥 뒤로 좌우 벽에는 돔 모양으로 움푹 들어간 공간에 성화와 아름다운 조각이 새겨져 있었다. 성 프란시스코 성당과 성 캐서린 성당, 그리고 대주교 궁전, 고고학 박물관을 돌아보며 여기가 인도가 아닌 다른 세상인 것처럼 느꼈다. 하얀 캐서린 성당과 프란시스 성당을 뒤로하고 봄 지저스 쪽으로 걸어오는데 현지인인 듯한 청년 여러 명이 내게 다가와 함께

사진 찍기를 원했다. 정중히 사양했으나 끝까지 버틴 녀석과 기념 샷 한 장.

다음은 회칠하지 않은 붉은색 건물 <봄 지저스(BOM JESUS)성당>이다. 1594년 인도에 최초로 세워진 봄 지저스 성당. 안으로 들어서기 전 성당을 바라보면서 또 한 번 정말 이곳이 인도 맞아? 하며 공원 벤치에 오랜 시간 앉아 있었다. 성당의 안쪽 중앙에는 금색으로 뒤덮인 화려하고 중후한 성찬대가 있다. 이곳에는 좀 특별한 것이 있는데 고아 주의 수호성인인 썩지 않은 성 프란시스 사비에르(St. Francis Xavier)다. 그의 시신은 10년을 주기로 일반인에게 공개된다. 1995년 시신을 개방했을 때는 200여만 명의 인파가 몰려들기도 했다는데 요즘은 시신의 상태가 워낙 나빠져 이후 언제 일반인에게 개방될지 모른다고 한다. 하지만 매년 12월 3일은 성인의 기일로 고아 주의 최대 축제일이다. 올드고아가 좋다는 말은 선행자들에게 듣고 책에서 봐서 알지만 이런 모습일 거라고는 생각을 못 했다. 수많은 종교가 산재해 있는 인도 안의 고아는 가톨릭 성지다.

한적한 시골 풍경에 너무나 맑은 하늘, 깨끗한 공기, 분명히 인도지만 인도 같지 않은 고아의 모습이다. 버스 정류장과 가깝게 성당들이 모여 있어 올드고아 전체를 두루 살펴볼 생각은 하지 않았다. 이곳에 머무는 동안 영화 같은 장면 안으로 풍덩 들어가 있는 기분이다. 그런데 기차표가 뜻대로 되지 않아 일정이 하루씩 앞당겨졌다. 이럴 줄 알았으면 좀 더 생각하고 차라리 하루 더 머물렀으면 좋았을 텐데 아쉽다. 내가 원하는 진정한 쉼의 여행지를 너무나 짧은 시간밖에 머물지 못한다. 짧지만 잠깐이라도 올드고아에 머물러 좋았고 이 도시의 신선한 충격이 오래도록 기억으로 남았다.

다음으로 오후 3시 45분에 올드고아에서 다시 빠짐 버스 정류장으로 돌아가 바로 맙사로 가는 버스를 탔다. 이유는 여행자 천국이라는 안주나 해변의 석양을 보기 위해서이다.

방종에 가까운 자유가 보장되고 해변식당에서 쏟아져 나오는 불빛과 춤판을 보러 가기엔 턱없이 부족한 시간이기도 하지만 그런 방탕한(?) 안주나를 좋아하지도 않는다. 그저 조용한 해변이기만을 기대하며 바로 가는 버스노선도 없어 맙사를 통해 다시 안주나로 가는 버스로 갈아타야 한다. 버스를 이용하여 갈 때 빤짐에서 맙사까지는 40여 분 정도 시간이 소요되고 다시 맙사에서 안주나까지는 30여 분 소요된다. 대충 시간을 맞춰보니 석양을 충분히 볼 수도 있겠다 싶어 출발한다. 버스를 갈아타며 안내원이 안주나라며 알려준 곳에서 내려 곧장 해변 쪽으로 달려갔다. 매주 수요일에 열리는 수요 벼룩시장이 볼만하다는데 화요일인지라 현지인들이 벌인 장만 서 있었다.

안주나(Anjuna)의 수요 벼룩시장의 유래는 안주나의 풍광에 매료되어 장기체류자가 생기면서 여행경비가 떨어진 여행자들이 쓰다 남은 물건을 내다 팔면서 시작되었다고 한다. 고아 주 관광청의 관리가 시작되는 1990년부터는 티베트 난민들이 제작한 수공예품도 많고 여행자들이 직접 만든 액세서리 등도 있지만 워낙 소문이 잘 나 가격이 무척 비싸다. 외국인 여행자를 상대로 하니 오죽하랴. 하지만 나부터도 인도여행은 큰돈이 들지 않은 나라라는 생각에서인지 어지간해서는 돈을 쓰려고 하지 않는다. 정확하게 말하면 모든 것이 우리가 생각했던 것보다 싸지만 살만한 것도 없다. 특히 의류나 음식값이 싼데 이건 인건비가 싸고 열대과일이 풍부하여 가격 대비 양도 많다. 하지만 솔직히 청결하지 않다는 선입견이 있는 것도 사실이어서 선뜻 지갑이 열리지 않는다.

붉은 돌들과 붉은 모래가 있는 안주나 해변. 보랏빛 꽃이 커다란 야자수 밑에 석양빛을 받아 더욱 아름답게 빛나고 해는 서쪽 해변으로 떨어지려 하고 있다. 밤이 깊어가면 서양 젊은이들로 광란의 밤이 될지는 모르지만 지금 내가 머문 이 시간은 고요와 적막만이 있다. 안주나의 석양 풍경에 심취하여 나 혼자서 모든 걸 독차지하고 있다. 세상 모든 바닷가 석양이 이만하지 않겠냐는 생각도 들지만 뭔지 모를 숙연함에 빠져든다. 모서리 뾰쪽한 바위에 철썩거리는 파도와 물보라를 감상하며 나처럼 사진을 찍는 사람이 몇 명 있었다. 하지만 석양만 보려고 이곳을 방문하는 사람은 나 외에 또 있을까? 시간에 쫓기며 스치듯 돌아가기엔 너무 아쉬운 안주나 해변이다. 그건 모든 여행객이 이곳 고아의 해변을 으뜸의 쉴 곳으로 생각하기 때문이다. 낼 아침 함피로 떠날 기차표가 있음이 원망스러운 순간이다. 어찌하든 안주나의 일몰 광경을 만끽해 보자. 바닷가 바위 위를 이리 뛰고 저리 뛰며 석양을 즐겼다.

　그! 런! 데! 아크~쿠~~~ 큰일 났다. 야자수와 잘 어울리는 석양 노을을 찍으려 우왕좌
왕하다 보니 시간이 벌써 많이 지나 버렸다. 허겁지겁 버스에서 내렸던 곳으로 나왔는데
내가 도착한 시간은 이미 마지막 버스가 가버린 다음이었다. 이제 막 해넘이인데 오토바
이들만 막차를 놓친 손님들을 호객하느라 정신이 없다. 사이클 릭샤와 달리 아긴에 빠른
속도를 가진 오토릭샤를 타는 것이 두렵고 무서운 순간이었다. 하지만 어쩌든 숙소인 빤
짐으로 돌아가긴 가야 한다는 생각이 머릴 짓눌렀다. 어쩔 수 없이 모르는 남자의 오토바
이 흥정을 하려는데 왠지 기사의 인상이 험악해 보이고 400Rs를 달라는 게 차라리 숙박
비와 기차표를 포기하는 쪽이 나을 것 같았다. 잠깐이긴 하지만 이럴까 저럴까 망설이던

중 외출하며 돌아오던 어느 서양 여자가 내게 넌지시 무슨 일이냐고 묻는다. 자초지종을 서툰 영어로 이야기했는데 대충 알아들었는지 내게 맙사로 가지 말고 칼링굿으로 가면 버스가 있을지 모르겠다며 알려준다. 그러면서 자신이 제시한 것이 굿 아이디어 아니냐며 씽긋 웃는다. 그리고는 잠시 후 다시 자신이 칼링굿까지 바래다주겠단다. 나이가 좀 들어 보이긴 하지만 진심으로 도와주려는 의도가 보여 감사하다며 오토바이 뒷좌석에 올라탔는데 방금까지 잘 타고 왔다던 오토바이가 시동이 걸리지 않는다. '아이고 이를 어쩌나~~ 미처브러!! 어쩔 수 없지 뭐'하며 그녀의 선심만 감사의 마음으로 받고 돌아섰다.

다시 오토바이 릭샤왈라를 찾아 마~악 흥정을 하려는데 바로 옆에서 "한국 분이세요?" 한다. 허~얼~~ 이곳에서 동양인 그것도 한국 사람을 만나다니. 난 순간 말문이 트이며 "네. 한국에서 왔어요. 반갑네요"라고 대꾸했다. 그 남자는 방금 남부 해변 꼴바에서 북부 해변 차포라까지 다녀왔다며 어느 모자를 기다리다 오지 않아 들어오는 길이란다. 막차를 놓쳤다는 내 사정을 듣고 안타까워했다. 그리고는 바로 자신이 칼링굿까지 바래다주겠다며 내 뜻을 점잖게 묻는다. 난 내가 사정할 그 상황에서 좋고 나쁘고 따질 계제가 아니었다. 들어보니 칼링굿이라는 낯선 땅에서도 한 시간에 한 대씩 배정되는 버스가 언제 올지 모르는 상황이었다. 구세주를 만난 듯 만면에 미소를 지으며 그렇게 해주겠냐 되물었다. 그 남자의 외형은 나이가 좀 들어 보였고 머리는 짧은 스포츠형으로 인상이 나쁘지 않았다. 다시 말하면 나를 위험에 빠뜨리지 않을 거 같다는 생각에 미치자 동족이라는 것 외에 아무것도 모르는 그 남자의 오토바이 뒤에 올라탔다. 극히 불안한 자세로 앞가슴 쪽으로 작은 배낭을 메고 양손을 뒤 안장을 잡고 불편한 자세로 달렸다. 칼링굿을 향하여 가는 도중 한 30분쯤 타고 갔을까? 이 남자는 칼링굿을 낮에 다녀왔다며 지리를 잘 아는 것 같았고 오토바이는 마침 칼링굿 버스 정류장 앞에 왔다. 감사한 맘에 잠깐 목 좀 축이고 가겠냐고 내가 제안했다. 그 남자와 나는 노상에 차려진 카페에 앉아 음료수 두 잔을 시켰다. 자연스럽게 여행의 여정을 이야기하고 고국 이야기를 하다가 고향 이야기와 직업을 이야기하게 되었다. 내가 전라도 광주에서 여고 교사를 하는 사람이라고 하자 그 남자는 웃으면서 전남의 절에서 스님 생활을 하며 두 달째 불교사찰 순례 중이라고 한다. 어쩐지 그 남자의 여정에서도 느꼈고 사용하는 단어와 말하는 품새가 여느 일반인과 좀 다르다는 생각이 들었는데 허~어 이게 무슨 인연인가 싶었다.

그다지 길지 않은 시간. 잠깐 이야기한 거 같은데 주변을 살펴보니 어둠이 짙어지고 조용해진 거 같다. 우린 얼른 일어나 버스 정류장으로 갔다. 그런데 이게 웬일이야. 참나~ 배차된 버스는 없더라도 차를 기다리는 승객은 있어야 하는데 버스 정류장에는 차도 사람도 없었다. 이미 마지막 버스까지 떠나버린 시간으로 8시가 조금 넘었다. 일상 우리들의 생각에 밤 10시까지는 있으리라 예상했건만 그 예상은 완전히 빗나간 것이었다. 나도 스님도 어쩔 수 없이 내려야 할 결정은 나의 숙소인 빤짐까지 가야 한다는 것이었다. 특별히 할 일도 없는데 선행한다는 맘으로 빤짐까지 바래다주겠다는 스님의 말씀이 반갑기도 하고 미안하기도 하고 머릿속은 범벅이 된다. 다음 날 아침 7시 호스펫으로 이동하려면 염치없지만, 오토바이를 타고 빤짐으로 가야만 한다. 동향 사람이고 스님이라는 말에서 더 그랬는지 신세를 져도 괜찮을 것 같은 믿음이 갔다. 빤짐을 향하던 중 오토바이에 기름이 떨어져 수퍼 같은 가게에서 100Rs의 기름을 넣었다. 기름값을 내고 나니 맘이 훨씬 편하지만, 오토바이 뒤에 앉아 빤짐까지 가는 동안 난 더욱 경직되었다. 스님은 안전을 위해 허리를 잡으라 하지만 어떤 자극이나 행동도 보여서는 안 된다는 생각이 지배적이었다. 주변은 더욱 깜깜해지고 밤바람은 차가웠다. 가도 가도 끝이 없을 것처럼 지루함과 불안함도 잠시, 눈에 익은 다리가 나타났는데 왠지 길이 다른 것 같았다. 난 순간 불안하여 버스 정류장 앞에 세워주면 숙소를 찾아갈 수 있다고 말하면서도 고마움과 미안한 맘이 섞여 있었다. 스님은 두말없이 숙소를 찾아갈 수 있겠냐며 버스 정류장에 날 내려주고 잘 찾아 들어가라며 훌훌 떠나갔다. 여행지에서 만남과 헤어짐은 이런 것이리라. 이렇게 큰 신세를 졌는데도 서로 이름 석 자도 모른다. 하지만 스님은 화순에 있는 안심마을에 가끔 들른다고 말했다. 나의 주말 생활 터인 석가헌은 이서면 영평리이고 안심마을과 인접해 있다. 우리가 인연이라면 언제든 어디서든 다시 만날 수 있으리라. 혼자 숙소에 들어오면서 토끼가 용궁 다녀온 듯 별별 생각을 다 했다. 늦은 시간이지만 숙소에 들어 언제 어떻게 잠이든지 모르게 깊은 잠에 빠졌다.

계획한 날짜에 기차표가 없어 앞당겨진 함피행 이동이긴 하지만 고아의 일정은 반나절로 마쳤다는 게 말도 안 되는 계획이었다.

고아에 대해 무지하기도 하고 이때만 해도 뭘 즐긴다거나 휴식이나 힐링하기보다는 뭔가 계획한 대로 지켜내거나 누가 시키지도 않았는데 막중한 책임감에 사로잡혀 있었던 초짜 배낭여행자였음을 고백한다.

함피(Hampi)

빤짐▶ 마르가오▶ 마르가온▶ 호스펫▶ 함피로 복잡한 이동

빤짐의 리퍼블리카 호텔에서 새벽 4시에 눈이 떴다. 번잡한 다음 이동 때문에 긴장한 탓에 잠이 오질 않는다. 한 시간 넘도록 뒹굴뒹굴하다 짐을 챙겨 체크아웃 후 걸어서 빤짐 버스 정류장으로 갔다. 함피에 가려면 반드시 호스펫을 거쳐야 하는데 예약한 기차는 마드가온에서 호스펫까지 약 7시간 소요된다. [기차번호 8048번 Sleeper급/S8, 9 Sea/0113 08:00 0113 14:45]의 기차표를 챙겼다. 마침 빤짐에서 마르가오까지 가는 버스는 자주 있어 6:00에 바로 버스를 탈 수 있었다. 근데 이상하게도 버스 안내원은 내게 가장 앞자리를 권하면서도 차비(220Rs) 달라는 말을 하지 않았다. 내릴 때 받나 보다 하면서 나도 깜빡 잊었다. 한 시간쯤 지나서 마르가오 버스 정류장에 도착해 내렸다. 아차차~~ 차장이 차비를 달라는 말을 하지 않은 건 왜일까? 못 알아들을까 봐 달란 말을 안 한 걸까? 얼결에 무임승차가 됐다. 개운치 않은 마음으로 다시 오토바이(40Rs)를 이용하여 마드가온 역에 당도했다. 머리가 어지러울 만큼 너무 복잡한 이동이다.

기차가 출발하려면 아직 한 시간의 여유가 있기에 역 주변을 구경삼아 돌아보았다. 7:30분쯤 돼서 출발 플랫폼을 찾아가는데 마침 역사 뒤쪽에서 새 하루의 해가 떠오른다. 부산한 역 안에서 떠오르는 일출 사진을 찍을 수 있었다. 난 지정된 8048번의 좌석을 찾아 앉았고 기차는 정확하게 8시에 출발하였다. 내가 처음 여행했던 북인도의 경우 거의 기차 출발 시간을 예상할 수 없을 만큼 지연된 기억이 있는데 2년이 지난 지금 두 번의 기차출발과 도착이 딱딱 맞아떨어져 달라진 인도를 느낄 수 있어 신기했다. 나중에 알게 된 것이지만 북인도와 중·남인도의 문화에는 큰 차이가 있었다.

기차 안에서 짜이 한 잔으로 준비해간 간식을 먹고 15분이 지연된 15시에 호스펫에 도착하였다. 호스펫에서 함피로 들어가려면 다시 오토릭샤를 타야 한다. 그런데 마침 릭샤 왈라가 인도 남자 한 명을 태운 상태로 내 앞에 와서 함피를 가느냐고 묻는다. 그런다고 하니 올라타라며 이미 150Rs로 흥정이 된 것을 둘이 나누라고 한다. 그래서 쉽게 75Rs로 함피로 들어 올 수 있었다. 아마도 호스펫 역에서 내린 여행객이라면 거의 모든 사람이 함피로 가는 모양이다. 그런데 이곳 함피의 마을에 들어가려면 마을 입구에서 입장료를 내야 한다는 걸 마을에 들어선 다음에야 알았다. 그러니까 난 그들이 입장료를 내라는 말을 알아듣지 못했으나 합승한 인도 남자는 금방 알아듣고 10Rs를 냈다. 난 주머니만 뒤적거리다 말았다. 당시 내게 잔돈이 있다면 5Rs를 남자에게 줘야 하는데 잔돈도 없었다. 내게 괜찮다고 신경 쓰지 말라고는 하나 왠지 찝찝했다. 그 인도 남자의 인상은 어려 보이고 매우 조용하고 단정한 귀족처럼 보였다. 근간에 상을 당했는지 머리는 삭발인 상태로 뒤쪽 꽁지만 남았다. 그런 이유로 선뜻 말 붙이기 어렵고 조심스러웠다. 또 하나는 이토록 복잡한 이동을 이렇게든 소통하여 이렇게 찾아간다는 것이 스스로 대견하고 시통했다. 함피까지 걷기와 버스와 오토바이, 기차, 릭샤를 번갈아 타며 이동했다. 휴~우~~

오늘 밤 머물 숙소부터 찾아본다. 여행책에서 안내해 준 함피 바자르 근처의 숙소는 골방처럼 어두침침한 곳이거나 시끄러웠고 좀 괜찮다 싶으면 방값이 1,000Rs로 너무 비쌌다. 그리고 골라서 둘러볼 만큼 방이 많지도 않았다. 어제저녁 안주나에서 만난 스님의 말씀이 떠오른다. 스님은 함피에서 안주나로 왔고 난 반대로 가는 것이니 좋은 정보를 받을 수 있었다. 스님에 의하면 강을 기준으로 바자르 쪽은 비싸다며 강을 건너서 숙소를 구해 보라 했다. 일단 점심을 빈약하게 먹었으니 쉬면서 생각도 할 겸 식당에 찾아 들어 갔다. 숙소를 돌아보며 뜻밖에 '어서 오세요'라고 한글로 된 간판을 보고 들어간 곳은 3층으로 식당의 간판도 없다. 이 식당의 1, 2층은 숙소이고 3층은 식당으로 예상대로 한국 여행자들을 볼 수 있었다. 그동안 뭄바이와 고아에서는 흔치 않았으나 함피에서 한국 여행자 여럿을 보니 반가웠다. 두 명의 조카를 데리고 여행 중인 여자는 날 보더니 혹시 선생님이냐고 묻는다. 난 웬만해서는 보통 아줌마로 여행하는데 어디선가 선생 냄새가 났나 보다. 아니 같은 선생으로서 알아봤을 거다. 그녀 역시 부산의 여고 교사이며 39세 골드미스로 식사 중 이런저런 이야기를 했다. 대충 여행지에서 여행자를 만나면 묻는 말들은 비슷비슷하다. 어디서 왔느냐, 어디로 가느냐? 며칠 여정이냐, 그곳에 가면 어느 숙소가 괜찮나? 등등 좀 더 말이 통하면 그곳의 느낌은 어떠했느냐 정도 묻는다. 어떤 경우 맘이 맞고 일정이 맞으면 생판 모르는 사람끼리 동행하기도 한다. 난 점심으로 한국식 백반인 밥과 김치, 감자볶음과 달걀 전을 시켰다. 생수 한 병까지 포함하여 90Rs다. 여행 후 처음으로 먹어본 김치맛과 향은 참으로 좋았다. 이런 경우 맛이 좋고 나쁨은 별 의미가 없으나 맛도 좋았다. 앞 테이블에서 식사하던 부산서 왔다는 세 여인은 이 식당의 여주인이 직접 한국에서 한국요리를 배워왔다고 한다. 그 세 여인은 낼 벵갈루루로 떠난다고 한다. 식당 주인에게 밥값 계산을 하면서 방이 있느냐 물으니 오늘은 없지만, 내일은 나올 거란다. 이 세 여인이 떠난 자리이리라. 세 명이 1,000Rs면 비싼 방이 아니지만 혼자서는 비쌀 뿐 아니라 난 내일이 아닌 오늘 저녁 잠잘 곳이 필요하다. 특별히 밥이나 김치를 찾지는 않았지만, 간만에 밥 다운 밥으로 점심을 마치고 식당을 나와 스님의 말씀대로 배를 타고 퉁가바드라강을 건너기로 했다. 강 건너 숙소를 물어보니 부산서 온 세 아가씨는 강을 건너지 않아서 잘 모르겠다며 배 타는 방향만 가르쳐 준다. 혼자 골목길로 들어가 꼬마 아이들에게 "Boat?"하며 손가락을 쳐드니 두말할 것도 없이 자기를 따르라며 앞장선다. 고맙다고 머릴 쓰다듬으며 사탕 하나로 고마운 마음을 표했다.

나룻배의 이용료는 10Rs이고, 배낭이 있으면 10Rs를 추가해야 한다. 강을 건넌 다음 다시 함피 바자르 쪽을 바라보니 건너오길 너무 잘했다. 여행지에서 만난 선행자의 한마디는 이런 꿀팁이 된다. 우선 붐비지 않고 조용해서 좋았고 때마침 서쪽으로 떨어지는 일몰 광경도 운치가 있다. 저녁 7시까지 보트가 왔다 갔다 한다는데 마지막 배가 들어온다. 내일 둘러보게 될 퉁가바드라강 너머에 비루팍사 사원(Virupaksha Temple)이 보인다. 강을 건너서 마을로 오르는 포장된 계단과 작은 길을 따라 올라가면 숙소들이 늘어져 있었다. 강을 바라보는 쪽으로 테이블이 놓여 있는 첫 집에는 서양 사람들이 정말 많았고 그에 반해 방은 없었다. 첫 집에서 어떤 사내가 나와서는 자기가 안내하겠다며 따라오라고 한다. 조금 더 올라 왼쪽으로 꺾어 올라 RAJU Guest House를 안내한다. 이런저런 도움으로 의외로 쉽게 방을 구하고 2박에 450Rs로 흥정했다.

빤짐 처럼 방안에는 싱글침대가 두 개 놓여 있고 개인 욕실도 실내에 있었다. 게스트하우스치고 이만하면 아주 훌륭한 방이다. 안내해 준 대로 방에 들어 배낭을 풀어놓고 간단 샤워 후 일몰을 놓칠세라 다시 강가로 나갔다. 숙소 바로 옆에는 인터넷 피시방도 있었고 국제전화 박스와 독일빵집도 있다. 그리고 숙소와 함께 레스토랑도 있어 조금도 불편함이 없다. 여행 후 처음으로 피시방을 찾았는데 인터넷 사용료는 1시간에 50Rs인데 한글 프로그램이 설치되질 않아 불편을 감수해야 했다. 피시 사용한 지 20년이 넘었는데도 자판 위치를 외우지 못하고 독수리타법을 불편해하지 않고 살았던 내가 한심하기도 했다. 내가 컴퓨터로 워드를 시작한 것은 1985년도다. 컴퓨터 원시시대라 할만한 운영체제는 DOS로 하는 8088XT 컴퓨터. 타이핑이나 자판 위치를 공부하기 전에 최 선생의 학위 논문을 모두 내가 타이핑했다. 컴퓨터 타자 연습 과정도 없이 옆에서 원고 내용을 읽어주면 자판기 위에 눈을 대고 최대한 빠른 손놀림으로 컴퓨터를 다루기 시작했었다. 그것이 지금까지 독수리타법으로 이어졌으니 처음 습관이 중요하다. 그리고 가능하면 국제화 사회이니만큼 모든 아이디와 비번은 영어로 해 둬야 할 것 같았다. 어쨌든 피시를 사용하기 위해선 구글을 이용하여 한글 폰트 소프트웨어를 깔아야 했고 그제야 한글로 된 비번을 입력할 수 있었다. 걱정하는 가족과 지인들에게 미안해서라도 잘 여행하고 있다고 알리는 게 좋을 거 같아 사진 몇 장을 올렸다. 그리고 아들에게 쪽지를 보냈다.

밤 10시가 되어 숙소에 들어와 잠을 자려 애써 보지만 눈만 말똥거렸다. 다시 피시방에 들어 카페에 접속해보니 아들이 벌써 답장을 보내왔다. 아들은 사관학교 훈련 조교 시험을 보고 입대 날짜를 기다리던 중이다. 함께 오질 못해 미안했는데 아들은 오히려 엄마를 걱정하며 자유롭게 여행을 즐기라고 힘을 실어준다. 매번 그랬지만 이번 여행의 가장 큰 공은 내 두 아들의 용기 북돋움과 진심 어린 도움 덕분이다. 아들이 보낸 쪽지에는 간단하지만 두 손 들어 박수와 함께 만면의 미소가 보인다. 아들 가진 엄마들은 아들 군대 보낼 때 서럽게 운다는데 난 지금 홀로 자유여행 중이다. 작은아들과 함께한 1차 인도와 네팔 여행에서도 말했지만, 나에게는 친구 같은 딸은 없어도 애인 같은 아들이 둘이나 있어 너무 든든하고 좋다.

퉁가바드라강의 모습과 흩어져 있어 힘들었던 함피 사원 투어

새벽 6시 30분에 퉁가바드라강으로 산책하러 나갔다. 해뜨기 전인데도 강에는 현지인들의 목욕하는 소리로 하루 시작의 꿈틀거림이 느껴져서 생동감 있다. 처음엔 인도사람들은 잘 안 씻는다고 생각했는데 그건 오산이다. 이곳 함피 사람들은 모두 강으로 나와 목욕하고 빨래하는 거 같았다. 목욕하는 사람들은 뭐가 그리 즐거운지 얼굴엔 희미한 미소를 머금고 온몸을 정성스레 씻고 닦으며 물놀이하는 모습에 생기가 충만하다. 작은 카메라를 들고 있는 내게 손짓과 함께 "뽀또~ 뽀또~"소리를 내며 사진을 찍어달라고 하는데 보는 내가 민망할 뿐 벌거숭이라도 부끄러운 거 없다. 강 상류에서 하류로 걸어서 돌아다니다 보니 어제저녁 해가 졌던 서쪽의 강 하구와 반대쪽으로 강 상류 동쪽에는 어김없이 새날의 해가 둥실 떠오를 준비를 하고 있었다. 강 건너 쪽에서 사람이 아닌 듯한 둥근 바위 같은 물체가 움직인다. 가까이 다가가 보니 코끼리를 목욕시키고 있다. 코끼리가 커다란 몸을 좌우로 돌려가며 목욕재계하는 이유를 비루팍사 사원을 방문하고서야 알게 되었다.

사람 열 배보다 더 커 보이는 코끼리는 주인이 시키는 대로 이리저리 뒤척이는데 주인은 우리네 화장실 청소하는 브러시를 이용해 코끼리의 코며 귀, 발바닥까지 깨끗이 닦아준다. 카메라 앵글을 줌으로 하여 한참을 보고 있는데 재미도 있고 신기했다. 이 코끼리는 사원 안에서 방문객들에게 축원하고 어린아이들의 머릴 쓰다듬어 주면서 헌금을 받는다. 인도에서 코끼리라는 동물은 일반 사람들이 생각하는 것과 사뭇 달랐다. 아침 산책을 마치고 돌아오는 길에 독일빵집에 들러 크로와상(15Rs) 한 개를 샀다. 라주 G.H.와 함께 있는 2층의 Ever Green Cafe에서 준비해간 커피믹스와 함께 간단하게 아침 점을 찍고 일정을 살핀 뒤 보트를 타고 비루팍사 사원을 향했다.

숙소 주번에는 여행자들에게 일일투어를 권하는 현지인들이 정말 많다. 난 특별한 경우를 제외하고는 투어에 참여하고 싶지 않았다. 그냥 자유롭게 걷고 싶을 때 걷고, 쉬고 싶을 때 쉬

고, 가고 싶으면 가고, 머물고 싶으면 머무는 자유를 만끽하고 싶었다. 누구든 나만을 위해 기다려주고 또 기다리게 한다는 것조차 불편하다. 보트에서 내려 사원으로 들어가는 입구에는 코브라를 이용하여 동냥하는 일가족을 만났다. 아버지는 배에서 내리는 손님들을 겨냥하여 두 마리의 코브라를 향해 피리를 불고 구경꾼들은 그 모습이 신기해 사진을 찍고 두 아들딸은 동냥 바구니를 마구 들이댄다. 코브라의 몸놀림을 피리 소리에 맞춰 움직이게 하려고 여인은 가는 막대를 휘두른다. 인도를 여행하다 보면 인구수가 많아서인지 인도사람들의 먹고 사는 생계 수단은 정말 다양하다.

이런저런 생각을 하며 길을 걷는데 어디서든 쉽게 볼 수 있는 짜이 장사다. 그 앞에 곱게 단장하고 머리에 잔잔한 꽃장식을 한 여인의 모습이 내 눈에 띈다. 난 여인들의 뒷모습을 찍으려 했는데 어떻게 눈치를 챘는지 바로 돌아서 포즈를 잡는다. 웃어야 할지 말아야 할지. 그녀의 뒷모습이 좋아 다시 돌아서 달라고 말하고 싶었지만, 그냥 셔터를 눌렀다. 당신이 너무 아름답다는 덕담과 액정을 보여주는 것이면 되니 참으로 순수한 모녀다. 이 여인들은 외출할 때 희고 예쁜 작은 꽃들을 실에 길게 꿰고 붉은 장미나 주황색 마리골드로 포인트를 주어 묶은 머리를 장식한다. 움직일 때마다 천연향기가 은은하게 날 터이고 그 모습은 우리네 댕기처럼 예쁘고 사랑스럽다.

함피는 사방팔방이 탁 트인 절경으로 어디를 봐도 황량하면서 신선하고 허허롭다. 강 주변의 돌산과 바위들도 멋지고 해가 뜨고 지는 것도 아름답다. 보트에서 내려 계단을 오르면 비루팍사 사원으로 들어가는 옆문이 있다. 강가의 옆문으로 들어서면 높이가 56m에 달하는 고뿌람이 연못에 비춰 여행객을 먼저 반긴다. 사원의 입장료는 따로 없지만, 신발을 벗고 다녀야 하며 사진을 찍으려면 촬영요금(50Rs)을 내야 한다. 별 거부감 없이 50Rs를 주고 촬영권을 사서 사진찍기는 했지만, 신발을 일정 장소에 두고 다니라는 말은 따르기 어려울 만큼 사람들이 많아서 들고 다녔다. <비루팍사 사원(Virupaksha Temple)>는 지금으로부터 500년 전인 호이살라 왕조 때 건설되어 현재에도 순례 객들이 끊임없이 줄을 잇고 있다. 사원 안에는 사제들에 의해 예불을 드리는 사람들도 많았고 그냥 놀러(?) 나온 사람들도 정말 많았다. 인도 현지인들은 짜파티와 간단한 음식들을 준비하여 사원 안에서 둘러앉아 먹는다. 이들은 식전에 예불을 드리고 식사한다. 현지인들과 여행객들이 섞여 사원의 아침을 즐긴다. 이 사원 한쪽에서 아침에 목욕한 그 코끼리를 발견하고 가까이서 코끼리가 하는 모습을 지켜보았다. 구경하는 사람들이 겉껍질이 벗겨진 코코넛을 코끼리에게 주면 코끼리는 코의 끝으로 속껍질을 벗겨 속살만 입에 넣는다. 그리고 나서 코끼리 코로 코코넛을 준 사람의 머리를 쓰다듬어 준다. 이런 상황을 즐기는 인도사람들도 신기하고 무슨 신처럼 사람의 머리를 쓰다듬는

코끼리도 신기했다. 겁내지 않고 코끼리 코에 자기의 머리를 대 주는 사람들을 보고 내심 속으로 탄성이 나왔다. 코끼리는 큰 얼굴을 한 할아버지 같기도 하지만 이들 맘속의 시바 신일 수도 있으리라. 실재 시바의 아들인 코끼리 형상의 지혜의 신 '가네샤'가 있다.

인도 남자들과 함께 찍은 아래 사진은 사연이 있다. 처음에 '헬로 마담' 하며 날 불러 세우는데 난 날 부르는 줄 모르고 그냥 지나쳤다. 계속해서 손짓까지 하며 부르기에 돌아보니 내게 짜파티를 주면서 먹기를 권한다. 난 안 먹겠다고 사양했지만 "Sweet~ Sweet~" 하며 계속 권하며 달고 맛있는 것이란다. 솔직한 심정은 먹으면 배탈이 날 것 같아 받아 들고 먹는 시늉만 하며 맛있다고 웃어 보였다. 신난 그들의 모습이 보기 좋고 낯선 이에게 음식을 권하는 맘이 고마워 내가 그들의 사진을 찍으니 금방 친해진 것처럼 같이 한 장 찍자고 한다. 처음 짜파티를 권하던 주황색 옷을 입은 이가 내 카메라로 기념사진을 찍는다. 이럴 때 난 그들의 순수함에 그냥 그러려니 하는 수밖에 없다. 이들은 사진을 찍기를 즐거워한다. 사진 보내줄 테니 전자메일 주소가 있느냐고 물었다. 의외로 대뜸 "Really?" 하며 메일주소를 준다. 청년 이름은 '요기'였고 메일 주소는 내 상식으로 메일 주소 같지 않지만, 약속했으니 사진을 보내줘야 할 것 같은데 고민된다.

가끔 사원을 돌다 보면 벽은 없고 많은 기둥만 있는 건축물들을 볼 수 있다. 특히 이들 기둥 중에는 유난히 손때가 많이 묻어 있는 것이 있는데 어떤 이들은 이것을 '음악 기둥'이라고 하기도 하고 어떤 이는 소원을 빌면 들어주는 '소원 기둥'이라고도 한다. 음악이 필요한 사람에게는 음악 기둥이 되고 소원 성취를 바라는 사람은 소원 기둥이 되지 않을까. 어쨌거나 손때가 많이 묻은 기둥에 나도 손을 얹어 인도인들이 서로 잘 살기를 기도했고 나의 사랑하는 가족과 내 맘의 평안을 기도했다.

내가 들고 다니는 여행책의 함피 첫 장을 보면 이런 글이 쓰여있다. 이탈리아 여행가 Di Conti가 '세상에 존재할 수 없는 풍경', 그리고 페르시아 대사였던 Abdul Razzaq는 1443년에 함피를 방문한 뒤 '이런 도시는 눈으로 본 적도, 존재한다고 들어본 적도 없다. 음식이 넘쳐나고 사람들은 온몸을 장미로 치장하고 있다. 시장에는 각종 비단과 진주, 에메랄드, 사파이어 등의 보석이 넘쳐난다.'라고 쓰여 있다. 이런 말들을 뒷받침하듯 함피는 인도 역사상 최대의 도시로 7개의 성과 4개의 시장이 있었다. 13세기에 세워져 16세기 (1565년?)까지 비자야나가르 왕조의 수도로 화려한 시절을 보낸 흔적이 사방에 남았다. 비루팍사 사원 동쪽 고뿌람 (Gopuram)에서 밖으로 나오니 너비 20m의 넓은 길가에 장이 선다. 바자야나가르(Vijayanagara) 왕조 시절에 최고의 번화가였던 곳으로 양옆에는 식당과 기념품점이 줄줄이 늘어서 있고 시장 가운데에는 상인들이 좌판을 펼치고 있었다. 이곳은 인도 여행의 백미로 뽑히는 폐허까지도 낭만으로 보이는 도시 함피다.

남쪽 경사 길을 걸어 올라가면 9~11세기에 조성된 사원들이 흩어져 있다. 현재는 온전히 남은 게 거의 없어 사원이라 말하기조차 어려웠다. 흡사 폐허 같은 허허로움이 매력적이라 하지만 이곳에서 본 코발트 빛 하늘이 좁은 가슴을 탁 트이게 하고 무척 아름다웠다. 인도는 신기하게도 도심에서 조금만 벗어나면 하늘이 높고 넓고 맑다.

카달레칼루 가네샤(kadalekalu Ganesh) 사원엔 신전 기둥들이 흩어져 있다. 함피에는 만다파(Mandapa)라는 열주가 있는 홀이 유난히 많은데 코끼리 신상과 함께 바자야나가르 건축 양식이다. 헤마쿤다 힐에서 비루팍사 사원이 한눈에 들어왔는데 하늘빛 위에 펼쳐진 사원이 그림처럼 아름다웠다. 릭샤를 타라고 호객꾼들이 귀찮을 만큼 따라오지만, 화강암으로 이뤄진 울퉁불퉁한 바위산과 대지를 휩쓰는 건조한 바람, 춥지도 덥지도 않은 기온은 두 다리로 걷기에 안성맞춤이었다. 언덕을 따라 오르면 유적지 안내 팻말이 여기저기 나타나는데 이 팻말 덕분에 유적지마다 혼자서 찾아가기가 어렵지 않다.

　선생님들의 권유로 소풍 나온 아이들과 기념샷, 무너진 유적을 수리보수를 하는 사람들. 모든 유적이 돌을 깎아 만든 것이라 지진만 아니라면 영원히 보존될 거라는 생각에 내 것은 아니지만 부자가 된 기분이다. 군데군데 붉은 기운이 감도는 돌기둥의 섬세한 조각들은 나무를 깎아 만든 우리나라 사원들과 다르다. 며칠 전 우리나라에서 일어난 고운 단청과 민족의 혼이 담긴 남대문의 화재 사건과 달리 이곳은 나무가 아닌 돌이라서 불이 나도 한 줌의 재로 남는 재앙은 없을 것이다.

　아름답기로 소문난 6.7m 크기의 우그라 나르시마(Ugra Narsimha)는 비슈누 화신 중의 하나로 유네스코 세계문화유산이다. 하나의 돌로 조각된 몸은 사람이지만 얼굴과 머리카락, 이빨은 사자의 형상을 하고 있었다. 나르시마는 어쩌자고 눈을 저리 부릅떴을꼬. 길게 찢어진 입과 목 주변의 갈기는 위엄을 상징하는 듯 반쯤 잘려 나간 손이 안타까웠다.

　인도여행 중에 시바(Shiva)신을 모신 사원에는 링가 조형물을 자주 볼 수 있는데 바다빌링(Badaviling) 사원의 요니-링가(Yoni-linga) 주변에 남자들이

모여 있다. 내 눈에 돌 삿갓 모양처럼 생긴 것은 남성의 성기를 상징하는 '링가'이고 그 아래 링가를 받치고 있는 것은 '요니'다. 이는 남녀의 결합을 상징하고 있으며 우리네 맷돌(삿갓?)의 형상과도 흡사하다. 링가는 기다란 막대 형상으로 시바 신의 페니스, 요니는 시바 신의 아내 우마(Uma)여신의 자궁을 형상화한 것이다. 즉 요니 위에 링가를 얹힌 형상은 곧 남신과 여신의 성 결합을 나타내고 있다. 힌두교의 핵심 종교관은 동일한 신이지만 브라마는 하늘, 비슈누는 태양, 시바는 달을 상징한다. 이렇게 힌두교의 삼위일체인 브라마는 창조를, 비슈누는 유지를, 시바 신은 파괴를 반복하면서 세상에 나타난단다.

다음 길거리에서 만난 두 여인은 사원을 들어가면서 만난 걸인이다. 그런데 보는 순간 '세상에서 가장 작은 사람'으로 언젠가 우리나라 TV에서 본 모습인데 실제로 접할 수 있어 순간 너무 놀랐다. 이 할머니는 세상에서 가장 작은 여인을 이용해 걸인 행각을 하고 있었다. 이제 막 나왔는지 아니면 오가는 사람들이 본 척도 안 했는지 그들 앞에는 동전 한 잎도 없었다. 난 얼떨결에 10Rs 주고 시선 머무는 것조차 미안해 발길을 재촉했다.

그런데 돌아 나왔을 때도 땡전 한 푼 없는 그 모습 그대로였다. 주황색 옷 할머니는 사람들이 오갈 때마다 파란 옷의 작은 여인의 머리를 들게 자극하고 동정을 구하는 거 같았다. 이 작은 여인이 혼자서 할 수 있는 능력은 뭘까? 최소한 할머니의 구걸 도구로 쓰인다는 것만은 사실이다. 체구는 작지만, 성인 여인의 모습이 왠지 애잔하다. 머릿속에서 지워 내려 해도 계속 머릿속을 맴도는 이 둘은 서로 어떤 관계일까?

언더그라운드사원과 로열구역을 가는 길은 야자수가 우거져 있고 그 야자수 아래엔 바나나 나무가 가득하여 풍요로워 보인다. Hospet Rd와 로열구역으로 갈라지는 샛길에서 10여 분 오르다 보면 <하자르라마 사원(HazaarRama Temple)>이 나온다. 이 사원은 1406년부터 24년까지 재위한 데바라야 1세가 지은 사원이다. 외벽에는 많은 코끼리의 행렬과 비자야나가르 왕의 행차 장면이 조각되어 있었고 내부에는 라마야나의 내용을 묘사한 조각이 새겨져 있다. 거의 완벽하게 잘 보존되어 있어 보는 이의 마음도 편안하다.

하자르라마 사원은 다른 사원에서 볼 수 없는 흰색 천장을 받치고 세워진 검은색 기둥으로 원석의 색을 이용해서 만들었다.

기둥에는 라마를 비롯한 나라심하, 바하라, 붓다 등 비슈누의 10개 아바타(avatar)를 조각한 신상이 있다. 검색해 보면 비슈누의 10개 아바타란 [맛쓰야]는 물고기의 모습으로 큰 홍수가 날 때 인간의 조상인 마누를 구해준다. [쿠르마]는 거북의 모습으로 우유를 휘저어 감로수를 얻을 때 다른 신도들을 도와주는 아바타이다. [바라하]는 멧돼지 모습. [나라심하]는 반인 반사자의 모습. [바마나]는 난쟁이 모습으로 세 걸음 안에 우주 끝까지 가서 악한 왕을 죽였다는 전설의 주인공이다. [파라슈라마]는 도끼를 든 사람의 모습이고, [라마찬드라]는 라마야나의 주인공, [크리슈나]는 신성한 목동의 모습으로 소를 보호한다. [붓다]는 불교의 교조, [깔키]는 아직 나타나지 않은 아바타로 세상이 멸망할 때 등장한다는 아바타이다. 1차 인도여행의 카주라호 사원에서도 만난 아바타들, 이렇게 동서양 고금을 막론하고 종교인들은 굳은 신념과 신앙심으로 신전을 건축했다. 나와 같은 일반인들의 사고로는 이해할 수 없는 일이다. 10개의 아바타 기둥 사진도 다 찍었는데 정리하려니 어디서부터 어떻게 해야 할지 어지럽다.

하자르라마 사원과 알리가 조각된 기둥과 원숭이 영웅 손오공이 원형인 하누만을 보며 <파타나엘라마 사원(Pattana Yellamma Temple)>에서 오래 쉰다고 쉬었다. 나오면서 점심때를 넘겨서인지 피곤이 몰려오는데 이곳은 식당이나 가게가 없는 허허벌판이다.

맑은 하늘과 넓은 들녘의 모래바람을 흠뻑 맞으며 걸었다. 릭샤를 타고 싶었으나 그토록 호객하던 릭샤꾼도 이곳엔 보이질 않고 기다려도 릭샤 타기는 쉽지 않았다. 이곳엔 관광객이나 여행자들이 그다지 많지 않은 곳이다. 차 소리가 날 때마다 뒤를 돌아보았는데 때마침 그 길을 지나던 승용차가 내 곁에 서더니 어딜 가느냐고 묻는다. 이 순간 나는 이 사람들의 인상부터 살피게 된다. 내가 조심스럽게 로터스마할로 가는 중이라 했더니 그곳을 지나가는 길이니 타려느냐? 묻는다. 차 안에는 세 명의 인도인이 타고 있었고 왠지 공무원다운 모습으로 느껴져 "감사합니다"라고 한국말로 말하고 다시 "Thank you~"하며 올라탔다. 난 이런 경우 평소보다 좀 경직되고 단정하게 보이려고 애를 쓴다. 표정과 손짓 눈짓까지 바르게 하고 숨소리도 죽여 최대한 얌전한 모습으로 앉아 이동한다. 너무 쉽게 친해지는 것보다 감사함에 깍듯한 인사로 예의를 표하는 것이 좋다. 정말 별건 아니지만 내가 아는 인도사람들은 작은 사탕 하나만 내밀어도 따뜻한 마음이 오갈 수 있는 사람들이다. 개중에는 상상을 초월할 정도의 나쁜 사람도 있지만 대부분 너무 순수하고 착한 사람들이다. 이것이 내가 인도를 여행하는 방법이고 가장 중요한 믿음이며 겸손이다. 조금 미안한 말이지만 인도여행에서 남자들이 호의를 베풀 때 심사숙고할 필요가 있다. 내가 그동안 경험한 바로는 인도여행에서는 공짜가 없다는 생각이 지배적이다. 물론 다른 곳에서도 주의가 필요하다. 특히 인도여행에서는 호의를 베풀 때 덥석 받았다가는 큰 낭패를 가져오는 경우를 많이 보았다. 어떻게 설명해야 할지 조금 어렵지만, 워낙 인구도 많고 각양각색의 사람들이 사는 곳이니 신중할 필요가 있다.

아무튼 함피의 유네스코 세계문화유산은 사방에 산재해 있어 혼자서 하루 내내 걸어 다니면서 본다는 것은 정말 무리다. 걸었다면 꽤 먼 거리를 10여 분의 승용차 도움으로 삼거리의 로터스마할에 도착했다. 멀리서 봐도 알 수 있을 만큼 파란 잔디가 깔린 허허한 들판의 <로터스마할(Lotus Mahal)>은 넓은 연못의 활짝 핀 연꽃처럼 도드라지게 아름답다. 귀퉁이의 망루까지 군더더기 하나 없이 너무나 단

아한 모습이다. 한두사원의 드라비다와 이슬람 건축 양식이 절묘하게 조화된 것이다. 매우 섬세하고 정교한 기품있는 여왕 궁전으로 크리쉬나 데바라야의 왕비를 위한 휴식 공간으로 만들어졌다고 한다.

아래 사진은 로터스마할 뒤쪽에 인접해 있는 <엘레판트 스테블(Elephant`s Stable)과 왕실 재무부(우)>건물이다. 이곳 역시 1565년 무갈(Mughal)의 공격으로 비자야나가라 제국의 몰락에도 큰 피해 없이 굳건한 건축물이다. 기다란 직사각형의 스테블이 너무나 멋져 설마 코끼리사육장일까? 싶었는데 코끼리가 들어가는 입구를 중심으로 내부에 한 마리씩 들어갈 수 있도록 11개로 나뉘어 있다. 이곳 왕실의 코끼리들은 사람보다 더욱 극진한 대접을 받았다는 게 실감이 날 만큼 들어가는 상단의 돔이 아름다웠다. 인도에서 코끼리는 왕의 권위를 상징하는 동물임을 입증하는 모습으로 인도 건축물들은 뭔가 특별하다.

배도 고프고 쉬기도 할 겸 잠시 큰 나무 아래의 코코넛 파는 곳으로 왔다. 난 마실 것으로 코코넛 하나를 주문하고 돌아서는데 금방까지 한 사람도 없었는데 순간 아이들이 내 곁에 모여든다. 아이들의 손에는 뭔가가 있고 내게 그 주먹을 내민다. 난 괜찮다며 사양했지만 연신 내밀며 먹어보라는데 그것은 볶은 콩이었다. 난 이걸 준 아이들의 성의에 보답하는 맘으로 맛있다는 표정을 팬터마임 하듯 눈을 휘둥그레 뜨며 오버액션으로 보여줬다. 그들도 좋았는지 모두 손뼉을 치며 웃고 즐거워한다. 로열구역의 남쪽에 있는 <까말라뿌람의 고고학 박물관>은 함피 일대에서 발굴된 유물들이 전시된 곳으로 이 아이들과 잔디밭을 뒹굴며 웃고 즐기다 보니 피곤도 사라졌다. 아이들과의 소통은 말이 필요 없다. 그저 웃고 떠들며 같이 놀고 사진 찍으며 액정을 보는 것만으로도 행복해하고 즐거워한다. 어쩜 이 아이들은 내가 현지인이 아닌 외국인이라는 것이 신기했을 것이다.

이른 아침부터 시작하여 벌써 오후 3시가 넘은 상태로 모래바람을 맞으며 허허벌판을 걸어서인지 몹시 피곤했다. 로터스마할의 입장료는 300Rs인데 당일 내에 빗딸라 사원(Vitthala Temple)까지 볼 수 있는 통합권이다. 지도를 보니 남은 빗딸라 사원이 너무 멀리 떨어져 있어 안타깝지만 빗딸라 사원 돌아보는 일을 포기하려는데 오토릭샤가 내 곁에 와서 타지 않겠느냐 묻는다. 기왕 이리된 거 빗딸라 사원을 둘러보려는 맘에 이곳 로터스마할에서 빗딸라 사원에 들러 함피 바자르까지 150Rs로 내가 정했다. 100Rs 정도면 충분하지만, 이런 흥정할 땐 무조건 깎으려고만 할 것은 아니다. 아쉽게 포기하려 했던 빗딸라 사원을 볼 수 있다는 생각에 새 힘이 자동 충전된다. 숙소에서 바로 갔다면 모를까 걸어서 삥 둘러 빗딸라 사원으로 가는 길은 정말 쉽지 않은 거리였다. 또 릭샤를 타면 가다 서기를 반복할 수 있고 릭샤꾼은 2~30분 기다리게 하는 것을 당연하게 여기고 우리의 택시처럼 대기료 같은 건 없다. 빗딸라 사원으로 가는 중 길목에 왕궁터 유적지인 로얄 구역의 <여왕의 목욕탕(Bath house of Queen)>이 있어 잠깐 둘러보기로 했다. 내가 미안해하자 얼마든지 구경하라니 적은 돈으로 개인용 부름 택시를 탄 기분이다. 릭샤왈라가 손님을 주인님 대하듯 하는 건 불편하지만 인도여행이라서 가능한 부분이 아닐까 싶다. 이 함피의 여왕의 목욕탕이 있는 로얄 구역은 크리슈나 데바라야 왕이 전쟁터에 나가기 전에 두르가 여신에게 제사를 올린 곳이다. 그런데 무슨 왕궁터와 여왕의 목욕탕이 이리도 넓을까? 한때의 화려했던 영화는 사라지고 공허한 폐허만 남았다.

모래바람이 훌훌 날리는 거리를 30분 이상 오토릭샤를 타고 가니 그제야 빗딸라 사원 팻말이 나타났다. 이곳까지 걸어오겠다고 고집을 피웠다면 난 아마 길에서 꼬꾸라졌을지도 모르겠다. 사원 앞에 당도하자 릭샤왈라는 내게 맘 편히 구경하라는데 조금 늦어도 상관없지만 사람 부리는 일에 익숙하지 않은 난 긍정의 시선을 남기고 빗딸라 사원 안으로 들어갔다. 나른하고 느긋한 함피의 다른 모습과 달리 이곳 빗딸라 사원엔 사람들이 분주하며 왁자지껄 많다. 이 <빗딸라 사원(Vitthala Temple)> 역시 16세기 크리슈나 데바라야 2세(1422~1446년)에 의해 건설 중 나라가 망해 미완성이지만 전형적인 남인도 사원이다. 비자야나가르 왕조 최후 걸작품인 빗딸라는 비슈누 신의 별칭으로 장인 석공들이 온 힘으로 만든 정교하고 웅장하며 예술적인 건축물이다.

이곳 신전으로 통하는 입구에는 56개의 화강암 기둥이 있다. 두드리면 각기 다른 소리가 나는 '음악 기둥(Music Pillars)'이다. 특별히 청아한 소리가 나는 것을 찾는다면 많은 사람의 손을 타서 반질반질하거나 손때가 묻어 있는 것을 두들겨보면 된다. 중국 영화 중 2천 년 역사의 비밀을 풀어낸 진시황릉의 비밀 '신화(The Myth)'라는 영화 배경이 이곳 함피이다. 영화는 홍콩 배우 성룡과 한국 배우 김희선이 주연했다. 인도 전통의상인 나풀거리는 사리를 입은 무용수들이 음악 기둥을 두드리며 춤추는 장면이 연출된 곳이다. 기둥의 하단에는 가상의 동물인 알리도 새겨져 있다.

빗딸라 사원 안 마당에는 실제로 굴러가게 만든 돌 전차 모양의 <라따 사원(Ratha Temple)>은 비슈누 신이 타고 다니는 가루다를 모신 것으로 50루피짜리 인도 화폐에 새겨질 정도로 자랑스러운 걸작품이다. 바퀴의 윗부분을 보면 브레이크 장치도 볼 수 있다.

함피의 유네스코 세계문화유산에는 각각의 설명이 자세히 적혀진 간판들이 있다. 주마다 공식적으로 사용하는 언어와 힌디어와 영어로 표기가 되어 있어 요즘 같으면 번역 앱이 있으니 혼자 다니기에 그다지 어렵지 않은 대신 걸어서 다 둘러보기엔 어렵다.

이만하면 됐다 싶을 때 내 몸이 피곤해서인지 많은 인파 속에서 얼른 벗어나고 싶었다. 오토릭샤를 타고 로터스마할부터 빗딸라 사원을 지나 함피 바자르에 돌아온 시간은 얼추 3시간이 넘었다. 이렇게 긴 시간을 이동시켜주고 고작 받는 돈이 150Rs라고 생각하겠지만 인도에서 150Rs(한화 5,000원 정도)는 어마하게 큰돈이다. 난 이럴 때마다 좀 더 줄까 하다가 우리 돈에 대한 개념을 버려야지 하며 다음 여행자를 위해 약속한 돈만 준다. 그 래야 한다고 첫 인도 여행 때 길벗에게 배웠다.

릭샤왈라가 내려 준 곳은 함피 버스 정류장으로 더는 오토릭샤가 들어갈 수 없다고 한 다. 때마침 잘 됐다 싶어 시장 구경과 점심 겸 저녁을 먹기로 했다. 시장은 아침보다 훨 씬 북적거렸고 마침 장이 서는 수요일로 사람 구경만으로도 즐거울 것 같았다. 단단한 껍 질을 가진 코코넛을 쉽게 먹을 수 있도록 겉껍질을 벗겨내는 모습, 온갖 액세서리를 늘어 놓고 한 개라도 팔기 위해 몸소 모델이 되어 손님을 기다리는 여인, 작은 천막 안에서 숯 불 다리미질을 해주는 여인, 각종 향신료와 염색 가루를 파는 부부, 온갖 인공 액세서리, 싱싱한 바나나와 코코넛, 야자로 세계인을 만날 수 있는 함피의 수요 장터 모습이다.

[볼 것들이 풍부한 함피의 수요 장터 _ 함피 바자르]

이것저것을 구경하다 말고 전날 한식 백반을 먹었던 식당을 찾아갔다. 이번엔 인도 백반인 탈리(thali=plate, 접시)를 시켰다. 다 먹진 못했지만, 그런대로 적응되어가는 것 같았다. 인도 음식은 나에게는 도전이라 할 만큼 쉽지 않다. 지역에 따라 조금씩 다르지만, 오른손의 다섯 손가락을 사용하여 이거저거 섞거나 찍어 먹는다, 쟁반같이 큰 접시에 로티나 짜파티, 커리, 난만 있는 게 아니라 콩죽처럼 생긴 달, 채소볶음 등 내가 한국 사람이라고 밥도 한  그릇 가득 있다. 인도의 인심은 우리네 시골 인심과 비슷하다. 배 속도 채웠으니 한결 피로가 풀린다.

까맣고 동그란 이것은 '코클라'라는 배인데 대바구니의 바깥쪽을 방수 처리해서 만든 바구니 배다. 이래 봬도 열 명의 성인이 탈 수 있는 것으로 현지인은 저것으로 생계를 잇기도 한다.

아래 사진처럼 두 종류의 이동 수단이 있다면 당신은 퉁가바드라강에서 어떤 배를 선택할 것인가요? 나라면 코쿨라라는 바구니 배를 타고 싶은데 딱히 기회가 없었다. 여행객들은 코클라 배를 타려 하지 않지만, 사공은 승선 인원이 가득 차야 코클라 배를 움직인다.

함피 바자르와 아츠유타라야 사원 마탕가 힐

함피에서 3일째 되던 날이다. 어젯밤에는 다음 예정지인 하이데라바드로 이동하는 방법에 대해 알아보았다. 이번에는 기차 이동보다 버스로 이동하고 싶어 동네여행사에 들렀다. 마침 강을 건너처음 들렀던 곳인 Teja G.H.는 버스 여행사(Travel Agency & Cyber World)가 함께 있다. 물어보니 오늘 이동 버스는 없고, 다음 날인 16일에 야간버스 예약이 가능했다. 두 번의 기차여행이 있었으니 '이번에는 버스로 이동해 볼까?'라는 단순한 생각이 들었다. 예약을 대행해주던 사람은 내게 대형버스니 누워서 갈 수 있다며 편안한 여행이 될 거라고 덧붙였다. 그리고 에어컨이 필요하냐고 묻더니 필요 없다고 하니 그럼 가격이 낮은 것이라며 대행료 50을 포함해 500Rs를 계산했다. 기차보다는 훨씬 비싼 가격이지만 색다른 경험이 될 거라는 생각에 결정한 것이다. 인도여행은 버스보다 기차여행이 훨씬 편하고 가격도 싼 편이다. 그래도 버스를 한번 이용해보자는 맘에 결정했고 이에 따라 예상보다 함피에 하루 더 머물게 되어 3박 4일을 라주 G.H.에서 머물게 되었다.

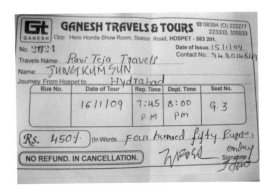

1월 말인데도 모기의 극성으로 잠자리가 불편했지만, 숙소를 옮기지 않고 3일씩 한곳에 머물 수 있던 이유는 따로 있었다. 라주 G.H.에는 친절한 종업원 만수가 있고 Ever Green Cafe가 레스토랑과 함께 운영된다. 대부분 숙소에 머문 사람은 이곳에서 식사하거나 늦은 밤의 여흥을 즐긴다. 호스펫에서 오토릭샤를 타고 함피 바자르까지 함께 이동했던 인도 남자도 이 카페에서 만나자 반가운 눈인사를 한다. 나야 그의 꽁지머리를 보고 기억했지만, 그도 휘둥그레진 눈으로 나를 알아보니 신기했다. 인도의 헐렁한 복장이 서양의 레게머리와 히피 문화가 어찌나 잘 어울리는지 젊은 여행자들도 여기서 쉽게 볼 수 있다.

함피 라주 G.H.에서 사흘째 되던 날 아침 눈을 뜨면서 강을 건너지 않고 숙소 뒤편에 있는 돌산을 돌아보기로 하였다. 숙소 앞으로 난 논둑을 길게 돌아 가시울타리가 없는 안쪽으로 들어갔다. 왜가리인 듯한 새 떼가 논 속에서 뭔가를 열심히 찾아다니는 광경도 보고 강 상류 쪽인 동쪽에 새날의 해가 떠오르는 것도 감상했다. 따뜻한 남쪽 지방의 야자수와 열대 식물들도 보며 한 시간 넘게 돌아다녔다. 상쾌한 아침 공기 속에서 놀면서 쉬면서 유유자적할 수 있는 여행이 내가 꿈꾸던 여행이다. 놀멍, 쉬멍, 자멍, 즐멍으로 걱정 없고 여유롭다. 숙소에 들어오기 전에 독일 빵집에서 빵을 사서 2층의 에버그린 카페에 들었다. 따뜻한 차 한 잔에 빵과 현지 과일로 아침 식사를 마치고 오늘 일정을 짜고 있는 내 모습은 여유 있어 보이기도 하지만, 내가 보아도 왠지 애잔한 맘이 든다. 날 너

무 외롭게 하지 말자고 다짐도 하지만 그게 뜻대로 될 일도 아니다. 지나치게 외로우면 괜히 짜증이 나고 두 발 동동거리다 더욱 큰 외로움의 늪으로 빠지지 아니하던가. 말이 좋아 훌훌 떠나는 자유여행이지 이게 무슨 청승인가? 종일 가만히 있지 못하고 뭔가를 찾아다닌다며 방방 대는 꼴이 무모하게 보여 부끄럽기도 하다. 하지만 영어 회화도 아닌 짧은 영어단어 몇 개와 손·발짓과 표정으로 소통하며 여행 시작 일주일을 지냈다는 게 신기하다. 점점 처음의 두려움은 사라지고 조금씩 자신감도 생기기 시작한다. 누군가 살아보면 살아진다더니 조금씩 움직이다 보니 홀로 여행이 된다. 며칠을 되돌아보니 행운의 여신이 나를 계속 따라다닌다는 착각에 빠진다. 예를 들면 뭄바이의 꼴라바 입성과 엘레펀트 섬에서의 현지에 사는 한국인 가족을 만난 일, 없다던 고아행 기차표가 생긴 일, 그리고 반나절의 고아 해변을 돌며 지는 노을과 해변 정취에 빠져 막차까지 놓쳐 난감하던 차에 낯선 남자의 오토바이 뒤에 내 인생을 맡기고 어두운 밤길을 달렸던 일. 아직은 여행운이 닿은 것이리라. 좀 더 신중하게 여행계획을 해야 한다고 생각하면서도 겁 없는 계획을 또 세운다. 그래~ 나의 여행은 눈치를 살펴야 하는 동행이 있는 괴로움보다 차라리 혼자서 맘껏 누리는 자유와 진한 외로움을 선택한 것이었으니….

카페의 종업원 만수는 청소하다 말고 날 반기며 내가 앉아 쉬고 먹을 수 있는 자리를 더 살갑게 닦아준다. 나는 지금부터 이 만수의 이야기를 하려 한다. 이 카페의 음식이 맛이 있고 없고도 내겐 그리 중요하지 않다. 이 카페에서 내 맘을 사로잡은 여린 아이가 만수다. 첫날부터 한국에서 왔다는 내게 자신도 한국에서 왔다면서 이름이 "만수"라 했다. 한국말을 그리 잘하지도 못할뿐더러 골격이 한국 사람은 아닐성싶어 귀여운 거짓말이라 생각했다. 그러면서 나와 마주칠 때마다 날 부르는 게 아니고 "만수 여기 있어요" 하며 날 안심시켜준다. 한번은 잠을 자는 내 방의 문고리가 떨어져 걱정 섞인 말로 고리를 달아달라고 하니 쇠사슬 자물쇠를 채워주면서 자신이 보호할 테니 걱정하지 말라고 한다. 무슨 일 있으면 큰 소리로 "만수야" 하라니 참 정겨운 청년이다. 어쨌든 약간의 신뢰와 의지가 되는 상태로 2~3일 지내다 보니 서로 친해졌다. 난 영업하는 밤보다 주로 아침 시간을 이용하여 손님 없는 카페에 앉는다. 마침 챙겨간 사진 전문 서적을 보고 있는데 "만수 여기 있어요" 하며 나에게 다가온다. 그는 내게 몇 살이냐 물었고 난 쉰이 넘었다며 간단하게 날 소개하고 가족사진도 보여주었다. 내 나이가 절대 쉰 넘어 보이지 않는다며 또 한 번 귀여운 거짓말을 한다. 그러면서 만수는 부러움의 눈을 굴리더니 금방 숙연해진다. 만수는 이제 서른 살. 네팔사람으로 돈 벌러 이국땅 인도의 함피까지 와서 이곳 레스토랑에서 일한단다. 고향에는 사랑하는 아내와 아들과 딸이 있으며 자신이 돈 많이 벌어 가지고 오는 날만 손꼽아 기다린단다. 만수는 내 일정을 보며 이곳 함피는 참 좋은 곳이니 오랫동안 머물 것을 권하며 계단 아래로 내려갔다. 만수도 내가 짠하게 느껴졌을지 모르나 난 만수가 안쓰러웠다. 내가 생각하기에 만수의 하루는 대충이랬다. 아침 6시에 일어나 카페 안을 쓸고 닦으며 하루를 시작하고 손님이 없는 낮에는 호스펫으로 장을 보러 가거나 음식을 준비한다. 저녁에는 그 많은 손님의 시중을 들며 자정까지 쉴 새 없이 위아래 층을 오가며 돈을 버는 부지런한 청년이었다. 함피에 온 첫날 숙소의 밤하늘별을 보려고 옥상에 올라서 깜짝 놀랐다. 지붕도 기둥도 벽도 없는 옥상 한구석엔 페트병이 모여 있었다. 그 뒤로 구깃구깃한 매트 위에 허름하고 구멍이 난 모기장이 나지막하게 처져 있었는데 아마 이곳이 만수의 잠자리가 아닐까 싶었다. 혼자 짐작만 했지 '넌 어디서 잠을 자니?'라고 물어볼 수조차 없었다. 함피를 떠나기 전날 저녁에 난 만수에게 플레인라이스(맨 밥)와 생수

한 병을 시켜 준비한 밑반찬으로 저녁밥을 먹었다. 뜨거운 물을 달래서 물 말아 먹는 내 식사 모습이 낯설어서였을까? 밥과 생수 값 50Rs를 계산하려 할 때 만수는 체크아웃할 때 계산하자며 돈을 받지 않았다. 난 다음 날 이 일이 인도여행 내내 머리에 찜찜하게 남아있으리라 전혀 예상치 못했다.

함피에서 일정이 하루 늘었다 하여 아무 데나 혼자 다닌다는 것은 정말 무모한 짓이다. 그리고 여행책 한구석에 '치안이 그리 좋지 못한 함피이니 외진 곳이나 홀로 다니는 행동을 피하라'는 안내 글이 있었다. 그뿐만 아니라 심한 경우 실종이나 사망에 이르기도 한다는 것이다. 실제로 1998년에 함피를 방문한 한국의 배낭여행자 실종 사망사고도 있었다고 하니 긴장되었다. 게다가 인도에서는 연고가 없는 시신의 경우 72시간 이내에 화장을 해버려 처리 안 되고 사라진 경우가 흔하다고 한다. 누구는 목숨이 두 개라면 함피를 여행하라 했다. 그렇다고 마냥 방에 있을 수만은 없는 일이다. 난 간단하게 아침을 먹고 지인들에게 안부 전화를 걸었다. 무슨 일이 생길지 몰라서 내가 인도의 함피에 있다는 걸 알리고 싶었다. 승객이 없어 덩그러니 놓인 코클라와 빨래하는 아낙네들과 목욕하는 아이들 모습이 한가하면서도 정겹다. 강을 건너는 보트를 타면서 두려움은 사라지고 바자르 앞에 왔다. 장이 서는 수요일인 어제보다는 한가하지만, 시장은 시장이었다. 예정에도 없고 여행책에도 소개되지 않았던 곳으로 시장을 따라 동쪽으로 발길을 잡았다.

한가하고 조용하지만 예상치도 못한 기이한 모습의 사원이 눈 앞에 펼쳐진다. 멀리 반대편에 비루팍사 사원이 아스라이 보이는데 이렇게 큰 사원이 여행책에 소개되지 않을 정

도라면 함피의 유적이 얼마나 많은지 지레짐작이 갔다. 우선 돌무더기 앞으로 크고 작은 신전들과 양쪽으로 나열된 기둥들이 낮기는 하지만 길이가 길어 장엄하게 느껴진다. 이탈리아 여행가 '디 콘디'가 말했던 세상에 존재할 수 없는 풍경이라는 말이 다시 실감 나는 순간이다. 현재는 무슨 전시관이나 선물의 집, 시장과 살림하는 집처럼 이용되고 있다. 한때 이곳 사원이 가지는 규모를 대략 짐작할 수 있었다. 그냥 발 가는 대로 쭈~욱 올라가 보자는 생각에 계속 걸어 올랐다. 오르다 보니 어제 둘러보았던 Vitthala Temple과

Achvutaraya Temple, 그리고 Mathanga Hill 팻말이 보였다. 팻말 안에 방향만 있고 그곳까지 거리를 표기해 뒀으면 좋으련만 그런 건 없다. 아츠유타라야 사원을 향해 걷는다. 오늘도 구름 한 점 없는 코발트 빛 하늘이다.

화강암으로 이뤄진 울퉁불퉁한 바위산과 대지를 휩쓴 건조한 바람, 그리고 그 속에 감춰진 놀라운 유적이 한데 어우러진 묘한 느낌을 주는 도시다. 계속 오르다 보니 커다란 바위 밑에 여러 신이 여기저기 모셔져 있다.

아츠유타라야 사원에서 본 바루픽샤 사원과 함피 바자르(위), Mathanga Hill에 올라서 본 아츠유타라야 사원(아래)

자석에 끌린 듯 무작정 계속 걸어가다 보니 다시 아츠유타라야 사원이 나왔다. 나무 그늘 하나 없는 광활한 길을 상당히 많이 걸었다. 걷고 또 걸어 크고 정교한 사원을 본 순간 입을 다물 수가 없이 놀라웠다. 1336년 비자야나가르 왕조가 200여 년간 남인도의 패권을 잡았던 옛 수도의 화려함이 쓸쓸한 유적 속에 고스란히 남아있었다. 처음엔 일부분만 보았기에 그다지 큰 사원인지 몰랐으나 Mathanga Hill에 올라 본 <아츠유타라야 사원(Achvutaraya Temple)>은 그 규모가 어마어마했다. 그런데 외국인 여행자는 나 혼자인 듯 사원에 드나드는 사람은 거의 현지인이다. 그리고 겉으로는 평화로워 보이지만 외진 곳을 절대 다니지 말 것이며 사고도 빈번하니 여성 혼자 여행자라면 아예 발걸음조차 하지 말라고 했는데 난 두려움보다는 호기심을 안고 계속 언덕에 오른다. Achvutaraya Temple은 섬세하고 아름답기도 하지만 Mathanga Hill에 올라 사원을 세 토막으로 잘라 찍어도 온전한 한 장의 사진이 안 찍힌다. 마탕가 언덕을 오르는 길은 그다지 높거나 어렵지는 않았지만, 혼자라서 무섬증이 와락 들기도 했다. 둥글둥글한 바위라 바닥이 미끄러워 자칫 잘못하여 발이라도 헛디뎌 돌과 돌 사이에 낀다거나 낭떠러지에서 떨어진다면 그야말로 아무도 몰래 시신으로 남겠다. 오르는 일행도 없을 뿐 아니라 바위가 미끄러워 조심조심 다릴 움직여 보지만 후들거렸다. 갑자기 암벽등반에 나선 한 남자가 실족 사고로 127시간 사투를 벌인 다큐 영화 '127시간'이 생각나 더욱 조심스럽다. 혹시 이런 때 낯선 남자가 올라와 내게 위협을 가한다면 어쩌지? 하며 돌아서 내려오고 싶은 맘도 있었다. 하지만 함피에서 가장 멋진 전망을 즐길 수 있다는 Mathanga Hill의 유혹은 집요했다. 마탕가 언덕의 바위 사이사이에도 크고 작은 성소들이 무심한 듯 박혀 있었다. 정상에 올라서 함피를 내려다보는 풍경은 그야말로 장관이다. 광활함과 사막함이 주는 쓸쓸함이어라~~ 이곳은 흔히 헤마쿤다 힐과 함께 함피의 최고의 일몰 장소로 손꼽힌다는데 내가 혼자서 해가 질 때까지 기다려 일몰을 볼 수는 없다. 그건 7시 이후에 강을 건너는 보트가 끊기기 때문이다. 마탕가 힐의 저녁노을!! 아쉽지만 여행 중 아닌 건 빨리 접는다. 사실 책에는 없지만 선셋 포인트는 내가 머문 숙소 부근의 '히피 섬'이다.

그나마 아름다운 풍경을 인증샷 하려고 혼자 한 손을 쭈~욱 뻗는데 마침 서양의 젊은 남녀가 올라오며 사진을 찍어주겠단다. 딱히 맘에 든 사진은 아니지만, 이 정도면 만족하다며 스스로 최면을 건다. 그나저나 남녀가 함께 나타나 속으로 안도의 한숨이 나왔다.

마팅가 힐에 올라 아츠유타라야 사원을 돌아보고 내려오는 길에 함피 바자르에 들러 콜라 한 병을 샀다. 난 콜라의 마개만 따고 빨대를 꽂아 들고나왔다. 평소 즐겨 먹는 음료가 아니기에 기포가 많은 콜라를 서서히 먹을 수밖에 없다. 그런데 가게에 있는 남자아이와 여자아이는 무슨 큰일이나 난 것처럼 "bottle give me" "bottle give me" 병은 두고 가야 한다며 쌍 나발을 분다. 난 장난삼아 조금밖에 먹지 않았으니 병이 필요하면 따라오라고 했다. 이때부터 가게의 꼬마 남자아이는 아무렇지도 않은 듯, 아니 즐거운 표정으로 내 뒤를 졸래졸래 따라온다. 꼬마 아이의 친구들이 어딜 가냐 물으면 내게 콜라병을 받아야 간다고 하며 줄곧 따라온다. 에게~ 허얼~ 설마 했는데 정말 한도 끝도 없이 날 따라온다. 난 귀찮기도 하고 미안하기도 하여 반 정도 먹고 남자아이에게 병을 돌려주니 꼬마 아이는 내게 괜찮다며 다 먹으라고 한다. 나도 이제 다 먹었으니 가져가라고 하자 그제야 꼬마 아이는 나를 해방하듯 병을 움켜쥐고 뒤로 돌아 사라진다. 이들에게 콜라병 하나는 무슨 의미일까? 콜라병과 꼬마! 궁금하다. 함께 사진 한 장 찍어 둘 것을. 난 이곳저곳 갤러리 구경도 하고 바자르의 가게들을 기웃거렸다. 머릴 묶는 고무줄(5Rs)과 레이반

짝퉁 선글라스(400Rs?)를 하나 샀다. 2007년도 아들과 함께했던 첫 인도여행에서 25만 원이 넘는 오클리 선글라스를 분실했던 기억이 난다. 그래서 그동안 사용했던 선글라스를 분실할까 봐 산 건데 인도 여행 중에는 잃어도 염려 없이 잘 착용할 생각이다. 기념품 가게에서 흥정도 하며 구경도 하는데 물건값이 너무 싸서 사기도 그렇고 안 사기도 그런 애매한 상황이 많지만 재미난 경험이다.

강가로 와 보트를 타고 퉁가바드라강을 건너올 때마다 느낀 거지만 정말 숙소를 강 건너편에 정하길 잘했다. 나는 숙소가 강 건너에 있기에 강을 지날 때마다 강이 보여주는 풍요로움과 평화로움을 만끽한다. 한겨울인데도 물이 차갑지 않아 홀라당 벗고 알탕을 즐기는 아이들과 강물에 빨래하고 둥근 돌바닥에 두들기며 색색의 빨래를 낮 동안 뜨거워진 바위에 널어 다림질 효과 누리는 전경이 좋고 그런 자연인이 좋다. 온 가족이 함께 목욕하고 가트로 나와서 머릴 빗으며 화목한 모습을 보여주는 풍경. 한참 쳐다보며 앉아 있다가 목욕을 마치고 나온 아이들의 몸단장이 끝날 때까지 기다렸다. 강가에서 목욕하는 아이들을 찍은 척하다 엄마의 손에 머릴 단장해주는 모습을 찍었다. 망원렌즈도 없는 똑딱이인지라 그다지 자연스럽진 못하지만 나름 흡족한 사진 한 장을 건진 셈이다. 아빠는 어디 갔는지 모르겠지만 딸 셋과 아들 둘 가진 여인은 매우 행복해 보였다. 카메라 액정을 보고 난 뒤에는 표정이 더욱 화사해졌다. 목걸이, 팔찌, 발찌까지 하고 잘 갖춰 입은 옷이지만 신기하게도 모두 맨발이다. 내 맘속으로는 이 사진을 현상해서 주고 싶은 맘이 꿀떡 같지만 달리 방법이 없다. 이럴 때 딱 필요한 물건이 사진 인화기다. 다음 여행에는 꼭 장만하여 오리라.

오늘의 마지막 배가 들어온다.

퉁가바드라강 너머 언덕에 석양이 진다.

손님을 모두 내려 준 배는 그대로 발이 묶인다.

나룻배야~ 서산에 해를 넘기고 나랑은 저녁 달맞이 가자.

라주 G.H. 만수와 이별 후 뜻하지 않은 호스펫의 학교 방문

이곳 함피에서 대책 없이 혼자 돌아다닌다는 건 정말 무모한 짓이다. 어느 제자는 "선생님은 사자보다 무서운 심장을 가졌어요"라고 한다. 하지만 함피에서 하루 더 머물지 못했다면 어찌 되었을까? 어제의 아츠유타라야 사원과 마탕가 언덕을 오르지 못했다면 지금의 이 만족감도 없었을 것이다. 뭔가를 얻으려면 그에 상응하는 대가를 치러야 한다. 예정대로 척척 홀로 여행이 하루하루 더해 가면서 누군가가 날 계속 지켜주고 있다는 생각이 든다. 다시 생각해도 처음의 두려움이 많이 사그라지고 있다. 시작할 때 엄두도 못 냈는데 내 가족들의 격려와 도움이 정말 고맙다. 9일째 되는 날 아침 평상시와 다름없이 일찍 일어나 2층 카페에 올랐다. 카푸치노 커피를 시겨 놓고 피이 빵을 먹으며 여행일기를 쓰는 참 평화로운 시간이다. 일정을 정리하는데 만수가 무표정으로 다가와 진짜 오늘 떠나느냐고 묻는다. 나는 말없이 저녁 버스표를 보여줬다. 평소엔 이것저것 물어보던 만수 역시 아무 말 않고 커피만 주고 풀 죽어 내려간다. 그놈의 정이 뭔지.

간단하게 아침을 먹고 배낭을 챙겨 방을 나왔다. 체크아웃이 10시이긴 하지만 신경 쓰지 않고 다니려면 키핑을 해 두는 게 더 좋다. 내 배낭을 받아 든 만수는 또 아무 말 없이 의자 위에 조심스럽게 배낭을 내려놓는다. 이제 오후 6시쯤에 호스펫으로 이동하면 된다. 그러니 아직 열 시간쯤 여유가 있어 강가로 나왔다. 이른 아침에 그리 많던 사람들은 다 어디로 갔는지 아무도 없다. 어디서 왔는지 큰 개 두 마리가 짖지도 않고 내 주변을 맴돌며 휴식까지 취한다. 마치 나를 호위하듯. 내가 혼자라서 외롭다는 걸 아는 걸까?

강가에 오랫동안 머물다 그냥 이렇게 시간만 보낼 게 아닐성싶어 호스펫으로 나가야겠다는 생각이 갑자기 떠올랐다. 숙소로 돌아오는데 그동안 별로 눈에 띄지 않았던 우물가가 눈에 들어온다. 우물가에서 만난 인도 여인은 신당을 모시는 제기를 지푸라기와 흙으로 빛나게 닦고 있었다. 펌프가 우리나라에서 보는 것과는 달라 사진을 찍는데 렌즈 안으로 함께 들어온 인도 여인의 모습이 매우 우울해 보여 내심 놀랐다. 왜냐고 묻거나 검지로 톡 건드리면 주르륵 눈물을 쏟아낼 거 같다. 무슨 일이 있느냐고 묻고 싶었지만 내가 쾌히 해결해 줄 수 없을 것 같아 안 본 척 돌아섰다.

숙소로 되돌아서 2층 카페에 앉아 있는데 그동안 함께 묵었던 옆방의 레게머리의 히피 청년들이 숙소를 나간다. 그걸 본 순간 나도 함피에 머무느니 호스펫으로 가고 싶어 맡겼던 배낭을 둘러메고 하루 추가한 숙박비 225Rs를 계산하고 나왔다. 문밖을 나오면서 만수를 찾았는데 주방에서 일하던 사람이 만수가 호스펫으로 장을 보러 나갔다고 한다. 작별 인사는 해야겠기에 몇 시쯤 들어오느냐고 물으니 오후 1시는 넘겨야 하고 확실하지도 않다는 것이었다. 확실하지도 않은 서너 시간을 마냥 기다리기엔 시간이 아까웠다. 난 잠깐 망설이다가 강을 건너는 보트를 타고 나오는데 비루팍사 사원 앞에서 만난 수행자의 이색적인 모습에 사진 한 장 찍어도 되냐 물으니 흔쾌히 포즈를 취해 준다. 찍고 보니 이 사람들 이곳의 사진 모델처럼 어디선가 많이 본 사람들이다. 그래 맞아~ 언젠가 TV 여행프로그램에서 본 그 수행자들이다.

함피 바자르 옆 버스 정류장에서 호스펫 행 버스에 올랐다. 타고나서야 만수를 보지 않고 나와 버린 내가 너무 이기적이고 냉정해 보였다. 그리고 아차 하는 또 하나의 생각이 들었다. 방값과 아침에 먹은 카푸치노 커피값을 계산했지만, 어제 먹은 플레인라이스 30Rs와 생수 값 20Rs를 계산하지 않고 나와 버린 것이다. 깜빡할 걸 해야지 한 푼이라도 벌어보겠다고 식구들과 생이별하며 타국에 나와 고생하고 있는데 하는 생각이 머릴 짓누른다. 편안하게 머문 3박 4일 동안 수고해준 대가도 주고 싶었는데 이미 늦어버렸다. 그 이후로 그 만수가 여행 내내 내 머릿속과 가슴속에 맴돈다. 어떻게라도 해결할 생각이지만 만수야 미안해~~~

오전 11시. 함피에서 호스펫까지 버스요금은 8Rs이다. 호스펫에서 함피로 들어갈 때 오토릭샤는 150Rs로 두 사람이 나눠 냈었다. 현지인이 사용하는 대중교통과 비교할 건 아니지만, 이렇듯 외국인 여행자는 바가지요금을 감수해야 한다.

이대로 오후 7시 30분까지 짐을 들고 다닐 수 없기에 버스 정류장 안에 있는 Cloak Room에 10Rs를 주고 배낭을 맡겼다. 맡기는 방법은 간단하게 서류를 작성하고 종이로 된 번호표를 받아서 있다가 찾아갈 때 종이와 배낭을 교환하면 된다. 인도사람들은 카메라만 대면 참 좋아한다. 사진을 인화하지도 못하고 액정만 보면서도 행복해하는 사람들이다. 마치 영화배우처럼 포즈를 취할 땐 웃음이 나온다. 이에 반해 일본사람들은 카메라만 대면 나무토막처럼 굳어지는 이유는 뭘까? 특히 일본 남자들은 사진 찍자고 한 사람이 무색할 정도로 일본 순사처럼 양팔을 양다리 옆에 꼭 붙이고 차렷 자세인 일자로 선다.

　호스펫 버스 정류장 주변은 유난히 번잡하고 유동 인구가 많아 주변에는 자연스럽게 시장과 같은 분위기가 조성되어 있다. 처음 자세히 보게 된 사탕수수즙을 만드는 과정은 참으로 재미있었다. 두 개의 톱니바퀴 안으로 사탕수수막대를 앞에서 밀어 넣고 다시 뒤쪽에서 가져와 둘로 접어 다시 앞으로 보내고 이런 과정을 다섯 번 반복하면 톱니 아래의 통 안으로 즙이 흘러내린다. 즙 받이 냄비는 거름망이 있고 거름망 밑으로 흘러내리는 사탕수수즙은 얼음이 든 냄비에 있다가 손님이 원할 때 비닐봉지나 유리컵에 담아낸다. 내가 물끄러미 바라보고 있자 한번 먹어보라 권하기에 좋은 구경거리를 줘서 고맙다는 맘으로 5Rs를 주고 한 잔 마셨는데 의외로 시원·달콤해서 누구에게나 추천하고 싶은 인도 음료다. 역시 자연식품이자 즉석식품이며 특히 여름에나 먹는 수박을 1월인 겨울에도 싸고 쉽게 먹을 수 있는 곳이 인도다. 수박을 통째로 파는 경우보다 조각을 내어 파는 수레를 자주 볼 수 있다. 파리(응애?)들이 윙윙거릴 뿐 아니라 먼지가 뿌옇고 수박 물이 줄줄 흐르는데도 사 먹는 사람들이 많았다.

또 신기한 광경 하나는 장식을 좋아하는 인도인들의 꽃을 다루는 손재주다. 특히 꽃장식을 좋아하는 인도사람들은 꽃으로 문 발을 만드는 모습이 달인의 경지에 이른다. 손놀림이 어찌나 빠른지 순식간에 완성품이 나오는 것도 있고 정성을 다해 차분하게 디자인하기도 한다. 특별한 날에 집안 장식을 하거나 여인들의 몸치장을 하는 데 사용하기도 하지만 신전에 들어갈 때 신에게 바치는 공물이 된다. 화무십일홍일 텐데 만든 정성이 아깝긴 하다. 시장에는 뿌리와 줄기 이파리까지 달린 콩 장수도 있다. 무슨 맛인지 궁금하긴 했지만 가장 싱싱하고 풍성하게 실린 콩 장사를 만나게 되어 기쁘고 내 기분까지 싱싱해졌다. 아마도 향신료이지 않을까? 시장에서는 오가는 사람만 봐도 즐거운데 인도 시장은 정말 볼 것이 많다. 호스펫 사거리에는 인도의 거인 간디의 뒤를 따르는 무리 조각상이 있는 정원도 있고 맞은편엔 남인도답게 교회도 있었다. 함피만 해도 사방이 힌두사원이고 북인도에서는 한두교인과 이슬람 교인들이 대부분인데 남쪽으로 오니 교회가 나타나 반가웠다. 정갈하고 따뜻하여 들어가 보고 싶으나 문이 잠겨 있어서 아쉬웠다. 시장을 돌다 보니 시장기가 들었고 목도 말랐다. 이때 내 눈에 들어온 것이 각종 과자와 빵 그리고 아이스크림을 파는 반지하 가게였다. 피로 해소를 위해 아이스크림 하나 먹어주는 센스~~

지금까지 돌아본 시장길과 반대 방향으로 버스 정류장의 왼쪽 아래로 내려가 보았다. 바로 옆에는 여행자들의 카메라 속 이미지 파일을 CD로 구워주는 스튜디오가 있었다. 지금까지 찍어놓은 사진의 안전 보관을 위해 가게 안으로 들어가 50Rs를 주고 여행 사진 CD를 만들었다. 틈틈이 손글씨로 쓴 일기장과 함께 내겐 아주 소중한 여행자료집이다.

다시 거리로 나와 동네를 둘러보던 중 길거리에는 로터리클럽에서 국제봉사로 구호물자와 쌀 배급을 한다. 6·25 전쟁 후 가난했던 초등학생 시절이 어렴풋이 떠오른다. 구호물

자를 배급받는 사람들의 모습이 너무 초라해 보여 카메라 들이대기가 어려웠다. 상점들이 거의 안 보일쯤에 학교표시 간판을 보고 안으로 들어갔다. Rotary School 학생들은 하교한 상태라서 그곳의 선생님께 내부를 둘러보는 허가를 받았다. 생각보다 깨끗하고 잘 정돈된 학교의 모습에 내 마음이 다시 환해졌다. 교실을 안내해 준 선생님과 기념사진을 찍고 있는데 해맑은 미소를 가진 소녀 둘이 들어 왔다. 검은 피부에 이목구비가 뚜렷한 인도 사람들은 참 매력적이다. 특히 어린이들의 해맑은 미소가 사랑스럽다.

시장을 둘러보느라 피곤하고 점심때가 되어 쉴 겸 호스펫 마을 끝쯤 되는 곳에서 가장 멋진 카페를 찾아 들어갔다. 카페 상호 Purple Grass로 들어가니 보랏빛초원 이름대로 아름다운 공원 같은 고급식당이다. 이른 시간인지 손님이 없어 전망이 제일 그럴싸한 곳으로 자릴 잡았다. 메뉴를 보니 음식들이 많았지만 우선 식욕도 없고 잘못 먹고 탈 날까 봐 망설여졌다. 간단하게 샐러드와 로띠를 시키는데 웨이터는 그러면 되느냐 더 시킬 거 없느냐 묻는다. 항상 식욕이 있으면 좋으련만 끼니때가 되어도 배고프지도 않다. 그다지 뭘 먹고 싶다는 생각도 들지 않고 그냥 쉬고 싶었다. 먹고 싶으면 먹고 먹기 싫으면 뛰어넘을 수 있는 혼자 여행이라서 좋다. 이런 경우 집에서 식사 때 됐다고 밥을 챙겨야 하는 식구들로부터 해방감을 더 느낀다.

편히 쉬고 나와 다시 걷기 시작했다. 우연히 눈에 띈 호스펫 여자 고등학교 방문으로 교문 위에 아치형의 교명이 있는데 모두 힌두어로만 되어 알 수가 없다. 사전 허락받지 않은 자유 방문인데도 반가이 맞이해 주는 맘씨 좋은 훈훈한 선생님들. 교장 선생님을 시작으로 대여섯 명의 학생들과 선생님이 각자 자기소개를 명쾌하게 한다. 여선생님이신 가사선생님을 따라 개인 방에서 차 대접도 받고 수업하는 교실도 내다보았다. 안을 들여다보니 학생들의 수업이 거의 끝나갈 무렵으로 반 정도는 이미 나가고 몇몇 학생들이 선생님 곁에 둘러 개인지도를 받거나 검사를 받고 있다.

나와 같은 이방인의 방문을 받고도 진심으로 반가워하며 웃는 순수한 아이들과 선생님. 자기 의사를 머뭇거리지 않고 투철하게 말할 줄 아는 여학생들이다.

호스펫에서 하이데라바드로 이동할 야간버스를 타려면 아직 한 시간이 남았다. 남은 시간을 보내고 피곤함을 달래기 위해 마땅한 장소를 물색한다. 골목 끝 가정집인데 여성 전용 마사지샵으로 서비스 비용이 만만치 않았다. 얼굴만 하는데 1,000Rs요 전신은 3,000Rs라니 내 눈과 귀를 의심했다. 난 정중히 거절하고 나와 쉴만한 곳을 다시 찾아보았다. 여행사 건물 건너편에 있는 Krishna Palace로 갔다. 규모가 꽤 큰 호텔로 1층에 식당이 있었다. 어차피 8시 출발하여 새벽에 도착하니 저녁을 해결할 맘에 난 1층의 레스토랑에 앉아 양고기 스프와 난을 시켰다(텍스 포함 124Rs). 인도여행을 시작해 열흘이 지났음에도 현지 음식 먹기는 두렵다. 버스 출발 시간이 되어 나오는 길에 화장실에 들러 양치도 하고 손도 씻으며 밤새 이동할 준비 했다. 식사비용을 치르고 나오면서 기분 좋은 일정에 만족하고 특히 호스펫에서 학교 방문이 좋았다. 그래도 행여 오가는 길거리에서라도 만수를 만날까 싶었는데 끝내 보지 못하고 함피를 뜬다.

난 이곳 인도 함피에서 하루에도 "Hello Madam"이라는 호칭을 너무 많이 들었다. 유적지 가는 곳마다 시장 돌아다니는 곳마다 "헬로마담~ 헬로마담"하고 어찌나 불러 대든지 귀찮은 정도였다. 처음엔 멋도 모르고 겸손하게 웃으며 대꾸해 주었는데 부를 때마다 계속 웃는다는 게 얼마나 피곤한지. 나중엔 부르거나 말거나 무표정하게 대꾸도 하지 않고 나 할 짓만 했다. 한없이 따라붙다가 도저히 안 될 성싶으면 스스로 떨어져 나간다는 걸 알았다. 물건을 팔 때나 사진을 찍자는 둥 목적이 있는 때도 있지만 아무 목적도 없이 그냥 불러댄다는 것도 알았다. 하지만 함피의 만수는 나를 볼 때마다 "Hello Madam"이 아니라 "Mansoo here"를 반복하고 다녔다. 스치면서 지나가도 내 그림자만 봐도 아는 척하며 미소를 짓는 장난꾸러기다. 처음엔 당연히 인도사람이라 생각했고 스물여덟 총각이라 하더니 떠나던 날에야 서른 나이에 네팔 인이고 아들과 딸이 있는 아버지란다. 음식값을 말할 때는 공을 하나 더 붙여 말하고 정작 돈을 내밀면 나중에 함께 계산하자 하여 지금처럼 나의 머릴 무겁게 한다. 종일 종종거리며 일하는 모습을 보며 내가 너 그렇게 일하면 정말 돈 많이 벌겠다고 말하니 한국에선 어떨지 몰라도 인도에서 벌이가 시원치 않다고 한다. 그는 잘 알지도 못하는 한국을 내심 동경하는 것 같았다.

난 만수를 만나지 못하고 나오는 길에 깜빡 잊고 계산하지 못한 50Rs 때문에 지금 머리가 아프다. 나흘간 서비스 팁 200루피를 줘도 괜찮을 청년이었다. 이걸 어떤 방법으로 전할까 고민 중이었다. 내가 머문 내내 노란 티셔츠만 즐겨 입던데 만수에게 갈아입을 옷가지라도 하나 사서 소포와 함께 돈을 동봉해 볼 생각도 여러 차례 했다. 이날로부터 20여 일 동안 머릴 무겁게 하던 일이 곳곳에서 머릴 지근거리게 했다. 하지만 뜻밖에도 마지막 날 가뿐하게 해결되었다. 해결 방법은 여행 마지막 날의 일기에 적을 것이다.

하이데라바드(Hyderabad)

하이데라바드의 골콘다 성과 메카 마스지드, 황당한 기차표

어젯밤 8시. 한껏 멋을 부린 인도 전통 복장의 수문장까지 있는 호텔 레스토랑에서 간단하게 저녁을 먹고 야간버스에 올랐다. 함피의 호스펫에서 하이데라바드로 가는 버스의 앞쪽은 에어컨 시설이 있고 뒤쪽은 없다. 가격 차이가 상당히 있었는데 앞뒤 사이는 칸막이 문으로 나눠 있고 에어컨 바람을 유독 싫어하는 내 좌석은 뒤편이다. 밤새 내내 덜컹대는 비포장도로를 겉모양만 디럭스인 버스로 10시간을 달려 새벽 6시 30분에 하이데라바드에 도착했다. 버스의 의자가 우리나라 우등은 아니더라도 일반 고속쯤 되리라 예상을 했는데 70년대 완행버스보다 못하다. 의자도 뒤로 젖혀지지 않고 주변이 깨끗하지도 않을 뿐 아니라 안전띠도 없이 비포장이라 어찌나 멀컹기리던지 지옥 같은 밤을 보냈다. 야간 이동 때 시체 놀이 잘하려고 낮에 그토록 몸을 혹사했는데 이건 아니다. 단 한 번의 야간버스 이동으로 이후 기차만 이용하리라 결심했다. 게다가 기차는 이동인구가 많아 여행지에 도착하면 사람들이 우르르 몰려나와 무섭증이 들지 않는데 버스는 그게 아니다.

버스에서 혼자 새벽에 내리고 호객꾼이 달라붙으니 어찌나 겁이 나던지 순간 숨이 멈추는 것 같았다. 주변은 컴컴하고 인적은 드물고 호객꾼들은 달라붙고 아아~ 심장이 쫄깃해지며 끔찍했던 순간이었다. 싸~아한 새벽 공기마저 온몸에 소름이 돋게 한다. 들어본 적도 없는 하이데라바드는 생전 처음 발 딛는 낯선 도시여서 침착하자며 자동 주문을 왼다. 여행책을 통해 사전에 역과 사설 버스 정류장이 가깝다는 것을 알았기에 정신 바짝 차리고 하이데라바드역으로 걸어서 이동하였다. 역의 정면 모습은 마치 네모난 얼굴 형상이다. 한 달간 일정 중 뺄까 말까 고민하다 한번 돌아보자 맘 고쳐먹고 들른 도시가 하이데라바드이다. 안드라쁘라데쉬 주의 주도인 하이데라바드는 이슬람의 향기와 영국풍의 고전적인 느낌이 동시에 발산되는 도시라 한다. 주요 볼 것은 골콘다 성과 이슬람 사원, 그리고 구시가지로 이곳에선 숙소를 정할 필요가 없이 점만 찍고 가기로 하였다. 그래서 역의 보관소(10Rs)에 무거운 배낭을 맡겼다. 기차역 개점 시간 8시가 되면 다음 예정지인 아우랑가바드로 향하기 위해 야간 열차표를 예약해야 한다. 하지만 8시가 되려면 최소 한 시간 반은 더 기다려야 한다. 시간 여유가 있으니 산책 삼아 걸어서 후세인 사가르에 갔다. 거리엔 뭘 의미하는지 모르나 사람 형상의 납작한 조각상도 있고 관광청도 있었다.

　<후세인 사가르(Hussain Sagar)>를 물어물어 찾아가기는 했지만, 막상 도착해 보니 걷기엔 먼 거리다. 이곳엔 250톤 무게의 세계에서 가장 큰 석조 붓다 상이 있다. 호수는 안

개에 싸여 있고 가까이에 룸비니공원이 있다. 책에는 24시간 개방된다고 했지만 9시가 돼야 개장한다고 입구에 적혀 있었다. 호수 옆으로는 Thak Bundis Rd가 있어 오토바이와 차들이 많이 다녔다. 조깅하는 사람들도 더러 있었고 오토릭샤도 많이 오갔다. 멀리서나마 아침 안개에 갇힌 붓다 상 사진 한 장을 찍은 후 다시 하이데라바드역으로 갈 시간이다. 이곳에서 하이데라바드 기차역으로 가려면 릭샤왈라에게 '남팔리'라고 말해야지 금방 알아듣는다. 난 릭샤(40Rs)를 타고 다시 기차역까지 왔다.

8시가 조금 넘어 예약 창구를 찾아 저녁에 아우랑가바드로 이동할 기차표를 예약했는데 이것이 내 속을 썩일 것이라고 이땐 알지 못했다. 나중에 상황 이야기가 이어지겠지만 예약을 담당하는 아저씨는 아직 잠에서 덜 깬 듯했다. 출발날짜 펀칭을 잘못하여 벌어진 일로 예약자가 둘이 겹쳐 상대방의 양해를 구해야만 했다. 적어도 해외여행자가 100일 후 기차표를 예약했다니 이게 말이 되냐고요. 그뿐만 아니라 기차의 출발역이 하이데라바드가 아니라 근처의 세쿤데라바드다. 이때만 해도 내 머릿속은 서울이면 서울역만 알지 용산역이나 수서역은 없었다.

일단 아침엔 이런 기차표인 줄도 모르고 하이데라바드역에서 기분 좋게 <골콘다 성(Golconda Fort)>을 향해 오토릭샤(100Rs)를 탔다. 골콘다 성은 인도판 만리장성으로 하이데라바드역에서 11킬로 떨어져 있다. 성벽 길이가 3킬로에 달하니 릭샤왈라에게 정문 앞에 세워달라고 해야 한다. 100Rs의 입장료를 주고 성안으로 들어서면 입구에 들어가기 전에 성 전체를 볼 수 있는 가이드 맵이 있고 이곳에서 일정 금액을 주고 성 안내를 맡아 줄 가이드를 구할 수 있다. 흔한 오디오가이드가 아닌 인간 가이드 서너 명이 손님을 기다리며 성 입구에 서성이고 있다. 그 바로 앞에는 성안으로 들어가는 전 현관 기둥 (Grand Portico)에 검색대(?)가 있는데 이곳에서 가방 속까지 샅샅이 검색한다. Grand Portico의 문양으로 인도의 유적에는 국조인 공작무늬가 많이 새겨져 있다.

골콘다 성은 카카티야 왕조에 의해 1143년에 세워지기 시작하여 힌두 왕조인 함피의 비자야나가르 왕조와 끝없는 마찰을 빚었다. 그러하기에 강력한 전투 요새로 만들고자 1512년 꿀리꿉드샤 1세가 위용을 갖추었다. 전성기에는 87개에 달하는 망루와 7킬로에 이르는 성벽으로 인도를 대표할 만한 요새였다. 1687년 데칸 정벌에 나선 아우랑제브가 가장 곤욕을 치른 곳이 골콘다 성이라 하니 얼마나 웅장하고 견고했는지 짐작이 간다. 그런데 어찌 이리 폐허가 되었을꼬. 120m 높이의 화강암 산 전체를 깎아 만든 골콘다 성의 정상에 미나르가 위용을 자아낸다. 그다지 높지는 않지만 얼마나 성의 길이가 긴지 한참을 산책하듯 순례하듯 걸어 오른다. 골콘다라는 의미는 '목동의 언덕(Shepherd`s Hill)'이라는 뜻으로 역시 정상에는 이들의 파괴의 신인 칼리를 모시는 <미하칼리 사원>이 있다. 시바 신이 타고 다니는 거대한 황소 모양의 난디 석상이 큰 바위 위에 있고 신을 모시는 사당이 방금 화장하고 나온 것처럼 선명하게 다가온다.

이곳에서는 성을 안내하는 사람들이 멀리 신호를 보내는 시범을 보여준다. 정상에서 두 손을 모아 가볍게 소리를 내면 저 멀리 아래에서 다시 답을 주는 신호가 돌아오는데 바로 옆에서 신호를 보낸 것처럼 또렷하게 들린다. 학창 시절에 배웠던 공명현상이다.

골콘다 성을 둘러보고 나니 벌써 시간이 11시 30분이 되었다. 다음 예정지인 짜르 미나르까지 가려면 65G 또는 66G 버스를 타야 하는데 바로 눈 앞에 65번 버스가 다가온다. 8Rs를 주고 버스를 타고 짜르 미나르까지 오는데 장장 1시간 30분이나 걸렸다. 인도의 서민물가는 이토록 싸다. 8Rs면 200원도 안 되어 가까우리라 생각했는데 그건 아니다. 하지만 낯선 도시에서 혼자 돌아다니는데도 뭔가 척척 맞아떨어지니 기분이 참 좋았다. 난 버스에서 내리자마자 과일 수레에서 석류 한 개(5Rs)와 막 잘라 토막을 내고 있던 수박 한 조각(5Rs)을 샀다. 맛이 시원하고 상큼하여 지금도 그 맛을 잊을

수가 없다. 인도여행에서 가장 즐겁고 기분 좋게 하는 것 중의 하나가 싱싱하고 향기로운 과일을 값싸고 쉽게 먹을 수 있다는 것이다. 기름에 절이거나 설탕 범벅된 식품들에 비하면 배탈 날 일도 없고 수분 보충에도 도움이 된다.

언제나 인파로 붐비는 구시가지의 상징인 짜르 미나르를 기점으로 하이데라바드 시가를 돌아보기로 했다. <짜르 미나르(Char Minar)>는 1591년 모하메드 꿀리 샤가 하이데라바드 건설을 기념하기 위해 세운 개선문으로 네 개(Char)의 첨탑(Minar)을 뜻한다. 원래는 귀족의 아이들에게 코란(현지어: 꾸란)을 가르치던 학교였는데 지금은 이정표 역할을 할 뿐 아니라 구시가지의 전망을 할 수 있는 곳이며 하이데라바드의 랜드마크이기도 하다. 짜르 미나르를 가까이에서 보니 그 모습이 어찌나 아름답고 정교한지 감탄을 자아낸다. 네 개의 첨탑 모양은 골콘다 성의 정상에서도 본듯한데 이 도시의 상징이고 자부심을 느낄 만하다. 수많은 사람이 미나르의 위로 올라 시가지를 전망하고 있다.

짜르 미나르 바로 왼쪽에는 <메카 마스지드(Mecca Masjid)>가 있다. 이는 1591년에 짜르 미나르를 건설 후 1617년에 건설한 모스크이고 1694년 아우랑제브 시대에 완공되었다. 두 해 전에 둘러보았던 뉴델리의 자미 마스지드와 다음 여정에 예정된 보팔의 타즈울 마스지드와 함께 인도에서 손꼽히는 3대 모스크다. 예전엔 이슬람 교인들만 입장했으나

지금은 누구나 무료입장할 수 있다. 사원 가운데에는 커다란 연못이 있고 연못을 중심으로 디귿 형의 건물이 웅장하게 펼쳐있는데 1만 명이 동시에 예배를 드릴 수 있는 규모란다. 가끔 TV에서 바둑판 위의 바둑알처럼 일정 간격으로 다닥다닥 붙어 앉아 예배드리고 절을 하는 이슬람교도들의 예배 장면을 본 적이 있다. 1만 명의 신도가 일사불란하게 움직이는 모습조차 장관이겠다. 사원 안은 생각보다 사람들이 많았는데 예배를 위해 들어 온 사람도 있었지만, 나처럼 관광 나온 사람들 또는 가족 놀이로 입장한 사람들이 꽤 많았다. 가운데는 예배를 드리는 건물이고 그 왼쪽으로는 맑은 대리석의 무덤과 단상이 있고 제를 모시러 온 사람들도 있었다. 건축학적으로 상당히 의미가 있어 보이기도 하지만 전문적 상식이 없으니 그저 대리석과 하늘빛이 참 잘 어울려 아름다울 뿐. 그리고 이렇게 인파가 많이 모이는 시장의 한 곳에 예배를 볼 수 있는 공간과 내 개인적으로는 쉴 수 있는 공간이 있음에 감사한다. 신발을 벗고 연못가에 앉아 수박과 석류를 먹으며 여유 있는 시간을 보내다 메카 마스지드를 나와 다시 짜르 미나르의 서쪽으로 이어지는 골목으로 들어섰다. 짜르 미나르에 올라가 보고 싶었지만, 구시가지 라드 바자르(Lad Bazaar)의 신기한 치과 간판에 끌려 전망대 올라가는 일은 접고 말았다. 시장 어귀에 치과 교정 간판과 미백 클리닉 간판이 둘러 있어 한편 웃기기도 하고 놀라지 않을 수 없었다. 원조 맛집 붙어있듯 이렇게 줄지어 있다고 생각하니 우리와 문화 차이를 또 한 번 느끼는 순간이었다. 그것도 간판에 의사 이름도 있어 자부심도 있어 보인다. 하지만 내부가 그다지 청결한 거 같지 않아 오히려 병에 걸리지 않을까 싶었다. 그나마 간판에 그려진 치아교정의 수술 전(before)과 후(after)를 보니 그럴싸했다. 치과 병원이라는 생각보다는 무슨 시술소 같은 기분이 드는 건 나만의 생각인지도 모른다. 우리 기준으로는 정식치과의사가 아닌 무자격자로 보이지만 인도인의 섬세함과 정교함이 세계적이라 하니 믿어야지.

　하이데라바드는 세계 유일의 다이아몬드 광산이 있던 곳으로 최근에는 남아프리카공화국에 밀려나기도 했지만, 한때 세계에서 가장 큰 다이아몬드이자 무굴 황제 샤자한의 상징인 108.93 카렛의 '코이누르(Kohinoor)'도 이곳 하이데라바드에서 생산되었다고 한다. 라드 바자르는 세계적으로 유명한 다이아몬드와 진주가 있는 시장이다. 보석 시장으로 차도르를 둘러쓴 이슬람 여인들의 최대 혼수품을 마련하는 곳이기도 하다. 그뿐만 아니라

각종 허브와 향신료, 남자들의 평상복인 '룽기'와 여자들의 예복인 '사리'가 여러 가지 보석들이 화려하게 박힌 채 보기 좋게 진열된 가게가 많다. 이어지는 보석 상가와 너무나 예쁜 사리를 보며 하나 살까 하는 유혹도 인다. 하지만 물건의 진위를 가리지 못하고 제작할 기간이 있어야 하니 사고 싶어도 살 수가 없다. 이럴 때 정말 내가 유창하게 영어 회화를 잘했으면 좋겠다. 아니면 영어 잘하는 매니저나 여행 친구 또는 동행이 있었으면 좋겠다. 바자르를 돌아볼 때 얼마나 많은 호객꾼이 달라붙던지 가게 가까이 가기도 두려웠다. 구경나온 사람도 많지만, 호객꾼이 어찌나 집요하게 붙드는지 자칫 정신을 놓으면 무슨 일이 생길지도 모르겠다는 두려움이 인다. 하지만 개인적으로 물건에 이상이 있거나 사기를 당하지 않는다면 진품 흑진주 세트는 가지고 싶은 물건이기도 하다. 금박물린 저 댕기 정도가 아니라 온몸에 모두 수작업을 한 보석으로 가득한 인도 전통 사리도 하나 정도 갖고 싶다. 나도 여자는 여자인 모양이다. ㅎ.~

한없이 걸어도 끝이 없던 복잡한 시장을 얼마나 걸었을까? 먼지와 소음과 사람과 차들, 그리고 조그만 낌새라도 보일까 싶으면 끈질기게 따라붙는 호객꾼들까지. 온갖 걸리적거림이 많은 긴 시장의 터널을 용하게도 빠져나왔다. 근데 신기한 것은 호객꾼의 간절한 눈매와 자동으로 흥정되는 청을 들어주고 필요하든 말든 하나라도 살 걸 하는 마음은 매번 든다. 아프자르 다리까지 왔는데 맘 같아선 근방에 있는 사라드정 박물관에 들러보고 싶

었지만 내 몸은 이미 지쳐 있
었다. 하이데라바드의 명문가
인 사라드정 가문에 의해 만
들어진 박물관은 뉴델리의 국
립박물관, 꼴까다의 인디언 뮤
지엄, 뭄바이의 웨일즈 박물관
과 함께 인도 최고의 박물관

이다. 그리고 이곳에는 전 세계에서 유일한 금종이로 만든 꾸란(이슬람교의 경전, koran)
이 있다는데 그냥 상상만 해야 한다. 유난히 여행지마다 박물관 관람에 욕심을 보이는 내
가 관람을 접는다는 건 진짜 아쉬운 일이다. 어찌 보면 하이데라바드를 하룻밤도 보내지
않고 점만 찍고 간다는 계획이 잘못된 것일 수도 있다. 쫓기듯 다니는 여행은 안 하고 싶
어 쉴 마음으로 근처 카페의 짜이 한 잔으로 휴식을 취하고 달랜다.

어제 아침 함피의 숙소에서 나와 호스펫을 종일 돌고 저녁 8시부터 담날 새벽 6시까지
비포장의 덜컹거리는 야간버스로 이동 후 하이데라바드역에 배낭을 맡겨두고 지금 오후 4
시까지 계속 움직일 힘은 어디서 나온 것일까? 식사도 제대로 제때 하지 않으면서 움직일
수 있는 에너지가 어디서 나오는 건지. 모르는 것에 대해 알고 싶어 하는 호기심이 뜻밖
의 에너지가 된다. 어쩔 땐 내가 날 봐도 신기할 때가 있다.

오후 4시 즈음에 하이데라바드역으로 돌아와 역 내에 맡겨둔 배낭을 찾아 종일 피곤함
에 지친 몸을 씻기 위해 역 안 휴게소의 샤워실로 갔다. 사용료 2Rs를 주고 간단 샤워를
마치고 기차표의 번호와 좌석을 알기 위해 기차표를 자세히 보았다. 그런데 이를 어째
허~걱~? 내가 타야 할 기차는 하이데라바드역이 아니라 세쿤데라바드역이다. 여행책을 뒤
져보니 아침에 둘러본 후세인 사가르 뒤에 있으며 직선으로 봐도 6킬로가 넘는 거리이다.
바쁘다. 여차하면 기차 놓친다. 오토릭샤로 이동한다. 땀난다. 어서 가자. 허~걱~~ 도로를

따라가면 돌아가야 하니 10킬로 정도를 가야 한단다. 이럴 때일수록 당황하면 될 일도 안 된다. 침착하게 더욱 차분하게 마음을 가다듬고 오토릭샤 왈라에게 먼저 흥정한 50Rs를 주고 나니 세쿤데라바드역에 도착하였다. 예상보다 빨리 역에 도착한 시간은 5시 10분 즈음이다. 어려운 상황이지만 시간 안에 역까지 바래다준 릭샤왈라에게 고마워 돈을 더 주고 싶은 맘도 있는데 수중에 잔돈이 한 푼도 없었다. 심호흡을 하고 3층 레스토랑에 가서 치즈버거(20Rs)에 맥주 한 캔(60Rs)을 마셨다. 하루 동안 움직인 일정과 사진을 보며 참 많이도 걷고 많이도 보았다는 생각이 들었다. 이제 슬슬 기차를 타러 가야 한다.

이제부터 골치 아팠던 기차표에 관한 이야기다. 기차 번호는 [7064번으로 S9/Seat No 9/ 18시 10분] 출발이다. 여기서 9번이라 함은 제일 값이 싼 위 칸으로 내가 인도 기차에서 가장 선호하는 자리로 오르고 내리기에 불편하지만 남을 신경 쓰지 않아서 좋다. 배정된 기차의 입구에는 승객의 명단이 있는데 내 이름이 없어 이상하다고는 생각했다. 하지만 외국인 이름이니 그럴 수 있겠다 싶어 그냥 정해진 자리에 올라탔다. 이때도 설마 이 기차표가 잘못됐으리라고는 전혀 생각하지는 않았다. 통로 쪽 3층에 자리한 내 자리에 자리 잡고 누워 있을 때까지 누구도 아무 말 없었다. 마침 역무원의 표 검사에도 말없이 사인하고 돌아갔는데 잠시 후 다시 와서는 내 기차표를 보여 달라고 한다. 역무원은 내 기차표를 자세히 보고 고개를 좌우로 흔들더니 4월 17일 자(17-04)로 예약이 되었다고 한다. 오잉~ 17-01로 되어야 하는데 설마 그럴 리가 하고 봤는데 정말이었다. 키보드의 모든 숫자에서 4자와 1자는 한 끗 차이다. 난 당황하여 말도 안 통하는 낯선 곳에서 이 상황을 어떻게 해결해야 할지 순간 어지러웠다. 내가 기차표를 세밀하게 확인하지 못한 건 사실이지만 날짜가 틀리리라고는 생각지 못했다. 이건 예약할 때 잠에서 덜 깬 예약실 아저씨의 실수임을 설명할 수밖에 없다. 보통의 여행자가 웬만해서 100일 전에 기차표를 예약하는 경우는 드물지 않겠는가. "I'm not make a mistake!! station staff mistake!!" 되든 말든, 문법이 틀리든 맞든 일단 나의 의사는 전달되었다. 이런 경우 나의 의지대로 되려면 끝에 please~를 붙여주는 센스가 필요하다. 후~우~~

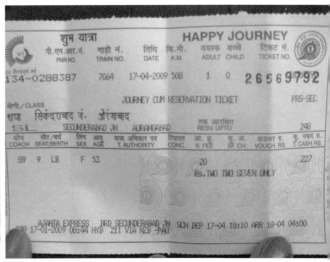

 역무원은 나를 진정시켜주며 기다리라고 하더니 앞자리에 앉은 일가족에게 상황을 말하고 양해를 구하는 거 같았다. 마침 앞자리 여섯 좌석과 내가 있는 자리까지 일가족의 것으로 3대의 가족이 모여 앉아 게임에 한참 재미를 붙이고 있었다. 숫자로 된 빙고 게임처럼 보였으나 인도인들의 놀이에 대해서 잘 모르기 때문에 단정 짓기는 어렵다. 가족 중 가장인 할아버지를 중심으로 경제적 여유(?)가 있어 보이며 잘 단합된 가족 분위기가 참 좋아 보였다. 분위기 좋은 가족들의 이해로 걱정했던 내 자린 확보 되었고 싫든 좋든 지치고 피곤한 몸은 바로 깊은 잠으로 빠져들었다. 씻지도 않고 입고 있던 옷 그대로 침낭에 들어 불도 끄지 않은 채 낯선 이들의 소음과 시선에도 아랑곳하지 않고 덜컹거리는 기차 속에서도 안도의 한숨과 설움에 지쳐 잠들었다.

아우랑가바드(Aurangabad)

아우랑가바드의 끈질긴 릭샤 꾼과 엘로라 석굴 카일라스 사원에서 탈진

어제 세쿤데라바드역에서 출발한 시간은 저녁 6시 10분이었고 다음 날 아우랑가바드역에 도착한 시간은 새벽 4시 45분까지 잘 자고 일어난 아침. 내가 이런 환경에서 이리 잘 잘 수 있다니.

기차 내에서는 안내 방송이 없기에 도착할 시각쯤 되었을 때 주위의 도움을 받아야 한다. 게다가 현지어인 힌디어로 말하기 때문에 나처럼 힌디어를 전혀 할 줄 모르는 사람은 긴장하지 않을 수 없다. 어젯밤 자리를 양보해준 일가족에게 감사의 인사를 하고 헤어졌다. 어쨌거나 기차출발과 도착역을 잘 찾아 틀림없이 내렸다는 것만으로도 가슴 뿌듯하다. 하지만 이것도 잠시 발 디딜 틈 없이 역 바닥에 널브러져 있는 현지인들 틈새를 비집고 있을 상황은 아니다. 예약한 숙소가 있다면 숙소를 찾아가든지 아니면 기차역에서 날이 샐 때까지 기다렸다가 움직여야 한다. 첫날 뭄바이의 경험과 하이데라바드의 경험이 있음에도 불구하고 겁도 없이 기차역 밖으로 나왔다. 도착지에서 하던 대로 기차역 모습을 한 장 찍고 어딘지도 모를 여행자 숙소를 찾아 나섰다.

밖으로 나온 나는 역 주변의 릭샤왈라에게 여행책에서 추천하는 개인 욕실이 있는 Tourist Home으로 가자고 했다. 하지만 그곳엔 남은 방이 없었다. 시키지도 않았는데 릭샤왈라는 그럴 줄 알았다는 듯 가지 않고 날 기다리고 있었다. 다시 Hotel Printravel로 갔지만 역시 빈방이 없다. 되돌아 나오는데 릭샤왈라가 자신이 방을 소개해 주겠다며 값도 싸고 방도 아주 좋다며 적극적으로 추천한다. 난 그를 무시하고 다시 Hotel Natraj로 갔는데 별관에 방은 있었지만, 가격 대비 그다지 좋지 않아 망설이던 중 아직도 나의 결정을 기다리는 릭샤왈라를 보고 일단 그가 권하는 곳으로 가 보기로 했다. 주황색으로 장식된 아우랑가바드 기차역 부근이기는 하지만 내가 방을 정할 때까지 줄곧 기다려준 게 맘이 걸려 결국 릭샤왈라가 안내한 호텔에 짐을 풀게 되었다. 이 호텔까지 안내한 릭샤왈라의 릭샤비 10Rs는 호텔 프런트에서 계산했다. 나도 릭샤비를 주고 싶어 지갑을 여는데 호텔주인이 고개의 좌우로 흔들며 주지 말란다. 호텔주인의 눈치를 보며 문밖으로 나가는 릭샤왈라가 안쓰러웠다. 주인이 내게 줄 수건을 챙기러 간 순간 따라 나와 10Rs를 릭샤왈라 주머니에 찔러주었다. 돌아가는 그의 실룩대는 엉덩이와 페달 소리가 경쾌하다. 오늘 밤 그의 가족의 밥상에 반찬 한 가지라도 더 올려지기를 바란다. 인도여행 내내 릭샤왈라의 인생에 대해 궁금했다. 입소한 시간은 새벽 5시 30분으로 Hotel Pushpak은 1박에 300Rs으로 먼저 봤던 곳은 100Rs이니 이곳에서는 제법 괜찮은 호텔이다.

이만하면 됐다 싶어 결정하고 방에 들어 다시 깊은 잠에 빠져 한숨 자고 8시 30분에 일어났다. 체크인과 아웃 시간이 따로 없고 24시간 사용으로 새벽에도 입소할 수 있어서 좋았다. 이곳은 버스 이동이 많을 것이니 역 부근보다는 2킬로 떨어진 버스터미널 부근에 숙소를 정했으면 좋았을 걸 하는 생각이 들었다. 이미 결정해 버려 어쩔 수 없지만, 누구든 아우랑가바드에 머문다면 버스 스탠드 부근에 숙소를 권하고 싶다.

남인도의 마하라쉬트아 주의 아우랑가바드는 엘로라석굴과 아잔타석굴을 보러 이곳까지 왔다. 인도여행을 시작하기도 전부터 학교에서 배운 기억에 꼭 찾아가 봐야 할 것 같았다. 엘로라와 아잔타에 대한 자세한 기억은 없었지만 이름만으로도 호기심이 가득했다. 하루 일정을 계획하고 9시 30분에 엘로라(Ellora)를 가기 위해 숙소를 나섰다. 아우랑가바드의 느낌은 시골 그 자체로 유적지 외엔 별 볼거리가 없다. 비포장에 큰 나무도 없어 걷고 싶은 맘은 거의 일어나지 않았다. 버스 정류장을 찾아가려면 번거롭고 꽤 먼 거리를 걸어야 하니 난 숙소에서 릭샤(20Rs)를 탔다. 다시 버스 정류장에서 10시에 엘로라행 버스(20Rs)로 이동했다. 엘로라까지는 1시간 정도 소요되어 11시에 도착할 수 있었다. 엘로라 관람은 수요일부터 월요일까지 09시부터 17시 30분까지로 매주 화요일은 휴관이다. 난 버스에서 내리자마자 엘로라 매표소에서 250Rs의 입장권을 끊었다. 불교 석굴로만 알았던 엘로라는 불교, 힌두교, 자인교 석굴들이 시대별로 종교별로 정리되어 있었다. 그래서 엘로라 석굴사원이 갖는 의미는 더욱 특별할 수밖에 없다.

<엘로라 석굴(Ellora Caves)>은 6세기경에 불교의 등장으로 시작하여 500여 년이 넘는 동안 힌두교, 자인교가 동시에 같은 자리에 있는 유적이다. 신기하게도 같은 장소에서 서로 다른 종교가 박해와 전쟁이 발발하였음에도 불구하고 문화적 훼손 없이 고스란히 전해지고 있다는 점에서 고대 인도 종교사를 보여주는 자연박물관이다. 제일 남쪽 1~12번까지는 불교 석굴사원이고, 13~29번까지는 힌두 석굴사원이며, 30~34번은 자인교 석굴사원이

다. 엘로라 석굴사원 입구엔 잔디와 큰 나무가 몇 그루 있으며 제일 먼저 원숭이들이 관광객을 반겼다. 34개의 석굴사원이 즐비한 엘로라 석굴에서 가장 먼저 찾아간 곳은 파괴의 신 Shiva를 모시는 <16번 석굴사원 카일라스 사원(Kailash Temple)>이다. 그런데 나의 몸 상태에 좀 무리가 있는 듯 흉통이 느껴지며 경쾌하지 않다. 하지만 남북으로 1.6킬로 되는 엘로라를 돌아보려면 걷는 방법밖에 없다. 아무래도 내 몸에 문제가 생긴 듯 이상기류가 느껴져 서두르지 않아야겠다. 가슴이 찌릿하고 머리가 어지러운 중에도 사원 입구에 들어서자마자 경악을 금치 못하게 다가오는 카일라스 사원은 힌두사원으로 웅장한 조형미와 화려한 장식으로 많은 사람의 발길을 사로잡는다. 국내 TV 방송에서도 자주 등장하지만 직접 두 발로 이 자리에 서고 보니 그 느낌이 사뭇 다르다.

카일라스(Kailash)란 우주의 중심으로 여겨지는 신성한 신의 이름으로 시바 신의 거처를 말한다. 사실 카일라스산은 티베트에 있는 산으로 이곳과는 거리가 멀지만, 크리슈나

1세가 자신의 정치적 권위를 과시하기 위해 엘로라에 그 이름을 본뜬 사원을 765년부터 100년에 걸쳐 지었다. 이렇게 라슈뜨라꾸따 왕조의 크리슈나 1세(A.D 757~783 재위)가 시작한 석굴사원의 어머니라 불리는 카일라스 사원의 상단은 우주의 중심을 상징한다. 상단 아래로 깊이 86m, 넓이 46m, 높이 35m 규모로 완성되어 그리스의 파르테논신전의 1.5~2배에 달한다. 커다란 바위산을 위에서 파고 들어가 부조를 조각하고 제거된 돌 무게만 20만t 이상을 파내었다니 일반인으로서는 눈앞에 두고도 도저히 상상이 가지 않는다.

카일라스 사원은 전형적인 남인도 사원 건축 양식인 드라비다 양식이다. 내부에서 가장 볼 만한 조각품은 인도의 대서사시인 '라마야나'의 한 장면을 재현한 것이라는데 막상 둘

러보긴 하지만 시바 신을 모신 힌두사원이라는 정도만 느낄 수 있을 뿐 뭐가 뭔지 어지러웠다. 그만큼 규모도 크고 조각상도 많고 몰려드는 관광객들도 많아 내 몸에 피곤이 겹쳐 한적한 곳을 찾아가 쉬고만 싶다. 아무리 멋진 풍경이 있어도, 아무리 맛난 음식이 있어도 내 몸이 그것을 허락하지 않으면 무슨 소용인가. 잠시 조용한 석조사원 안으로 깊이 들어와 기도하듯 쉬었다. 그런데 몸 상태가 아무래도 이대로는 안 되겠다. 체력고갈로 한계가 온 듯하다. 엘로라 사원 전부를 돌아보기를 접고 카일라스 사원에서 오래 머물며 조금씩 움직여 눈 안에 들어오는 부분만 사진 찍었다. 지금으로부터 1,400여 년 전에 지어진 사원이라 부분부분 손상이 있기는 하지만 서로 다른 종교가 반목과 대립 속에서도 이만큼 고스란히 남았다는 것이 정말 특별하다. 특정 종교의 세력이 주도권을 잡으면 파괴와 말살이 비일비재할 터인데 어떻게 이렇게 온전히 남을 수 있었을까? 그래도 다 둘러보지 못함이 몹시 아쉬웠다. 지금 생각해도 무슨 정신으로 사진을 찍었는지 아찔하다. 내가 이런 걸 봤는지 못 봤는지 기억도 없는데 내 카메라에는 이런 사진들이 들어 있다.

　물론 두 발로 걸어 다니면서 직접 보고 찍는다고 찍었겠지만. 신전 기둥 안의 세 여신 상. 이런 것들도 미투나라고 해야 하는지 힌두사원의 조각들은 참 정교하다. 카일라스 사원은 그 웅장함을 표현할 길이 없을 만큼 가히 힌두교 석굴사원의 금자탑답다.

　어느 한 청년이 자기의 일가족과 함께 사진 찍자는데 이들이 사진기가 있는 것도 아니다. 내 카메라로 찍히길 바라는 워낙 순수한 의미인데 찍어주라는 건지, 같이 찍자는 건지, 피곤하지만 이 청년에게 카메라를 주고 가족들과 함께 앉아 있는데 청년이 카메라 조작을 잘못한다. 어찌나 조심스레 천천히 하는지 그가 찍은 사진마다 모두 흔들려 뭉개진 사진이고 실루엣만 나온다. 난 반 셔터 누르는 것을 가르쳐 주었다. 인도 청년도 처음 사진은 흔들린 사진이 나왔지만, 거듭하여 이나마 내 모습이 들어간 실루엣 사진이 나왔다. 사진 찍기를 어느 정도 터득한 청년은 기쁨을 감추지 못하고 나 역시 기분전환이 되었다.

　내가 찍은 청년의 가족사진이다. 색깔 맞춤옷을 입고 소풍 나온 듯 환하게 찍은 가족사진의 액정을 보이니 너무 좋아한다. 사진을 받을 수도 가질 수도 없을 것인데 낯선 이에게 이런 가족사진까지도 찍히고 싶은 이유는 뭘까? 이해는 안 가지만 인화해 줄 수 없어 안타깝다. 한껏 차려입고 나온 모습이 이들에겐 오늘이 특별한 날일 텐데 인화하여 사진을 전달할 수 있으면 참 좋았겠다. 이 글을 쓰는 이 순간도 가슴이 뭉글거리고 아쉽다.

　이곳 카일라스 사원은 시바 신의 처소로 코끼리 외에도 신이 타고 다니는 황소 난디(Nandi) 등 여러 가지 상징물이 조각되어 있다. 사원의 중앙에는 지금도 예를 다하며 절을 올리고 헌금하며 합장하는 사람들이 줄을 잇는다. 가까이 다가가 보니 시바 신의 상징인 '링가'로 남근숭배의 모습이다. 단체로 여학생들을 데리고 나온 선생님들. 손전등을 들고 이것저것 설명하시는 맨 앞의 선생님과 학생들 사이사이로 집중시키려 애쓰시는 선생님들의 모습이다. 선생님 손에는 딸랑 작은 손전등뿐 마이크도 없고 아이들 손에도 엘로라 관련 학습장도 없다. 이들 모습에서 40여 년 전 우리들의 수학여행 때를 추억한다.

　사원 벽의 조각상들을 보면 일반적인 부조도 많았지만, 유난히 도드라지게 입체감이 나타난 조각상들은 가히 놀랍다. 금방이라도 하늘로 날아가 버릴 것만 같은 착각도 일어났다. 부분 부분에는 카주라호 힌두사원에서 보았던 압살라와 미투나도 보인다.

　카일라스 오른쪽 돌계단을 따라 10분 정도 오르면 사원 전체를 조망할 수 있다. 사원 가장 높은 곳에 올라 내려다본 앞 정원은 뭔가 특별하단다. 그곳에는 일몰을 감상할 수 있는 sunset point도 있단다. 하지만 지금 나에겐 그곳에 올라갈 힘이 없다. 내 성격상 저토록 멋진 곳을 올라가지 못하고 이렇게 아래에서 사진 한 장 찍는 것으로 만족해야 한다니 애석하기 그지없다. 휴식도 취하고 기운을 차리려고 엘로라 입구에 있는 레스토랑에 들어가 땅콩과 라시(30Rs)를 먹으며 잠시 쉬었다. 피곤은 쉬이 풀리지 않고 점점 몸이 가라앉아 완전 탈진 상태로 이대로 땅속으로 꺼질 듯하다.

긴 휴식 후 사원을 둘러본다. 6세기경 불교의 세력이 힌두교영역으로 접어들기 전 조성된 불교사원은 남쪽 1번부터 12번까지 사원이다. 도로 바닥에는 사원의 번호가 있으며 가장 볼만하다는 5, 6, 10번 굴만 돌아보고 나왔다. <6번 굴에 있는 조각상 타라>는 엘로라 석굴사원 중 가장 아름다운 조각상이다. 타라는 우리나라 절에도 있는 관세음보살과 같은 것으로 일반적인 부처의 모습인 가부좌의 모습이 아니고 두 발을 세우고 있다는 게 남달라 보였다. 타라 조각상 옆에는 지식과 지혜의 여신인 마하마유리(Mahamayuri) 신상도 있는데 이것보다 더욱 신기한 것은 천장의 울림이었다. 난 처음엔 입장객 중 한 사람이 오랫동안 허밍을 하는 것으로 알았는데 그게 아니었다. 내 목소리로 나의 두 아들 "인수야~ 민수야~"하고 부르니 하염없이 울리는데 그 에코 효과가 정말 놀라웠다.

10번 굴은 '목수의 동굴'이라는 별칭이 있는 것으로 엘로라의 불교사원 중 유일하게 대들보와 서까래가 있는 차이띠아라는 법당 양식을 띠고 있으며 사리탑으로 스투파를 모신 사원을 의미한다. 그뿐만 아니라 12번 굴은 3층 구조로 이루어져 '띤(Tin=3)딸(Thal=층)'

이라고도 한다. 나오면서 보게 된 8번 사원의 2층 양쪽 끝에는 석청이 가득한 벌집이 눈에 번쩍 띈다. 다른 사람들도 저게 보일까? 생각하며 한 장 찌~익~~ 사진 속의 석청이 당신의 눈에도 보이시나요?

엘로라 석굴사원의 구경을 마치고 돌아오는 길에 버스 기다릴 기운이 없어 오토릭샤를 탔다. 이미 릭샤 안에는 다른 손님이 타고 있었고, 아우랑가바드역으로 간다고 했더니 그냥 타라고 했다. 그 당시에 난 심신의 피로 때문에 릭샤에 앉았다는 것만으로도 마음이 놓였다. 근데 그곳으로 갈 때 버스를 타고도 한 시간 조금 못 걸렸다. 그런데 돌아올 때는 두 시간도 더 걸려 버스 정류장까지 왔다. 릭샤왈라는 돌고 돌면서 손님을 내리고 태우고를 반복했다. 내릴 때 숙소까지 역 앞으로 데려다 달라고 했더니 황당하게 100Rs를 달라는 것이다. 난 괘씸했지만 낯선 곳에서 보복이 두려워 버스 정류장에서 30Rs를 주고 내려 버렸다. 이 녀석 내게 20Rs 더 달라며 졸라대지만 난 그 와중에도 돌고 돌아왔다며 끈질기게 달라붙는 그 녀석을 용감하게 떼어냈다. 몸은 지치고 피곤한데 어디서 그런 힘과 용기가 나왔는지 모르겠다. 지금 생각하면 버스값이 20Rs니 50Rs 줘도 됐을 텐데 당시엔 왜 그리 인색하게 굴었는지. 고맙다는 생각보다는 지친 나를 끌고 다녔다는 속상함에 화가 머리끝까지 났다. 눈앞에는 수선스러움과 먼지만 가득하여 다시 오토릭샤(20Rs)를 타고 숙소까지 와서 침상에 쓰러져 버렸다.

얼마 동안 죽은 듯이 잠을 잤을까? 긴 시간은 아닌 거 같다. 주변이 너무 어두워 불을 켜려고 하니 전기가 들어오지 않아 순간 아찔했다. 리셉션에 가서 물으니 이곳 아우랑가바드 도시 전체는 저녁 6시부터 3시간만 불이 들어온다고 한다. 호텔 밖은 아직 해가 지지 않았고 시계를 보니 이제 5시 조금 넘었다. 아직 전기를 공급해주는 시간이 안 됐다. 전기가 들어오지 않는다는 현실에 부닥치니 고문당한 기분이었다. 다시 방으로 들어와 배낭을 주섬주섬 쌌다. 그냥 이대로 집에 돌아가고 싶다는 생각이 들었다. 하지만 그럴 순 없는 일. 아우랑가바드라는 도시가 너무 낙후되었을 뿐 아니라 사람들이 거칠어 보였다. 일단 낼 아침에는 이 숙소를 뜨자는 생각이 들어 무조건 숙소를 나올 수 있도록 짐을 정리하고 힘을 내기 위해서 숙소 앞에서 식당을 찾았다. 별 뾰쪽한 곳을 찾지 못하고 골목 바로 앞에 있는 구멍가게 같은 서민식당에 들어가 "Only Rice"라고 말하고 주문 후 뜨거운 물을 부탁했다. 마치 내가 날 봐도 밥 빌어먹는 거지 같았다. 난 뜨거운 물에 맨밥을 말아 허기진 배를 채우고 기운을 차렸다. 매가리 하나 없이 들어온 날 보고 놀란 식당 주인과 식당 주변에 있는 사람들이 이런 날 계속 쳐다본다. 난 기운을 되찾아 만면에 미소를 지으며 밥값을 계산하려는데 얼마를 줘야 할지 망설여졌다. 주인이 받고 싶은 대로 다 주고 싶어 100Rs 짜리 한 장을 냈는데 그는 85Rs를 내준다. 100Rs를 다 주어도 아깝지 않은 식사를 마치고 다시 숙소에 들어와 계속 잠을 잤다. 모든 걸 접어두고 무조건 쉬자.

비비 까 마끄바라와 빤차끼에 이어 아잔타 MTDT 찾아가기

처음엔 아우랑가바드에 숙소를 정해 놓고 엘로라와 아잔타를 돌아보려고 했지만, 오후에라도 아잔타로 떠나야겠다. 이유는 밤에도 잠도 잘 오질 않는데 불이 안 들어와 책을 보지 못하니 이건 고문 당하는 것과 같다. 책이 없어 읽을거리가 없다거나 불이 없어 책을 볼 수가 없는 상황은 내겐 가혹한 고문이다. 아우랑가바드는 하루 세 시간 불이 들어오고 숙소는 24시간마다 방값을 계산해야 한다. 전날 5시 30분에 입소를 했기에 19일 아침 5시 30분이 지나면 하루의 방값 300Rs를 더 내야 한다. 그래서 전날 주인에게 낼 새벽에 나가겠다고 말하고 더운물 공급을 좀 빨리해 줄 수 있냐고 물었다. 샤워하고 체크아웃하고 싶은데 더운물은 7시에 공급된다며 주인은 7시 30분까지 있어도 된단다. 이게 웬일인가 찔려도 피 한 방울 안 나올 거 같은 무뚝뚝하고 융통성 없어 보이더니 어젯밤 내 모습이 측은했던 모양이다. 새벽에 정신이 들자마자 가방을 챙기고 7시 되기를 기다렸다가 샤워를 마치고 8시에야 체크아웃하는데 웬일인지 주인이 시비를 걸지 않는다.

아우랑가바드역에서 다음다음 날 이동할 부사발에서 출발하는 보팔행 기차표를 예약했다. [2627번 기차/ Bhusabal-->Bhopal 20-01, 17:25~23:45, 214Rs] 혹시 날짜가 잘못되지 않았나 다시 확인한다. 먼저 오늘 월요일 오전엔 아우랑가바드 도시를 돌아본 후 오후에 아잔타로 이동해야 한다. 그 이유는 아잔타는 월요일이 휴관으로 오늘 이동해 봐야 구경할 수는 없으니 늦게 이동해도 될 것이다. 화요일인 20일 오전에 아잔타를 둘러본 후 오후에 부사발에서 보팔로 이동하는 기차표다. 이렇게 빈틈없이 계획을 세울 때마다 '너무 깐깐하게 굴지 말자'라고 되뇌지만, 매번 이렇게 퍼즐 짜 맞추듯 일정을 정하고 하나하나 맞춰갈 때마다 혼자 좋아 죽는다. 기차표를 받아 들고 계획이 딱 맞아떨어지자 "앗싸아~~~ 기막힌 일정이다" 싶으니 새 힘이 솟는다. 이 역에는 휴게소도 없고 짐 보관소가 없으니 예약 실 한쪽 구석에 배낭을 쇠사슬로 묶어 놓았다. 잠시라도 이동할 것을 대비하여 인도 여행에서 자물쇠와 쇠사슬은 필수준비물이다.

다음 이동할 기차표를 손에 쉬고 나니 또 오늘 하루를 알차게 보낼 계획을 세우게 된다. 일단 지금 시간이 오전 9시니 오후 이동할 시간까지는 최소 7~8시간의 여유가 있다. 난 우선 버스 정류장 뒤에서 5킬로 정도 가야 하는 '비비 까 마끄바라'와 '빤차끼'를 돌아보기로 했다. 북쪽으로 더 멀리 떨어진 곳에 아우랑가바드 석굴사원군이 또 있긴 하지만 너무 욕심을 부릴 건 아니다 싶다. 그러고 보니 아우랑가바드는 제법 큰 도시인데 크게

발전하지 못한 도시인 건 틀림없다. 남북으로 도시만 둘러보기에도 20킬로가 넘는 거리다. 버스를 타고 비비 까 마끄바라에 도착, 입장료 100Rs로 입구에 들어서면서 나이 지긋한 수문장에게 배낭을 맡겼다. 나와 같은 외국인 여행자들은 보이지 않고 현지인들만 들고나서인지 보관소가 따로 없는데도 별 이의 없이 가방을 맡아준다.

사쟈한의 손자이자 아우랑제브의 아들이 아버지의 이름을 딴 도시에 자신의 어머니 라비아 우드 다우라니(Rabia ud Daurani)의 무덤을 만들었는데 이것이 <비비 까 마끄바라(Bibi-Ka-Maqbara)>다. 효심 지극한 큰아들이 어머니를 그리는 맘으로 타지마할을 모델로 1679년에 세웠다. 1632년부터 22년 동안이나 엄청난 공사비를 들여 샤쟈한이 부인을 기리는 화려한 타지마할과 여러 가지로 비교되었다. 비록 타지마할처럼 피에투라 기법의 형형색색 보석들을 박아 놓지는 않았지만 내 눈에는 소박한 비비 까 마끄바라도 단정하고 아름다웠다.

본관 건물의 돔만 대리석으로 만들어 흔히들 가난한 타지마할(poor man`s taji mahal)이라는데 이건 이것대로 나름의 의미가 있다. 하얀 대리석의 실내에 어머니의 영묘가 있다.

무덤 뒤로 넓게 펼쳐진 데칸고원을 휩쓰는 바람과 확 트인 전망이 가슴을 후련하게 한다. 하늘은 어찌 저리 예쁠까? 인도 대도시의 하늘은 뿌연 먼지와 매연으로 연상되나 소도시의 하늘은 맑고 예쁘기도 하지만 참 신기하다. 건기라는 기후 속에서도 저렇듯 맑은 하늘이 주어지다니 하늘만 쳐다봐도 큰 위로가 된다. 뽀송한 구름은 홀로 휘적대며 떠도는 나를 하늘하늘한 이불이 되어 부드럽게 감싼다. 비비 까 마끄바라를 되돌아 나오는 길의 왼쪽에는 넓은 잔디밭과 커다란 나무로 꾸며진 정원이 있다. 난 이런 정원이 나올 때마다 그냥 지나치지 않고 잔디에 앉아 피곤이 가실 만큼 휴식을 취한다. 모든 일정을 맘대로 조절할 수 있는 홀로 자유 배낭여행자임을 실감한다.

비비 까 마끄바라에 들고 나는 출입구의 천장 모습에 홀려 무작정 앉아 있는데 소풍 나온 여학생들이 금방 나를 둘러싼다. 그중 한 여학생이 내게 와서 함께 사진 한 장 찍어줄 수 있냐고 묻는다. 나름 곱게 단장한 부유층 자녀인 냄새가 물씬 풍긴다. 그러자고 한 장 찍고 나니 너도나도 몰려 사진 찍는데 혼이 나간 거 같았다. 인도를 여행하다 보면 어쩔 땐 내가 연예인이 된 듯 연예인들이 팬들에 휩싸일 때 이런 기분일까? 싶다. 힘들어도 피곤하지 않은 기분 좋은 만남. 사진을 보니 허~얼~~ 코걸이? 여학생들처럼 보였는데 결혼한 여자들일까? 인도는 18세 즈음이면 결혼한다는데 이렇게 티 없이 맑아 보이는 소녀들이 아줌마라고?? 허~얼~~ 설마~~ 웃어야 할지 말아야 할지. 현장에서 나이가 얼마인지, 결혼한 거니? 라고 물어볼 걸 그랬다. 나중에야 현지인에게 사진을 보내어 물으니 사진만으로는 알 수가 없단다. 덧붙여 양미간 가운데에 점을 찍는 것은 '빈디(Bindi)'로 제3의 눈으로 영적인 의미가 있고, 가르마 끝 이마에 붉은 가루를 찍는 것은 '신두르(Shindoor)'로 남편이 살아 있음을 표시한단다. 또 검정 목걸이나 발 가락지를 한 것도 결혼한 여자임을 나타낸단다. 그렇다면 인도 남자들의 결혼 여부는 무엇으로 표시할까?

근데 내 얼굴이 어찌 조금 이상한 듯 함께 찍은 사진의 내 얼굴이 함지 박만 하다. 댕댕하게 부은 내 얼굴이 내가 봐도 이상할 정도다. 거의 식사를 못 했으니 살찔 일은 없지만 본래 내 얼굴이 메주 볼이긴 하다. ㅎ.ㅎ;

비비 까 마끄바라의 정문을 나오는 길에 배낭을 맡겨둔 곳에 들러 아저씨 와 아주머니가 있는 수문장에게 감사 의 뜻으로 홍삼 젤리와 캔디를 전하니 너무도 고마워한다. 내가 좀 피곤하다 거나 끼니때 밥을 못 먹을 때마다 두 세 개씩 아껴먹는 과자와 젤리다. 여행

출발 때 공항까지 나와 홍삼 젤리와 캔디를 주며 나를 배웅해 준 친구가 고맙고 그립다. 대부분 경우 내게 귀한 건 남에게도 귀하고, 흔한 것도 귀히 여기면 귀한 것이 된다.

11시 30분. 다시 오토릭샤를 타고 빤차끼로 이동했다. 입장료 20Rs인데 볼 게 정말 아무것도 없었다. 내가 모른 뭔가가 있는지 모르지만, 쉴 만큼 깨끗하다거나 편안하지도 안락하지도 않다. <빤차끼(Panchakki)> 주변을 흐르고 있는 깜강(Kham River)의 물로 물레방아를 돌리고 이에 맷돌을 이용하여 밀도 빻았다는 안내 글이다. 마당 가운데는 분수가 있었고 분수 주변에는 기념품 가게가 줄지어 있었다. 난 땅콩 파는 가게에 들러 10Rs 어치 땅콩을 먹으며 분수를 바라보며 쉬었다. 줄기에서 뻗어내려 땅으로 박히는 바니안나무(Banyan Tree)는 1400년에 심은 나무라니 수령이 600년이 넘었다. 무굴 정원 주변에는 수피 수행자이자 아우랑제브의 정신적 지도자인 바바샤 무자파르 무덤이 있다.

　12시 30분 점심때다. 아침도 먹지 않았는데 점심때가 되어도 배가 고프지 않다. 아니 배가 고프지 않다기보다는 밥을 먹고 싶은 생각이 없다. 빤차끼에서 땅콩과 오징어를 먹긴 먹었다. 그래도 어제를 생각해서 식당에 갈까 생각했는데 음식을 봐도 못 먹을 것 같아 빈속으로 버스 정류장으로 와서 아잔타 행 버스(20Rs)를 탔다. 할아버지가 손자의 재롱을 보며 즐거워하는 것은 동서고금을 막론하고 같은가 보다. 완행버스다 보니 정류장에 차가 설 때마다 군것질거리 잡상인들이 치창 밖에서 서성댄다. 인도 도시를 돌다 보면 먼지도 많지만, 숨쉬기 어려울 만큼 지린내가 많이 난다. 첨엔 아예 숨쉬기조차 어려워 마스크를 쓰고 다녔고 오후쯤 되면 흰 마스크가 거무튀튀하다. 그러다 보니 나중엔 수건 마스크를 하고 다니기도 한다. 게다가 얼굴은 댕댕 붓고 신체 컨디션이 말이 아니다. 식욕이 없다는 건 그렇다 치고 식당가서 식사를 못 한다면 과자라도 사 먹으면 좋으련만 오랫동안 안 팔린 건지 부풀었거나 퇴색한 봉지를 보면 과자 사 먹을 맘도 사라진다. 그나마 땅콩 장사 아저씨는 좌대를 가지고 다니면서 좌판을 벌이기도 하고 들고 나는 버스가 보이면 머리에 이고 왔다 갔다 한다. 우리와 달리 특이한 것은, 땅콩이 쌓인 가운데 작은 토기 화덕이 있다. 한 봉지 달라고 하면 화덕 밑의 따끈한 땅콩을 준다. 그 맛은 갓구워 낸 듯 참 고소하다. 내가 인도여행 중 칼로리 보충을 위해 그나마 땅콩을 사 먹을 수 있어 다행이다. 특별한 조리법 없는 자연식이기도 하고 맛도 맛이지만 여행 시작에 항상 따라다니는 변비를 해결하는 방법이다. 만날 때마다 반갑고 고마운 땅콩 장수 아저씨 10Rs 어치만 주세요. 아저씨는 화덕 밑의 따뜻한 땅콩을 삼각 종이봉투에 담아준다.

세 시간 동안 인도 내륙 황량한 데칸고원 풍경을 실컷 보며 아잔타를 향해 달려왔다. 버스표를 끊을 때 기사는 친절하게도 월요일엔 아잔타를 구경할 수 없다고 알려준다. 난 잘 알고 있다며 그래도 그곳에 가는 거라고 말했는데 이게 잘못 전달되었다. 내가 아잔타에서 내리겠다고 하니 버스의 조수 아저씨는 고개를 갸우뚱거리며 여기란다. 난 아잔타 석굴사원 앞에서 내린 것이다. 아하. 아잔타 입구에는 휴관 푯말만 붙어있고 난 허허벌판에 홀로 남게 되었다. 'Ajanta MTDC'에서 내려달라고 해야 하는데 내리고 나서 아차 싶다. 뭔가 기분이 쎄~에~~하니 데칸고원만큼이나 황량하다. 나는 행인에게 MTDC 숙소에 가려면 어찌해야 하나 물었다. 현재 서 있는 곳에서 4킬로 남았다니 무거운 배낭을 메고 모르는 길을 한 시간 이상 걷기엔 무리일성싶었다. 우선 택시를 세워 "MTDC Traveller's Lodge"에 가자 묻는데 택시 안에는 누군가가 타고 있다. 왠지 불길한 생각도 들었지만 20Rs로 흥정하고 숙소 앞에 도착할 수 있었다. 택시를 함께 타고 온 두 사람은 내가 숙소를 정할 때까지 가지 않고 안내실 앞에서 서성거리며 기다린다. 정신의 끈을 놓지 말아야 하는 긴장되는 순간이다. 보살핌의 의미일까? 아니면 또 다른 목적이 있는 걸까? 태연한 척 내가 안도의 한숨을 쉬며 편안한 미소를 보이자 택시에 타고 있던 그 두 사람은 돌아갔다. 어쩜 그들은 친절과 남의 일에 관심을 보이는 것이 천성일지도 모른다. 나를 위하는 쪽으로 좋게 생각하면 모든 게 좋은 쪽으로 잘 풀린다.

아잔타의 MTDC Resort는 이곳에 하나밖에 없는 숙소라 부르는 게 값이라 할 만큼 숙박비가 비싸다. 1박에 550Rs에 텍스 포함 572Rs나 되는데 이를 어쩌나. 선택의 여지는 없다. 어쨌든 아잔타를 관람하려면 이곳 숙소에 짐을 풀어야 한다. 비싼 줄 알고 왔지만 이렇게 비싼 줄 몰랐을 뿐 아니라 내게 현지 화폐인 루피(Rs)가 현재 600Rs정도 남았다. 뭄바이 공항에서 환전한 200달러(약 9,200Rs)가 바닥이 나는 순간이었다. 일단 숙박비를 내고 나면 아잔타 관람비가 없으니 어찌할지 난감했다. 난 리셉션 아저씨에게 달러로 계산하면 안 되겠냐고 물었다. 난처해하면서도 한 아저씨가 나의 방을 정해주고 나선 잠깐만 기다려

보라고 한 뒤 어디론가 갔다. 난 정해준 방에 배낭을 던져 놓고 한참을 기다리고 있으려니 어디선가 날 부른다. 그가 부른 복도 끝에는 연세가 꽤 있어 보이는 서양 할아버지 한 분이 숙식하고 계셨다. 방 분위기로 봐서 검소하기 짝이 없을 뿐 아니라 무소유의 기품이 느껴지기도 했다. 나를 안내해 준 아저씨 말은 저분이 이 숙소의 주인이라 한다.

연세가 80은 족히 넘어 보이는 할아버지는 허리가 많이 굽어 있었고 온몸에 탄력은 하나도 없어 보이며 두 손은 조금씩 떨고 있었다. 흰머리에 흰 눈썹을 가진 할아버지는 또박또박 내게 영어를 할 줄 아느냐 묻는다. 난 조금 할 줄 안다고 답했다. 뭔가를 계속 이야기하는데 한국에 대해서 뭔가를 계속 말씀하신다. 한국의 지명을 말하기도 하고 한국에 있는 자기 친구들 이야기를 하는 것이었다. 내가 알아들을 만해서 고갤 끄덕이니 내가 정말 잘 알아듣는 줄 알고 나중엔 더 많은 이야기가 이어진다. 대충 내용은 자신은 한국엘 두 번 여행한 적이 있고 서울대 교수 중 친구가 있고 뮤지션 등 예술가와 큐레이터 몇 분을 알고 지내고 있다며 한국에 대해 친근함을 표한다. 그리고 그는 경주의 불국사에 간 적이 있다는 것이었다. 그러면서 내게 영어책을 볼 수 있느냐며 자신의 캐비닛에서 아잔타를 설명한 소책자(M. Spink 가 쓴 Ajanta Guide Book)를 한 부 찾아 선물이라며 주신다. 그리고 내게 여행을 계속할 힘과 용기도 주셨다. 짐작하기에 그는 서양인이지만 부디즘에 흠뻑 젖어 있는 독실한 불교 신자인 것 같았다. 할아버지의 긴 말씀 끝에 내게 뭐라 말씀하시는데 갑자기 화제가 바뀌어 어리둥절했다. 캐비닛에서 100Rs 짜리 여러 장을 가져와 내게 내민다. 그러면서 내게 달러를 달라고 하는 것이었다. 순간 아하! 환전을 해주겠다는 말이구나~~는 생각이 번뜩 들었다. 그러니까 할아버지는 숙박비 계산은 현지 화폐로만 가능하니 달러가 없으면 자신이 교환해 주겠다는 말이었다. 제스처를 보고 금방 알아듣긴 했지만 당황한 나머지 어리둥절한 내가 우습기도 하고 그렇게까지 해주시는 할아버지가 고맙기도 했다. 할아버지는 1달러에 48Rs라 말씀하셔서 당장 필요한 만큼만 환전하기 위해 10달러짜리 한 장의 지폐를 그에게 주었다. 우선 있는 돈을 합쳐 숙박비를 계산하고 나니 기분이 홀가분했다. 리셉션의 아저씨는 내가 여자이고 홀로 있으니 차라리 주인 할아버지의 옆방에 묵으라며 더욱 안전한 곳으로 방을 옮겨준다. 숙박비가 비싼 곳은 그만한 이유가 있다. 이곳 아잔타의 숙박비가 비싼 것은 하나밖에 없다는 이유도 있지만 우선 다른 곳에 비해 침구가 막 빤 듯 깨끗하다. 어디서든 개인 욕실이 있는 곳을 투숙했지만, 아잔타의 MTDC는 타올과 세면도구, 포트에 뜨거운 식수가 제공되었다. 게다가 반듯한 책걸상도 있고 티비도 있고 화장실엔 언제든 더운물을 원하는 대로 쓸 수 있는 순간온수기가 있었다. 인도에서는 만나기 어려운 유스호스텔 느낌의 숙소로 배낭족에게는 그나마 호사스러운 잠자리다. 짐 정리한 뒤 책상에 잠시 앉아 있으려니 리셉션의 아저씨가 화장지와 양초 두 개 그리고 성냥을 가져왔다. 그러면서 양초는 비상시 대비한 것이라며 환전을 더 할 생각 없느냐 묻는다. 난 보팔에 가면 환전할 생각이었으나 또 어떤 일이 일어날지 몰라 조금 더하기로 했다. 옆방에 계시는 주인 할아버지에게 10달러를 더 환전하면서 어느 나라 사람이냐 물으니 미국에서 왔다고 한다. 첨 언뜻 보기에 게르만족의 골상으로 보여 독일인인 줄 알았는데 미국인이다. 난 감사의 표시로 홍삼 캔디와 젤리 6개를 드렸다. 순간 표정이 환하게 변하며 어찌나 좋아하는지. 그 할아버지는 한국의 인삼에 대해서 잘 알고 계셨다. 두 손으로 받아 들며 정중하게 인사하는 모습이 절에서 시주받는 스님 모습 같았다. 이 할아버지의 모습은 가슴에 오래 남을 또 다른 감동이었다. 감히 사진 찍자는 말을 못 할 정도의 기품이 있으셨다. 미국 할아버지에게는 할아버지만큼 늙은 개 한 마리가 있었고 개는 할아버지의 자식처럼 붙어 다녔다. 미국의 가족은 어찌하고 이렇게 먼 이국땅에서 혼자 쓸쓸히 여생을 보내고 있을까? 좀 짠한 생각도 들었다. 내가 영어를 좀 더 잘한다면 말벗이 되어줄 수도 있을 걸 하는 생각마저 들었다.

일기를 정리하고 시간과 맘의 여유를 되찾아 방에서 나와 마당을 둘러보니 가족 단위로 오면 빌려주는 펜션 같은 별채를 안내해준다. 펜션 앞에는 너무도 선명하고 아름다운 형형색색의 부겐빌레아가 만개하여 석양빛을 받아 주변을 환하게 밝히고 있었다. 내가 감탄하며 사진을 찍으려니 내게 나무 밑에 서라며 내 모습 사진을 찍어준다. 그냥 받기만 하기가 멋쩍어 아저씨 모습도 여러 방 찍었다.

　아주 어색하지만 주거니 받거니 서로 사진 찍고 웃으며 순간 친해졌다. 아저씨는 엄청 심심했던 차에 난 그에게 반갑고 귀한 손님이었다. 리조트 내 구경을 모두 마치고 내 방에 들어서려는데 아저씨(이름:Suresh Rathod)는 내 뒤를 따라오며 빨래 서비스한다며 세탁물이 있느냐 묻는다. 난 이미 했다고 하니 덧붙여 자기 집에 가면 마사지를 전문적으로 하는데 이곳에서 8킬로밖에 떨어져 있지 않으니 그곳에 가자고 한다. 그러면서 내 팔을 당기더니 지압 시늉하며 여행의 피로를 푸는 데 매우 좋단다. 꼭 한번 받아보라고 적극적으로 권한다. 순수함을 순수하게 받아야 할 줄은 알지만 허~얼~ 이건 호의인지 꿍인지 도저히 구분되지 않는다. 늦은 저녁에 알지도 못하는 곳으로 마사지를 받으려고 간다는 건 제 발로 호랑이 굴에 들어가는 것과 뭐가 다른가. 만약 순수한 호의라면 호의를 베푼

상대방이 상처받지 않게 거절하는데도 기술이 필요하다. 난 지금 봐야 할 책이 있으니 권유는 고맙지만, 마사지 받을 여유가 없노라고 말했다. 그러면서 사진을 아주 잘 찍는다고 말했더니 환하게 웃는 얼굴로 돌아간다. 이렇게 또 하루해가 저문다.

아잔타(Ajanta)

아잔타의 인연과 불교 석굴 벽화의 진수, 잘못 탄 부사발 행 버스

7시에 기상하여 숙소 내를 산책했다. 어제 본 부겐빌레아가 새벽 동트는 햇살을 받아 변하는 모습이 하늘의 초승달과 함께 어찌나 아름다운지 또 하나의 횡재다. 그러던 중 새벽 동트기 전 하늘과 미국 할아버지의 벗이라는 삐쩍 마른 어미 개가 다가온다. 순둥이 늙은 개와 그 새끼들을 보며 마당에서 놀고 있는데 커다란 버스 한 대가 들어왔다. 버스의 벽에는 MTDC Tourism Bus라고 쓰여 있었다. 버스에서 내리신 분들을 보니 동양계였고 그들의 대화를 들어보니 분명 한국 사람들이다.

내가 깜짝 놀라 발길을 멈추니 승객 중 한 분이 "한국 사람이세요?" 묻더니 이어서 여기 주인이냐고 묻는다. 한국 여행객단체를 처음 대하는 상황이라 너무도 반가워서 "아니에요. 저도 여행객입니다" 했다. 그들은 밤을 새워 야간 이동하여 보팔에서 오는 길이란다. 연세가 지긋한 노부부들의 인도여행으로 인솔자는 김**로 [사람과 문화]라는 월간지 사장님이시고 현지인 가이드와 기사도 함께 있었다. 그들은 잠시 숙소에 짐을 맡겨두고 아침 식사 후 아잔타를 돌아보고 점심 후 아우랑가바드로 바로 떠난다고 한다.

아침 식사하러 레스토랑에 들어서면서 이들을 다시 만날 수 있었다. 그분들은 한국에서 퇴직한 공무원과 교수님들로 여행 동호인그룹이었다. 내가 혼자 식사하니 무슨 일이냐고 물어서 난 사실대로 답했다. 그랬더니 혼자 인도여행을 30여 일씩이나? 놀라며 대단하다고들 하신다. 나 역시 그분들께 인도여행이 쉽지 않으실 텐데 대단하시다고 말씀드렸다. 달걀 샌드위치와 커피로 식사를 마칠 때쯤 한 아주머니께선 내게 가까이 와서 혼자 여행이 무섭지 않으냐부터 이런저런 여행에 관한 것들을 세세히 묻는다. 질문에 답하다 보니 그 여자분도 교사 생활을 하다가 퇴직하신 분이었다. 난 그 여자분에게 아잔타 가는 버스에 동행해도 되느냐고 물었다. 어제처럼 혼자 택시를 불러 탈 수도 있는데 얼결의 내 제안에 전원의 동의로 그들과 함께 대형버스로 아잔타 석굴 사원까지 이동하였다.

오늘은 학생 시절에 배웠던 불교사원으로 유명한 아잔타 석굴을 만나러 간다. 버스를 전용 주차장에 두고 현장의 셔틀버스로 갈아탔다. 내가 얻어 탄 버스는 입장권을 내야 할 매표소 안으로 들어와 버렸고 난 입장권이 없어서 더는 못 들어가게 될지 모를 상황이었다. 어어~ 이를 어째? 염려할 겨를도 없이 난 그냥 단체일행에 끼어 승차비도 입장료도 내지 않고 무사통과를 해 버렸다. 이런 경우 무전여행이라고 좋아해야 하나 양심의 가책을 느껴야 하나. 하지만 인도의 유적지 관람에서 자주 볼 수 있듯이 현지인과 관광객의 입장료 차이가 너무 크게 나서 그냥 나 좋은 쪽으로 생각해 버리기로 했다. 사원에 들어선 순간 29개의 석굴이 인디야드리 언덕의 중턱에 와고레강(Waghore River)을 따라 U자형으로 석굴의 번호는 조성 시기와는 상관없다. 아잔타 석굴 사원은 5개의 짜이띠아(9, 10, 19, 26, 29번 석굴)로 Chaitya는 굴 내부에 두 줄로 커다란 돌기둥과 회랑이 있고 그 안쪽에 스투파(탑) 혹은 불상을 모신 작은 사원이다. 나머지 비하라(Vihara)는 승려들의 참선 공간으로 돌로 만들어진 가구와 설법 공간도 있다. 기원전 2세기 인도불교의 황금기에 소승불교 중심으로 조성됐으나 힌두교가 번창하면서 불교가 쇠퇴하여 잊히고 1100년이 넘는 시간 동안 밀림 속에 잠겨있던 아잔타!! 굽타왕조의 대표적인 유적으로 그 예술성이 인도불교 문화의 최고 걸작품으로 엘로라와 함께 유네스코 세계문화유산이다. 아잔타 이후 엘로라는 700년이 지나 34개의 힌두교, 불교, 자인교가 한데 섞인 석굴이다.

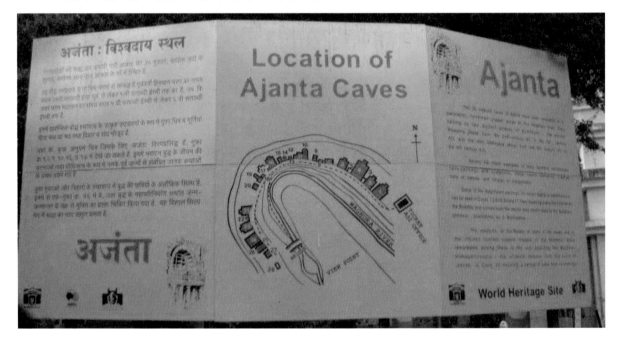

　　[사람과 문화] 사장님이신 김** 님은 인도여행을 20회 이상하신 분으로 인도를 너무나 사랑하신단다. 각각 석굴마다 설명을 시작하시는데 대단한 열정이시다. 처음엔 일행들과 떨어져 혼자서 천천히 둘러보고 싶었지만, 워낙 설명이 좋아 졸졸 따라다니며 책과 번갈아 가며 석굴들을 돌아봤다. 아잔타 석굴사원군은 불교미술의 보고이자 인도 회화의 금자

탑으로 전기와 후기로 조성되어 있다. 전기는 BC 2~1세기 때로 사원 안에 불상이 없으면 전기에 조성된 것이요, 후기는 5~7세기 때 조성된 것으로, 불상이나 부조로 조각상이 있단다. 오늘은 컨디션도 좋아 눈앞에 진수성찬을 차려놓고 뭣부터 먹을까 고민 중이다.

<아잔타 석굴사원(Ajanta Caves)>석굴 입구에 석굴마다 번호와 설명 판이 있다. 특히 1번 굴에는 6세기경에 조성된 대승불교의 비하라(Vihara, 수도원) 석굴로 아잔타 석굴 중 최고의 석굴 벽화를 감상할 수 있었다. 1, 2, 16, 17번의 석굴을 감상하려면 별도의 라이트 티켓을 사야 한다. 인도에서 모든 석굴을 보려면 조명등을 챙기는 것이 기본이다. 하지만 벽화의 훼손이 심각하여 카메라 플래시부터 개인 조명등까지 사용을 자제해야 했다. 플래시 없이 찍은 사진들이 어두워 선명하지 못하나 당시 찍은 그대로 게시했다.

1번 석굴은 아름다운 굽타 시대의 프레스코 벽화로 유명하다. 어둠 속에서도 어렴풋이 드러나는 연꽃을 들고 있는 <보디사따바 빠드마빠니(Bodhisattava Padmapani)> 지연화 보살 상은 여성적인 곡선미와 기품 있는 표정이 보는 이의 맘까지 사로잡는다. 부드러운 미소와 연꽃을 든 손가락의 모습이 뭔가를 속삭이는 듯하다. 학창 시절 교과서에서 봤던 고구려의 담쟁이 그린 금당벽화와 너무도 흡사하다. 무슨 관련이 있을까? 주변으로 보관을 쓴 밀적금강인 흑인 공주 <보다사따바 바즈라파니> 등이 그려져 있다. 흑인 공주의 벽화도 온전히 간직되어 있어 보는 이로 하여금 놀라움을 금치 못하게 했다. 하지만 1500년이 흐른 현재는 벽화의 상태가 심각하게 훼손되어 안타까울 따름이다.

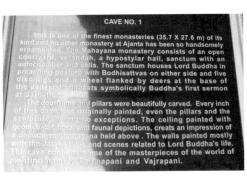

2번 석굴은 복잡하고 화려한 조각으로 둘러싸인 불상이 있다. 인도와 중국의 영향을 받아 제작되었다는 통일신라시대(751년)에 제작된 경주 석굴암의 불상과도 흡사하다. 이 불상 밖에는 악기를 들고 있는 불상들이 조각되어 있다. 부처의 전생과 여러 생의 설화를 프레스코화로 그려낸 벽화들로 미술적 가치를 인정받는다.

4번 석굴은 내부에 28개의 기둥이 세워진 비하라 석굴 중 가장 규모가 큰 석굴이다. 아름다운 벽화와 부조로 새겨진 궁중 생활을 했던 태자 시절 붓다를 묘사한 벽화가 유난히 아름답다. 붓다 상 좌우로 특이한 모습의 부조가 유난히 많다. 조명이 없어 아쉬움도 있지만, 어둠 속에서 만나는 붓다 모습은 더욱 큰 신비함을 자아낸다.

6번 석굴은 아잔타에서 유일하게 2층 구조로 된 비하라 석굴로 음악 기둥이 있어 멀리서 보아도 외형적으로 눈에 띈다. 9번 석굴은 짜이띠야(Chaityagriha) 석굴로 BC 1세기경에 제작된 비교적 초기에 만들어진 것으로 소박하며 단순미를 띠고 있다. 탑의 모형이 요즘 우리가 알고 있는 탑 모양과 많이 달라 처음에 탑이라는 생각이 들지 않았다. 석굴 안에는 불상이 없고 대신 석굴 밖 양옆에 부조로 새겨져 있다.

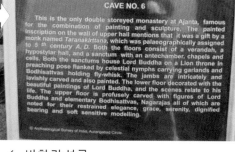

CAVE NO. 6

This is the only double storeyed monastery at Ajanta, famous for the combination of painting and sculpture. The painted inscription on the wall of upper hall mentions that it was a gift by a monk named *Taranakirttana*, which was palaeographically assigned to 5th century A.D. Both the floors consist of a verandah, a hypostylar hall, and a sanctum with an antechamber, chapels and cells. Both the sanctums house Lord Buddha on a Lion throne in preaching pose flanked by celestial nymphs carrying garlands and Bodhisattvas holding fly-whisk. The jambs are intricately and lavishly carved and also painted. The lower floor is decorated with the beautiful paintings of Lord Buddha, and the scenes relate to his life. The upper floor is profusely carved with figures of Lord Buddha and elementary Bodhisattvas, Nagarajas all of which are noted for their restrained elegance, grace, serenity, dignified bearing and soft sensitive modelling.

© Archaeological Survey of India, Aurangabad Circle.

6. 비하라석굴

9. 짜이띠아석굴

CAVE NO. 9

This is the oldest chaityagriha belonging to Hinayana sect of Buddhism datable to 1st century B. C., It is rectangular on plan, but the layout is apsidal. The chaitya (18. 24 X 18. 04 m) with its well-balanced facade is divided into a nave, an apse and aisles by a colonnade of twenty-three pillars. The vaulted ceiling of the nave and apse were originally braced with superfluous wooden beams and rafters. At the centre of the apse stands a plain globular Stupa on a high cylindrical base. The facade wall is decorated with a beautiful chaitya-window and figures of Lord Buddha. Inside the chaitya are seen two layers of paintings the earlier dating back to the second half of 1st century B. C., and the latter to 5th - 6th century A.D. The pillars and ceilings are decorated with paintings of Buddha and floral decorations while the walls are decorated with figures of Lord Buddha, groups of votaries, procession of devotees towards a stupa etc.

© Archaeological Survey of India, Aurangabad Circle

10번 석굴은 가장 오래된 BC 2세기의 소승불교 시대의 짜이띠아 석굴 가운데 가장 큰 규모다. 이 석굴이 1819년 4월 28일 호랑이사냥에 나섰던 영국군 존 스미스에 의해 발견되어 아잔타 석굴 중 가장 먼저 세상에 알려졌다. 밀림 속으로 호랑이사냥을 나가 길을 잃고 헤매다 우연히 발견한 10번 석굴이 발견 당시엔 박쥐 떼와 동물 뼈가 가득했는데 벽에는 사람들이 그려놓은 어마어마한 벽화들이 놀랍고 신기했을까? 오랫동안 쌓인 먼지를 모두 거둬 내는 복구 과정 중 잘못하여 훼손이 심각한 상태가 되어버려서 매우 안타까웠다. 더 이상의 손상을 막기 위해 유리 보호벽이 설치되어 있다. 석굴 안에는 여러 개의 기둥이 있고 아름다운 벽화가 그려져 있다. 석굴 가운데의 스투파는 수리와 보수 중이다. 안쪽 벽면에는 2천 년 세월의 흔적을 고스란히 간직한 벽화가 있다.

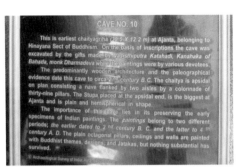

당시 벽화를 그린 물감들은 이곳 지역의 광물에서 추출하였는데 푸른 색상만은 중앙아시아의 청금석을 사용하였다고 한다. 하지만 이렇게 보존과 복구가 잘못될 수도 있고 훼손의 심각성이 안타깝다. 내부의 13번째 기둥에는 발굴자의 사인과 날짜가 새겨있다는데 나는 찾을 수가 없었고 굳이 찾고 싶지도 않았다.

다음 15번 석굴 전시실은 스스로 잘못을 인정하는 석굴 내 벽화의 복구 전과 복구 후 과정을 잘 보여주고 있다. 안쪽에서 아잔타 석굴의 보존과 복원과정을 비교하여 전시해 놓은 사진들을 보면 복원 기술의 부족으로 원래의 작품보다 작품성이 훨씬 떨어져 있는 것을 내 눈으로도 확인할 수 있었다. 차라리 그대로 두었으면 좋았을걸…

16번 석굴은 규모는 작지만, 내부를 장식하는 수려한 벽화로 '빈사의 공주(Dying Princess)'가 있다. 조명도 없는 내 카메라로는 제대로 찍는 것은 어림도 없다. '빈사의 공주'는 붓다의 이복동생인 난다(Nanda)가 출가를 결심하자 그의 아내인 순다리(Sundari)가 슬픔을 이기지 못해 죽었다는 이야기를 담은 작품으로 순다리의 슬퍼하는 모습이 너무도 사실적으로 잘 담겨 있었다. 사진을 찍긴 찍었는데 내부가 너무 어두워 분간이 어려울 정도지만 애통해하는 슬픔의 느낌은 그대로 전해진다.

　17번 석굴은 아잔타 석굴 중 가장 보존상태가 좋은 것으로 붓다의 전생 및 이생의 이야기가 아름답게 그려져 있다. 총천연색을 이용하여 회랑을 따라 30여 개의 불교 관련 설화도[2] 그려져 있었다. 내벽마다 벽화가 그려져 있는데 불교에 대해 문외한인 내 안목으로는 자세히 알 수 없어 안타까웠다. 무릎 꿇는 사냥꾼 벽화 등 게시는 하지만 조명 없이는 이런 사진이 나온다는 걸 말하는 듯 아주 민망하기 그지없다.

---

2) 1, 2, 9, 10, 16, 17번 와 같이 두 장면 이상 서술적 묘사형식의 동굴 벽화를 '설화도'라 한다.

19번 석굴 내부는 3층으로 된 다고바가 있는 짜이띠아 석굴로 중앙에 부처입상이 있다. 아름답고 웅장한 조각을 감상할 수 있는 입구부터 심상치가 않다. 손에 든 건 무엇일까?

다양한 불상의 석굴 안에서 티베트에서 온 젊은 승려를 만날 수 있었다. 말은 통하진 않으나 뭔지 모를 친근감에 기념사진도 한 컷 했다. 아잔타 석굴들은 이렇게 많은 조각 때문에 '조각가들의 보물 상자'로 불린다. 특히 석굴 밖 서쪽에 코브라 일곱 마리를 머리에 인 나가(Naga)와 그의 아내 나긴스(Nagins). 나긴스 머리에도 한 마리 코브라가 있는데 유심히 눈여겨 볼만하다.

CAVE NO. 19

The small chaityagriha is considered as one of the most perfect specimens of the Buddhist art in India. The exquisitely decorated facade and beautiful interior, form a grand combination of richness of detail and graceful proportion. The inscription in Cave 17 records that a *feudatory prince under Vakataka King Harisena* was a munificent donor of this cave, datable to *5 th Century A.D.* It consists of a small but elegant portico, verandah a hall and chapels. The apsidal hall is divided into a nave, an apse, and aisles by a colonnade of 17 pillars. The votive stupa with an elaborate and elongated drum and a globular dome stands against the apse. The pillars and the stupa are intricately carved with the figures of Lord Buddha and other decorative motifs. The sidewalls are also adorned with countless figures of Buddha while the ceiling is filled with painted floral motifs in which animals, birds and human figures are cleverly interwoven. The chapel contains the *panel of Nagaraja* with his consort, known for its serenity and royal dignity.

© Archaeological Survey of India, Aurangabad Circle.

21번 석굴은 6세기의 매우 고급스럽고 아름다운 수도원(Vihara)이다. 12개의 기둥이 있는 베란다와 홀의 지붕에 동식물과 천상의 인물, 숭배자가 새겨져 있고 성체가 있는 성소이다.

CAVE NO. 21

This is a beautiful monastery excavated on a higher level, during the 6 th century A.D. It consists of a pillared verandah, sanctum with an antechamber, and cells. Twelve massive pillars support the roof of the hall where flora, fauna, celestial figures and worshippers are carved in great detail. The door frames and window frames are also carved with beautiful designs and sculptures. The sanctum houses a seated Buddha in preaching posture, flanked by Bodhisattvas as flywhisk bearers and celestial figures. Traces of paintings depicting Buddha as preaching a congregation can be seen.

© Archaeological Survey of India, Aurangabad Circle.

24번 석굴은 두 번째로 큰 발굴지로 AD 7세기에 만들어졌다. 안쪽 바닥에 조각하지 않는 바위들이 남은 걸 보면 공사가 완공되기 전에 중단된 불완전한 수도원이지만 조각들은 매우 섬세하다.

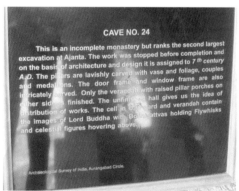

26번 석굴. 역시 말굽형의 단일 홀로 짜이띠야 석굴이다. 들어 서자마자 왼편으로 누워있는 열반상. 편안한 낮잠 자는 모습으로 보이는 인도 최대의 와상(7m)이다. 열반에 든 부처님의 위와 아래 의 조각상까지 그 모습에서 경건함과 놀라움을 금치 못한다. 편안 하게 눈을 감은 석가의 부드러운 미소에 혼을 뺏긴 듯 내 숨이 멈 췄다. 난 이 열반상을 보고 사진을 어떻게 찍을지 몰라 우왕좌왕 했던 기억이 지금도 난다. 회랑 주변과 중앙본당의 스투파, 둥근 천정과 지붕이 매우 균형이 잡히고 아름답다. 자세히 보고 오래 보면 그 속으로 빠져든다. 이는 6~7세기경의 건축 양식이고 Mahayana Chaityagriha는 여러 헌신자의 선물이다.

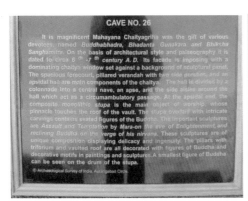

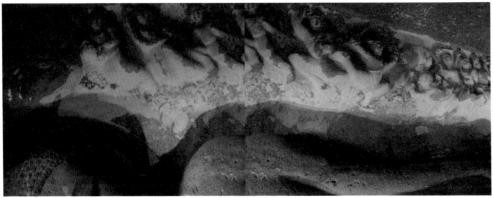

　열반에 든 부처 주변에서 슬퍼하는 제자들 모습까지 놀라움과
아쉬움이 뒤범벅된 아잔타 석굴 관람을 마쳤다. 여행책에서 추천
해주는 사원만 둘러봐도 기쁨이 꽉 찬다. 여행지에서 이런 보물이
나 귀한 유물들을 만난다는 건 정말 행복한 일이다.

　13:00 시. 보팔로 이동하려면 부사발 버스 정류장으로 가야 한다. 의외로 이 과정이 이리 복잡할 줄이야. 사실 아잔타 석굴은 교통이 매우 불편한 곳에 있다. 단체 투어가 아닌 개인이 혼자 찾아간다는 건 쉬운 일이 아니었다.

　지금부터는 보팔까지 이동하면서 가슴 졸인 이야기다. 아잔타 MTDC Resort 바로 앞 짜이 가게에서 부사발(Bhusaval) 행 버스를 기다렸다. 짜이 가게에는 어찌나 손님들이 많은지 짜이를 만드는 아저씨의 손놀림이 쉴 새 없다. 나는 가게 주변 여러 사람에게 내가 부사발로 가려고 하니 버스 오면 알려달라고 선포(?)했다. 주변 사람들은 나의 서툰 영어와 낯선 언어에 모두 무슨 말인가 싶어 하지만 짜이 만드는 아저씨는 빙그레 웃는다. 말은 못 알아들어도 경험에서 얻어지는 느낌이리라. 짜이 가게 옆에는 현지인들이 즐겨 먹는 갖은 채소를 넣어 만든 튀김 가게가 있었는데 점심 끼니를 때우려는 건지 많은 사람이 짜이와 함께 즐겨 먹는다. 아저씨는 버스 올 때마다 내다보며 유난히 내가 버스를 잘 탈 수 있게 도와주려 애써주신다. 버스는 자주 오는데 내가 타려는 부사발 행은 30분이 지나도 오질 않았고 지루할 만큼 기다렸다. 갑자기 튀김을 하려던 남자가 내게 부사발 행이라며 버스를 가리키는데 짜이 아저씨는 아니라며 날 말렸다. 뭐가 뭔지 정신이 하나도 없었으나 인도사람들은 모두 나서서 이방인인 날 도우려 애쓴다. 마치 자기의 일인 것처럼. 그런데 내가 가려는 부사발 행은 오지 않고 계속해서 잘가온 행 버스만 오는 것이다. 한 시간쯤 지났을까? 거기에 있던 누가 "아아 저기 부사발행 버스"라며 내게 어서 타라고 알려준다. 확인할 겨를도 없이 버스에 올라탔다. 아니 올라타기 전 기사에게 다시 한번 물었지만 당황한 건지 기사는 빨리 타라며 고개를 끄덕였다. 한 30여 분을 지났을까? 버스 조수가 내게 티켓을 끊으러 왔다. 난 부사발에서 내릴 것이니 알려달라고 했다. 그러나 차장은 이 버스는 잘가온 행이라며 나에게 버스를 잘못 탔다고 한다. 이 말을 듣는 순간 앞이 깜깜했다. 지리적 위치를 몰라 이곳이 어디쯤인지 알 수 없으니 내 상황이 암담하기 그지없었다. 가슴을 쓸어내리고 온몸에 힘이 빠지니 표정마저 굳어진다. 어쨌거나 부사발 에서 보팔행 기차표를 예약해 두었기에 중간에서 내려서 부사발로 가야 한다. 어디쯤인지 그들은 말을 했지만 난 발음이 정확지 않은 현지인들에 대해 불신이 생겨 그 장소를 잘 알지 못한 채 중간 정류장에서 내렸다. 주변에 외국인 여행객은 나 이외엔 없고 모두 현 지인들 뿐이다. 자칫 국제미아가 될지도 모른다는 불안함이 밀려온다. 이쯤 되면 택시나 오토릭샤를 탈 생각을 해야 하는데 왜 그 생각은 하질 못했는지. 인도여행에서는 그런 호 사스러운(?) 생각 자체가 아예 없다. 비록 여기가 호랑이 굴 일지라도 정신만 똑바로 차리 자며 스스로 최면을 건다. 부사발로 가려면 어느 버스를 타야 하는지 알아봐야 한다. 시 장이 형성된 북적거리는 곳에서 경찰에게 도움을 청했다. 뜻밖에도 내 말을 알아들었는지

내게 걱정을 말라며 콜박스 같은 곳 으로 안내한다. 그리고 내가 타고 가 야 할 버스를 알려준다. 난 부사발에 도착하기까지 잠시도 맘을 놓을 수가 없었다. 잠시 후 드디어 경찰 아저씨 가 안내해준 버스를 타고 부사발에 도착할 수 있었다. 후우~~

지금 16시 30분이니 [2627번/ Bhusaval~Bhopal/ S3 9seat/ 20-01, 17:25, 20-01, 23:45]의 기차를 타기엔 충분하다. 잠시이긴 하지만 3시간 넘도록 가슴 졸인 거 생각하니 살며시 웃음이 나온다. 하지만 얼마나 걸릴지 여기가 어딘지 남은 거리는 얼마인지도 모

르는 상황에서 얼마나 땀나는 이동인가? 내게 도시별로 상세지도는 있었으나 이동에 필요한 상세지도는 없었다. 그러니까 여행책만을 너무 의지한 것이다. 13:00에 아잔타에서 잘 가온 중간 지점까지 10Rs의 차비를 냈고 다시 부사발 버스 정류장까지는 32Rs, 이어서 부사발 기차역까지 셔틀버스 5Rs로 총 버스차비 47Rs(약 1달러)로 우여곡절 끝에 3시간 반 만에 목적지에 왔다. 이런 경우 처음부터 릭샤를 탔으면 괜찮았을걸. 난 여행에서 목숨만 잃지 않으면 어떤 경험도 괜찮다고 생각했으니 이 얼마나 무모한 발상인가.

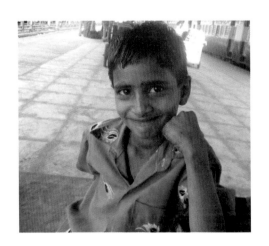
인도 여행하면서 매번 느끼는 건 인도에서 아이들은 너무 순수하고 투철하다. 낯선 이방인인데도 사진 찍어달라고 말을 붙인다. 그러자고 하면 최고로 멋진 폼으로 렌즈 앞에 선다. 그렇다고 사진을 가질 수 있는 것도 아닌데 자기 모습이 담긴 액정만 봐도 행복한 모양이다. 유럽에선 아이들 사진 함부로 찍어선 안 된다. 이런 것에 비하면 인도가 얼마나 인간적인가. 이 꼬마 아이도 내게 사진을 찍어

달라더니 영화배우처럼 삐딱하게 서서 포즈를 잡는다. 사진을 찍고 액정만 보여줘야 하는 아쉬움. 이럴 때마다 휴대용 인화기가 있었으면 좋겠다. 인화된 사진을 들고 다니며 친구들에게 자랑질하며 어깨 으쓱할 것을 생각하니 괜히 웃음이 나온다. 다음 인도 여행에서는 꼭 인화기를 준비하리라. ㅎㅎ~~ 헤이~ 꼬마 신사~~ 안녕~~ 잘 가!!

부사발에서 출발하여 6시간 20여 분이 지나고 자정이 다 되어서야 목적지인 보팔에 도착했다. 자정인데도 별 두려움 없이 발 닿는 대로 역 밖으로 걸어 나오는데 이곳이 역의 앞쪽인지 뒤쪽인지도 모르고 나왔다. 그만큼 내가 걷는 길 좌우는 시끌벅적하며 수레의 좌판이 즐비해 있고 거리는 좌판의 불빛으로 훤했다. 기온이 떨어져 추위에 떨지 않으려고 침낭을 숄처럼 두르고 큰 배낭을 등에 메고 무슨 용사처럼 저벅저벅 걸어서 숙소를 찾아보았다. 여행책에 쓰인 대로 눈앞에 네온사인이 켜진 대로를 둘러보는데 얼마 걷지 않아 Ranjit, nanjit, Surya 등등 눈앞에 Hotel이 펼쳐졌다. 보팔이 큰 도시라는 걸 느낀다. 이곳저곳 들어가 방을 구해 보았지만, 룸이 있는 곳은 Ranjit으로 1박에 500Rs란다. 아잔타의 600Rs가 아니었다면 망설였을 텐데 그냥 더 볼 것도 없이 배낭을 푼다. 열흘 이상 인도를 여행하다 보니 1일 숙박비가 평균 300Rs정도였다. 나의 경우 장기 배낭여행이다 보니 500Rs라면 허술하거나 싼 곳이 아니라는 생각에 그저 이 한 몸 누일 곳이면 된다고 생각했다. 어쩌자고 이날 밤은 평생 잊지 못할 지옥 같은 하룻밤이 됐다.

산치(Sanch)

내 맘을 사로잡은 산치! 산치 마을 사람들과 산치대탑

보팔의 숙소 Hotel Ranjit에서 내게 배정된 방은 정말 지옥이 따로 없었다. 밤이 더 깊어지면 조용해지겠지 하고 기다렸지만, 뭐라 형언할 수 없는 소음으로 뒤척이며 잠들지 못했다. 차가 지나가는 소리뿐 아니라 오토바이 폭주, 덜컹거리는 릭샤, 버스, 기차 등 세상에 있는 모든 육로 이동 수단들이 내뱉는 소음이 날 돌아버리게 한다. 클랙슨 소리며 오가는 사람들의 작은 소리부터 서로 싸우며 악 지르는 소리까지 머리가 터져버릴 것 같다. 시간이 흘러도 줄지 않은 소음은 도저히 견딜 수가 없었다. 처음 숙소를 정할 때 묵을 방을 요모조모 확인하기도 했지만, 너무 피곤하니 한 몸 누울 잠자리가 생겼다는 것만으로 기뻤다. 자정이 넘은 시간에 도착하여 예약도 안 한 상태이고 인도여행에서는 그다지 값이 싼 숙소도 아니라서 안도의 한숨이 나왔는데 이런 상황이 되니 머리가 지근거리고 화가 치밀었다. 이게 무슨 짓인가. 좋은 집 놔두고 이러고 다닌 게 바보 같기도 하고 여행을 나와 처음으로 집에 가고 싶다는 생각이 들어 눈물이 날 만큼 우울하다.

난 평소 여행길의 숙소에 대해 매우 관대한 편이다. 어쩌면 장기 배낭여행자이니 그럴 거라는 각오라는 게 맞다. 평생 그런 곳에서 살라는 것이 아니라 하룻밤 머물 건데 뭐!! 하는 대범한(?) 맘가짐이다. 하지만 이런 경우는 내 여행경험엔 처음 있는 일이다. 시간이 흐를수록 더욱 소리가 커져 견딜 수 없을 만큼 극에 달했다. 조금만 참으면 나아지겠지 하면서 말똥말똥 뜬 눈으로 새벽 4시까지 기다렸다. 나중에 안 사실은 내가 머문 방이 바로 시장 옆으로 내가 시장 한가운데 놓여 있었다. 인내심에도 한계가 있어 도저히 참을 수 없다는 생각에 프런트에 전화했다. 난 화가 잔뜩 치민 소리로 "I can`t sleep it`s noisy, Change the room, now. please" 시끄러워 잠을 잘 수가 없으니 지금 당장 방을 바꿔 달라고 했다. 그랬더니 잠결인지 의외로 선선히 날 새면 바꿔주겠다며 알았다고 한다. 그 방이 소음이 크다는 것을 이들은 알고 있었다. 일단 나의 의사를 전달했는데 아침에 바꿔주면 뭐 하나. 지금 당장 문제다. 난 배낭을 챙겨 등에 메고 리셉션으로 내려갔다. 어디서 나왔는지 모를 용기. 내가 생각해도 대단했다. 난 프런트에 가서 "지금 당장 방을 바꿔주지 않으려면 다른 숙소로 갈 테니 방값을 내 달라"며 소리를 질렀다. "잠은 밤에 자는 건데 아침에 바꿔주면 뭐 하냐?"고 말하며 서툰 영어로 내 맘을 전했다. 프런트에 있던 주인 남자는 잠에서 깨어나 깜짝 놀라며 종업원을 깨운다. 그리고는 새로운 방으로 안내해주라고 한다. 그 순간 어쨌든 내 의사가 전달되었다는 것이 신기하고 뜻대로 되어 간다는 것이 다행이었다. 처음부터 이럴 것이지 이게 무슨 짓이냐며 다시 버럭 소리를 질렀다. 그리고 나서야 난 새로 배정된 방에 들어 세상모르게 깊은 잠에 빠졌다. 그나마 이 호텔은 여행 중 처음으로 아침 식사가 제공되는 호텔이었다. 객실로 배달된 버터 바른 토스트와 커피, 그리고 과일 주스까지 간단하게라도 아침을 해결했다.

보팔에서의 일정 짜기에 들어갔다. 내가 보팔에 들어온 이유는 근처의 산치로 가기 위함이다. 2박 3일을 보팔과 산치를 돌고 다음 일정인 바라나시로 가려면 먼저 기차표를 예약해야 한다. 그런 후 오늘은 산치를 내일은 보팔을 구경하기로 계획하고 보팔역으로 갔다. 간밤엔 잘 보이지 않아 몰랐는데 아침에 보니 내가 역을 빠져나온 곳은 역 뒤편으로 하미디아 로드의 숙소 밀집 지역이었다. 한참을 걸어 역 앞쪽으로 가서 기차표 예약사무소를 찾았다. 역 뒤편에서 역 앞쪽으로 가는 일은 생각보다 쉽지 않았다. 역 안의 노숙자들을 헤집고 역 정문 쪽으로 나와 왼쪽의 별도 건물에 기차표 예매하는 곳이 있었다. 예매소 안의 벽면에 붙은 안내판을 보며 바라나시행 노선을 찾았다. 눈이 조금 크게 떠진다. [1071번/Bhopal~Varanasi/ S3 Seat4/ 23-01 03:25/ 23-01 19:15 305Rs]로 쉽게 기차표 예약을 완료했다. 새벽 3시 출발하여 16시간 소요되는 거리다. 기차표를 손에 들 때마다 무슨 미션을 완수한 것처럼 만족감에 빠진다. 우~후~~ 아싸아~~ 인도여행 중 기차표 예약만 할 줄 알아도 여행의 반은 성공하는 것이라 했는데 이제 제법 척척 잘한다. 새벽 3시 출발인데도 탑승할 시간은 아랑곳하지 않고 혼자 좋아 죽는다. 으~하하하~~ .

티켓 예매까지 마치고 나니 주머니에 100Rs만 남았다. 이제 여행을 계속하려면 환전해야 한다. 여행객 편리를 위해 대형 호텔에서 가능할 줄 알았는데 아니었다. 델리처럼 흔하디흔한 길거리의 사설 환전소도 없다. 난 어차피 버스 탈 곳도 알아둬야 하니 정류소를 찾아가면서 환전소를 찾아보기로 했다. 버스 정류장이 어디냐며 물어 한참을 걸어가는데 알려준 대로 가다 보니 입체 도로가 나왔다. 이건 아닌데 하면서도 돌아서기에도 어중간한 위치이다. '어어 이상하다. 보팔의 기차역과 버스 정류소는 가깝다고 했는데' 하며 그냥 바쁜 것 없으니 산책이라 생각하며 계속 걸었다. 알 수 없는 짓을 해도, 터무니없는 짓을 해도 눈치 볼 필요가 없으니 이런 경우가 혼자 여행하는 즐거움이다. 쫓기지 않고 느긋하게 걷고 또 걷고 주변을 살피면서 서서히 걸었다. 얼마나 걸었을까? 대충 한 시간은 넘게 걸었다. 다시 한번 행인에게 버스 정류장이 어디냐 물었다. 자세한 위치보다 방향만 알아도 되기에 알려준 방향대로 보며 고개를 끄덕이고 걷다가 환전하는 곳이 어디냐고 다시 물었다. 그런데 은행에 가서 하란다. 나 참!! 왜 은행에 가서 환전할 생각을 안 했을꼬. 그런데 난 아직 인도 은행에서 환전해 본 적이 없다. 은행이 아닌 공항이나 호텔에서 또는 골목길의 허름한 가게나 길거리의 사설 환전소에서 했었다. 보팔은 은행에서 환전한다며 길 건너 멀리 있는 은행을 가리키며 "Bank, Bank" 한다. 우~~씨~~ 너무도 당연한걸. 난 그가 가리킨 은행 앞으로 갔다. 은행은 그물 모양의 접이 철문으로 닫혀 있었고 커다란 자물쇠로 묶여 있었다. 안에는 제복 입고 장총을 든 아저씨가 버티고 있다. 내가 다가서자 장총을 든 아저씨가 내게 와서 무슨 일이냐고 묻는다. 난 환전을 하고 싶다고 했더니 10시 30분에 철문을 열게 될 거라며 그때 오라고 한다. 문이 열리기를 기다리며 은행 주변을 둘러보는데 왠지 낯익은 듯. 내가 두리번거리는 데 가게 안에서 어떤 젊은 청년이 다가와 무얼 찾느냐 묻는다. 뭔가 도와주려고 한 것 같은데 눈을 들어 앞을 본 순간 허~얼~~ 길 건너에 나의 숙소가 있다. 이게 뭐냐. 난 기차역을 중심으로 앞쪽에서 뒤쪽으로 크게 아주 크~으~게 한 바퀴를 빼~엥~돈 것이다. 울랄라. '내가 미쳐버려' 하며 웃어야지 속상해할 필요가 없다. 난 내 의지와 상관없이 보팔이라는 도시를 뒤져본 것이다. 인생이 행복해지려면 폭을 잘 댈 줄 알아야 한다. 이럴 때 나만 의지하고 따라온 동반자가 있었다면 얼마나 민망하고 미안했을꼬? 혼자여서 좋은 이유가 이런 거다.

10시 30분이 되자 은행 앞으로 갔는데 아직 문이 잠긴 채로 있다. 우리나라처럼 정해진 시간에 정확하게 문을 열거나 닫지 않은 모양이다. 20분 정도를 더 기다리니 셔터가 열리고 이날 나는 이 은행의 첫 손님이 되었다. 난 환전 창구를 묻고 그 앞으로 갔다. 아주 젊고 잘생긴 청년이 환전을 도와주겠다며 자리에 앉는다. 그리고는 무슨 차를 마실 거냐고 묻는다. 난 지갑에서 200달러를 꺼내 현지 화폐로 환전해 달라고 했다. 귀공자의 면모를 지닌 젊은 청년은 의아해하며 나를 다시 정중하게 본다. 그리고 커다란 돋보기를 들고 달러의 앞뒤를 돌려보며 위조지폐가 아닌가를 살핀 다음 여권을 달라고 한다. 1달러에 현지돈 48.24Rs로 수수료 없이 계산되어 9,640Rs를 주머니에 넣을 수 있었다. 지금까지 여행 중 가장 좋은 조건의 환전이었다. 청년은 내게 생수까지 한 병 주며 즐거운 여행 하라고 정중히 인사한다. 예상치도 않았는데 그동안의 경우로 보아 인도 보팔 은행에서의 친절과 매너 있는 환전은 거의 환상에 가까웠다. 이런 건 우리나라에서는 일상이지만.

기분 좋게 은행을 나와서 미리 알아두었던 버스 정류장으로 향하는데 정류장 앞에 시계 점포가 보였다. 여행 중 시계 줄이 끊겨 손목에 차지도 못하고 가방에 넣고 다니면서 불편했다. 게다가 잃을 염려도 있으니 시곗줄을 갈아야겠다고 생각했다. 내 시계는 두 세트의 바늘이 있으며 현지 시각과 한국 시각을 알려주니 국외여행 때만 사용한다. 시계 줄을 고쳐주는 점포의 아저씨는 시곗줄 교체를 반가워하며 수선 비용을 60Rs를 달라고 한다. 다른 때 같으면 현지인 받을 가격으로 "깜 까로나(깎아주세요~~)" 했을 텐데 환전도 했으

니 기분이 좋아 "단야와드(고맙습니다~~)"하고 나왔다. 아마도 시계방 아저씨는 아침 첫 손님에게 60Rs를 받아 하루가 기분 좋았을지 모르겠다. 인도 사람들은 "Are you happy? I`m happy"라는 말을 아주 잘 쓴다. everybody happy 한 하루의 시작이다.

이제 산치로 가기 위해 보팔 버스 정류장에 왔다. 형형색색 긴 천으로 온몸을 두른 인도 전통의상인 사리를 입은 여성들이 많다. 버스에 올라 좌석을 차지하고 앉아 있는데 차장은 내게 와서 이디 가느냐고 묻는다. 그런데 이 차장 정말 사람 놀라게 한다. 체격도 작아

10대를 갓 넘긴 아이로 어려 보이는데 어찌나 차장 노릇을 잘하는지 놀라웠다. 날렵한 몸놀림과 카리스마 넘치는 목소리와 눈빛이 내 맘에 쏙 드는 꼬마 차장이다. 손님에게 짐이 있으면 원숭이처럼 가볍게 훌쩍 버스 지붕 위로 올라가 짐을 받아 정리하고 북새통 같은

버스 안을 순간 재정비하며 사람들을 몰아넣는 기술이 대단하다. 짧고 경쾌하고 날카로운 휘파람 소리를 내며 출발과 정차를 반복한다. 버스 안내원이나 보조원이라는 호칭보다 '차장'이라는 호칭이 퍽 잘 어울리는 아이다. 차 안의 대장. 진짜 차장이다!!

보팔에서 산치로 가는 버스에는 외국인 관광객이 거의 보이지 않고 현지인들만 꽉 차 있다. 나 혼자만 외국인인 듯 차장은 내게 와서 산치 왕복 티켓으로 50Rs를 받아 간다. 산치로 가는 길은 우리네 시골 가는 길과 매우 흡사하다. 이때만 해도 내 기분은 아주 달뜬 기분이었다. 그런데 나의 옆 좌석에 앉은 남자는 책을 보고 있는 내게 산치 가느냐고 묻는다. 그렇다고 대답하니 계속해서 치근덕거리기 시작한다. 그동안 여행 다니면서 이런 경우가 없었는데 좀 징그럽게 얼굴을 들이댄다. 이런 상황이 생기면 난 100%에 가깝게 무표정으로 대응한다. 그러면 대부분 사람은 스스로 지쳐 떨어져 나가는데 이 남자는 조금 다르다. 나란히 의자에 앉은 상태에서 내게 가까이 다리를 붙인다. 쩍벌남임을 금방 의식하고 조금 떼었는데 또 금방 붙는다. 그러더니 그 남자의 손이 내 허벅지를 더듬으며 손을 얹는다. 여행 중 부시 맨을 만나도 친구가 되자고 생각했는데 이건 아니다. 난 내심 여행 전 후배인 보건실 선생이 가르쳐 준 "저런 스바노무스키"했지만, 입으로는 그 순간을 놓치지 않고 그 남자의 손등을 탁!! 하고 치며 "police?"라고 소리를 내고 인상을 찌푸렸다. 그 남자는 소스라치듯 손을 앞 의자의 등받이에 올려놓는다. 내가 알기로 이런 치한의 경우 경찰에게 걸리면 무작위로 온몸을 두들겨 맞는다. 실제 여행 중에 이런 장면을 목격한 적이 있다. 난 17 대 1로 싸우고 이긴 장사처럼 바짓가랑이를 툭툭 털었다. 짜~아식~~ 대한민국 아줌마를 어찌 보고!!

콩나물시루의 버스 내 공기와는 달리 산치로 가는 길은 매우 서정적이고 한가로웠다. 맑은 공기를 가진 그야말로 내가 좋아할 만한 시골 모습이었다. 차장의 안내로 버스에서 내려 낯선 마을 길을 혼자 걸으면서도 콧노래가 흥얼흥얼 절로 나왔다. 동네에서 현지 아이들을 만났는데 이방인인 내게 환영의 미소와 함께 친근감을 표현한다. 방향을 익힌 후 간판이 있는 Jaiswal Lodge와 SriLangka Mahabodhi Society G.H.를 찾아가 보았다. 내가 만약에 산치에 숙소를 정했다면 스리랑카 마하보디에 머물고, 자이스왈 로지의 식사를 했을 텐데 하는 생각이 든다. 보팔과는 너무 다른 분위기라서 간밤의 지옥 같았던 보팔 숙소가 떠올랐다. 식사 때가 된 듯 배가 고파왔다. 배가 고프다는 걸 느끼며 식당을 찾는다는 건 다행이지만 불행인지 자이스왈 레스토랑은 휴일이다. 산치대탑을 향하는 길에 카페테리아가 나타났다. 그곳에 들러 차나 누들을 시켰는데 별 기대도 하지 않았으나 맛도 그저 그랬다. 전 세계 어딜 가든 대한민국 특히 전라도 아줌마의 입맛을 사로잡기란 쉽지 않을 것이다. 식사를 마치고 주변을 둘러보며 매표소에서 산치 스투파 입장권을 끊었다. 산치의 불교 유적지는 통합입장료 250Rs이고 스투파(Stupa, 탑)와 비하라(Vihara, 수도원), 사원, 박물관으로 구분되나 볼거리는 4개의 스투파다.

난 입장권을 들고 대 탑을 향하지 않고 산치마을 안으로 들어갔다. 한적한 마을은 나를 자석으로 끌듯 깊이 잡아당기고 나의 호기심을 자극했다. 이방인이 들어서는데 마을 사람들은 예쁜 미소로 나를 맞이한다. 이런 분위기인 줄 알았다면 작은 선물이라도 준비해 올 걸 하는 꼭 이런 생각이 드는 곳이 인도의 시골구석이다. 골목에 들어서 얼기설기 발길 닿는 대로 마을 구경을 실컷 하고 나오는데 방향감각을 완전히 잃게 됐다. 대 탑을 찾아

가는데 길을 찾을 수가 없어 마을 아낙네 넷이 모여 있는 곳에서 물었다. 여행책의 대 탑 사진을 보여주며 가는 길을 물으니 내게 자신의 마당 안으로 들어오라고 손짓한다. 무슨 뜻일까? 싶어 호기심을 안고 들어갔는데 마당 가운데의 큰 돌 위에 서서 허공에 손가락질 하며 손끝을 보라 한다. 아~아~ 손끝에 아스라이 대 탑 지붕 꼭지가 보인다. 이 정도면 최소한의 방향은 찾은 셈이다. 참 그 아주머니 말 한마디도 안 통했는데 재치 있다. 골목 의 길을 돌아 나오던 중 꼬마 아이들을 만났다. 이번엔 재미 삼아 스투파 가는 길을 물으 니 두말없이 자신을 따라오라며 앞장선다. 아주 신났다. 스투파 입구에서 마을을 되돌아 보며 감상에 잠긴다. 대 탑도 좋은데 산치는 정말 맘에 드는 시골 마을이다. 인도여행에 서는 볼거리나 먹거리 등이 많지만 가장 큰 보물은 서민들의 순수한 표정과 따뜻한 마음 이다. 여행자들은 그것에 매료되어 인도 여행은 힘들어도 힘들지 않다는 역설이 생긴다.

<산치대탑(Sanchi Stupa)>은 1,400여 년 동안 조성된 불교 유적이 남은 곳으로 BC 3 세기경 마우리아 왕조의 아소카 대왕에 의해 처음 조성되기 시작했다. 이슬람과 힌두문화 가 계속되는 가운데서도 아잔타와 함께 불교 유적이 그대로 남았다는 것이 신기한 도시이 다. 아잔타 발굴처럼 1818년 영국의 기병대장이었던 테일러 장군에 의해 발견되면서부터 세간의 관심을 끌기 시작했다. 하지만 본격적으로 탐사가 시작된 것은 1912년 영국의 죤 마샬에 의한 고고학 발굴부터였다. 산치의 모든 유적도 유네스코 세계문화유산으로 등록

되어 있다. 맑은 공기와 넓은 들녘에 둥그스름한 아름다운 산치대탑이 눈앞에 있다. 잘 정돈되어 깔끔하게 단장한 입구부터 사람의 맘을 들뜨게 한다. 이곳 역시 외국 관광객이나 여행자보다는 현지인과 교복 입은 여학생 단체를 볼 수 있었다. 참 신기했던 기억은 산치라는 도시가 너무도 내 맘에 들었던 순간이다. 뭐가 그리 좋았을까? 아마도 이곳 산치에서 하룻밤도 머물지 않고 복잡하고 시끄러운 보팔에 이틀간 숙소를 정하여 비인간적인 사람들 속에서 보내게 된 것이 싫어서인지 모르겠다. 보팔 호텔에서의 싫음증이 가시기도 전에 한적하고 깨끗한 산치가 내 맘을 너무도 강하게 사로잡아 버렸다.

통합입장권을 손에 들고 들뜬 맘으로 사원 안으로 들어서려는데 여자 매표원이 티켓 검사를 한다. 난 "나마스테~"하며 안으로 들어서니 입장권의 반쪽을 떼던 그녀 역시 "나마스테~"하고 반갑게 맞이한다. 그녀의 깊은 눈매와 부드러운 미소가 어찌나 좋은지 심쿵이다. 허허롭지만 잘 단장된 수도원과 사원, 스투파만 눈 앞에 펼쳐진다. 입구에서 눈에 보이는 두 개의 스투파(Stupa) 중 왼쪽 것이 3번 스투파이고 오른쪽 것이 1번 스투파이다.

　3번 스투파는 1번 스투파보다 규모가 작고 단순해 보이지만 붓다의 제자인 사리푸트라와 목갈라나의 사리가 안장된 곳이란다. 부처님 사리를 모신 스투파의 시작은 기원전이지만 1818년에 재발견되어 1912~9년까지 복원되었다. 한땐 영국대영박물관에 전시가 되었으나 1953년에 반환되어 3번 스투파 북쪽으로 100m 떨어진 새 사원에 안치되어 있다. 동선상으로는 3번 스투파가 더 가깝지만, 1번 스투파부터 감상하기 시작했다. 1번 스투파의 정면 북쪽 토라나 앞에 단체 학생들이 기념사진을 찍고 있었다.

　1번 스투파는 북서남동 순서로 4개의 '토라나(Torana, 문)'가 있다. 각각의 토라나에는 부처의 생애와 불교에 관한 조각이 새겨져 있어 인도불교 미술사의 귀한 보물이다. 게다가 1번 스투파는 산치 유적의 핵심으로 BC 3세기경 아소카 왕 재위 시절에 만들어져 산치에서 가장 오래된 건축물[3]로 최대로 공을 들여 장식한 불교 탑이다. 스투파의 지붕은 하늘을 상징하는 반구형의 돔 형태로 탑 정상의 정사각형은 세계의 산과 가운데 기둥은 우주의 축을 의미한다. 슝가 왕조 때 증축되었지만 기본 골격은 아소카 당시의 모습 그대로라 하고 섬세한 조각이 온전히 남았다는 사실이 멋지고 신기하기 그지없다. 북쪽 토라나는 보존상태가 가장 좋고 붓다의 탄생과정이 부조로 새겨져 있다. 3개의 가로 대들보는 붓다의 삶을 그린 것으로 이를 '자타카(Jatakas)'라 부른다.

---

3) 산치대탑의 전설: 아소카 대왕과 '데비'라는 여인에 대한 사랑과 회한으로 불교에 귀의한 이야기

200 ┃ 인도차향 한 수

북, 서, 남, 동 순서로 4개의 토라나(Torana,와 자카타(Jatakas))

　두 해전 처음 북인도 여행 중 돌아본 사르트나의 스투파와 모습이 매우 다르다. 산치에서 젊은 시절 자기의 여인을 만나고 기다리게 하고 죽어서야 재회를 한 아소카 대왕의 눈물이 담긴 산치대탑이다. 조각 중 천장에 새겨진 법륜은 붓다가 사르트나에서 행한 설법을 상징하는 것이란다. 하지만 토라나 어디에도 붓다의 모습이 직접 드러나 있지는 않다. 그것은 자신의 상을 만들지 말라는 붓다의 명령에 따른 것이라 하는데 토라나 안쪽으로 들어서면 붓다 상이 조각되어 있다. 이건 후세 사람들이 만든 것이다. 탑의 조각에는 당시의 생활상을 묘사한 조각들이 어쩌나 섬세하게 새겨져 있는지 그저 신기할 따름이다. 코끼리를 타고 행진하는 왕의 모습이나 농사짓는 농부의 모습, 물 긷는 여인들의 모습, 네 마리 코끼리 상 옆의 육감적인 여인의 자태는 보면 볼수록 빠져들게 만든다.

남쪽 토라나는 가장 오래된 것으로 역시 붓다의 탄생을 상징하는 부조를 감상할 수 있다. 조각 한쪽에 서 있는 부인이 마야부인(붓다의 모친)이며 붓다는 연꽃으로 표현되었다. 동쪽 토라나는 금세라도 날아가 버릴 것 같은 숲의 요정인 '사라반지까'의 모습이 섬세한 조각으로 새겨져 있는 세상에서 가장 아름다운 불교 경전이다.

사라반지까상 아래 기둥에는 달 밑에 우뚝 선 채 태몽인 코끼리 꿈을 꾸는 마야부인의 모습도 부조로 새겨져 있다. 그뿐만 아니라 홀로 말을 타고 왕궁을 빠져나가 구도자의 길을 걷는 싯다르타를 묘사한 모습이란다. 너무 멋지지 않은가!! 정말 감탄스럽다. 난 불교에 관한 한 무지몽매한 1인이다. 이번 여행을 통해 조금씩 알아가는 재미에 푹 빠진다.

80세의 부처가 열반에 든 후 갠지스강에서 화장 중 재 속에 반짝이는 구슬 같은 물체들이 모두 8말 4되나 나왔단다. 이를 영원한 물체 Sarira라 하고 한문으로 사리(舍利)가 됐다. 기원전 1세기 당시 아소카 대왕은 넓은 인도를 사상적으로 통합하기 위해 불교를 국교로 삼았다. 8국으로 이뤄진 인도에 사리를 팔 등분 하여 나눴으나 나중에는 다시 84,000개로 나눠 탑을 세웠다. 그 탑을 스투파라 하는데 산치대탑이 높이 16.46m, 직경 36.60m로 가장 큰 스투파다. 대 탑 둘레에 둥근 통로가 있고 그 안쪽으로 나선형 계단이 있다. 통로 밖으로는 다시 낮은 담을 쌓고 동서남북 토라나를 만들었다. 아름다운 토라나를 자세히 들여다보면 시간 가는 줄 모른다. 단지 너무 깨끗하게 복원되어 세월의 흔적이 없어 아쉬웠다. 토라나는 없지만, 부처와 승려들의 사리함이 있는 제2 스투파의 조각을 감상했다. 커다란 나무 그늘에 앉아 산치대탑을 공부하듯 책을 보며 휴식을 취했다. 정리하는 맘으로 산치 박물관에 들러본 후 동네를 한 바퀴 돌았다. 무너진 유적들이 산더미처럼 쌓인 적막함과 쓸쓸함까지 있어 내 맘을 사로잡았던 산치마을이다.

다시 보팔로 돌아와 저녁을 먹으러 식당을 찾았다. 버스 정류장에서 숙소를 향해서 오는 길은 시장이 형성되어 있었으나 아직도 현지 음식을 아무거나 덥석 먹기에는 망설여졌다. 그런데 숙소 쪽으로 들어오는 길에 손님이 북적거리는 레스토랑을 발견했다. 'Manohar Dairy & Restaurant'로 유리창 안으로 보이는 분위기가 그럴싸해 들어갔다. 가족 단위의 손님들, 연인들, 정말 사람들이 많을 뿐 아니라 맛있게 즐겁게 먹는 모습에 식욕이 났다. 나는 인도 여행 중 가끔 먹었던 스위트라시와 피자를 주문했다. 피자(60Rs)는 우리나라에서 먹는 것과 별 다를 바 없으나 가격 대비 맛도 훌륭했다. 스위트라시(20Rs) 맛은 정말 환상이어서 매 끼니 시켜 먹어도 좋았다. 별거 아니지만 이제야 내 입맛에 맞는 먹을 걸 찾았다는 것이 횡재한 기분이다.

하루 산치 일정과 저녁 식사까지 마친 후 체크아웃 때문에 주인을 만나야 했다. 이곳 보팔도 아우랑가바드처럼 24시간 1박 숙소로 시간을 넘기면 추가 요금으로 하루분을 더 내야 한단다. 바라나시행 기차표가 이틀 후 새벽 03시 30분이니 숙소에서 하루 더 머물더라도 24시간을 넘기는 상황이다. 주인의 맘 씀에 따라 연장 상황이 달라진다. 숙소로 돌아와서 리셉션의 주인에게 타협을 시작했다. 난 리셉션에 앉아 있던 남자에게 기차표를 보이며 하루 더 머물다 새벽 3시에 체크아웃한다고 했다. 덧붙여 어제 시끄러워서 잠을 못 잤으며 새벽 4시 반쯤에 방을 옮겼으니 추가 요금을 줄 수가 없다고 말했다. 그는 그럴 수 없다며 1시간만 더 있어도 하루 비용 500Rs를 더 내야 한단다. 그는 이 호텔의 주인이 아니고 매니저였고 주인 여자에게 물으니 안 된다고 했단다. 그렇다면 난 숙소를 옮기겠다고 했고 매니저는 어쩔 수 없는 일이라고 한다. 그러잖아도 정떨어진 숙소라 더 머물고 싶은 생각도 없었는데 별 미련이 없었다. 그래도 그들이 괘씸했고 이럴 땐 돈보다 자존심이다. 난 보팔에서 하루 더 머물려면 란짓호텔을 나와 주변 숙소를 알아보기로 했다. 밤 열 시가 거의 다 된 상태라 숙소마다 방이 없었는데 만짓호텔에 마침 빈방이 있다. 숙비는 텍스 포함 420Rs인데 500Rs를 받은 후 체크아웃할 때 80Rs를 내주는 시스템이었다. 괜찮겠다 싶어 계약한 후 란짓호텔에서 배낭을 챙겨 체크아웃하려는데 그때야 리셉션의 남자는 기차 시각에 맞춰 체크아웃해도 된다며 하룻밤 더 머물기를 원했다. 난 순간 화가 났다. 이거 장난도 아니고 뭐냐며 용용 하게 체크아웃하여 란짓호텔을 나와 만짓호텔로 들어갔다. 참나~ 이름도 비슷한 것이 서로 원조라 말하니 무슨 이유인지 모르겠다. 무슨 요리도 아니고 내가 알 바는 아니나 인도에서 이 정도면 두 호텔 그런대로 수준급은 된다. 그런데 새로 들어선 만짓호텔의 남자 한술 더 뜬다. 조금 전만 해도 그리 친절하고 상냥하게 굴더니 배낭을 메고 체크인하려 나타나니 태도가 달라진다. 저녁 12시에 반드시 체크아웃이며 시간을 넘길 시엔 80Rs를 안 내줄 거란다. 이것이 관광객을 상대로 하는 전형적인 인도인의 수법이다. 오냐~ 좋다 미련 없다. 정말 이렇게 얄팍한 꼼수를 쓰며 숙소를 운영하는 사람들 너무 싫다. 인도사람들은 그렇지 않은데 여행객을 상대로 하는 사람들은 아주 약아빠졌다. 아무튼, 보팔에서 숙소를 정한다면 누구든 말리고 싶은 심정이다. 좀 불편하더라도 산치로 숙소를 정하면 공기 좋고 조용할 뿐 아니라 숙식비도 절약할 수 있으리라. '인도여행'이라면 호불호가 뚜렷하게 갈린다는 말을 듣는다. 이유 중 하나는 이런 경우가 아닐는지 싶다. 여행객을 상대로 한 두 호텔 사람들을 보고 얄팍한 상술이 무서운 사람들이라는 생각이 들어 또 한 번 입에서 욕이 절로 나온다. 앞에 대놓고 입으로는 웃으면서 "저런 가이사키"라고 말하고 나니 속이 후련했다. 욕을 입에 담아서는 안 될 일이지만, 후배 선생님이 알려준 이 욕이 내 속을 확 풀리게 할 줄 몰랐다. 불편한 심기로 내게 배정된 방에 들어 배낭을 풀었다. 그리고 "낼 자정 전에 틀림없이 나가주마. 만짓호텔! 너희에게 생돈 한 푼이라도 줄 수 없지" 하며 깊은 잠에 빠졌다.

나중에 알게 된 거지만 보팔이라는 도시는 생성 자체부터 어머니를 죽인 비정한 군주 보즈팔(Bhojpal)이 있고 병사출신의 미천한 신분의 칸이라는 사람이 아우랑제브 사후 무굴제국이 혼란에 빠질 때 왕으로 등극하며 인도에서 가장 상술이 강한 이슬람 문화권 도시로 평판이 안 좋은 도시였다. 더 자세한 이야기는 다음 날에.

보팔(Bhopal)

여행 15일 차 01/22

보팔 사가르와 세 개의 마스지드 그리고 바랏 바반

Ranjeet Hotel에 비해 조용해서 좀 더 나았던 Manjeet Hotel에서 늦도록 자고 10시에 일어났다. 오늘 자정에 체크아웃하니 늦게까지 시간이 있어 일찍부터 서두를 이유가 없기 때문이다. 대부분 여행객은 산치의 유네스코 세계문화유산에 중점을 두고 보팔이라는 도시는 그냥 스쳐 간다. 하지만 난 오늘 보팔 시내를 돌아볼 예정이다. 마드야 프라데쉬 주의 행정과 정치의 중심 역할을 담당하는 보팔에서 전망이 아름다운 호수와 세 곳의 마스지드(모스크)와 바랏 바반을 둘러볼 생각이다. 구시가지와 타지 울, 자미, 모티로 세 개의 마스지드, 그리고 사가르(호수)와 바랏 바반 등등 보팔 지도를 보고 일정을 짜 보았다. 종일 걸어 다닐 계획으로 늦은 아침 겸 점심을 든든하게 먹으러 어제저녁에 갔던 식당 Manohar Dairy를 찾았다. 언제 와도 손님이 북적대는 식당으로 거의 앉을 자리가 없을 정도다. 인도 음식에 대한 선입견을 버리고 이제 용기를 갖고 인도 백반 탈리와 스위트라시를 주문했다. 역시 특유의 향이 강한 인도 백반 탈리를 맛있게 먹기엔 자신이 없다.

인도의 가정식백반이라는 저렴한 가격의 탈리는 군대식 식판에 두세 장의 짜파티와 콩죽 같은 달과 밥을 비벼 먹는 다히(Dahi) 등이 함께 나왔다. 억지로라도 먹어야겠다는 맘으로 서서히 적응해 보자. 우리나라 요구르트보다 더 걸쭉하며 그 안에 땅콩 같은 견과류와 인도의 두부처럼 생긴 치즈 빠니르가 들어간 스위트라시는 먹을만하다.

식당을 나와 걸어서 타지 울 마스지드를 찾아 나선다. 가는 길에 커다란 중앙 우체국이 보인다. 함피를 떠나올 때 50Rs를 깜빡 잊고 떠나온 만수가 귀신처럼 떠오른다. 맘에 걸려 우체국에 가서 딸랑 50Rs를 보낼까 망설이다 확실한 주소가 없어 아쉬운 맘만 더하고 가던 길을 재촉했다. 그런 가운데 물어물어 타지 울 마스지드(Taj ul Masjid)를 찾았다. 대문인 듯한 오른쪽의 계단으로 올랐으나 문은 굳게 닫혀 있다. 실망하고 돌아서는데 머리 위 파란 창문 안에서 내게 "할로!! 할로!!"한다. 눈을 들어 쳐다보니 손짓으로 왼쪽으로 돌아서 들어오라고 한다. 순간 겁도 나고 의아함도 있었는데 계단을 내려와 손짓한 곳으로 걸어가 보니 조그만 아이가 달려와 나를 안내해준다. 계단 위로 올라가 하늘을 보니 이슬람 사원은 인도 하늘과 너무도 잘 어울린다. 와우!! 꼬마가 알려준 타지 울 마스지드 입구로 원래 이름은 '다르 울 울룸 마스지드(Dar ul Uloom Taj ul Masjid)'이며 이 말은 '모든 모스크의 어머니'라는 뜻이다. 여기서 잠깐!! 내가 아는 팁 하나. 인도의 모스크에 입장하려면 반바지 차림이나 노출이 심한 옷은 절대 입장 불가다.

<타지 울 마스지드(Taj ul Masjid)> 이 사원은 1887년 건설을 시작하여 1971년에 완공한 이슬람 사원으로 델리의 자미 마스지드, 하이데라바드의 메카 마스지드와 함께 인도에

서 가장 큰 모스크 중의 하나이다. 타지 울 마스지드 문 안으로 들어서자 어디선가 종소리가 울리고 종소리 울림과 함께 사원 안으로 난 100개가 넘는 문들이 순식간에 열리더니 마당 가운데로 사람들이 우르르 몰려나온다. 난 그들의 일사불란함에 깜짝 놀랐다. 각 방문에서 나온 사람들은 마당 가운데 분수(연못?)가 있는 곳으로 몰려와 세수와 이 닦기 등등 열중이더니 모두 사원 중앙에 있는 기도실로 들어간다. 난 사원 구석에 앉아 이들이 하는 행동에 눈을 떼지 못하고 구경했다. 사원 중앙의 기도실을 중심으로 오른쪽에는 공부하는 교실로 모두 칠판과 책상이 있고 수업의 흔적이 보였다. 그리고 기도실 건너편 앞과 왼쪽은 이들이 함께 사는 숙소로 이곳에서 먹고 자고 공부하고 기도하며 공동체 생활을 한다. 현재 이 모스크는 기부자에 의해 공동학교로 운영되고 있었다.

이슬람 교인도 아니고 이슬람 종교에 대해서 잘 알지도 못하는데도 난 이곳 마당에서 꽤 오랜 시간 머물렀다. 맘 편히 보낸 아주 기분 좋은 시간이었다. 이어서 다음 자미 마스지드를 찾으러 마~악 돌아서려는데 세 청년이 나를 불러 세운다. 이 사람들은 카메라만 보면 사진을 찍어 달라는 말을 한다. 그리고 있는 폼 없는 폼 다잡는다. 특히 인도 청년들은 눈에 빠짝 힘을 주는 표정을 잘 잡는다. 찍어 달라는 대로 원 없이 찍고 액정만 보여줘도 서운치 않으니 서로 좋은 일 아닌가. 결국 이 사진 한 장이 보팔을 대표하는 이미지가 됐다. 똑딱이라도 디카가 나와서 망정이지 필름 카메라라면 어림도 없는 소리다.

이들이 보는 내 모습도 그다지 이해가 되지 않은 모습일 수 있다. 모자를 쓰고 선글라스에 수건 마스크까지 하고 다니니 어찌 잘못 보면 테러리스트처럼 보일 것이다. ㅋㅋ~~

타지 울 정문을 나와 다음 예정지인 자미 마스지드(Jami Masjid)를 찾아 나섰다. 구불구불한 미로를 헤매듯 촉 바자르(Chowk Bazar)안을 구경하며 돌아다녔다. 시장 구경 중 가위나 칼을 갈아주는 청년은 아낙들이 가져온 칼과 가위를 커다란 바퀴 숫돌을 돌려 날을 세운다. 내가 알기로 빈부나 계급과 상관없이 인도 여인들은 금은 세공품으로 자신을 장식하는 것을 워낙 좋아한다. 새것처럼 반짝반짝하게 광택을 내주는 길거리 상인도 인기가 높다. 광택을 내주기도 하지만 가짜를 진짜처럼 도금해주기도 한다. 나의 편견이거나 선입견일 수도 있지만, 인도사람들의 금붙이 치장은 모두 도금처럼 보인다. 길거리에 쭈그리고 앉아 금은 세공장식품을 만들어 파는 상점이 있다. 과연 이런 경우 누가 길거리에서 고가의 세공품을 사겠는가 하는 의구심이 들었다. 하지만 이 청년의 손놀림은 장난이 아니었다. 내가 구경을 한참하고 있으니 보란 듯이 만드는데 극세사 금실로 매듭을 지으며 순간 손놀림은 더욱 바빠지는 것 같았다. 주변에는 이처럼 장식품을 가공해 내는 길거리 가게들이 늘어져 있다.

보팔에서 가장 큰 볼거리인 구시가지에 있는 세 개의 모스크는 서로 다른 특징을 지니고 있다고 한다. 당시 보팔의 지배자인 퀘드샤 베굼에 의해 1837년에 지어진 <자미 마스지드(Jami Masjid)>는 금으로 된 뾰족 탑인 미나렛이다. 걷다가 하늘 높이 솟은 미나렛이 보여 들어간 곳은 자미 마스지드로 수리 중이라서 그런지 예상보다 허름해 보였다. 커다란 돔 꼭지에 뾰쪽한 금 미나렛이 자미 마스지드의 상징이다. 문 안으로 들어서는데 두 부자가 마당 한가운데서 어찌나 엄숙하게 기도를 드리는지 나의 인기척이 방해될 만큼 깊은 신앙심이 느껴진

다. 복잡한 시장 가운데 있는 사원은 시장 사람들이 들락거리기에 편해 보였다. 하지만 시장에 돌아다니는 사람에 비해 사원 안은 조용했다.

다시 구시가지로 나와 시장 안을 돌며 모티 마스지드를 찾아 나섰다. 구시가지를 돌다 보면 주인 없는 소들이 길거리를 돌며 동냥하는 것을 심심치 않게 볼 수 있다. 그런데 신기한 것은 상점 주인들이 이 소들이 올 것을 미리 알고 소에게 줄 음식을 준비해 두고 있다는 것이다. 소가 어슬렁거리며 상점 앞에 머리를 들이민 순간 준비해 둔 짜파티와 삶은 옥수수 봉지를 내주는 주인과 당연하게 먹는 소. 내가 보기에 소는 탁발승처럼 보였고 보시하는 상점 점원은 보살처럼 느껴졌다. 이것 또한 인도의 모습이리라.

드디어 모티 마스지드를 찾았다. 처음엔 역시 뒷문으로 들어가 여기가 모티 마스지드라는 것을 짐작으로만 알았는데 반대편으로 나올 때 보니 작은 명패가 붙어있다. <모티 마스지드(Moti Masjid)>는 1860년 시칸드라 베쿰에 의해 지어진 것으로 올드 델리의 자미 마스지드를 축소 모방한 것으로 모티는 '진주'라는 뜻이다. 모티 마스지드에 들어서자 꼬마 아이들이 먼저 나를 반긴다. 난 아이들과 놀이하다가 의사소통에 어려움을 느꼈다. 그래서 난 '힌두어'를 할 줄 모른다고 하니 이 녀석 중 총명한 아이가 내게 '힌두'가 아니고

'힌디'라고 고쳐준다. 오호 그래그래 힌디 ~~ 맞아!! 내가 인도와 인도인을 좋아하게 된 것 중 하나는 이들이 너무 착하고 순수하다는 것이다. 단 관광객을 상대로 하는 직업인들은 상황이 좀 다르다. 어찌 보면 이는 관광객이나 여행자 탓일 수도 있다. 잠깐이긴 하지만 아이들과 연도 날리고 놀다 보니 '바랏 바반'을 찾아 나설 시간이다. 아이들에게 사탕을 나누고 기념사진을 찍어주고 아쉬운 맘으로 헤어졌다.

모스크를 뒤로하고 눈앞에 공원이 있어 행여 하는 호기심에 올라가 보았다. 깨끗하게 잘 정돈된 공원의 단상 위에는 꼬마 아이들이 뭔가를 하고 있었다. 그냥 놀고 있는 것 같지는 않고 야외수업 중인데 몇몇 아이들은 내게 시선을 맞추고 선생님의 눈치를 보기 시작했다. 난 수업을 방해하는 것 같아 멀리서 지켜보았다. 저학년 아이들은 맨손체조 율동을 하고 고학년은 기다란 색 천을 이용하여 뭔가를 표현하는 매스게임에 열중이었다. 주변의 건물들도 그러하지만, 아이들의 모습을 보니 보팔 안의 모슬렘 자제들로 꽤 여유 있는 부류로 보였다. 나를 훔쳐보는 아이들의 미소가 어찌나 예쁘던지 깜빡이는 두 눈망울이 꼭 인형 같았다. 연습이 끝나갈 무렵 선생님들에게 다가가 '바랏 바반'의 위치를 묻는데 그 여선생님들은 바랏 바반을 알지 못했다. 모르는 선생님들을 보니 그다지 중요한 장소가 아닌가 싶지만 그중 가장 나이가 들어 보이는 남자 선생님은 내게 대충의 방향을 말해주며 여기서 가깝지 않으니 오토릭샤를 타라고 알려준다. 그런데 500m도 가지 않아 별천지 같은 로터리가 나타나고 멀리 커다란 호수가 보였다. 로터리는 동상과 함께 잘 정돈된 정원이고 길을 따라 걸음을 재촉하니 길 안내

팻말이 보였다. 팻말에는 'Upper Sagar'라 적혀 내가 보려고 했던 호수를 만나니 내 발걸음은 발동기를 단 것처럼 더욱 빨라졌다. 강처럼 생긴 호수와 그 위를 나는 새는 평화 그 자체로 두 발로 걸었기에 만날 수 있었던 행운이다.

보팔은 어퍼르 사가르와 로워르 사가르인 두 개의 호수를 중심으로 신시가지와 구시가지로 나뉘어 있다. 잔잔한 호수를 보는 순간 평온함과 안정감을 느낀다.

드디어 <바랏 바반(BHARAT BHAVAN)>을 찾았다. 에~공~~ 힘들다. 입구엔 세 개의 전시관 개점 시간이 나와 있고 입장료 안내가 있다. 매표소에서 입장료(20Rs)를 내고 정원 안으로 들어섰다. 예술학교인 연극공연장과 조각 전시장, 그리고 야외공연장 뒤편의 석양이 빛나는 호수 어퍼르 사가르가 바랏 바반의 아름다움을 더한다. 마당의 한편에서는 공연자들의 연극연습이 한창이었다. Shri Jyoti Bhatt의 HILL KORVAS은 사진 전시장이고 그 곁으로 현대미술 전시장이 있다. 우리나라의 컨벤션 센터처럼 외관의 현대식 건물도 훌륭했고 전시내용만으로도 볼거리가 충분했던 바랏 바반이다. 전시물 안내를 보니 애써 찾아온 보람이 있다. 전시장으로 들기 전 공연 팸플릿이 붙은 벽에서 기념사진을 직찍하려는데 전시관 관계자분이 찍어주겠다며 벽에 가서 서란다. 차라리 직찍이 좋은데 찍어주겠다 하니 어색하지만, 이들의 호의를 무시할 수는 없다. 막상 찍힌 사진을 보니 혼자 찍어서는 나올 수 없는 정말 기념할만한 사진이 됐다.

간디의 요청으로 만들어진 현대 건축물 바랏 바반은 건축학도들에게 필수 코스의 건축물이고, 건축가 '찰스 꼬레아(Charles Correa)'도 매우 유명한 사람이다. 바랏 바반의 여러 전시실을 둘러보며 문화예술에 관심이 많은 큰아들이 생각나는 시간이었다. 좋은 것을 보면 함께하지 못한 가족이 제일 먼저 생각나는 건 나도 마찬가지다.

19:00 폐관 시간이 될 때까지 바랏 바반에 머물다가 현관으로 나오니 문 앞에 기다리던 오토릭샤가 날 꼬드긴다. 오토릭샤는 사이클 릭샤와 달리 택시를 탄 기분이 든다. 그렇지 않아도 다리도 아프고 피곤도 한데 릭샤의 장식이 타고 싶은 맘이 생길 만큼 너무도 깜찍하고 예쁘다. 이런 릭샤에 카메라를 들이대니 잘생긴 왈라 총각(?)은 기분이 좋은 모양이다. 이렇게 왈라 꾼의 기분을 좋게 해놔야 날 제자리에 손님으로 모셔줄 것도 같다. 그동안 봐 왔던 인도여행 중 가장 아름답게 단장하고 깨끗했던 오토릭샤다. 게다가 릭샤 왈라도 단정하게 생겨 금상첨화다. 오토릭샤 왈라는 하나를 보면 열을 안다고 40Rs를 주니 숙소 앞까지 깔끔하게 내가 원하는 곳에 내려준다. 인도에는 이렇게 착하고 친절한 릭샤왈라 꾼이 많다. 종일 걸어 걸어서 보팔 시내를 돌아다녔지만 짧은 시간에 편하게 돌아올 수 있어 탈 것의 편리함을 실감케도 했다. 하지만 내가 가능한 릭샤를 타지 않은 것은 길 위를 구경하는 것도 있고 혹시 엉뚱한 곳에 데려가 버릴까 겁나서다. 그리고 차비를 흥정하는 게 정말 싫다. 그래서 난 미리 적정 가격을 제시하는 습관이 생겨 버렸다. 대부분 원하는 대로 결정되지만 내 생각대로 되면 타고 안 되면 걷는다.

무사히 숙소 앞에 당도하여 저녁 식사를 하러 다시 Manohar Dairy로 들어갔다. 아침 식사 때 이곳 사람들이 많이 주문한 것을 나도 시켜 먹기로 했다. 그것은 Masala Dosa(32Rs)로 얇은 쌀가루 전병 안에 감자와 양파 토마토 등의 채소에 향신료를 넣고 걸쭉하게 볶아 넣은 남인도 음식으로 그 맛이 정말 신기하고 씹는 맛도 좋았다. 이번에도 빠지지 않고 Sweet Lassis(18Rs)를 함께 먹고 숙소로 돌아왔다.

내 욕심껏 잘 마친 하루, 이제 자정까지 쉬었다가 체크아웃하면 된다. 1박에 420Rs이지만 500Rs를 받아 80Rs가 보증금이라니 인도여행 중 보증금이 있는 호텔은 보팔 만짓 호텔에서 처음 있는 일이다. 숙소를 결정하기 전에는 그렇게 친절하고 부드럽게 말하더니 결정 후 완전히 달라진 태도가 역겨웠다. 한 끼 식사비 정도의 80Rs도 챙길 겸 시간을 맞춰 체크아웃했다. 어차피 새벽 3시에 숙소 밖으로 나가는 것보다는 자정 전에 나가 기차역에서 머무는 것이 좋다. 차가워진 밤공기 때문이기도 하지만 몸을 부풀게 보이기 위해 이번에도 침낭을 숄처럼 둘렀다. 그 위에 배낭을 메고 남자처럼 씩씩하게 걸어 기차역으로 갔다. 내 나름 호신술이다. ㅋㅋ. 역시 기차역 안에서 노숙하려는 사람들이 빽빽이 잠자리를 확보하고 있었다. 난 예약한 기차가 올 때까지 쉴 수 있는 외국인 대기실로 들어가 3시간여 쉴 자리를 만들었다. 인도여행 중 기차역마다 대기실이 있는 건 심야 이동 열차가 많기 때문이다. 아! 참참!! 인도는 침대칸과 좌석 칸이 등급별로 상당히 세분되어 있고 시간대별로 기찻삯이 다르다. 우리나라는 심야 우등 고속이 훨씬 비싼데 인도는 서민이나 배낭여행자들이 숙박비용도 아낄 겸 타는 심야 열차가 값이 싸다. 다행히 대기실에는 손님이 그리 많지 않았다. 좀 구차해 보일지 모르나 이것도 좋은 경험이다. 하물며 외국 여행자들이 쉴 수 있는 웨이팅 룸은 그나마 깨끗하여 편안히 누울 수도 있다.

하루를 마감하는 이런 시간이면 그동안 홀로 인도여행에 대한 상념에 잠긴다. 난 왜 이런 여행을 자초하는가. 무엇이 나를 이런 길 위에 서게 하는가. 뭔가에 끌려서 이곳까지 온 건데 그 끌림이란 무엇인가. 내가 나를 봐도 어디에 홀려 있다. 힘들다거나 두려움보다 어디에 매력을 느끼고 무엇에 즐거움이 큰 것일까? 무모(?)한 도전일지라도 다양하고 인도다운 좋은 경험이 이번 여행의 최고의 목적이니까. 하지만 아무리 강심장을 가졌다 할지라도 나이 든(?) 여자 혼자 할 수 있는 일에는 한계가 있다. 특히 인도여행에서는.

장이 뒤틀릴 것 같았던 바라나시를 향한 공포의 심야 기차여행.

보팔의 신시가지는 20세기 최대 산업재해 발생지로 유명하다. 흔히 인도의 히로시마라 일컫는 이 재해는 1984년 12월 2일. 미국의 다국적 기업인 유니언카바이드 인도지사 농약 공장에서 유독가스방출로 하룻밤 사이에 2,500명이 사망했다. 이 사태로 사망자뿐 아니라 실명 인구가 12만이 넘고 호흡곤란과 위장장애 등 만성질환자가 속출하면서 피해보상 청구자가 58만 3,000명에 이른단다. 미국 유니언카바이드 사장은 사망자 1인당 보상금을 미국 달러 450$로 보상했다니 이래도 되는 건지. 인도인에게 1달러의 의미는 무엇일까? 아직도 보상 문제는 미해결 상태로 지지부진하게 끌고 있다. (참조 인도 100배)

30일간 여정 중 벌써 16일 차니 일정의 반이 지나가 버렸다. 이제부터 시간의 속도가 난데없이 빨라질 텐데 별일 없었기를 바라면서도 은근히 뭔가 신기한 것을 경험하고 싶은 심사는 또 뭔가. 보팔! 딱히 기분 좋은 도시는 아니지만, 이후 몸을 너무 피곤치 않게 하고 잠자리에 대해선 좀 더 세심할 필요가 있다.

바라나시행 기차를 타기 위해 보팔역 대기실에서 자정부터 3시간 이상을 기다렸다. 기차는 [1071편/ Bhopal~Varanasi/ S3 seat4/ 23-01 03:25, 23-01 19:15/ 303Rs]이다. 새벽 3시 30분에 기다리던 기차가 플랫폼으로 들어온다. 분명 2년 전 첫 북인도 여행 때와는 다르다. 우리나라에선 당연한 일이지만 인도여행 중 기차가 제 시간을 지켜준다는 것이 신기한 일이다. 그런데 기차에 오르는 순간 분위기가 완전 썰렁하다. 분명히 맞게 탄 것 같은데 내가 탄 객차 안에 단 한 명도 손님이 없다. 그러니까 내 주위 좌석 9개 중 나 혼자만 있는 정도가 아니라 앞칸과 뒤 칸에도 아무도 없다. 기차는 이미 출발했으니 이런 경우 역무원이 오기만을 기다리는 수밖에 없다. 잘못 탄 것이 아니길 기도한다.

북적거려 혼란스러울 때는 짜증 날 정도였는데 아무도 없는 새벽 03시 30분에 혼자 탔으니 얼마나 무서운가. 불안함에 장이 뒤틀릴 거 같았다. 난 침낭 속에 몸을 웅크리고 불안에 떨고 있는데 드디어 저 멀리서 발걸음 소리가 들린다. 역무원이었으면 좋겠다는 맘으로 겁에 질린 상태로 바짝 긴장하며 그가 오기를 기다렸다. 휴~우~~ 내게 가까이 다가온 젊은 역무원은 승차표를 검사하더니 내 좌석이 너무 문 쪽에 가까워 위험하니 안쪽 중간쯤으로 옮기라며 직접 가운데 있는 좌석으로 날 안내한다. 어찌나 고맙던지. 그러니까 내 승차표대로 기차를 맞게 탔다는 것과 외국인에 대한 배려가 감동과 안심으로 비쳤다. 휴~우~~ 나중에 표를 보니 내가 탄 보팔이 출발역이었고 바라나시까지 이동시간만 보더라도 16시간 넘게 타야 하는 긴 기차여행이다. 시간이 흐르자 여전히 새벽 동이 트고 주변의 시골 풍경이 친근하게 다가올 즈음에서야 손님이 하나둘씩 기차에 오르기 시작했다. 비몽사몽 자고 깨기를 반복하면서 새벽녘에 다시 잠이 들어 아침 10시까지 죽은 듯이 잤다. 언제인 줄 모르지만, 인기척을 듣고 보고서야 마음의 안정을 찾아 잠이 들었다. 아니 최대한 잠을 많이 자두려 애썼다. 인도여행에서 야간 이동은 나뿐만 아니라 많은 배낭여행자가 경험하며 일명 '시체 놀이'라 한다. 지금 생각하면 내가 탄 03시 30분경에 누가 기차를 타러 오겠냐마는 손님이 없는 텅 빈 기차를 처음 접한 그 무섬증은 정말 오래갔다. 아침 10시에 일어나 어제저녁에 사두었던 식빵에 버터와 볶음고추장을 바르고 사과주스까지 배부른 아침을 먹었다. 혼자서는 첫 홀로 여행임에도 마치 베테랑 배낭여행자인 것처럼 이런 내 모습에 속으로 웃는다. 인도사람들은 워낙 긴 시간의 기차 이동이다 보니 너나없이 집에서 3~4단 도시락을 준비해서 기차 내에서 식사한다. 그렇지 않으면 가끔 기차 내에서 식사를 주문받거나 플랫폼에서 사서 먹기도 한다. 그런데 그때마다 음식쓰레기며 온갖 먹을 것의 부스러기를 창밖이나 의자 바닥에 아무렇지 않게 버린다. 기차가 역에

도착하여 잠시 쉴라치면 주변의 새들은 어느샌가 기차 안으로 들어와 빵 부스러기며 과자 가루들을 주워 먹고 다시 기차가 출발하면 후드득 날아서 창밖으로 나간다.

앞 좌석에 앉은 일가족은 내게 자신들의 도시락을 함께 먹자 권한다. 부부와 꼬마 아이가 어찌나 다정해 보이던지 참 보기가 좋았다. 꼬마 아이가 내게 많은 호기심을 보이며 다가와 나랑 한참을 장난치며 놀다가 사진을 찍어주겠다 하니 부모 옆으로 딸랑 붙는다. 인도의 전형적인 보통 가족의 모습을 느끼게 하는 한 컷이다.

기차 안에서 13시간이 지난 16시 30분 즈음. 알라다나바드역이다. 다시 기차 안에 승객이 하나도 없어 불안하고 두려워진다. 과연 바라나시까지 잘 도착할 수 있을지 안절부절못한다. 꽤 오랜 시간 역에 머물러 있던 중, 못 보던 작은 꼬마가 기차 바닥을 기듯이 휘~익~ 하고 지나간다. 잠시 후 그 꼬마는 어디부터인지 모르지만 내가 앉아 있던 의자

밑을 몽땅 빗자루로 쓸고 건너편 의자까지 쓸고 지나간다. 순간 난 허~참 그 녀석 기특하다고 생각하며 호주머니에서 동전을 꺼내려는데, 꼬마는 그 순간을 놓칠세라 휙 돌아서서 내 앞으로 불쑥 손을 내민다. 난 얼떨결에 10Rs를 주고 나니 그 녀석은 볼일 다 봤다는 듯이 훌훌 사라져 버렸다. 오~호~라 이 녀석은 사전에 돈을 줄 만한 사람을 골라 그 사람의 의자 밑을 청소해 주고 돈을 받는다. 당연한 노동의 대가고 인도에선 일종의 직업이다. 서너 시간 지나자 이 녀석 다시 와서 몽땅 빗자루로 쓸고 지나가며 손을 내민다. 난 저기 끝까지 쓸고 오면 준다고 했더니 진짜 끝까지 쓸고 온다. 이들에게 10Rs는 큰돈이다. 대부분 이런 경우 현지인들은 1Rs를 주는 것 같다. 인도를 여행하다 보면 언제 또는 어떤 경우에 박시시(적선)를 해야 할 때가 있는데 이럴 때를 대비해 잔돈을 챙겨서 다닐 필요가 있다. 함피에서 세상에서 가장 작은 어른과 함께 동냥하던 할머니에게 10Rs를 박시시하고도 맘이 찝찝했었다. 오늘 이 녀석

도 그런 기분이 들긴 하지만 그래도 눈치껏 사전에 정보도 입수하고 머리 써서 노동하여 동냥하던 그 녀석에게 미소와 박수를 보낸다. 차창 안으로 바람 한 줄기가 후~욱~~하고 들어오더니 앞자리의 먼지와 땅콩 껍데기가 내 발 밑으로 쓸려온다. 잠시 후 새들이 떼로 몰려온다. 조금 더러운들 어쩌랴. 이것이 인도인데. 자연스러운 것이 제일 좋을 듯싶다.

지루한 가운데 시간은 흐르고 흘러 갠지스강 너머로 마라비야 철교에 석양이 진 뒤 바로 칠흑 같은 어둠이다.

바라나시역에 도착한 시간은 예정된 시간보다 한 시간 반이나 연착되어 20시 45분이다. 희한한 기차여행 18시간 중 처음 시작 두세 시간 정도와 마지막의 한 시간 반 동안은 불안하고 초조한 피 말리는 시간이었다. 시장통 속 같이 북적거리는 기차만 예상했기에 이처럼 손님이 없던 인도 기차는 처음이다. 기차 업무 마감이 20시이니 원래 예정인 19시 15분에 도착했다면 다음 여정인 가야행 기차표를 예약할 수 있었을 텐데 아쉽다. 낼 아침에 다시 바라나시역에 와야 한다.

아~ 바라나시역!! 두 해 전에 왔던 바라나시역을 다시 보니 가슴이 벅차다. 역 안의 발 디딜 틈 없이 많은 노숙자는 다른 지역의 역들과 모습이 다르다. 이제 갠지스강 강가에 있던 그때 그 숙소 BABA G.H.를 잘 찾아갈 수 있어야 할 텐데 과연 잘 찾을 수 있을는지 모르겠다. 바라나시는 좁은 골목길이 많아 택시보다 사이클 릭샤가 유리하다. 기차역에 내리자마자 여기저기 호객꾼들이 기차 문 앞까지 들어와 손님을 자기 숙소로 안내하려 애를 쓴다. 아니 자기네 숙소가 아니라 숙소와 관계를 갖고 연결하고 돈을 버는 사람들이라는 표현이 맞을 것이다. 난 사이클 릭샤를 잡아타고 "고돌리아 촘무하니"로 가자고 큰소리를 쳤다. 어설프게 말하는 순간 이 사람들은 여행자들에게 '인도에 처음 오느냐'를 꼭 묻는다. 처음이라 하면 무시하려 들거나 속이려 든다. 그러기 전에 여러 번 온 것처럼 선수를 치는 것이다. 그러니 '바라나시는 나도 잘 알아' 하는 맘으로 '고돌리아 촘무하니'라고 소리 낼 필요가 있다. 더 자세한 위치는 갠지스강 변의 다샤스와메드 가트가 있는 사거리로 시장 골목 입구를 말하니 '다샤스와메드 가트'라고 말해도 좋다. 그.런.데. 내가 생각해도 2년 전 숙소 BABA G.H.를 찾아가는 내가 신기하다. 흔한 말로 육감과 눈썰미가 '아주 그냥 죽어~ 줘요~' 하는 편이 딱 맞다. 고돌리아 촘무하니로 들어선 순간 거의 미로 수준의 골목길이 눈에 선하다. 릭샤 왈라에게 방향을 잡아주며 좀 더 들어가자고 했다. 얼기설기 골목으로 이뤄진 가트 부근의 숙소로 들어가는 골목 바로 앞에서 릭샤를 세우고 50Rs를 주고 내렸다. 아~ 맞아!! 여기서도 한참을 걸어 들어가며 긴 골목 중간쯤에서 꺾고 또 꺾어 깊숙이 들어갔다. 골목 군데군데 소똥과 쓰레기더미와 지린내 악취는 2년 전과 달라진 것이 없다. 여전히 작은 플라스틱 간판, 아~아~ 드디어 찾았다. 이번 여행 시작 16일 만에 처음으로 한국 여인이 운영하는 BABA G.H.를 찾은 것이다. 그다지 한국인 여행자들에게 소문이 좋지 않지만, 여주인을 본 순간 와락 끌어안고 나서야 방하나 달라고 했다. 때마침 딸랑 하나 남은 개인 욕실이 있는 4인실이 있어 1박에 250Rs으로 체크인했다. 고생하며 찾아온 보람이 있어 다행이고 말이 통하는 한국인 숙소에 앉으니 숨통이 트인다. 따뜻한 물에 샤워를 마치고 모국어로 한참을 얘기하고 나니 18시간의 긴 기차여행도 보름 넘도록 말 못 한 서운함도 싸~악~ 사라지고 긴장이 모두 풀린다. 와아~ 이 쾌감!! 난 스스로 대단하다고 쓰다듬는다. 숙소의 국제전화기로 이 기쁜 소식을 집에서 걱정하고 있을 작은아들에게 알렸다. "아들아~ 2년 전 너와 함께 왔던 바라나시의 BABA G.H.를 찾아왔다." 나의 흥분된 어조를 듣더니 내 아들 역시 또 한 번 "와아!! 정말 다행이네요. 역시 우리 엄마 대단하시다."라고 안심하며 극찬이다.

침대밑에 가네샤 신이 왠지 꺼림칙하나 부를 가져다주는 상업의 신인 가네샤는 인도에서 꽤 인기가 높다. 가네샤는 코끼리 얼굴과 뚱뚱한 몸매에 쥐를 타고 다닌다. 왼쪽 발밑에 진짜 쥐가 있다. 재미있는 그림 한 장이거나 유명 캐릭터로 생각하면 된다. 이 숙소의 한국인 여주인은 인도 남자와 결혼해서 가정을 이뤘다니 아마 그녀도 젊은 시절 인도여행 중 인도에 매료되어 인도사람과 사랑에 빠졌던 게 아닌가 싶다.

바라나시(Varanasi)

갠지스강 새벽 풍경과 보트 타기, 해거름의 아르띠 뿌자

새벽 갠지스강에서 보트를 타야겠다는 생각에 일찍 일어났다. 아니 스스로 일어났다기보다는 강가 쪽에서 웅성거리는 소리에 자동으로 잠이 깼다. 2년 전 새벽 강을 보지 못한 것도 있지만 그때 사르트나부터 바라나시까지 사진이 영문도 모르는 채 모두 사라져 버렸기에 아쉬움이 컸었다. 또 하나는 아들은 전국에서 딱 한 명 뽑는 사관학교 농구 훈련 조교 시험에 합격하여 대기 중으로 내 여행 출발 때는 입대할 날짜가 결정되지 않아 함께 여행할 수 없었다. 입대할 아들 때문에 내가 여행을 망설일 때 적극적으로 홀로 배낭을 권했기에 이번 여행을 나올 수 있었다. 어제 작은아들과 통화에서 나의 여행 기간 중 입대 날짜가 결정되어 맘이 혼란스러웠다. 아들은 상관하지 말고 여행을 계속하라 하지만 난 어찌해야 할지 밤새 낑낑댔다. 귀국 일을 앞당겨야 할 것인지, 계획한 여행을 계속해야 할지 쉬이 결정하기 어려웠다. 아무것도 결정할 수 없는 이 상황에 맘은 더욱 착잡해진다. 새벽 보트 위에서 불꽃 디아를 띄워 기도하고 싶었다.

인도의 상징적 이미지를 모두 가지고 있는 바라나시. "바라나시를 보지 않았다면 인도를 본 것이 아니다. 바라나시를 보았다면 인도를 다 본 것이다"라고 말할 정도다. 가트의 새벽 길바닥은 전날 저녁 향초의 불꽃으로 신에게 소원을 빌며 기도를 드렸던 아르띠 뿌자(Arit Puja)의 흔적이 여실하다. 다시 저녁이 되면 화려한 불꽃으로 향을 피우리라. 2007년 1월 22일에 처음 바라나시에 왔다가 그저 놀랍기만 했는데 2009년 1월 23일. 2년이 지난 지금 아는 만큼 더 보이는 걸까? 경악에서 경이로움으로 변화라고나 할까? 새벽의 바라나시 갠지스강은 또 다른 새로운 하루를 준비하기 위해 꿈틀거리기 시작한다.

바라나시의 강가에서 빼놓지 말아야 할 것이 소원을 비는 마음으로 태우는 꽃불 '디아(Dia)'를 띄우는 일이다. 하루 1만 명이 가까운 현지인들은 정성스럽게 목욕재계하며 준비

한 디아를 물 위에 띄우고 두 손을 모아 기도한다. 강물에 뜬 디아는 삼삼오오 짝을 지어 흐르고 눈앞에서 디아가 사라질 때까지 소원을 빈다. 어른부터 아이까지 디아를 파는 사람의 애절한 표정은 각양각색이다. 종이나 큰 나뭇잎을 말려 그 위에 행운을 가져다준다는 마리골드(일명: 금잔화)로 장식하고 가운데에 작은 초를 얹은 디아는 그 모습만으로도 아름답지만 물 위에 동동 흐를 땐 가슴까지 미어지는 그 뭔가가 느껴진다. 저 삶에는 무슨 소원이 저리도 절실할까? 무슨 신이든 신에게 의지하며 사는 순수한 인도사람들. 뭔가를 바라며 노력하는 인생은 희망이 있고 거기에 꿈꾸는 인생은 더욱 아름답다. 현지인들은 강에 들어가 온몸을 담갔다 빼기를 반복하고 양손으로 그 강물을 퍼서 머리끝부터 적시고 그 물을 들이마신다. 한편 여행객들은 갠지스강에서 새벽 보트 타기를 원한다. 보트는 종류에 따라 가격이 조금씩 다른데 10명이든 20명이든 단 한 명이 타든 가격은 같다. 하지만 타기 전에 잘

흥정해야만 하는 번거로움이 따른다. 난 단체팀에 끼어 보트 투어할까? 몇 번 망설였다. 결국은 동트기 전 새벽의 정취가 더해진 바라나시 강가에서는 조금 부담되더라도 나룻배를 혼자 타는 호사를 누려볼 필요가 있다고 결정했다. 몇 시간 탈 것인지와 어디서부터 어디까지 둘러볼 것인지를 얘기하고 요금을 결정한다. 난 2년 전에 단체로 탔기에 1시간에 15Rs를 주었는데 이번엔 혼자서 보트투어를 시작했다. 다행히 코스는 강의 북쪽 마라비야 철교에서 아시가트까지 투어로 150Rs로 흥정을 마치고 보트를 결정하고 나니 '라쥬~우'라는 보트맨이 내 앞장을 선다. 이 보트는 호객하는 사람과 보트를 젓는 사람, 그리고 보트 주인 모두 달랐다. 이제 마~악~ 보트에 오르고 인도 총각 라쥬~우와 분위기가 어색할 줄 알았는데 혼자 타길 잘했다. 새벽 보트를 타고 훌훌 강물 위를 떠나간다. 계단에서 바라본 갠지스강 모습과 보트 위에서 바라보는 강가는 매우 달랐다.

    코스는 강의 북쪽 마라비야 철교에서 남쪽 아시 가트까지 사전흥정을 했다면 타기 전에도 타고나서도 결정된 요금을 확인하고 다짐해둘 필요가 있다. 자칫 대충 흥정하면 십중팔구는 시비가 붙을 수 있으니 확인이 필수다. 이런 부분이 인도 여행의 불편한 진실이다.

    <다샤스와메드 가트((Dashashwamedh Ghat)>에서 조금씩 강의 가운데로 흘러가는데 강 쪽에서 바라보는 가트가 정말 아름다웠다. 전설에 따르면 창조의 신 브라마가 10마리의 말을 바쳐 제사를 지낸 곳의 의미로 다스(Dus, 10)+아스와(말)+메드(희생)의 합성어라고 한다. 다샤스와메드 가트는 바라나시 중심 가트답게 가장 많은 인파가 몰린다. 저녁에는 뿌자 바바(Puja Baba)가 순례자들의 의식을 도와주는 예배가 있고 주변에는 각종 성물을 파는 가게들과 인도 거지들, 그리고 수많은 여행객이 모이는 곳이다. 히말라야에서 발원한 갠지스강은 계속 남쪽으로 흐르다 바라나시에서 북쪽으로 꺾인다. 그래서 일출을 볼 수 있는 곳이다.

    아아~ 드디어 강 건너 저쪽에 오늘의 해(태양신)가 올라온다. 갠지스강은 가트 반대편으로 섬인 듯 야트막한 들판이 길게 늘어져 있다. 저 강 건너 풀 섶에는 누가 살고 있을까? 나룻배를 탔던 많은 사람은 뭐가 있나 하는 맘으로 나룻배에서 내려 일출을 향해 걷는다. 해를 잡으러 가는 걸까? 난 라쥬우의 권유도 있었지만, 그 들판에 뭐가 있는지 알고 싶지 않아 나룻배에서 내리지 않고 해맞이만 했다. 행복도 있고 사랑도 있고 아니 아무것도 없을지도 모른다. 들판 너머 저쪽에 있는 건 내 맘대로 생각하기로 했다. 어릴 적 읽었던 카알 붓세의 '산 너머 저쪽'이라는 詩가 생각난다. 그래 모든 건 내 맘속에 있다.

혼자 걷는 일이 왠지 청승맞을 거 같아 참았는데 주변 풍경이 숨이 멈출 만큼 신비하고 아름답다. 날씨도 좋아 갠지스강의 새벽 보트 타기와 일출을 제대로 보고 즐기는 행운을 안았다. 난 행운의 일출에 감탄을 연발하며 몇 장의 사진을 찍었다. 그리고 우리 가족의 안녕과 작은아들의 무사 입대와 안전한 군 복무의 소원을 빌며 미리 준비한 디아를 강물 위에 띄워 보냈다. 이때를 놓칠세라 센스맨 사공은 내게 카메라를 달라더니 내 사진을 찍는다.

뱃사공 라쥬우가 먼저 가볍게 자기소개하였다. 갠지스강의 사공들은 나름대로 관광객에 관하여 연구하고 경쟁력을 기르는 거 같다. 처음 시작할 때 어색하지 않게 하는 재주도 가지고 있었다. 내가 첫 인도여행 때 배워 불렀던 노래 '빠르데시(발음?)'하며 흥얼거리는 노래를 시작하자 그 녀석은 답가로 어디서 배웠는지 우리 노래 '올챙이 쏭'을 불러서 날 웃게 했다. 느닷없이 애교 섞인 목소리로 두 손을 이용한 동작과 함께 어찌나 귀엽게 부르던지 배꼽 빠지는 줄 알았다. 난 호젓한 새벽 시각에 단둘이 배를 탔건만 전혀 불편함을 느끼지 않았다. 라쥬우는 아침엔 사공 일을 하지만 낮엔 릭샤를 끌기도 하고 가이드도 하며 일의 종류를 가리지 않고 돈을 번다고 말하며 낮에 안내해 줄 수 있단다. 난 두 해전에 와서 오랜 시간 머물렀기에 혼자서도 잘할 수 있다며 정중히 사양했다.

때마침 화장터 <마니까르니까 가트(Manikarnika Ghat)>다. 꽃과 비단에 덮인 시신이 관도 없이 들것에 실려 하루에도 100여 구가 운구된다. 인도인들은 죽기 위해 이 도시를 찾는다. 이는 번뇌로 가득한 세상의 윤회 고리에서 벗어나 해탈하기 위함이다. 이곳에서 24시간 꺼지지 않은 불씨인 신성한 불의 신 '아그니(Agni)'를 만나고 한 줌의 재가 되어 갠지스강에 뿌려지는 것이 이들의 소원이다. 이들의 힌두신 시바가 그랬다며 이것이야말로 번뇌로 가득한 세상에 두 번 다시 태어나지 않고 바로 천국으로 가는 길이란다.

화장터 옆에는 죽음을 기다리는 '호스피스 하우스(해탈의 집)'가 있다. 2년 전 아들과 함께 간 네팔 카트만두의 퍼슈퍼티나트와 비슷한 곳일 거라고 상상하지만 상황은 그보다 훨씬 열악하단다. 사공은 호스피스 병동 등을 설명하며 내게 내려서 헌금하라고 권한다. 난 배에서 내리기 싫다고 말하고 또 한 번 거절했다. 벌써 세 번째 거절이다.

이들은 보트 투어하는 관광객에게 강 위에서 장사한다. 화장터의 헌금이야 죽은 자들을 위해 쓰는 것이라 할 수 있지만 디아를 파는 보트나 목걸이와 반지 등 액세서리를 파는 보트 등이 계속 여행객 앞을 왔다 갔다 한다. 새로운 보트가 내가 탄 보트 가까이 와서 방생을 위해 물고기를 사라고 한다. 난 고기를 파는 사람의 인상이 너무 안 좋아 물고기를 사고 싶은 맘이 없었다. 사공 라쥬우는 두 손을 합장까지 하며 사줄 것을 바랐다. 방생하여 건강과 행운을 빌어보라는 말은 마땅치 않다. 하지만 간청하듯 두 손을 모아 방생해 줄 것을 눈으로 말하는 그 녀석을 모르는 척하기는 쉽지 않다. 먹이사슬처럼 엉킨

그들의 사회에서 라쥬우가 편안하기를 바라는 맘에 한 그릇을 사서 방생했다. 그런데 이 물고기를 파는 아저씨는 다시 한 그릇을 내밀며 이제 가족을 위해서 방생하란다. 난 필요 없다며 사양했다. 그런데 여기서 끝이 아니다. 이 아저씨 물고기 값을 20Rs라 해 놓고 내가 잔돈이 없어 500Rs짜리를 내미니 200Rs라며 300Rs만 내주는 게 아닌가. 이들이 외국인을 속이는 전형적인 수법이다. 가진 자가 덜 가진 자와 나누는 것이니 당연하다는 논리로 틈만

나면 속이려 든다. 내가 인상을 쓰면서 화를 내니 움찔하며 제대로 계산한다. 싸울 자신이 없으면 잔돈을 챙겨서 다니는 것도 인도를 잘 여행하는 방법이다. 그리고 관광객을 상대로 하는 인도사람들은 이번 인도 여행이 몇 번째냐고 묻는다. 처음이라거나 당황하면 그때부터는 흔한 말로 여행자는 이들의 밥이 된다. 가난한 자의 밥이 됐다는 것에 보람을 찾는다면 뭐~~~ 할 말은 없다. 하지만 알고 주는 것과 모르고 당하는 건 다르다. 인도 여행 중 베풂이 서로 행복할 수 있기를 바란다. 물고기 파는 아저씨 때문에 속이 많이 상한 내게 보트맨 라쥬우는 '올챙이 쏭'을 다시 부른다. 노를 옆에 놓고 양손을 모아 위로 꼬물꼬물 올챙이 움직이는 몸짓까지 하니 웃는 내게 "are you happy?"를 반복해 묻더니 내가 고개를 끄덕이자 "I am happy!"라 한다. 안쓰러운 라쥬우에게 50Rs를 더 주머니에 찔러주고 나룻배 타기를 마쳤다. 아마도 내가 보트를 타기 전 흥정할 때 내민 돈 150Rs중 얼마나 가질 수 있을까 모르지만, 팁으로 준 이 돈만이 오롯이 사공의 몫일 것이다.

게스트하우스로 오르는 길에 비둘기에게 공양하는 사람을 만났다. 입으로 무슨 주문 같을 걸 외우면서 손에 밀가루 반죽 같은 비둘기 먹이를 만들어 조금씩 떼서 주는 것이었다. 내가 한참을 바라보고 있자니 첨엔 휘둥그레지던 눈을 보이더니 나중에서야 그는 내게 예쁜 미소까지 보여준다. 강변에는 강을 바라보며 명상하는 사람들도 더러 있다. 모든 여행이 그렇지만 특히 바라나시의 아침은 내가 움직인 만큼 보인다.

숙소로 돌아와 오랜만에 한국식으로 아침 식사를 하였다. 잡채밥을 주문했는데 먼저 김칫국물로 만든 부침개가 나왔고 잡채는 국물이 많은 인도식 잡채밥(?)이다. 당면이 듬뿍 든 잡채밥을 연상했는데 외관은 걸쭉한 '당면 짬뽕(?)'이다. 실망은 했지만 이해된다. 여주인은 인도에는 당면이 없어 한국에서 가져와야 한다며 수지가 맞지 않는 장사이긴 하지만 한국 여행객들을 위해 준비한 나름대로 정성을 다한 것이란다. 고국의 맛이라 생각하며 감사하게 먹는다.

보팔에서 바라나시에 도착한 어젯밤에 보드가야행 기차표를 예약까지 했으면 좋으련만 기차 도착이 늦어지는 바람에 어쩔 수 없이 다시 한 걸음 해야 했다. 인도여행에서 시간과 경비를 절약하려면 이런 부분이 딱딱 떨어져 맞아야 하는데 이런 경우 여행자로선 어쩔 수 없다. 짐을 대충 정리해 두고 나니 열 시쯤 되었다. 난 거한 김치전과 잡채밥의 식사를 마치고 기차표를 예약하러 숙소를 나섰다. 골목에 나오자마자 릭샤 왈라들이 눈치를 채고 내게 달려들 듯 다가온다. 난 연세 지긋한 할아버지가 릭샤를 끌 때 맘이 불편할 때가 많다. 그나마 오늘은 혼자이니 다행이지 가끔 둘 또는 셋의 여행자들이 타고 가는 걸 보는 것만으로도 안쓰럽다. 첫 인도여행 때 아들과 함께 탔는데 할아버지 릭샤 왈라가 낑낑대며 언덕을 걸어서 오르는 땐 정말 바늘방석이 따로 없었다. 그래도 한 푼이라도 벌려고 나선 직업이니 노인네 릭샤를 타도 괜찮다는 건 나중에야 알았다. 오늘 만난 젊은 릭샤 왈라에게 바라나시정선으로 가자고 하니 내가 기차표 예약하러 간다는 걸 안다는 듯 "띠켓! 띠켓?"한다. 미소로 답하니 왕복 100Rs 달라고 한다. 난 80Rs로 흥정하고 릭샤에 올라탔다. 사실 처음에는 고돌리아 부근의 여행사에 티켓을 의뢰할 생각이었지만 건당 50Rs의 수고료를 내야 한다. 그러니 가야 왕복과 델리행의 세 건을 해결하려면 커미션만 150Rs를 내야 했다. 바쁜 것도 없고 급한 일도 없으니 바라나시 구경도 할 겸 직접 나서기로 한 것이다. 난 대부분 걷기를 좋아하지만 사이클로도 40분 정도 걸리는 거리이니 무리할 것도 없다. 거리도 너무 복잡하고 사람들도 많아 느릿하게 가는 사이클 릭샤가 제격이다. 릭샤 좌석도 그냥 걷는 것보다 높아 시야 확보에도 좋다. 아슬아슬 스릴 있게 요리조리 빠져나가는 것을 보면 참 재주도 좋다. 이토록 복잡해도 인도 길에서 부딪치는 사고 상황을 본 적은 지금까지 한 번도 없다. 릭샤 왈라는 나를 역 앞에서 내려주고 안으로 들어가는 문까지 안내한다. 사람을 기다리게 하는 게 익숙지 않아 릭샤 왈라에게 10분 정도 소요될 거라 말하니 개의치 말고 내린 곳으로 오면 기다리겠노라고 말한다.

바라나시역은 외국인을 위한 기차표 예약사무실 말고 또 한 과정이 있다. 역 안으로 들어서면 플랫폼 들어가기 전 왼편으로 작은 박스가 있다. 그곳에 들어서면 기차표 예약을 도와주는 아저씨가 있는데 내가 어디를 가겠다고 장소를 말하면 기차의 종류(번호)와 출발 시각을 알려주고 소요 시간과 매일 가지 않는 기차는 요일도 따로 알려준다. 가야 왕복과 델리행의 세 건을 묻고 그 아저씨는 거침없이 종이에 글로 써 가면서 친절하게 알려주었다. 하루에 네 번 정도 출발하는 것 중 나에게 맞는 시간을 정해 티켓을 끊으면 된다. 아저씨가 세 장의 종이에 적어준 내용을 들고 안내해 준 다음 예약 실로 들어갔다. 난 잠시 고민하다가 25일 새벽에 가야로 기차 이동 후 다시 버스로 목적지 보드가야에 간다. 낮 동안 머문 후 가장 늦은 당일 저녁 기차로 다시 가야로 와서 바라나시행 기차를 타는 것으로 일정을 잡았다. 이러한 뒤 다시 다음 날 저녁 델리행 기차로 움직이려고 계획을 세웠다. 티켓을 청구할 매표소 앞에서 기차표 예약을 작성해 보였더니 창구의 아저씨가 고개를 갸우뚱거린다. 너무 빠듯한 이동이라는 것을 알기는 했지만, 예상대로 시간만 잘 지켜준다면 괜찮을성싶었다. 하지만 아저씨는 예정된 시간대로 움직여 주지 않을 인도 기차를 염려하셨다. 창구의 아저씨는 타고 내리는 시간을 하나하나 표시까지 하며 자칫하면 기차를 놓칠 수도 있다고 걱정하신다. 어찌나 친절하게 설명하는지 감사하지만 내 뜻대로 기분 좋게 티켓팅을 할 수 있었다. 내 앞에 있던 미국인은 예약을 위해 대리인을 대동하기도 하고 나의 뒤에 있던 일본 청년은 전자수첩을 두드리며 얼떨떨한 모습이 안타깝기도 하고 우습기도 했다. 와아~~ 이제 기차표 예약 정도는 식은 죽 먹기다. 아~싸아~~

난 기차역을 나와 릭샤 왈라에게 기차표를 살랑 흔들어 보이며 만세를 불렀다. 그리고 다시 릭샤를 타고 가트를 향했다. 그런데 이 녀석 웬 꿍꿍이속인지 복잡한 골목으로 들어서면서 딴 길로 들어선다. 자신은 이 사이클의 주인이 아니며 회사가 따로 있는데 자신이 회사에 잠깐 들러 사장을 만나야 한단다. 아아~~ 이 인도 청년이 고물 자전거 하나도 없는 남의 자전거로 수고료만 받는다는 사실이다. 짠한 마음에 사정이 그러니 어쩔 수 없는 일이라 이해하기로 했다. 골목을 돌고 돌아 자신이 말한 회사 앞에 다다르자 난 다녀오라며 자전거에 그냥 기다리겠다고 말했다. 하지만 릭샤 왈라는 좁은 계단을 가리키며 몇 번을 거절해도 한사코 함께 자신의 회사 사무실로 올라가자고 한다. 이런 경우 멋모르고 따라 들어선 순간 평생을 후회할 일이 생길지 모른다. 예를 들면 짜이를 대접한다며 차 속에 약물을 넣을지도 모를 일이고 순간 자신이 가지고 있는 모든 것을 빼앗길 수도 있다. 인도 여행자들에게 이런 일들은 자주 있는 일이기에 난 버럭 화를 냈다. 내가 무엇 때문에 너의 회사를 들어가느냐? 난 여기서 기다릴 테니 갈 일이 있으면 너만 다녀오라 했다. 계속 같이 자기 사장을 만나 차 한잔하고 가자는 그 녀석에게 난 불쾌감을 표하는 인상을 썼다. 그 녀석은 주춤거리며 포기한 듯 가려던 회사로 가지 않고 다시 릭샤의 페달을 밟는다. 이런 경우 호랑이 굴 앞에서 위기모면이라 할까? 내 느낌이긴 하지만 티켓팅 때의 기분은 어디론가 사라진다. 자식~~ 나를 뭘로 보고 잘 생각하면 너무도 뻔한 일이다. 인도여행에선 이런 경우 정말 정신을 빠짝 차려야 한다. 상대의 호의를 호의로만 봐서도 안 되고 공짜를 좋아할 것도 아니며 아예 차 한 잔도 공짜란 없다고 생각해야 한다.

사람의 혼을 빼내 갈 바라나시 골목길과 시장통인 고돌리아 촘무하니 앞에서 내렸다. 주변에 고성이 오가는 싸움이 벌어졌다. 바라나시에 처음 오거나 이곳을 잘 모르는 사람들은 바라나시역에서 택시로 들어오는데 택시는

이곳 골목 안까지 들어올 수도 없다. 바로 옆에서 택시를 탄 승객에게 더 갈 수 없다며 길에서 내리라 하자 기사와 승객 간 다툼이 벌어졌다. 무거운 짐이 있으니 택시를 타면 집 앞까지 간다는 생각을 버려야 한다. 그러니 택시 이동보다는 오토릭샤나 사이클 릭샤가 골목까지 들어올 수 있어 맘 편하다. 이런 건 경험한 자만이 아는 일이기도 하다. 짐이 많다면 릭샤로 갈아타거나 짐꾼을 이용함이 마땅하다. 인도 짐꾼들의 능력은 상상을 초월한다. 40킬로의 무게를 4킬로 들 듯 메고 운반한다. 어찌 보면 인구가 많은 인도에서 짐꾼은 정당한 직업이며 고용 창출로 보는 것이 맞다. 숙소로 들어오는 길에 골목 어귀에서 인도 악기 장인을 만나 연주를 감상하고 문전 탁발하는 소도 만났다.

오후 5시경. 난 숙소 뒤의 강가로 나가 남쪽 끝에 있는 화장터에 갈 생각으로 걸어 내려갔다. 인도에서 가트란 강가와 맞닿아 있는 계단을 뜻한다. 바라나시엔 100여 개의 가트가 있는데 그중 북쪽부터 빤치강가, 마니까르니까, 다샤스와메트, 하라시찬드라, 아시가트 등이 대표 가트다. 이들 중 가장 남쪽에 있는 '아시 가트'로 가는 길에는 공중 빨래터가 있고 소들이 모여 있는 넓은 공터가 있다. 이 공터에는 소똥을 이겨 만든 땔감들이 햇

볕을 쬐며 일광욕을 즐기듯 이리 뒤집고, 저리 뒤집혀 바싹 말라가고 있다. 바싹 말려진 납작한 소똥 덩어리를 할아버지가 왕릉처럼 쌓아 올리는데 이마저 예술이다.

첫 인도여행 때에는 무섭고 겁나서 가까이 가지 못했던 마니까르니까 화장터, 오늘 새벽 보트에서도 내리지 못했던 화장터에 다다르자 맘까지 숙연해지기 시작했다. 이곳에선 사진을 찍어선 안 되는 곳으로 만약에 찍은 것을 들키면 큰 낭패를 볼 수 있다. 하지만 사진 찍을 맘도 안 생긴다. 화구와 시신이 열 개 정도 널려있었고 화구마다 시신들이 향나무 불꽃 위에서 다닥다닥 소리를 내며 활활 타고 있었다. 뭐라 형언키 어려운 매캐한 냄새와 흩날리는 연기에 숨이 멈춘다. 시신을 강물에 적신 후 이제 막 불더미에 오른 시체, 반쯤 타들어 가 머리와 발만 까맣게 불더미에서 나와 있는 시체, 거의 다 타고 남은 검은 고약 덩어리 같은 시체, 두 남자가 완전하게 다 타버린 시체 덩어리를 나무막대로 짓이겨 강물로 던지는 모습, 다 타버린 장작더미에서 아직 불씨가 남은 숯만을 모으는 꼬마 아이들. 아직 화구에 오르지도 못하고 대기 중인 시신은 급박한 빨간 보자기에 덮여 샛노란 마리골드 꽃목걸이를 하고 있다. 이렇게 많은 시신이 있는데도 한 가닥의 곡소리

도 없고 시체를 화장하는데 묵묵히 전념하고 있다. 이들은 이곳 화장터에서 온전히 타서 강에 버려지는 것이 최고의 소원이라고 한다. 장례를 마친 유가족은 그 강에 목욕 후 하얀 옷을 입고 머리의 정수리만 남기고 삭발하여 상중임을 표시한다. 이곳에서 누군가가 친절한 설명과 함께 더 보여줄 게 있다며 따라오라 할 때 따라가면 그 뒷일은 장담을 못한다. 십중팔구는 사기꾼이다. 난 한참 동안 '도대체 인간에게서 자존심이 뭘까?'를 시신들 앞에서 골똘히 생각하게 된다. 갑자기 머리가 수선스러워지면서 하얘진다. 自. 尊. 心. 스스로 자신을 높이는 건 어찌 보면 마땅하다. 누구나 그러하겠지만 나는 가끔 자존심 상하면 참지 못하고 흥분한다. 성격이 부드럽지 못하여 남들의 흔한 농담도 농담으로 받지 못하고 버럭 화를 낼 때가 있다. 한발 물러서거나 뒤집어 생각하면 아무것도 아닌 것들에 목매다는 때도 있다. 지금 순간일지라도 나의 좁쌀 할머니 같은 성냄을 반성한다.

해가 지기 시작하니 알록달록한 조명이 켜지고 강가 주변이 웅성거리기 시작한다. 힌두

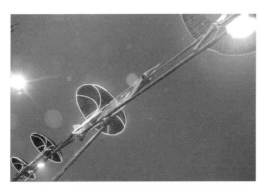

교의 성스러운 제사 의식인 아르띠 뿌자(Arit Puja, 불을 돌리며 하는 기도)를 드릴 준비로 구경꾼이 모여들고 모두가 분주하다. 처음 인도여행 중 바라나시의 이 광경을 보았을 때 난 최고의 행운이라 생각했다. 난생처음 본 이 광경을 때맞춰 와서 보니 멋지고 신기했기 때문이다. 그것도 여행자들을 위한 제사라는데. 하지만 나중에야 알게 됐다. 이곳 바라나시 강가에서는 매일 오후 저물녘에 강가 여신에게 바치는 아르띠 뿌자라는 제사 의식을 거

행한다는 것을. 한 곳에서만 하는 게 아니라 여러 곳에서 하며 그중 가장 규모가 큰 것은 '다샤스와메드 가트'이다. 그런데 내가 이날 처음 만나는 뿌자는 다샤스와메드 가트가 아니라 그곳에서 조금 떨어진 '하시라찬드라 가트'로 규모가 전자보다는 더 작아 보인다. 우산 모양의 조명등이 켜지고 다섯 명의 브라만 출신의 젊은 사제(바바)가 무대 중앙에 자신들의 시바 신을 모시고 두 명의 악사도 자릴 잡았다. 강 쪽에서는 나룻배에 올라탄 관광객들이 하나둘씩 모여들기 시작했고 가트 계단에 수많은 인파가 유난히 많이 몰려든다. 그리고 제복을 입은 경찰들이 줄을 지어 삼엄한 경계를 펼치고 있었다. 드디어 잔잔한 북소리와 함께 촛대에 불이 켜지고 하얀 연기를 피워 올리며 은은하게 시작하는 반주에 따라 예배가 진행되었다. 잔잔하게 신을 찬미하는 리그베다가 울려 퍼지면서 기도문 찬양이 시작된다. 이땐 강물에 목욕하던 사람도 잠시 멈춰 숨을 죽인다. 낮은음의 잔잔한 음악과 뿌연 연기로 매우 몽환적이어서 함께한 사람이면 누구나 그 안으로 빠져든다. 매캐한 연기로 숨쉬기 어려운데도 끝날 때까지 잠시 눈도 떼지 못하는 마력이 있다.

예전과 달리 특별한 날인 듯 조금 떨어진 옆에서는 규모가 훨씬 큰 뿌자가 진행되고 있었다. 자그마치 예를 올리는 바바가 7명이나 되었고, 무대 한쪽엔 정부 고위층인 사람들이 마리골드꽃으로 장식된 또 다른 무대(VIP 좌석?)에 관객으로 앉아 있었다. 와~아~~ 이 거창함과 엄숙함에 감탄이 절로 나온다. 한 시간 이상 진행되는 도중 거의 끝나갈 무렵인 듯 VIP 좌석에 있던 사람들이 예배석을 빠져나가니 경계를 섰던 호위군까지 일제히 움직인다. 하지만 바바들은 진중하게 계속 예배를 진행하고 있었다. 우산처럼 생긴 조명등 밑에는 커다란 종이 달려있고 종의 추에는 기다란 끈이 내려와 있다. 그 끈의 끝부분을 무대 뒤쪽에서 계속 흔들어 종소리는 뿌자의 분위기를 한층 고조시킨다.

바바들은 손에 요술 항아리처럼 생긴 장식 촛대를 들고 주문을 외운다. 어둠을 몰아내며 땅을 뜻하는 꽃, 불을 뜻하는 램프, 액체를 뜻하는 물, 바람을 뜻하는 공작부채, 공간을 상징하는 야크 꼬리 부채 등등 여러 가지 도구를 이용하여 예를 지낸다. 수천 명의 사람이 모여 있는데 예식을 올리는 소리 외엔 정적이다. 신을 찬양하는 종교의식이란 게 이런 거로구나 싶을 만큼 야릇하다. 마지막 하이라이트는 바바가 들고 있는 겹겹이 쌓아 올린 고깔 모양의 향불이 하늘을 향하고 빙빙 돌리며 접신을 한다. 다른 한 손은 잔잔한 소리를 내는 종이 계속 움직여 예식 최고조에 달하게 한다. 브라만 사제들에 의해 집전되는 아르띠 뿌자는 경건하고 엄숙하다. 오늘따라 그 규모까지 커서 대단한 구경을 한 것임이 틀림없는 밤이었다. 첫 바라나시 여행 중에 원인도 모르고 날려버린 아르띠 뿌자의 사진을 다시 담을 수 있어 다행이다.

인도 바라나시에서 기차 연착으로 기차표 환급이 가능할까?

내일은 계획한 대로 보드가야로 가는 날이다. 전날 저녁에 게스트하우스 주인에게 나의 다음 일정의 기차표를 보이며 내 뜻을 전했다. 이틀 후 다시 돌아오니 짐을 맡겨두고 가겠다는 것과 다음 날 새벽 5시 기차를 타야 하니 새벽에 문을 열어달라는 것, 그러니 방도 비우겠다고 말했다. 그래야 서로에게 미안함도 덜고 비용 부담이 되지 않고 주인도 새 손님을 받을 수 있다.

다음 날 새벽 3시 30분에 기상하여 큰 배낭은 맡기고 04시에 숙소를 나왔다. 어둠이 가득한 시장 골목 끝 언저리에서 릭샤가 있는 곳까지 나가야 한다. 걷는 동안 내 뒤에 인기척이 나면 가슴이 덜컹거리기 시작했다. 설마 무슨 일 있을까 하며 작은 백 하나를 등에 메고 온몸이 긴장한 상태다. 골목 끝에서 마침 나를 기다렸다는 듯이 대기 중인 할아버지 사이클 릭샤에 올라탔다. 모두가 잠든 시간에도 몇 푼 벌어보겠다고 손님을 기다리는 릭샤 왈라의 하루 시작에 경건함이 더 한다. 어젯밤 그토록 복잡하고 시끄러웠던 바라나시 시가지가 또 다른 모습으로 다가온다.

새벽안개가 자욱한 거리에 어둠과 고요가 겹쳐 깔리며 사이클 릭샤 왈라의 상체가 좌우로 흔들린다. 그 움직임에 따라 길바닥의 진한 그림자도 따라 움직인다. 조용한 거리엔 릭샤의 페달과 두 바퀴에 연결된 체인의 쇳소리만 덜거덕댄다. 인적 없는 고요함이 좀 특별한 감상에 젖게 한다. 강가의 숙소에서 릭샤를 타고 바라나시의 정선역까지는 약 40여 분 소요, 10루피 얹어 50루피면 흐뭇해한다.

내가 역에 도착한 시간에는 역 안에 노숙자들로 가득 차 발 디딜 틈도 없었다. 난 웨이팅 룸에서 기차가 도착하기를 기다렸다. 이러던 중 한국 여행자 두 명을 만났는데 보드가야에 대한 숙소와 여행 정보를 들을 수 있었다. 달라이라마님이 보드가야에 온다는 소식으로 현재 사르트나에서 설법 중이라고 했다. 가는 날이 장날이라고 그저 좋아하기엔 뭔가 석연치 않다. 이번 여행 중 이 시기에 달라이라마님의 방문도 몰랐으니 친견할 생각은 없었지만 이런 말을 들으니 괜히 내가 흥분된다. 내 염려대로 예정된 시간이 넘었는데 플랫폼 지정도 없으며 역 안 전광판에는 계속 연착 신호만 뜬다. 아침 8시가 되어도 변함없다. 이렇게 되면 나의 여행계획에 차질이 올 게 너무도 뻔한 일이다. 퍼즐 맞추듯 연결된 스케줄인데 한 조각이라도 흔들리면 도미노처럼 와르르 무너진다. 가야까지는 3시간 정도가 소요되니 본래 일정대로 새벽 5시 기차를 타야 한다. 그런 다음에 가야에서 다시 3시간 정도 버스로 이동해야 보드가야에 도달할 수 있다. 대기실에서 기다리다 답답한 맘에 대기실을 나와 역 안에서 기차 오기만을 기다리는데 깜깜무소식이다.

역 안은 8시가 넘어가면서 청소하느라 노숙자들을 모두 몰아내고 쓸고 닦느라 분주하다. 그러던 중 또 다른 한국 젊은이들을 만날 수 있었다. 청소하는 아저씨들에게 이리 몰리고 저리 몰리는 걸 보고 내가 그들을 불러 편안하게 가이드북을 볼 수 있는 자리를 마련해 주었다. 이들은 방금 델리에서 바라나시에 도착해 바라나시에 대한 여행 정보가 전혀 없었다. 나 또한 4시간 이상 연착되는 기차를 마냥 기다릴 수만은 없어 기차표를 예약했던 예약사무소로 들어가 역무원에게 자초지종을 이야기했다. 정말 내가 원하는 바는 아니지만 어쩔 수 없는 상황이 되니 냉정해질 수밖에 없다. 전날 매표할 때 매표원이 고개를 갸우뚱한 이유를 알겠다. 문법을 모르니 내 방식대로 "Long deley train, I can`t trip"라고 말했다. 그들은 "No problem" 아무 문제 없으니 기다렸다가 타고 가라는 것이었다. 난 물러서지 않고 다시 "나의 일정이 이러하니 도저히 보드가야에는 갈 수 없는 상황"이라며 가야 왕복표를 물러 달라고 다시 설명했다. 사실 인도에서 4시간 정도의 연착은 늘 있는 일이다. 하지만 지금은 4시간이지만 아직도 기차가 언제 들어올지 모른 상황이다. 끄떡도 하지 않은 역무원들에게 내가 "Please~" 하며 환급을 요구하자 창구직원이 아닌 다른 사람이 잠깐만 기다리라며 어떤 상황인지 알아본다. 이 사람들에게 나의 짧은 언어로 내 생각이 잘 전달될 것인가가 관심거리였고 과연 돈을 돌려받을 수 있을까 하는 의구심도 생겼지만 여기서부터 내겐 다시 호기심이 발동한다. 바라나시에서 연착된 기차 푯값을 되돌려 받을 수 있을 것인가? 말 것인가? 긴장된 순간이다. 돈의 액수가 문제가 아니라 과연 환급해줄 수 있나가 문제였다. 와~아~아~ 결과는 나의 승리(?)로 종결되었다. 난 역무원에게 286Rs를 돌려받았다. 보드가야로 못 가게 된 것은 안타까운 일이지만 외국인이 기차푯값을 되돌려 받는 일은 인도에서는 정말 흔치 않은 일이다. 이 상황을 본 주변에 있는 사람들도 놀라며 함께 기뻐하고 손뼉을 쳐 준다. 목적대로 가지 못해 아쉽지만, 단어 몇 개와 손짓과 표정으로 거문고선녀식 영어가 통한다는 것이 너무나 신기했다.

  난 도포 자락 휘날리듯 회심의 미소를 띠고 역 예약사무실 밖으로 나왔다. 밖으로 나오자 아까 봤던 한국 젊은이들이 아직도 어디로 갈 줄 몰라 방황하고 있었다. 누가 봐도 초행길임이 분명하고 호객꾼에게 당하기가 십상이겠다. 난 기분 좋은 김에 친절하게 안내해 주자는 생각으로 숙소는 정했냐 물었다. 이들은 아직 아무것도 정하지 못했다며 도움을 청하는 눈빛을 보낸다. 우린 역 안에 앉아 자기소개 비슷한 걸 하고 서로 믿음을 갖게 되었다. 타국에서 동족을 만나는 것도 이렇게 도움을 주고받는 것도 인연이리라. 내가 나의 숙소 얘기를 하며 혹시 방이 있을지 모를 일이고 없다면 내가 묵고 있던 방이 4인실이니 함께 있자고 상의를 마쳤다. 일행은 두 개의 릭샤를 타고 다시 고돌리아 촘무히니로 향했다. 난 처음부터 그들에게 사이클 릭샤를 타는 법을 가르쳐 줬다. 흥정하려 들지 말고 서로 싫지 않을 만큼 양보하며 적정선으로 타협하라 말해줬다. 초행자는 적정선을 모르니 부르는 값의 반으로 자른 다음 조금씩 올려보라고도 알려줬다. 무거운 배낭이 있거나 길이 좋지 못거나 언덕으로 오르는 길이 있으면 조금씩 더 주고 냉정할 때는 과감하게 뿌리칠 줄도 알아야 한다고 말했다.

새로운 손님 세 명과 함께 숙소에 들어서니 보드가야에 간다고 나가서 되돌아온 날 보고 놀란다. 기차 연착으로 일정을 취소하고 되돌아왔다면서 남자 주인에게 역에서 새 손님을 모시고 왔으니 방을 달라고 했다. 주인은 내게 양손의 엄지손가락을 치켜세우고 다시 합장으로 감사의 뜻을 표한다. 내가 잠을 잤던 방을 내가 데리고 온 손님에게 주고 난 2인실로 다시 배정되었다. 그런데 주인 왈 4인실로 함께 들어가면 50Rs만 더 내면 되지만 2인실로 들어가면 다시 250Rs를 내야 한단다. 그리고 숙소에는 새 손님이 또 많이 들어올 텐데 방이 부족할 수 있단다. 서로의 양해로 난 내가 데려온 세 사람과 한방을 쓰기로 했다. 난 하루만 더 있다가 내일 델리로 떠나야 하고 그들은 더 얼마간 머물 것이다. 함께 온 젊은이들은 얼마나 피곤한지 다들 잠자리에 들었다. 델리에서 바라나시로 바로 왔다면 밤새며 최소 12시간 이상은 걸리는 거리다. 그나마 기차역에서 나를 만나 숙소 정하고 쉴 수 있어 다행이다. 젊은 나이에 인도를 선택해 여행을 나온다는 건 자기 인생에 커다란 획을 긋는, 그냥 즐기는 휴가가 아니라는 생각에 이 젊은이들이 기특했다. 내가 자주 쓰는 말이지만 '힘든 여행은 있어도 실패한 여행은 없다.'게 나의 지론이다.

나는 다시 짐을 풀고 바라나시시장을 구경하러 나섰다. 골목 끝의 빠니르 가게에는 방금 만들어 낸 듯 모락모락 김이 오르는 빠니르가 나의 침샘을 자극했다. 우리나라 손두부

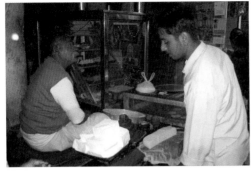

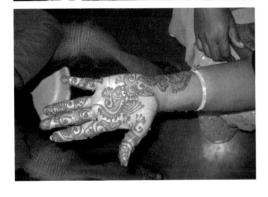

집에서 막 나온 따끈한 순두부와 같다. 두부처럼 일정 크기로 잘라 팔기도 하고 엿장수가 엿을 잘라내듯이 달라는 만큼씩 팔기도 한다. 서서히 인도 음식에 매력을 느끼기 시작한다. 빠니르 10Rs 어치와 으깬 감자와 채소를 동글납작하게 빚어 튀긴 '빠니뿌리'라는 음식을 사서 먹어보았다. 그 맛이 정말 근사했다. 그토록 경계만 했던 인도 음식들을 하나씩 먹어보면서 신뢰가 생긴다. 갓 구운 빵과 즉석에서 조리한 음식들을 먹어보면서 인도 음식에 대한 애정이 생기고 위생적이지 못하다는 생각을 버리기로 했다. 물론 며칠씩 씻지 않아 몸에서 악취가 나는 거지들도 많지만 일하러 나온 사람 대부분은 의외로 깔끔하고 단정하다.

시장을 돌고 돌면서 여러 가지 구경에 빠져든다. 팔과 다리에 반영구적인 헤나 문신을 하는 여인들. 온갖 폼을 다 잡으며 머리를 자르는 길거리 이발사와 손님. 거리에는 몸에서 최대한 힘을 빼고 줄을 지어 구걸하는 사람들. 온갖 액세서리를 진열해 놓고 한 개라도 팔려 애쓰는 여인. 시끄럽고 복잡한 사람 많은 시장 구경을 그다지 좋아하지 않지만, 인도의 시장은 좀 다르다. 활기차기도 하려니와 신기한 장사도 많고 신기한 손님도 많다. 고돌리아 촘무 하니에서 가지 않았던 길을 한없이 걸어가다 다시 돌아서고를 반복하며 가까운 곳에 영화관이 있다는 것을 알았다. 이번 여행 시작인 뭄바이부터 보팔까지 돌아오면서 계속 붙어있었던 영화 팸플릿인 [가즈니]가 보고 싶었다. 내일은 시간을 맞춰서라도 꼭 볼 생각이다.

멀리 두 연인이 계단에 앉아 사탕수수막대를 깎아 먹으며 데이트 중인데 꼬마 걸인이 분위기를 깨며 동냥한다. 일정 간격을 떨어져 있는 두 연인은 척 봐도 현지에서 방금 만난 여행자다. 젊은 서양 남자는 먹던 사탕수수로 동냥을 주려 한다. 적당량을 잘라주며 내미니 걸인은 껍질까지 깎아 달라 다시 내민다. 웃으며 껍질을 깎아주는 서양 남자와 이를 행복하게 받아먹는 걸인까지 보기 좋은 가트의 풍경이다.

잠깐 사이에 지나는 걸인들이 또 두 연인의 데이트를 방해한다. 뭔가 줄 것만 같은 분위기인데 서양 남자도 만만치 않다. 첫 인도여행에서 함부로 동냥하지 말라고 배웠다. 강가에는 정말로 많은 풍경이 있다. 악기를 가지고 나와 연주하며 열심히 공부하는 사람들. 타고 남은 시체 덩어리들이 둥둥 떠가는 강물에 목욕하기를 영광으로 생각하는 사람들. 그 목욕한 물을 성수라며 물통에 떠가는 사람들. 난 이런 강가에 앉아 오후 내내 차림새도 다양한 사람 구경했다. 바라나시 강가에서 사람 구경하는 재미는 다른 어느 곳에서도 느끼기 어려운 특별함이 있다. 전 세계인이 모이는 인종박물관 같은 곳이 바라나시다.

나의 바라나시 여행이 끝난 후에도 잊을 수 없는 사람이 있다. 강가 계단에 앉아 우연히 눈에 띈 이 남자는 가장 원시적인 모습에 가느다란 천 조각으로 딱 한 곳 가릴 곳만 가려진 상태다. 척 봐도 건장한 체구로 방금 갠지스강에서 목욕하고 나온 남자다. 나는 이 남자가 하는 모습을 한참 동안 멀리서 지켜봤다. 커다란 천을 허리에 두르고 속옷을 갈아입고 온몸을 쓰다듬듯이 단장하기 시작한다. 너무도 정성스럽게 단장하는 그 모습이 나의 시선을 그곳에 머무르게 한다. 긴 시간 정성을 다해서 온몸을 단장하는데 속옷부터 겉옷까지 몸에 걸치는 많은 장신구며 수염과 머리까지 너무도 섬세한 단장에 감탄이 절로

나왔다. 내가 느낀 이 남자는 브라만 계층의 사제로 보인다. 균형 잡힌 몸매와 위엄까지 있어 보이는 인상. 외관으로 보이는 중후한 인상도 멋지지만 조용하고 인자한 미소를 가졌다. 지금까지 내가 본 인도의 최고 남자로 진정한 구루(GURU)라

고 내가 정했다. 그는 오늘 첨 본 사람이 아니라 예전부터 알고 있던 사람처럼 친근감이 느껴졌다. 내가 멀리서만 몇 컷 하다가 가까이 가서 사진 한 장 찍어도 되겠냐고 물으니 따뜻한 미소와 함께 우아한 포즈까지 취해 준다. 나는 감사의 의미로 합장하고 그 자리를 떠났다. 이 남자 앞에 오래 머무는 것이 방해하게 될 거 같아 가볍게 '나마스테' 인사를 하고 강 아래로 내려갔다.

바라나시 강변 따라 걷다 보니 어제 둘러보았던 화장터가 나오고 베레나스 힌두 대학까지 걸어가 보기로 하였다. '베레나스'는 바라나시의 옛 이름으로 1917년 인도의 민족주의자인 빤디트 말라비아가 힌두문화와 관련된 학문을 가르치는 학교다. 대학 가까이에 바라트 깔라 바반이라는 미술관 겸 박물관도 있었지만, 폐관 시간인지라 밖에서만 둘러보고 올라오다가 골목 어귀에서 달걀 장사 수레를 만났다. 난 길거리에서 인도 음식을 먹는 것을 자제했기에 그냥 삶은 달걀이나 사 먹을 생각하고 다가갔다. 그런데 달걀부침을 하는 모습이 어찌나 맛나 보이던지 이름이 뭐냐 값이 얼마냐 묻고 나도 하나 해달라고 주문했다. 일회용 플라스틱 접시가 아니라 마른 나뭇잎으로 만든 접시에 토스트 오믈렛과 감자 볼을 15Rs를 주고 사 먹었는데 정말 맛있다. 서서히 인도 길거리 음식의 매력에 흠뻑 젖는다. 현지 음식에 매력을 느낀다는 건 그만큼 인도여행에 노련해졌다는 거다.

행여 깨어났을까 싶어 숙소에 들어가 보니 젊은이들 세 명은 죽은 듯 계속 잠만 잔다. 숙소 식당에서 잠시 일기를 쓰며 쉬고 있는데 그사이 언제 일어나 밖에 나갔다가 왔는지 젊은 세 사람은 쇼핑하고 왔다며 산 액세서리와 옷들을 입고 자랑한다. 그러다 보니 속 말도 하게 됐고 그들에 대해 조금 알게 되었다. 이야기를 들어보니 이들끼리의 동행은 조금 특별했다. 서울에서 남녀 둘이 함께 오고 한 아가씨는 집에서 도망쳐 나오듯 홀로 출발하여 공항에서 두 남녀를 만나 셋이 동행이 됐다. 그런데 어찌 처음부터 동행한 듯 서로 잘 어울린다. 스물여섯에서부터 스물일곱, 스물여덟이니 꼭 내 아들 또래들이다. 어린 아이들 같지만, 가정교육이 잘 되어 보이는 단정한 인상이었다. 두 남녀는 서울 명문대

경영학과와 경제학과 출신으로 5급 공무원 시험에 합격하고 연수원에 들어가기 전에 여행 나왔다는 걸 알았다. 혼자 집에서 도망치듯 나왔다는 아기씨는 말 못 할 사연이 있어 보여 더는 묻지 않았다. 남자애가 가지고 온 소주와 내게 있던 육포와 어포, 고추장볶음으로 안주하며 간단한 신고식도 했다. 난 혼자 있는 저녁도 좋은데 여럿이 함께하는 저녁도 좋다는 것을 실감하는 순간이었다.

젊은 나이에 어찌 첫 해외여행을 힘들고 어려운 인도로 할 생각했는지 기특하다. 사실 인도는 내가 제자들이나 지인에게 적극적으로 추천하는 여행지로 먹고 마시며 즐기는 휴가나 단순한 관광지가 아니라는 뜻이다. 어찌 보면 인도 여행 자체가 수행이고 또 다른 공부이고 서서 하는 독서다. 인도라는 나라는 세계 7위의 크기를 가진 큰 나라이고 인구도 14억으로 세계 2위 대국이다. 인도 문명은 아시아 문명의 원천으로 문화와 역사도 특별하고 종교와 가치관도 너무나 다양하다. 게으른 듯하지만, 심성이 착한 인도사람들은 가는 곳곳마다 천사가 나타나듯 나타나 여행자인 나를 도와준다. 그러면서 인도를 여행하다 보면 내가 대한민국에서 태어난 것만으로도 얼마나 행복한 일인지 웬만한 어려움은 어려움 같지도 않게 여겨지며 감사하지 않을 일이 없어 보인다. 나의 경우 굳이 성경 말씀을 빌리지 않더라도 범사에 감사하는 마음이 자동으로 생긴다.

인도공화국 창건일(Republic Day)과 인도영화 Garjini 감상

새벽부터 숙소 밖이 유난히 웅성대며 이상한 기운이 돈다. 도시 전체가 둥둥 떠서 갠지스강 아래로 떠내려갈 듯, 아니 하늘 위로 훨훨 날아갈 거 같은 웅성거림이 이불속에서도 느껴지는 아침이다. 혼자만 자다가 넷이서 자게 되니 방안을 혼자 맘대로 왔다 갔다 할 수는 없다. 이불속에서 뒤척이다 7시가 되어서야 일어났다. 나는 일행들에게 갠지스강의 일출은 정말로 아름답다며 7시 반경에 해가 뜨니 지금 강가로 나가보자고 권했다. 우린 모두 자리를 정리하고 강가 쪽으로 나갔다. 정말 여느 때와 전혀 다른 갠지스강변의 모습이다. 안개 자욱한 강가에 무슨 사람들이 저리 많으며 목욕하는 사람들은 어쩌자고 저렇게도 많은지 놀라웠다. 알고 보니 오늘은 1월 26일로 인도공화국 창건일(Republic Day)이었다. 그래서 전전날 아르띠 뿌자 의식도 거창했나 보다. 1950년 1월 26일. 간디의 후계자인 자와할란 네루는 이날 인도 연방공화국을 수립했다. 그러니까 오늘이 건국 60년이 되는 해이니 더욱 특별하다. 내게도 뭔가 특별한 일이 일어날 거 같은 예감!!

평소에도 새벽 강가에는 목욕하는 사람들이 많지만 이렇게 발 디딜 틈도 없을 만큼 많지는 않았던 거로 기억한다. 목욕하는 것이 제를 지내는 일부이기에 엄숙함이 어찌나 큰지 감히 말을 걸어볼 수도 없을 만큼 진중하다. 목욕을 마친 사람들은 소원을 비는 기도와 함께 꽃불 디아를 띄운다. 여느 때와 다른 모습은 다샤스와메드 가트를 중심으로 계단 한편에 구걸하는 걸인들이 끝도 없이 줄지어 있으며 가진 자의 자비와 베풂을 기다리고 있었다. 앉아 구걸하는 사람들에게 가진 자가 서서 돌며 공손하게 나누는 모습은 나의 편견을 깨는 장면이다. 인도의 공화국창건일 아침에 또 하나의 신선한 충격이다.

인도의 색을 가장 잘 표현된다는 갠지스강. 갠지스강에서 목욕의 의미와 마지막 생을 마감하며 윤회를 바라는 화장의 의미. 인도사람들의 최고의 축복이자 희망인 것은 이 바라나시라는 도시가 시바 신의 삼지창에 떠받혀 있다고 믿는 것이다. 모든 것을 시바 신께서 알아서 다 해줄 것이니 아무것도 걱정하지 말라는 이들의 신념이다. 안개 때문에 선명한 일출 보기는 틀린 듯싶지만, 불꽃 디아가 안개 낀 강물 위를 머물다 물길을 열어주는 가느다란 손끝을 따라 안개 속으로 사라지는 모습이 영화 한 장면 같다. 강가 도로 곳곳에는 행운을 가져다준다는 마리골드 꽃목걸이와 향초들이 흩어져 있고 그 안에 이 사람들의 기도 모습이 깃들어 있다.

난 어제 오후에 내 마음을 요동(?)시킨 남자를 다시 찾아보았다. 멀찍이 서서 찾았는데 역시 그 남자는 많은 군중 속에서도 한눈에 띈다. 그 남자도 나를 보자 어제의 나를 기억하는지 온화한 미소와 함께 가까이 오라고 손짓한다. 난 반가움에 한걸음에 그 남자 앞으로 갔다. 그는 내게 오늘이 인도의 창건일이라고 일러주며 내게 축원이라도 하려는 듯, 나의 이마 가운데 영적인 의미이자 지혜의 눈인 화장 점(Bindi)을 찍는다. 내 맘은 하고 싶지 않았지만, 내 몸은 이미 그가 하는 대로 이마를 내밀어 얼굴을 대 주고 있었다. 이건 순간 내 의지로 할 수 있는 일이 아니었다. 끌림이 있는 그 남자는 나의 헌금에 너무도 편안한 미소로 합장한다. 그 후 난 아무렇지도 않은 듯 그대로 돌아섰다. 만약에 언제라도 다시 바라나시에 온다면 '바바 구루'를 찾고 싶다. 그에게는 뭔가 위엄과 품위가 흐른다. 'Baba Guru'라는 이름은 내가 지어 나 혼자만 아는 그 남자의 이름이다.

안개 자욱한 바라나시 강가 계단에 쪼그리고 앉아 있던 서양 남자. 멀찌감치 떨어진 계단에 앉아 있는 우리에게 다가와 "Korean? Korean?" 하며 한국 사람이냐고 묻는다. 우린 느닷없는 질문에 깜짝 놀라며 "yes!"라고 답하며 의아해했다. 서양 남자는 활짝 웃으며 "happy new year~"한다. 우린 다시 한번 깜짝 놀라며 "Wow~~ Thank you!!"하며 감사의 뜻을 표했다. 그는 인도의 공화국창건일인 1월 26일이 2009년 음력 1월 1일로 우리나라 설날임을 알고 있었다. 여행 중인 나도 잊고 있었는데 서양 남자는 어찌 알았는지 그 이유는 정확하게 알 수 없지만, 바라나시에 그만큼 한국 여행자가 많다는 뜻이다. 오늘이 우리나라 구정 설날로 세배하고 세뱃돈 받는 날이다. 떡국도 못 먹었으니 나이도 한 살 안 먹을 수 있으면 좋겠다. 사실 나이는 숫자에 불과하다지만 많아지는 것이 불편하다거나 싫어 본 적은 없다. 싫어해봤자 내가 어찌하랴만 ㅋㅋ~~

강가 산책을 마치고 숙소로 들어와 모두 씻고 아침 식사를 준비하기 위해 다시 시장 구경을 나가기로 하였다. 난 잘 모르는 세 젊은이의 가이드나 보호자 격이 된 셈이다. 이 젊은이들은 어제 샀던 인도 복장을 갖추고 나선다. 헐렁하고 편한 바지와 스트라이프 무늬의 상의 그리고 커다란 머플러 등등 대충 한 가지 당 100Rs로 우리 돈으로 환산하면 3,000원꼴이다. 내가 볼 땐 흥정을 잘못해 비싸다고 느꼈지만, 그들은 엄청나게 싸게 산 줄 안다. 하기야 나도 첫 여행 땐 그랬으니까. 내가 아는 인도 전문 여행사 사장님이 4~5년 전에 TV 출연하여 한 말이다. 그때만 해도 이곳 바라나시를 여행하고 돌아가는 길에 현지 옷들을 많이 사 와서 홍대 길거리에서 10배, 20배 넘게 붙여 팔아도 옷이 없어 못 팔 지경이었단다. 이런 사업가적 안목이 있다면 큰돈도 벌 수 있는 때였다. 시장 장사꾼들은 현지인가격과 여행자가격이 달라 무조건 현지인을 상대로 한 가격이라며 매우 싸게 하는 것처럼 이야기한다. 보통 유명 유적지의 관람료만 봐도 1~200배가 넘으니 할 말 다 한 거 아닌가. 그래서인지 이곳 바라나시의 시장과 강가 구경은 입장료도 없이 완전 무료이니 어찌 관광객이 많지 않겠는가. ㅎ.ㅎ~~

일행들과 함께 골목을 걸어 나오는데 남자아이 박**는 골목 모퉁이에서 어깨에 메는 인도식 천 가방을 하나 샀다. 그러던 중에 누가 와서 엄청 친한 사람 부르듯 어깨를 툭 친다. 딱 봐도 현지인인데 한국말로 "어이~ 친구!" 하며 아는 척을 한다. 난 의아해하는데 이 젊은이들은 서로 반가워하며 포옹으로 인사를 나눈다. 황당해하는 나에게 아가씨는 어제 저 남자의 가게에서 옷과 머플러를 샀다며 내게 설명한다. 난 그러냐며 그래도 포옹 같은 건 하지 말라고 했다. 이 사람들은 의외로 이상한 부분이 있다고 위험한 상황을 알려줬다. 그리고 난 그 남자에게 내가 이들의 엄마인데 함부로 몸을 만지는 일은 삼가라고 말했다. 멈칫대며 한 걸음 물러난 그 남자는 우리 모두에게 짜이를 대접하겠다고 한다. 이럴 때도 섣불리 따라나설 건 아닌데 분위기가 그렇지 않아 근거리에 있는 짜이 가게로 들어갔다. 나는 우리 모두 탈 나지 않을 것을 기도하듯 조심스럽게 짜이를 마셨다. 그리고 기념사진 한 컷 했다. 이 사진은 기념의 의미도 있지만, 증거의 의미도 있다. 인도에서 누구든 그리고 아무에게나 차 대접을 잘하지만, 거기에 커다란 함정이 있을 수 있다. 아무튼 '인도에선 공짜란 없다'라는 생각으로 여행해야 한다. 난 세 명의 젊은이들에게도 내가 보는 자리에서 바로 만든 짜이만 먹으라며 위험함을 각인시켰다. 이런 내 모습을 보고 어쩔 수 없는 직업 근성이 나타남에 피씩~하고 혼자 웃는다.

골목 밖으로 나와 아침 먹거리를 준비한다. 시장 안에도 중앙선을 따라 걸인들이 줄을 지어 앉아 있고 거기에 자비를 베푸는 이들도 많았다. 전날 먹었던 에그토스트를 사고 싶어 달걀 가

게를 찾아갔는데 에그토스트는 저녁에만 판다며 생달걀만 판매한다고 한다. 아쉽지만 버터 바른 식빵과 바르지 않은 맨 식빵만 샀다. 그리고 토마토와 바나나, 빠니르를 사고 숙소에서 짜이 두 잔을 사니 총비용이 80Rs이다. 어찌 보면 한 사람의 보통 매식비용으로 네 사람이 먹고도 남을 아침 식단을 차린 것이다. 먹는 내내 즐겁고 행복한 아침 식사였다. 혼자서는 누릴 수 없는, 여럿이 함께해서 느낄 수 있는 특별한 재미다.

점심 후 우리는 다 함께 영화를 보러 나가기로 했다. 어제저녁에 내가 고돌리아 촘무하니 부근의 영화관을 사전답사해 상영시간과 영화를 알아보고 왔기에 시간을 맞춰 나선다. 나가는 길의 골목에 즉석요리 가게가 있어 그곳에서 늦은 점심을 먹기로 하였다. 맛살라와 으깬 감자와 잘게 썬 채소를 얇은 쌀전병 안에 넣은 '마사라 도사'를 먹었다. 보팔에서 먹어 본 경험이 있기도 했지만, 우리 입맛에도 잘 맞는 음식이었다.

점심을 먹고 Sushil Cinema에서 'Garjini'라는 영화를 봤다. 누구든 인도에 가면 영화를 보라고 추천할 만큼 인도영화는 세계적으로 유명세도 있고 특징도 있고 수준 높은 종

합문화예술이다. 흔히들 미국에 할리우드가 있듯이 인도엔 볼리우드(발리우드)가 있다고 말한다. 볼리우드는 3시간여 동안 지루하지 않도록 영화 중간중간에 내용과는 상관없는 경쾌한 음악과 함께 무희 쇼(마살라 영화)가 나오고 중간에 휴식시간도 있다. 영화관은 아래 1층 좌석과 2층의 좌석이 가격이 다를 만큼 어디든 계급이 나타난다. 우리가 본 영화는 3시 30분에 시작하여 6시 30분에 끝났다. 예상대로 영화는 대단하게 잘 만들어진 영

화로 심도 있으며 주인공들도 너무나 멋졌다. Garjini의 뜻은 '죽여야 하는 사람'의 이름이다. 내용은 잘 나가는 인도 통신회사의 재벌과 한 여자와의 로맨스를 그린 영화로 인도 영화가 대부분 그렇듯 권선징악이 잘 나타난 매우 잔인한 영화이기도 하다. 여주인공의 이목구비가 어찌나 예쁘던지. 그리고 남 주인공의 육체미는 예술의 극치였다. 탄탄한 근육질에 불끈불끈 솟아오른 혈관까지 멋있다. 몸을 그 나이에 어찌나 잘 만들어서 나왔는지. 컴퓨터그래픽일 수도 있지만, 분장의 짜릿한 이중적 이미지에 또 한 번 놀랐다.

그런데 영화관을 나오는 길에 델리행 기차표를 꺼내어 출발 시각을 확인해 보았다. [기차 번호 2559/ VARANASI~DELHI/ S3 Seat37 26-01 19:15, 27-01 07:25 311Rs]로 찍혀 있었다. 아뿔싸, 난 19시를 9시로 착각한 상태로 느긋해 있었다. 지금 달려간다 해도 정시에 기차가 출발한다면 놓칠 게 뻔하다. 정말 큰 일이다. 난 함께 영화를 본 동숙자들에게 상황을 설명하고 영화관에서 숙소까지 단숨에 달려 배낭을 둘러멨다. 인도여행 중 처음 만나 1박 2일을 동숙한 젊은 애들과 특별한 이별의 인사도 없이 헤어졌다. 정선역까지는 30분 정도 소요될 거 같았으나 인도 공화국창립일로 사이클 릭샤가 골목 안까지 들어오질 않아 한참을 달려 나가 사이클 릭샤를 탈 수 있었다. 허겁지겁 정선역에 도착하여 기차 플랫 홈을 알리는 전광판을 보니 2시간 지연된다는 자막이 깜빡댄다. 아하 해!! 그러면 그렇지. 역시 인도 아니 북인도의 기차는 급하게 달려온 보람도 없이 하염없이 기다리게 했다. 하지만 얼마나 다행이고 인도다운가. 다시 한번 그럼 그렇지 이게 인도이고, 이게 바라나시다. 북인도에서 여행 중 2시간 정도의 연착은 연착 축에 속하지도 않는다. 늘 그래왔던 것처럼 어느 사람도 아무런 시비도 걸지 않고 기다린다. 난 일상에서 약속 시간을 철저히 지키는 편이고 10분 이상은 기다리지 않고 돌아서고 상대를 원망하지도 않는다. 하지만 여행을 나와서 2시간도 그러려니 할 수 있다는 것은 여행 중이라는 이유도 있지만, 이곳이 인도이기 때문이다. 난 대기실에 배낭을 쇠줄로 채워두고 역 밖으로 나왔다. 이럴 때 쓰는 쇠사슬과 자물쇠통은 인도여행에서 필수장비다. 바라나시역 앞으로 나와 그럴싸한 레스토랑을 찾아 나섰다. 역 앞에서 조금 떨어진 곳에 안나푸르나 레스토랑 겸 호텔이 있다. 실내가 너무 어두워 머물고 싶은 생각은 없었으나 딱히 갈 곳

도 없어 인도 백반 탈리를 시켰다. 호텔식 인도 백반이라 그런지 기존에 먹었던 백반들보다 식기도 깔끔하고 맛도 보기도 좋아 먹을만했다. 외국인 여행자의 입맛에 맞춰져 있어 현지인들이 먹는 탈리와는 맛과 향부터 달랐다.

인도공화국 창건일 1월 26일! 2009년은 60주년 되는 날. 바라나시여 안녕~~

델리(Delhi)

바라나시에서 델리까지 24시간 열차 이동 중 파란만장 풍경

　두 시간을 넘게 연착한 기차가 플랫폼에 들어온다는 사인이 뜬다. [기차 번호 2559/ VARANASI~DELHI/ S3 Seat37 26-01 19:15, 27-01 07:25 311Rs] 서로 밀리고 밀치며 기차에 올랐다. 좌석을 찾아 앉았는데 뭔가 잘못된 상황으로 한 좌석에 두 사람이 배정되어 있었다. 나중에 알게 된 사실이지만 이 기차는 상행 때와 하행 때의 좌석이 달랐다. 우리나라와 달리 객차 입구엔 승객들의 명단 종이가 붙어있는데 읽어내기도 알아보기도 쉽지 않다. 일단 그 상황에서 객차를 빠져나와 플랫폼에 늘어서 있는 가게로 가서 기차표를 보여주며 내가 탈 객차의 위치를 묻는 게 상책이다. 그런데 나만 그런 게 아니라 처음 내가 간 자리에 함께 앉았던 키가 작은 한국 여자도 나와 똑같은 상황으로 좌석을 잘못 찾았는데 나처럼 가게에 묻지 않고 혼자 찾아다니며 엄청나게 헤맸단다. 어떻게든 자신들의 자리를 찾아 기차가 플랫폼에서 출발하기 전에 3층으로 마주 보는 셋씩 여섯 명은 정해진 자리에 앉게 되었다. 통로 창 쪽은 2층으로 한 모둠이 8명으로 개방형이다.

창 쪽은 현지인 둘이고 반대편엔 나를 포함한 한국 여자 셋, 건너편엔 호주 남자와 핀란드 여자, 그리고 티베트 남자 이렇게 앉았다. 이들 중 티베트 남자와 핀란드 여자는 부부라고 한다. 전혀 어울릴 것 같지 않은데 의외로 참 잘 어울린다. 난 호기심에 부부에게 어찌 만난 인연이냐? 물었더니 아니나 다를까 여행 중 서로에게 한눈에 반했단다.

기차표에도 나왔듯이 바라나시에서 델리까지는 12시간 걸린다. 하지만 지연을 거듭하며 12시간 초과로 장장 스물네 시간을 이동했다. 한 자리에서 이토록 긴 시간 같이 있다는 건 또 다른 의미이다. 가족이 아닌데 한자리에서 24시간을 계속 함께할 사람이 일생 중 얼마나 될까? 아무런 말을 하지 않아도 그 사람의 성품이나 서로의 맘을 알 수 있다는 건 싫거나 나쁘지만은 않다. 긴 시간 지연으로 다음 일정에 조금 차질이 있을 뿐이고 다음 일정은 내 맘대로 다시 짜면 된다. 그래서 홀로 여행의 진가를 맛본다. 그런데 오는 내내 이 부부에게 감사할 일들이 많았다. 가장 중요한 것은 이들이 상대를 대할 때 영어 대화를 천천히 또박또박 알아들을 수 있게 하니 대화가 원만하게 이어진다는 것이었다. 게다가 해석이나 소통이 어려우면 핀란드 여인은 핸드폰 번역기를 이용해 서툰 발음으로 우리를 웃게 한다. 작은 것도 함께 나눠 먹으며 금세 친해지고 이방인들끼리 서로를 배운다. 난 함께 앉아 있는 사람들과 홍삼 캔디와 젤리를 나누며 한국의 인삼을 자랑했다. 맛을 보던 핀란드 여인과 티베트 남자, 그리고 호주에서 왔다는 젊은 남자는 홍삼 캔디와 젤리를 입에 넣은 순간 눈부터 휘둥그레지더니 금세 고갤 끄덕이며 감탄사를 연발한다. 달콤한 향기가 분명 그들의 피로를 풀어 주리라. 여행 내내 홍삼 캔디와 젤리를 챙겨준 서울 친구에게 감사의 미소가 절로 났다. 몸은 멀리 있지만 잊지 않고 아니 잊지 못하고 기억하게 하는 방법은 여러 가지가 있다. 나도 다음에 기회가 있다면 외국 여행을 떠나는 친구들에게 이런 선물을 하고 싶다.

주변은 아직도 한밤중이다. 죽은 듯이 잘 자고 눈을 떠보니 나의 인기척에 뭔가 소스라치듯 움직인다. 비좁은 통로 가운데 시커먼 두 청년이 69 모양으로 누워있다. 난 깜짝 놀라 저게 뭐냐고 소리를 쳤다. 이 녀석들은 잠을 자는 척하며 침대(의자) 밑에 매어둔 배낭을 뒤적이고 있었다. 나의 기침에 이 두 녀석은 아닌 척 다시 잠자는 듯 오그라드는데 난 앞에서 자는 티베트 남자를 깨워 상황을 대충 설명했다. 그 티베트 남자는 잃은 물건 있는지 확인해 보라고 한 뒤 이들을 야단치며 쫓아냈다. 이런 경우 경찰에 넘기면 저들이 너무 많은 고충을 겪는다며 여행자들이 미리 어떤 물건도 잃지 않게 관리해야 하며 배낭에 자물쇠를 채워야 한다고 일러준다. 그거야 나도 잘 알아서 지퍼 고리까지 번호키로 채우긴 했다. 그런데도 이들 행색이 매우 겁났다. 휴~우~~ 한숨과 함께 문제의 상황은 종료됐다. 이런 상황에서 힌디어를 할 줄 아는 티베트 남자의 힘이 컸다.

내게는 긴 기차여행 중 지루하지 않게 보내는 나름의 방법이 있다. 첫째는 의외로 시체놀이를 잘한다. 집에서나 보통 여행 때 잠자리가 바뀌면 잠을 설치기 일쑤인데 인도에서 기차를 타면 지저분하고 시끄럽고 악취가 심한데도 잠을 잘 자고 일어난다는 것은 내가 생각해도 신기하다. 둘째는 긴 시간 동안 다음 여행지에 대한 정보를 나름대로 얻어낸다는 것이다. 짧은 영어단어만으로 연결되는 대화를 통해서든 책을 보고서든 꿀팁을 얻어낸다. 셋째는 함께 탑승한 사람 중 어린애들과 쉽게 친하고 재밌게 놀 줄 안다. 넷째는 주변의 풍경을 즐기고 홀로 찍사 노릇하고 혼자 깔깔거리며 놀 줄 안다. 흐흐 이만하면 혼자 놀기의 달인이고 여행을 즐길 줄 안다고 자부하는데 나와 함께 탄 젊은 여선생은 10시간 넘게 연장되니 안절부절 지루해 어쩔 줄 몰라 한다. 그러면서 그녀는 이런 내게 감탄한다. 뭐 별로 감탄할 것도 아닌데 말이다. 대부분 인도 현지 사람들은 여행객에게 호 감을 느끼고 있다. 어찌 보면 인도사람들의 성품인지도 모른다. 아무에게나 헬로 마담이 라 소리 높여 부르는 인도사람들이다. 건너편 자리의 어린아이는 여행 내내 자기 부모보 다 내게 와서 많이 놀았다. 말도 통하지 않지만 뭔가 표정과 느낌만으로 즐거운 시간이었 다. 이 녀석에게 처음엔 눈을 맞추고 부드러운 미소와 달콤한 사탕으로 내게 유인한다. 난 아이의 사진을 여러 장 찍고 보여주며 직접 카메라를 아예 아이의 손목에 걸어 줘 버 렸다. 그러다가 몇 장의 사진을 날리기도 했고, 이상한 사진을 찍기도 했지만, 세상의 모 든 어린이는 순수하고 사랑스럽다. 깊고 영롱한 두 눈망울!! 이것 또한 추억이리라.

전날 밤 저녁 9시에 기차를 탔고 다음 날 저녁 8시가 지나 내렸으니 최소한 세 끼니의 식사를 기차 안에서 해결해야 한다. 대부분 현지인은 도시락을 싸서 다니지만, 일반 여행 자들은 정착지의 플랫폼이나 기차 내의 역무원에게 주문하여 식사한다. 혼자 자유여행 중 좋은 것 하나는 끼니가 돼도 밥을 먹고 싶을 때 내 의지대로 해결한다는 것이다. 그러다 보니 온종일 배고프지 않아 한 끼도 안 먹을 때도 있고 대충 배낭 안의 부식으로 해결할 때도 많다. 아침은 대충 때웠는데 점심까지도 기차 내에서 해결해야 한다. 여기 역무원들 은 2시간 전쯤에 주문받고 음식이 준비되면 주문한 쪽지대로 좌석으로 배달하니 보편적으 로 괜찮은 편이다. 아마도 많은 기차가 예정 시간보다 느릿느릿 운행하니 나름대로 노하 우가 생긴 것 같다. 난 기차 내에서 만든 음식이 오죽할까 싶어 그냥 안 먹고 버텨보기로 했다. 늦어도 아침 열 시쯤엔 도착해야 할 기차가 정오가 되고 오후 2시가 넘어도 델리 가까이도 가지 못 가니 배도 고프고 지루하기 시작했다. 그런데 사람들이 통로로 왔다 갔 다 하는데 뒤쪽에서 앞쪽으로 갈 땐 그냥 가다가 앞쪽에서 뒤쪽으로 올 땐 과자봉지나 빵 봉지 등을 들고 온다. 난 속으로 기차 앞쪽에 매점이 있으려니 짐작하고 앞으로 가 보았 다. 객차 네 량 정도 갔을까? 예상대로 기차와 기차 연결 부분에 매점도 아닌 매점이 자 리 잡고 있었고 많은 사람이 줄을 지어 서 있다. 기차의 연결 부분의 좁은 공간이다. 나도 한 편에 서서 차례를 기다렸다. 난 케이크 빵 한 봉지와 감자 스낵 두 봉지를 사고 잔돈이 없어 500Rs짜리를 냈다. 그런데 이 녀석 내게 420Rs만 주고 다음 손님을 향하는 것이다. 이런 경우 대부분 여행자는 가격과 시세를 잘 모르니까 되돌아 나온다. 봉지에 적힌 가격표시를 보고 그 녀석의 눈을 빤히 쳐다보았다. 어림짐작해도 이 정도면 50Rs를 넘지 못할 텐데 짐작 삼아 내가 그 녀석에게 돈을 더 달라고 했더니 다 주지 않느냐 반문이다. 난 잔소리 말고 제대로 달라고 했다. 그 녀석 아닌 척 내 손의 돈을 다시 가져가 보더니 잘못 준척 40Rs를 더 내준다. 빵과 과자는 40Rs로 그 바쁜 와중에도 날 속이려 든다. 속일 수 있으면 속이려 들고 속아주면 자기 행동을 당연하게 여긴다. 네가 많이 가지고 있는 것 나눠 갖자는 게 뭐가 잘못이냐 하는 식으로 양심의 가책 같은 거 없다. 내가 알기로 인도에선 이런 경우가 흔하고 초행자라면 피할 수 없는 노릇이다.

우리 뒤쪽 좌석에도 한국 단체여행자가 자릴 잡고 있었는데 핀란드 여인은 왜 이리 북인도에는 한국 여행자가 많냐며 놀라워했다. 그리고는 며칠 전에 있었던 바라나시에서 일어난 사건으로 한국 여대생 여행자 다섯 명이 현지인의 공짜 차를 대접받았는데 차(짜이) 속에 정신이 몽롱해지는 약을 타서 그녀들에게 먹게 했다. 다섯 명 중 한 사람은 그것에 걸려들어 가방 안의 모든 중요한 물건들을 도난당하고 결국 인도 신문 1면을 장식했다는 것이었다. 우린 깜짝 놀라며 이야기를 듣고 있는데 이때 제복 입은 인도 경찰 세 명이 뭔가를 들고 기차 내를 돌고 있었다. 특히 외국 여행자들에게 뭔가를 내밀어 보이며 다짐받던 그들이 우리 앞에 왔다. 내용인즉 핀란드 여인이 말한 그 사건이 실린 신문을 내보이며 주의를 당부하고 봤다는 사인을 하라는 것이었다. 충분히 일어날 수 있는 일이다. 심하게는 근처 병원과 결탁하여 음식에 복통과 설사를 일으키는 이물질을 타는 때도 있다니 재수 없으면 별일 다 겪는다. 아직 나에겐 이런 일들은 일어나지 않았으나 내가 잘 피했는지도 모를 일이다. 며칠 전 한국인 여행자가 인도 신문 1면 장식이라니 진땀 난다. 다 털리고 목숨을 잃지 않았음을 다행으로 생각해야 할 것인지 숙연해진다.

난 부부에게 델리에서 나의 조카 만나는 이야길 하며 만날 장소인 "잔페스 로드를 아느냐?" 물었다. 의외로 쉽게 그녀는 델리 중심가인 코넛플레이스에 있다고 알려준다. 난 2년 전에 코넛플레이스를 가 본 적이 있어 방사선 도시인 코넛플레이스 지도를 내보이며 자세한 위치를 찾아보기로 했다. 이 부부 덕분에 의외로 쉽게 조카의 학교가 있는 잔페스 로드를 찾았다. 내가 숙소를 빠하르간지에 묶게 된다면 그다지 멀지 않는 거다.

하루 동안 함께 기차를 타고 왔던 천안의 여선생이 나에게 어디서 묵을 것이냐 묻는다. 난 빠하르간지의 하네라마 G.H.를 알고 있기에 그곳으로 갈까 생각 중이라니 그녀는 브라이트 G.H.에 머물 거란다. 함께(share)하자는 의미인 거 같아 아직 예약은 하지 않았으니 상황을 보자고 했다. 그녀 역시 장기간 머물러야 하기에 쉐어하면 숙비도 아낄 겸 좋다고 해서 임시 합의가 된 상태로 델리역 기차 내에서 헤어졌다.

기차의 긴 지연 속에서도 계속 잘 참고 견디며 더 늘어지지 않기만을 바랐다. 아무리 늦어도 다음 기차표를 예약하려면 밤 8시 전에 도착해야 하는데 다행히 기차는 저녁 7시 45분 델리역에 도착했다. 나는 배낭을 챙겨 등에 메고 기차가 서는 문 앞에서 기다리고 있다가 총알처럼 튀어 나가 예약사무소로 향했다. 델리 기차역의 예약사무소는 2년 전에 한번 간 적이 있기에 쉽게 찾을 수 있었다. 본시 델리에서 조카를 만나고 바로 저녁 기차로 조드푸르로 이동할 계획이라서 허겁지겁 매표예약 창구로 가서 다음 날 저녁에 출발할 조드푸르행 기차표를 손에 넣을 수 있었다. 창구직원은 내게 1분만 늦었어도 표를 구할 수 없었을 텐데 행운이라며 럭키 사인을 보내준다. 업무종료 3분 전에 조드푸르행 티켓을 받고 두 손을 번쩍 들며 "야호!!"를 외쳤다. 지금까지의 인도여행은 이런 극적인 일이 마치 영화처럼 이어졌다. 되돌아보니 참 다이내믹한 날의 연속이다.

매표 후 다시 배낭을 메고 나오려는데 뭔가 이상하다. 기쁨도 잠깐! 아뿔싸! 잃어버리지 않으려고 달리면서 모자를 벗어 배낭 뒤에 끼워두었는데 그 모자가 없다. 2008년 여름 일본 북알프스 여행 때 작은아들이 사준 모자이고 아직 사랑 땜도 못했는데 잃어버리다니

속도 상하고 아들에게 미안하기도 하고 순간 무척 허망했다. 그깟 기차표가 뭐라고 울 아들이 선물한 모자를 잃었냐며 한숨이 나왔다. 그리고 한순간 피곤이 확 몰려왔다. 이미 잃어버린 모자를 포기하고 돌아서려는 순간 그래도 한번 찾아보자며 오던 길로 다시 걸어 나왔다. 그런데 2층 복도 저쪽 끝에 뭔가 있는 듯. 아~아!! 단걸음에 달려가 보니 내 모자다. 잃어버린 모자를 다시 찾다니 와아! 이 모자는 나와의 인연이 아직 끝나지 않았다. 참 나~ 뭐가 이리 잘 풀리지!! 다시 한번 야~호다!! 야~호~~

난 즐거운 맘으로 델리역을 나와 바로 앞에 있던 전화 부스에서 조카가 알려준 번호로 선생님에게 전화했다. 물론 국제학교 선생님은 현지인이기에 사전에 내가 해야 할 말과 조카를 만나는 방법을 영어로 정리해서 전화했더니 그녀는 금방 알아듣고 30분 후에 다시 전화를 달라고 한다. 난 30분 후에는 조카와도 대화할 수 있다는 기쁨에 무거운 배낭을 가볍게 등에 메고 빠하르간지로 들어섰다. 이 순간, 누군가에게 미행당하고 있는 이 기분은 또 뭐지? 미행은 미행이었다. 웬 남자 녀석이 내 뒤를 쫓아오며 유창한 영어로 말을 건다. 자신은 로마에서 온 사람이며 시간 되면 나랑 차 한잔하자고 한다. 오잉~~~ 오렌지족? 힐끗 보니 키도 훤칠하고 이목구비도 뚜렷하다. 매우 세련되고 분위기 좋은 할리우드 영화배우 삘(feel)이다. 정신줄 꽉 잡고 "영어를 잘할 줄 몰라 너랑 이야기할 수 없다"라고 정중히 떼어냈다. 언어는 괜찮다며 어지간히 따라오더니 제풀에 지쳐 사라진다. 나중에 안 사실이지만 이곳에서 이런 경우는 십중팔구 사기꾼이라니 어쩌면 간을 뺏기지 않은 채 용궁 갔다 온 격이다. 여자가 혼자서 여행하다 보면 이런 일이 있을 수 있지만 귀찮기도 하고 피곤하기도 하다.

이 로마에서 왔다는 남자를 확실하게 떼어낼 맘으로 하네라마 G.H.까지 가지 않고 좀 더 가까이 있던 브라이트 G.H.로 찾아갔다. 바라나시에서 델리까지 24시간 동안 함께 기차를 타고 온 천안의 여선생은 막 체크인에 사인하던 중이다. 배낭여행자의 숙소 쉐어(Share)는 다반사로 서로 하룻밤 함께 하잔데 동의했다. 이때 이 여선생이 홍씨 임을 알았고 홍 선생과 하룻밤을 함께 체크인 후 저녁을 먹으러 시장으로 나왔다. 인도가 초행이라는 홍 선생은 무슨 연유로 인도까지 왔는지 아직 자세한 사연은 모른다. 하지만 처음 만났음에도 불구하고 그런대로 말이 통하고 생각이 통한다는 정도였다. 난 예전에도 왔던 기억을 더듬어 시장 중간에 있는 '다이아몬드 카페'에 자릴 잡고 초우면을 시켰다. 그리고 일반 식당에서는 사 먹을 수 없는 이유로 몰래 시켜 먹는 맥주를 주문했다. 그리고 그녀와 델리 입성의 기쁨으로 잔을 부딪쳤다. 이곳 올드델리의 식당에선 공식적으로는 술을 팔 수 없다. 주인들이 술병을 신문지나 종이에 돌돌 말아서 몰래 판매한다. 그래서인지 부딪히는 술잔이 있어 좋고 몰래한 잔이라 그 맛이 두 배로 좋다. 식사 비용을 내가 내니 여선생은 임페리얼 시네마가 있는 시장 끝의 짜이 가게로 가서 달콤하고 고소한 스위트라시로 우리의 델리인을 또 자축했다. 우연한 만남이지만 홍 선생이 일부러 인도라는 나라를 선택하여 여행하는 걸 보면 일단 코드가 맞다. 그리고 이 순간에 함께 먹고 마실 수 있는 상대가 있다는 것이 좋았다.

여행 21일 차 01/28

잔페스 로드의 라프레스 국제학교 방문 후 자이푸르행

델리역 앞의 빠하르간지(Pahar Ganj, 빠간)는 배낭여행자들이 가장 많이 모이는 곳이다. 낯선 여행자들과 함께 숙소를 정하고 경비를 나누는 등 쉐어가 가능한 곳이기도 하다. 인도여행이 시작되는 곳으로 우리나라의 이태원 같으면서 남대문시장처럼 365일 내내 장이 선다. 이동장사꾼들도 많으며 온갖 먹을 것과 입을 것들이 즐비하다. 게다가 한국인이 직접 운영하는 식당도 있고 값이 싼 숙소도 많을 뿐 아니라 인도 모습을 여실히 드러내는 곳이기도 하다. 처음 찾아간 브라이트 G.H.는 매우 지저분하고 협소해 보였지만 네모형 건물로 마당 한가운데가 하늘을 볼 수 있어 어찌 보면 그나마 트인 느낌을 주고 밀린 빨래를 하여 햇살에 말릴 수 있었다. 난 하루 자고 다음 날 조드푸르로 떠나야 하지만 동숙한 천안의 홍 선생은 이곳에 한 달여 동안 머물 곳이다. 그녀는 이곳 델리대학이나 네루대학에서 자신의 공부를 더 하고 싶어서 작정하고 인도여행을 감행했단다. 서른여섯 나이임에도 불구하고 결혼보다는 공부를 택한 아직 미혼 여성이었다.

그녀는 장기 투숙자로 값싼 숙소를 찾고 있었다. 하루 방값은 150Rs이고 한 사람 추가 시 100Rs를 더 내야 한다. 그나마 개인 샤워실이 있는 원룸 형식을 갖춘 상태라 비교적 싼 숙소다. 나는 여행 중에 평생 살집이 아닌 잠시 머물 집이라는 생각에 숙소 선택에 까다롭지 않은 편이다. 집 떠나면 다 마찬가지일 텐데 이곳에서 호사를 누리고 싶다면 빠하르간지에서 숙소를 정한다는 것부터 틀린 얘기다. 난 아침에 일어나 홍 선생에게 오래 머물 곳이니 마음의 안정을 찾고 방에 딸린 화장실을 반짝반짝 빛나게 청소하면 어떻겠냐고 넌지시 말해줬다. 낯선 곳에서 정붙이고 산다는 것은 쉬운 일이 아니다.

나의 오늘 일정은 조카를 만난다는 특별한 일과 저녁에 다음 도시 이동으로 조금 긴장해야 한다. 아침 식사는 홍 선생과 한국식당에서 하고 담소를 나눌 예정이다. 전날 저녁 조카랑 통화하기를 점심쯤 12시에 잔페스 로드에 있는 라프레스 국제학교를 방문하여 만나기로 했다. 그리고 저녁 기차로 자이푸르로 떠날 예정이다. 대충의 일정을 계획하고 홍 선생과 난 한국인 식당 <쉼터>로 갔다. 난 뱃속이 불편하다는 이유로 생수 한 병만 시키고 홍 선생은 육개장 백반으로 아침을 해결했다. 우리는 나의 여행과 그녀의 공부 계획 등을 얘기하고 점심쯤엔 각자 헤어져 자기 일을 보고 저녁에 다시 만나기로 하였다.

난 브라이트 G.H.에 큰 배낭을 남겨두고 코넷플레이스를 향해 사이클 릭샤를 탔다. 그런데 코넷플레이스에 도착할 즈음에야 사이클 릭샤로는 코넷플레이스 안쪽으로 들어갈 수 없어서 외각인 H구역의 Hospital 앞에서 내려 걸어야 했다. 코넷플레이스는 한번 와 본 경험이 있기에 별 어려움이 없을 줄 알았는데 방사형 도시인 B구역까지 와서 현지인의 도움을 정할 수밖에 없었다. 내가 찾아가야 할 곳은 N구역으로 그 규모가 생각보다 크고 방향감각이 떨어져 물어야만 했다. 길거리에서 전화하는 현지 남자에게 도움을 청했는데 그 남자는 흰 와이셔츠 목에 네임카드를 달고 있던 모습으로 봐서 근처의 사무실에서 사무를 보는 사람처럼 느껴졌다. 남자는 날 안내하는데 그냥 손으로 방향이나 위치만 가르쳐줘도 될 텐데 20여 분 이상 직접 앞장서서 'Janpath Road'라고 써진 팻말 아래서 내가 찾던 장소임을 알려주고 떠나갔다. 그러고 보니 두 해 전 아들과 함께 사진을 찍었던 M 구역 바로 옆으로 예전 기억이 그대로 되살아난다. 난 일단 여행자들이 많은 곳에서 여행 안내소를 찾았다. 우선 델리 지도를 얻어 와서 조카가 말한 곳의 대강 위치를 확인한 뒤 슈퍼를 찾았다. 조카는 뭘 먹고 싶냐는 내 물음에 빵과 과자류가 먹고 싶다니 빵과 과자, 그리고 피자헛에 가서 대형 피자도 한 판 샀다. 난 대충의 위치가 피자헛 쯤 되는 거 같아 종업원에게 주소를 보여주며 학교를 물어보았다. 전혀 모른다는 눈치를 보여 바로 옆에 지나가는 순경 아저씨를 붙잡고 다시 물었다. 내가 국제학교 선생님의 전화번호를 보여주자 그는 직접 전화를 걸어 안내한다. 조카가 알려준 주소는 끝 숫자가 틀려 있었다. 경찰 아저씨는 직접 안내하며 학원 입구의 'Raffles' 명패를 보고 교무실의 선생님들이 있는 곳으로 나를 바래다주었다. 대부분 인도사람은 이처럼 외국인에게 친절하며 끝까지 책임지고 안내한다.

안으로 들어서면서 내 소개하며 어제 이곳 선생님과 통화로 오늘 여기서 만나기로 했다고 말했다. 교무실에서 남자분이 나오더니 자신이 어제 통화했던 사람이란다. 안쪽에는 중년의 여자 한 분이 계셨는데 교장 선생님이라고 소개한다. 반갑게 인사를 하고 남자 선생님은 어디론가 전화를 하더니 내게 자세한 설명을 한다. 지금 이곳은 정규학교가 아니고 사무실이란다. 이곳에서 2시간 이상 서쪽으로 차를 타고 가야 학교가 나온다며 조카가 지금 여기로 올 수는 없다고 한다. 그러면서 내게 자신들의 차를 타고 그곳에 가서 조카를 만나겠느냐? 묻는다. 난 저녁 기차로 자이푸르로 떠나야 하며 2월 5일쯤 다시 델리로 오는데 그때 만날 수 있게 해 달라고 도움을 청했다. 남자 선생님께서는 그럴 수 있으면 더욱 좋겠다며 약속하고 내가 사 간 음식을 전해줄 수 있냐고 부탁해 보았다. 다른 과자랑 음료, 초콜릿 등은 전해 줄 수 있지만 피자는 전달할 수 없다며 내게 가져가 먹으라 한다. 난 학원 식구들이 먹으면 어떻겠냐고 했으나 그는 정중히 사양한다. 난 다시 피자를 들고 피자가게로 갔다. 그리고 양송이수프를 시켜 피자 두 조각을 먹고 남은 여섯 조각을 들고 숙소를 향했다.

가는 길에 빠하르간지 시장 길거리에서 헤나를 하는 사람들을 만날 수 있었다. 맨살 종아리에 밑그림을 그리고 되직하게 갠 천연 헤나 액을 밑그림 선을 따라 두툼하게 올려둔다. 한 시간 이상 그대로 두었다가 겉의 헤나 액만 털어내면 반영구적인 천연색의 헤나 문신이 되는 것이다. 여행자들이나 인도사람들은 헤나 액으로 봉숭아 물들이듯 손톱에도 헤나 문신을 한다. 첫 인도여행 땐 아들만 손등에 한 번 해본 경험이 있다. 나도 하고 싶었지만, 영구적이든 반영구든 몸에 문신한다는 게 거부감이 큰 7080세대다. 이때만 해도 해외여행 중 평소에 해보지 않은 걸 해야겠다는 생각이 적었던 모양이다. 안 하던 짓 한 번 해보는 것도 여행의 묘미일텐데 이럴 때나 한번 해볼 걸 참 못났다.

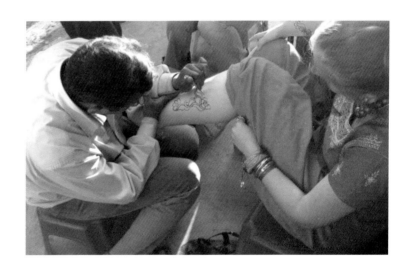

자이푸르(Jaipur)

자이푸르의 시티팰리스 외 하와 마할. 인도영화 'RAAZ' 감상

내가 탄 기차는 1월 28일 저녁 10시 55분에 델리에서 출발하여 29일 새벽 05시 45분에 핑크빛 자이푸르역에 도착했다. 난 자이푸르(Jaipur)에서 낮 동안 머물다 저녁에 자이살메르로 갈 예정이니 숙소를 정할 이유가 없었다. 너무 이른 시간이기에 웨이팅 룸에서 2시간 동안 자고 일어나 씻고 기차표 예약사무실로 갔다. 8시에 창구 문이 열리자마자 저녁에 이동할 자이살메르행 기차표 예약[기차 번호 4059/ 29-01-2009 SL, JAIPUR~JAISALMER/ S4 seat3 UB/ 256Rs]을 마쳤다. 여행 막바지에 드니 내가 계획한 일정대로 기차표 예약하는 것쯤은 쉬운 일이 됐다.

다음 이동할 기차표 예약을 마친 후 역 안쪽에 있는 푸드코트에서 샌드위치와 토마토주스로 아침 식사(60Rs)를 했다. 식사할 때 레스토랑 주인에게 시티팰리스로 가는 방법과 릭샤 요금을 미리 알아보았다. 숙소를 정하지 않았기에 기차역 내의 보관소(Clock Room)에 배낭을 맡겨야 한다. 인도는 의외로 기차역에 짐 보관소나 장시간 머물만한 휴게소 시설이 잘되어있어 배낭 여행하기에 참 편리하다. 난 역 안쪽 끝에 있는 보관소에 배낭을 맡기고 사이클 릭샤를 30Rs로 흥정하여 시티팰리스로 이동하였다.

자이푸르는 라자스탄주의 주도이자 허브시티로 델리, 아그라와 함께 북인도의 골드트라이앵글로 여행자들에게 잘 알려진 도시이다. 라지푸트 출신인 카츠와하 왕조와 맥을 같이하며 크샤트리아 계급의 후예로 무굴제국의 등장으로 대립보다는 공물을 바치는 사대

정책으로 입지를 다졌다. 그뿐만 아니라 무굴 이후 영국식민지 시절에도 협조체제를 유지하며 영국 왕세자 에드워드 7세의 방문을 환영하는 의미로 온통 도시를 핑크색을 칠했는데 이는 인도에서는 붉은색이 환영을 뜻하기 때문이란다. 이를 계기로 21세기 생존 전략의 하나로 관광 사업에 뛰어들면서 핑크색 건물을 보존하고 '핑크 시티'로서의 명맥을 유지하고 있다. 자이푸르역에서 사이클 릭샤를 타고 이동하던 중 건물의 모습이 특이한 극장과 멀리서도 눈에 띄는 <찬드뽈 게이트>의 붉은 문이 한눈에 들어온다.

오늘도 하늘은 너무도 맑고 깨끗했다. 찬드뽈 게이트 안쪽으로는 구시가지로 길고 넓은 중앙도로 좌우로 상점들이 쭈~욱 늘어서 있다. 1727년 자이싱 2세가 설계한 도시답게 주요 볼거리가 게이트 안으로 집중되어 있어서 지

도만 가지고 찾아가기에 별 어려움이 없었다. 자이푸르에서 주요 볼거리란 시티팰리스(City Palace)와 잔다르만타르(Jantar Mantar), 그리고 하와마할(Hawa Mahal) 등이 있는데 통합권 입장료는 300Rs이다. 이것들도 볼거리 중의 하나이지만 길 양쪽으로 긴 시장 구경은 즐거움을 더해 주었고 남학교를 방문한 기억이 지금도 아련하다.

시작은 트리폴리아 게이트를 지나 자이싱 2세가 지은 궁전 <시티팰리스(City Palace)>를 찾아갔다. 내가 가진 여행책에는 9시 개장 시간으로 적혀 있지만, 실제 현장은 9시 30분이 개장 시간으로 주변을 돌아보며 기다렸다. 궁전 안에는 마하라자가 사는 구역과 마하라자 사와이 만싱 2세 박물관으로 나눠 있으며 여행자에게는 일부만 공개하고 있다. 박물관에는 역대 마하라자가 사용했던 화려한 일상 용품과 왕가에서 수집한 무굴 세밀화 등이 전시되어 있다. 마하라자란 '위대한(Maha)'와 '왕(Raja)'의 합성어로 인도의 지방 군주를 일컫는 말이다. 마하라자와 영국과

의 관계는 서로 공생관계지만 인도를 지배하기 위해서 영국이 지방 군주를 인정하였다. 매국노 같으면서도 인도를 살리고 인도가 독립된 후에도 장밋빛 시절은 유지되었다. 붉은 터번을 두른 궁전을 지키는 사람들의 복장도 예사롭

지 않다. 이에 비해 궁전 건물은 종이로 만든 것처럼 가볍게 보여 딱히 기대에 못 미쳤다. 시티팰리스 안에는 무굴 세밀화 등등 많은 상품이 진열된 샵이 있다. 이제 막 문을 연 점원이 내게 뭔가 선물을 하겠다며 기다려 달라고 한다. 이른 시간이어서인지 손님도 별로 없고 한가한 시간에 뭔가 보여주려나 보다 하고 기다렸다. 그는 내게 "엘레펀트! elephant!" 하며 어설픈 코끼리를 정성을 다해 그리더니 내게 이름이 뭐냐 묻는다. 석 자 모두 받침 있는 이름이라 외국인이 물어보면 조금 난처할 때가 있다. 내가 K.S.Jung이라 했더니 To. KSJung이라는 사인을 넣어서 그림을 그려서 준다. 그 젊은이는 이제 세밀화를 배우기 시작했다는데 허접한(?) 그림에 사례를 하기도 그렇고 그냥 받기도 난처한 상황이 됐다. 그래서 얇은 비단 위에 그린 코끼리 세밀화를 한 장 사는 것으로 대신했다. 인도를 여행하다 보면 따로 작은 팁이라도 줄 걸 하는 뒤 땅김이 자주 일어난다. 어쩌면 이런 부분 무뎌질 수 있는 자신만의 방법을 찾는 것도 좋다. 난 이 가게의 첫 손님으로 소품 한 장을 사고 홍삼 캔디 두 알 건너는 것이 전부다. 지금도 내 화장대 위에는 발찌를 한 새끼 코끼리가 웃으며 희망의 메시지를 들고 아장아장 걷는다.

선물의 집을 나오려는데 어디선가 풍금(?) 연주 음악이 들려 소리 나는 곳을 향했다. 인형극을 하는 곳으로 두 명의 악사가 이제 막 뭔가를 하려고 준비 중이다. 내가 관심을 보였더니 바로 서로에게 눈 사인을 보내며 연주를 시작한다. 뭔가 알 수 없는 내용이지만 라자스탄 특유의 복장 인형과 음악이 흥겨웠다. 하지만 두 연주가의 표정엔 시름이 가득해 보이고 연주가 끝나며 뭔가를 바라는 눈빛에 얼른 10Rs를 주고 자리를 떴다.

다음은 공식 접견실인 <디와네암>으로 내부에는 미술작품과 여러 가지 책이 보관되어 있었는데 사진 촬영이 금지되어 있었다. 핑크시티의 의미로 건물들이 모두 붉은색이 칠해져 있는데 좀 조잡해 보이기도 했다. 붉은 건물 뒤로 흰색 건물은 찬드라 마할(달의 궁전)이 있다. 현재도 마지막 마하라자의 후손들이 지내는 곳으로 안뜰까지만 개방되고 내부는 개방되지 않았다.

박물관으로 관람이 가능한 특별접견실인 <디와네카스>로 왔다. 화려한 장식과 바닥엔 대리석이 깔려 있으며 그 이름도 유명한 커다란 '은제 항아리'가

있다. 이 은 항아리는 높이 1.6m로 세계에서 가장 큰, 그래서 기네스북에 등재된 단일 은 제품으로 영국 지배 시절 마하라자 마호싱 2세가 영국 왕세자 에드워드 7세의 대관식을 보러 갈 때 만들었다고 한다. 이게 어디에 쓸 물건인고? 힌두인들은 사람이 바다를 건너면 자신의 카스트를 잃어버릴 수 있기에 마호싱 2세가 이를 방지하기 위해 갠지스강물을 계속 먹어야 해서 물항아리를 만들었다니 참 놀라울 일이다.

안쪽 문에 공작새 문양이 있는데 이곳에서도 공작새는 왕을 상징하는 문양이란다. 18세기 건물이라 하기엔 고개가 갸우뚱한다. 어찌 종이 상자처럼 보이기도 하고 우리나라의 갓 지은 사찰의 단청처럼 이제 막 칠한 것처럼 보여 그다지 역사적 유물처럼 보이진 않았다.

이번 여행을 통해서 알게 된 사실 중 하나는 이곳 라자스탄의 왕족들이 폴로 경기를 즐기며 유독 잘했다는 것이다. 폴로의 문양이 이곳에 많이 있으며 관련 그림이나 우승 트로피 등을 볼 수 있었다. 이것 역시 영국과의 스포츠 외교이며 사대 정책이 아닐까 하는 나의 생각이다. 그런데 시티팰리스를 구경하던 중에 하지 말아야 할 일을 저질렀다. 여행 중에 현지 물건 같은 걸 별로 사지 않은 편인데 괜히 쇼핑센터에 가서 흰색 인도 전통의상 펀자브를 샀다. 그것도 자그마치 1,200Rs나 달라는 것을 500Rs로 깎았다. 안 사려고 많이 깎았는데 부르는 값에 주겠다니 안 살 수도 없게 되었다. 그나저나 일반 시장이 아닝 박물관임에도 이리 많이 에누리가 된다니 놀라웠다. 하나라도 팔려고 애쓴 그들에게 무례하지 않으려고 샀다. 내가 언제든 인도 전통의상을 입을 일이 있을까마는 다음 인도 여행 중 하얀 모래사장이 있는 휴양지에도 잘 어울리겠다. 언젠가는 분위기에 맞게 입을 수 있으리라는 생각에 장롱 깊숙이 넣어 두련다.

시티팰리스의 구경을 마치고 나와 그냥 고개를 돌리면 보이는 곳에 '마법의 장치'라는 뜻을 가진 <잔다르만타르(Jantar Mantar)>로 왔다. 자이싱 2세가 1728~1734년에 세운 석조로 된 천문대로 일식과 월식을 계산하고 인도 달력의 개량을 위해 만들었단다. 이러한 기하학적인 모습의 잔다르만타르는 델리, 바라나시, 웃자인에도 있는데 이 중 자이푸르의 잔다르만타르의 규모가 가장 크다. 20세기 초까지 실제 천체 관측했을 정도로 정확도가 있단다. 매우 특별한 용도로 쓰이는 여러 종류의 천문대로 그림자 위치로 보는 세계에서 가장 큰 해시계를 볼 수 있다. 인도 과학을 한눈에 볼 수 있는 이곳은 2010년에 유네스코 세계문화유산이 됐다. 천체에 대해 아는 것이 좀 있다면 내부까지 샅샅이 보고 다녔을 텐데 그냥 밖에서만 두루 둘러보는 것으로 만족했다. 호기심 천국을 눈앞에 두고 의욕을 잃는다는 건 분명 몸이 무리하고 있다는 거다. 솔직히 햇살이 너무 강하여 덥고 지친다. 어느 구석이든 찾아서 쉬고 싶다.

구시가지를 돌아다니며 이곳저곳을 구경하다가 사람들이 많이 모여 있는 길거리음식점을 만났다. 그곳은 어찌나 사람들이 많은지 내 짐작에 아마 유명한 맛집일 거 같다. 뭔가를 하나 사 먹어보자는 심산으로 이름도 모를 음식 중 많은 사람이 먹는 것을 나도 하나 달라고 손짓 눈짓으로 말했다. 갓 튀겨낸 그 음식의 이름이 뭔지는 몰라도 정말 맛은 있었다. 당장 하나 더 사 먹고 싶었지만 기름에 튀긴 음식이라 탈 나면 안 될 거 같아 참았다. 작은 볼 모양의 튀김을 엄지와 검지 두 손가락에 살짝 힘을 주어 부순 후 커리 양념을 묻혀가며 먹는다. 그래도 이름이나 알자는 생각에 옆의 남자에게 음식 이름을 물었더니 '뿌리(Pooris)'라 한다. 인도사람들의 아침 식사나 간식거리로 한 개에 6Rs로 여러 개를 계속 먹는데 난 호기심에 하나만 사 먹었다. 지금 생각하면 배탈이 날 때 나더라도 좀 더 사 먹을 걸 하는 생각이 든다. 한 끼 식사의 중요성을 특별히 의식하지 않고 다닌 여행이지만 인도 음식을 하나하나 알아가고 시식할 때마다 거부감보다는 친근감으로 다가왔다. 그래서인지 뿌리만으로 끼니 식사는 뭔가 부족하다는 생각에 시장을 돌면서 먹을 것을 더 찾아보았다. 이번에는 주스다. 이집트나 동남아에서는 과일 주스를 먹는 재미를 느낀 적이 있다. 역시 이번에도 유난히 사람이 많은 주스 가게 앞에 자동으로 발걸음이 멈췄다. 우유와 과일을 넣어 갈아 만든 즉석 주스가 10Rs로 나름의 구색을 갖춘 점심이다. 이후 인도 시장에서의 조심조심 먹어본 군것질은 작은 행복이 됐다.

이제 하와 마할을 찾아간다. <하와 마할(Hawa Mahal)>은 1799년에 지어졌다고 하지만 막 구어 낸 케이크처럼 입구가 산뜻했다. 현재 수리 복구 중인 하와 마할은 왕가의 여인들이 바깥출입을 자주 할 수 없기에 궁전 내에서 바깥을 향해 도시의 생활을 내려다볼 수 있도록 많은 창과 문을 내어 지어졌다 하여 '바람의 궁전(The Palace of Winds)'이라 부른다. 들어서자마자 계속 공사 중이어서 이곳저곳이 많이 파헤쳐져 있었다. 건물마다 번호가 붙어있는 걸 보니 오디오가이드가 있을 텐데 안내소를 찾을 수가 없었다. 나중에 찍혀진 사진을 보니 입구 안쪽의 사람이 많이 모인 곳인 듯하다. 난 그냥 통로를 찾아 빙글 빙글 도는 계단을 따라 계속 올라가 보았다. 꼭대기까지 올라와 보니 확 트인 벌판 멀리 고원이 보인다. 흥건하게 흘린 땀을 닦아주려는 듯 바람이 선선하게 불어오니 바람의 궁전이 맞다. 저 멀리 언덕 위에 보이는 암베르 성은 11세기에서 18세기까지 카츠츠와하 왕조의 수도다. 자이푸르에서 11킬로 떨어져 있어 심신이 지친 이 상황에서 혼자 찾아가기 힘들다. 더군다나 자이푸르에서 한나절만 보내고 자이살메르로 이동해야 한다. 그동안 인도여행 중 델리에서 레드 포트(성), 아그라 성, 골콘다 성, 다음에 가야 할 자이살메르 성과 조드푸르의 메헤랑가르성 등등은 두 발로 직접 다녀왔지만 암베르 성은 멀리서 보는 것으로 만족해야 했다. 차라리 시티팰리스에 가지 말고 암베르 성에 다녀와야 했는데 너무 멀고 혼자라서 가지 못해 아쉽다. 아니면 하루쯤 머물렀으면 좋았을걸.

라지푸트는 한때 북인도의 패권을 거머쥐었던 정치세력으로 카츠츠와하 왕조와 맥을 같이 하고 있다. 다시 언급하는데 무굴제국의 등장으로 라지푸트 시대의 막이 내려졌지만, 무굴에 맞서 대항하지 않고 온갖 공물과 정략결혼, 사대 정책으로 자신들의 입지를 확고히 하며 영국식민지 시절에도 협조적 자세로 영국 왕세자 방문을 열렬히 환영하는 의미로 핑크시티(Pink City)를 조성했다. 심하게는 아예 다른 색을 칠하지 못하게 정책적으로 관광 상품화시킨 도시이다.

　계단을 따라 정상에 오르면 마하라자가 힌두신 크리쉬나를 헌신적으로 숭배한 덕분에 궁전의 파사드가 마치 크리쉬나 신이 쓴 왕관 모양으로 디자인되어 있다. 벽면은 붉은색이지만 안쪽과 지붕은 흰색과 크림색으로 단장하고 금 고깔로 장식한 막 구워나온 케이크 같다. 바깥출입이 제한된 왕가의 여인들이 하와 마할 창가에 서서 시가지를 구경했다는데 그 창의 크기가 진짜 얼굴만 내밀 정도로 작아서 여행책을 옆에 놓으니 딱 그 사이즈다. 마치 영화 빠삐용의 1인 격리수용소처럼. 이거 뭐 여자 전용 교도소도 아니고 너무 심하다 싶었지만, 당시 바깥출입이 금지된 보수적인 사회 분위기를 엿볼 수 있었다.

　하와 마할 정문 쪽의 경관을 보고자 가던 길을 되돌아 다시 시장 쪽으로 꺾었다. 바람의 궁전 하와 마할의 전모를 정신없이 그야말로 넋을 잃고 쳐다보았다. 너무나 넓고 커서 길 건너편에 가서야 한 컷에 지붕 꼭대기를 담을 수 있다.

바로 그 앞쪽에 예상치 못했던 팻말이 보였다. <마하라자 고등학교(MAHARAJA HIGH SCHOOL)> 그냥 스치고 갈 내가 아니다. 누군가 나타나면 안내받고 싶었지만, 누구도 내

가 방문한 것에 신경 쓰지 않았다. 교실 내 환경이야 한눈에 설명하기 어렵고 모두 강의를 열심히 듣고 있다가 이방인이 나타나는 걸 보고 학생들은 순간을 놓칠세라 힐끔거린다. 이번엔 남학생 교

실이라 훔쳐보는 재미가 새로웠다. 사진 몇 컷만 찍고 수업에 방해될까 봐 얼른 내려왔다. 뭔가 열중하는 학생들은 언제봐도 어디서든 사랑스럽고 예쁘다.

　다시 시장 구경을 하며 찬드라 게이트를 나오면서 들어갈 때 보았던 영화관을 찾았다. 아이러니하게도 관람 좌석이 따로 있지는 않을 텐데 남녀 매표창구가 따로 있다. MOHIT SURI 감독의 2시간 30여 분짜리 공포와 로맨스가 깃든 인도영화 'RAAZ'. 라즈는 '비밀'이라는 뜻으로 자막도 없는 영화라서 내용도 자세히 모르지만, 영화에 깔린 경쾌한 기타 음악과 떼창에 칼군무가 있는 것만으로 시간 보내며 쉬는 재미까지 있는 영화다. 하지만 직접 보니 미스테리 영화라 내겐 너무 어렵게만 느껴졌다. 그래도 짬짜미 영화를 보는 건 기차 탈 시간에 맞춰 잠깐 눈을 붙일 수 있는 휴식과 여유시간 보내기에 아주 딱 좋다. 드디어 자이푸르역에서 자이살메르행 기차에 몸을 실었다. 이 기차는 23:57분에 자이푸르에서 출발하여 다음 날 정오를 지나 12:45분에 자이살메르에 도착하니 기차 안에서 13시간을 보내야 한다.

자이살메르(Jaisalmer)

특별한 자이살메르 입성과 하벨리, 가디 사가르의 힌두 신전

어제저녁. 자이푸르에서 숙소를 정하지 않았기에 큰 배낭은 기차역 보관소에 두었다. 기차 시간을 맞추기 위해 인도영화 'RAAZ'를 보고 간단 저녁 식사까지 마쳤다. 아직도 출발 시각까지는 시간이 많이 남았으나 휴식을 취하는 게 좋을 거 같아 역내의 휴게소로 갔다. 24시간 영업 중인 보관소의 배낭에서 세면도구만 챙겨 나와 휴게소에서 간단 샤워를 마쳤다. 우리나라에서도 이런 시스템이 갖춰져 있는지 모르겠지만 이런 식의 휴게소나 보관소는 인도 문화로 보인다. 이와 같은 시스템은 배낭여행자에겐 더할 나위 없는 서비스다. 여행하다 보면 달라진 아니 또 다른 나를 볼 때가 많다. 좋은 호텔이 아니어도 편안한 잠자리가 아니어도 잠을 이룰 수 있는 난 이제 막 배낭여행 꾼으로 변신하는 중이다. ㅎ.ㅎ

난 휴게소에 머무는 동안 한국 남자 한 명을 만났다. 그는 18일간의 일정으로 혼자 왔다는데 느낌이 회사원 같았다. 그 손에는 경제 서적이 들려 있었고 사용하는 단어도 좀 특별하고 말하는 자세가 여느 사람들과 좀 달리 매사 시큰둥하고 회의적이다.

이 남자도 자이살메르로 가는 길이라 한다. 또 한 아가씨는 1주일 일정으로 인도여행을 왔다는데 배낭을 통째로 잃어버려 죽을 맛인 모양이다. 다행히 몸에 지닌 돈과 여권이 있어 귀국은 할 수 있다고 한다. 각자의 사연이 있겠지만, 어쩌자고 이렇게 멀리 혼자 왔을까? 이렇게 인도여행에서는 여행자들의 사연이 다양하다. 나처럼 단순하지만은 않다. 난 그저 나만을 위한 시간을 갖고 싶어 쉽게 되돌아갈 수 없을 정도로 멀리 여행을 떠난다는 흔히 말하는 일상탈출이다. 또 신비한 인도여행의 의미도 있지만 큰 땅덩어리에 긴 역사와 문화가 풍부하여 보고 즐기며 배울 게 많다. 사실 따지고 보면 한 달간이라는 긴 여행을 하더라도 비용이 적게 들어 경제적 부담이 적다는 것도 선택의 이유 중 하나다. 내가 봐도 그럴 거 같지 않은데 인도가 의외로 편안하다. 이번 여행은 순례 형으로 넓은 지역을 움직이지만, 다음 인도여행은 서너 곳의 장소를 지정해 놓고 여행하고 싶다. 가능하다면 등산 장비라도 챙겨와서 머물 듯 살다(?) 가고 싶다. 이런저런 생각에 생각이 꼬리를 물고 있는 동안 내가 자정에 탄 기차는 밤새 달려 인도 서쪽 자이살메르로 열심히 가고 있다. [4059/ JAIPUR~ JAISALMER / S4 Seat3 UB/DEP 29-01 23:57, 30-01 12:45 /256Rs] 내 좌석 Seat3번은 맨 위 칸 문 쪽인지라 너무나 시끄럽고 문에서 들어오는 바람이 몹시 추웠다. 얼마나 웅크리고 힘들게 잠을 잤는지 온몸이 찌뿌둥하다.

무심결에 눈을 뜨면서 발끝으로 기차 벽에 걸린 배낭을 찾았다. 아아~~ 그런데 발끝에 잡혀야 할 내 큰 배낭이 없다. 순간 깜짝 놀라 벌떡 일어났다. 어어~~ 내가 잤던 침대칸의 맨 위쪽에 올려두었던 나의 배낭이 어디론가 사라져 버린 것이다. 아이고 내게도 드디어 올 것이 왔구나 싶었다. 3층 위 칸이라 안전하리라는 생각에 잠깐 방심하여 기둥과 배낭을 연결하는 자물쇠를 채워두지 않은 것이 화근이다. 눈앞이 캄캄하고 가슴이 철렁 내려앉아 두리번거리며 찾는데 주변에 사람들도 없다. 바퀴가 달린 것도 아닌데 도대체 어디로 갔을까? 그런데 의자 맨 아래를 보는 순간 좁은 통로에 떨어져 있는 게 아닌가. 잃어버리지 않아서 다행이기도 하지만 내게 조용한 경고로 받아들여지는 순간이다. 잠시도 긴장의 끈을 놓을 수는 없지만 인도여행은 그만한 보상이 있다.

자이살메르의 가장 특별한 이벤트는 낙타를 타고 이동하는 타르사막 투어다. 2006년에 이집트의 바하라야 사막 투어는 지프로 이동했었다. 같은 사막 투어이긴 하지만 인도의 자이살메르는 내가 이번 여행 중 처음으로 경험하게 될 낙타 사파리를 하게 될 곳이다. 나도 남들처럼 좋은 사진을 찍어보려고 집에서부터 준비해간 무거운 사진 관련 책을 열어 사막에서 찍은 멋진 사진들을 봤다. 비록 똑딱이 카메라지만 낙타와 사막이 어우러진 멋진 사진을 찍어보고 싶었다는 상상만으로도 가슴이 벅차오른다.

달리는 기차의 창밖에는 사람들이 살만한 곳에 간간이 푸른 채소들이 심겨 있는 밭도 있지만 대부분 황량한 사막이다. 이곳 사막은 모래만 보이는 게 아니라 키 작은 나무 덤불들이 있다. 밤새 북적거리던 기차 안이 아침이 되자 의외로 한적하다. 창밖에서 불어오는 바람과 햇볕이 지금까지 여행했던 인도의 다른 지역과 사뭇 다르다. 희뿌연 모래 먼지가 순식간에 의자와 배낭을 덮는다. 이곳이 사막 지역임을 여실히 보여주는 부분이다.

자이살메르역에 도착하기 전 낯선 소녀가 내게 와서 영어로 인사를 하며 말을 걸어온다. 맹랑해 보이긴 하지만 이방인에 대한 호기심의 발로이리라. 나도 가볍게 받아 응수해주었다. 뭔가 나와 이야기하고 싶은 모양인데 난 영어를 잘 말할 줄 모른다며 일상 묻는 말만 대답하고 책만 봤다. 그러다가 조금 미안한 생각이 들어 홍삼 사탕과 젤리 하나씩 건넸다. 여행 중 느낀 건데 이곳 인도 소녀 소년들은 매우 활기차고 적극적이다. 처음 보는 사람인데도 자주 만나는 사람 대하듯 서슴없이 대하고 자기 의사를 투철하게 밝히며 말하기를 좋아한다. 학교에서 그런 교육을 받은 건지는 알 수 없지만 사랑스럽고 순수하다. 나도 학교 다닐 적에 외국인을 보면 영어로 말을 걸어보라고 하셨던 선생님의 가르침이 생각난다. 숫기가 없던 난 한 번도 그래본 적이 없지만, 인도의 아이들은 이방인에 대한 두려움이 없어 보인다. 10년 또는 20년 후 인도가 강국이 될 거라는 생각이 들 정도로 적극적 사고를 하는 아이들이다.

예정된 시간보다 조금 지체된 시간이긴 하지만 드디어 자이살메르역에 도착하였다. 새로운 도시의 새로운 느낌으로 왠지 모를 기쁨이 솟는다. 다른 지역과 달리 좀 특이하게 생긴 기차와 기차역의 모습이다. 낮 도착이라 숙소를 찾는 데 별 어려움이 없지만, 벌떼처럼 달려드는 호객꾼들을 떼려면 단단히 각오해야 한다. 이유는 자이살메르에 오는 대부분 여행객은 낙타로 사막 투어를 하기에 다른 지역과 호객하는 모습이 다르다. 이 때문에 자칫하면 자신이 생각했던 것과 전혀 다른 결과가 나온다. 호객하러 나온 사람들은 무조건 자신이 이 지역의 최고 낙타 사파리꾼이라며 가장 값싸고 좋은 곳으로 모시겠다고 호언장담한다. 난 떼거리로 몰리는 호객꾼들을 어찌할 수 없어 고개를 좌우로 흔들며 버럭 악을 써서 물리치고 큰길 가로 나왔다. 미안한 말이지만 여행자를 상대로 한 인도사람들은 일단 경계하게 된다. 아니다 싶을 때 파리채로 파리를 내려치듯 단호히 끝내야 한다. 대부분 경우 기차역 안에서 기다리던 호객꾼들은 그곳에서 대

기했던 비용까지 챙기려 든다. 난 큰길가까지 나와 지나가던 호객꾼이 오기에 이미 정해진 호텔이 있다며 "Giriraj Palace!!"라고 말했다. 기리라지 호텔은 배낭 여행사에서 추천해준 숙소로 낙타 사파리 투어가 이 숙소에 머무니 합류하라는 의미다. 호객꾼은 뜬금없이 내게 잠시만 기다리라 하더니 어디론가 전화한다. 난 또 뭔 수작일까 경계 태세인데 다른 또 한 사람이 나타나 두 손으로 오토바이를 타라는 시늉하면서 "no problem"을 반복한다. 설마 했는데 1분도 채 안 되어 내 앞에는 <Giriraj Palace welcome> 팻말을 든 사내가 나타났고 난 별 두려움 없이 그 오토바이를 타고 10분 거리에 있는 호텔로 오게 되었다. 여행책을 보면 자이살메르에서는 호텔에서 손님을 기차역 앞에까지 모시러 나온다는 정보가 있었기에 별 의심이나 무리 없이 오토바이를 탔다. 다시 말하면 이 남자는 Giriraj Palace!에서 손님을 모시기 위해 역에 배치된 사람이었다.

숙소는 예상했던 대로 자이살메르성 안에 있지 않고 성 밖에 있었으며 생각보다 초라한 외관이지만 주인 남자가 착해 보였다. 혼자 묵을 것이며 방을 보자 하니 카운터와 가까이 있는 방을 권하며 자신의 호텔에서 가장 좋은 방이라 한다. 난 2층의 다른 방은 없느냐 물으며 배낭여행사 소개로 오게 됐다고 말했다. 처음 봤던 1층의 방은 150Rs이고 2층은 80Rs인데 둘의 차이는 방안에 개인 욕실이 따로 있는 것과 없는 것의 차이였다. 그런데 심심하리만치 숙소에 손님이 없어 조용하고 햇볕도 잘 들어 작은 불편을 감수하며 그냥 2층에 머물기로 했다. 숙박 장부에 체크인하려는데 내게 낙타 사파리를 할 거냐 묻는다. 사실 낙타 사파리는 혼자서 하기가 어려운 관계로 일행들을 만나서 같이 가거나 낙타 사파리 모객에 따로 참여해야만 한다. 난 주인에게 배낭 여행사 식구들이 언제 숙소로 들어올 예정이냐고 물었다. 주인 남자는 낼 들어올 예정이라 답한다. 그럼 그 일행과 합류하겠다니 숙박비를 단체비용으로 1박당 45Rs만 내라고 한다. 덕을 보려고 한 건 아닌데 전혀 예상치 못한 결과다. 하루 방값이 독방임에도 1,500원이 안 된다니 반신반의하면서도 짐을 풀었다. 45Rs면 1US$도 안 되니 인도 여행에서는 돈의 가치 기준이 달라진다.

빨간 방문 아래엔 단단한 자물쇠 고리
가 있다. 흔히 쓰는 도어락 앞에 카드를
슬쩍 대면 문이 열리는 그런 호텔이 아
니다. 언제 이런 숙소에 들어보겠나 싶으
니 싫지 않다. 여행 중 숙소가 정해지면
다음 행동이 착착 진행된다. 밀린 빨래와
온몸의 모래 먼지를 털어내고 나니 허기
가 진다. 아직 낙타 사파리 결정을 하지
않은 상태로 근처 식당을 찾아 나섰다.
이번 여행 중 집에서 챙겨간 조금씩 남
은 음식인 멸치볶음과 콩자반, 고추장 소
고기볶음 튜브를 들고 숙소 뒤 시장 입

구의 작은 식당으로 들어갔다. 어디서든 플레인라이스(흰밥)만 시키면 식사를 할 수 있었
다. 청빈 생활 같지만, 배탈 염려 없는 가장 안전한 내 방식의 여행 중 식사다. 망고주스
한 잔을 곁들여 아침 겸 점심을 오후 2시에 해결했다.

숙소에서 5분 거리에 있는 자이살메르성을 향한다. 성으로 오르며 집에 있는 최 선생에
게 전화했다. 첨엔 무심한 사람에게 같이 무심해지기가 쉽지 않았지만 이젠 나도 무심한
이가 된다. 외국에 나가서도 자주 전화하지 않은 내가 걱정되었는지 자주 전화하란다. 최
선생은 천성이 아주 냉찬 사람인데 순간 너무 뜻밖이라 눈물이 나려 한다. 두 아들에게도
별걱정 없이 잘 여행하고 있다는 안부 전화를 마쳤다. 밀린 숙제를 한 기분이지만 맘에
걸린 것이 따로 있다. 2월 2일이면 작은아들이 입대하게 되는데 큰아들은 내게 동생 입대
하는데 잘 챙겨 보낼 테니 걱정하지 말라 하고, 작은아들도 알아서 잘 입대할 테니 안심
하고 여행하란다. 오히려 나의 예정대로 여행을 마치고 오라고 당부한다. 어차피 2월 5일

에 델리에서 조카를 만나고 가야 하기에 일정을 바꾸는 것은 어려운 상황이었다. 아들이 군에 입대할 때 대부분 엄마는 울고불고한다는데 으~으음~~ 나는 해외여행 중이다. 머리가 혼란스럽지만 접을 건 빨리 접자.

자이살메르성의 반질반질 윤기가 나는 돌길을 걸으며 언덕에 오르다가 때마침 델리의 식당 '쉼터'에서 만났던 가이드를 만났다. 난 반가움에 지금 어디 가려는 거냐 물었다. 가이드에게는 인솔할 여행객 세 사람이 있었고 마침 가디 사가르로 가려는 중이라기에 그럼 동행하자며 오토릭샤를 타고 함께 가디 사가르를 향했다. 즉흥적인 조인이 이뤄지고 오후 반나절 투어를 위해 200Rs로 흥정하여 1/N로 나누는 형식이니 누이 좋고 매부 좋다. 릭샤왈라는 단정한 모습의 젊은 사람이다. 가디 사가르는 성 밖에 있어 호수로 가기 전에 성안에 있던 여러 군데의 하벨리에 들르게 되었다. 하벨리(Haveli)란 귀족들과 라자스탄 부호들이 사는 개인 저택을 말한다. 아프가니스탄과 중국과의 교역로인 라자스탄의 하벨리는 1800년에 건축을 시작하여 50년에 걸쳐 완성했다. 화려하게 지은 하벨리들이 수백

년이 지난 지금도 온전히 남아 여행자들에게 호텔, 또는 레스토랑으로 제공되기도 한다. 그중에서도 자이살메르성 입구에 있는 살림 싱 키 하벨리는 18세기 말에서 19세기 초까지도 재상을 지냈던 살림 싱의 사저로 사용된 건물이다. 현재도 살림 싱의 후손들이 거주하고 있고 내부 관람은 입장료를 받고 있었다. 이 외에도 '파트완 키'와 '나트말 키' 하벨리가 있는데 우리가 처음 들렀던 곳은 사방이 골목으로 둘러싸

여 있는 <나트말 키 하벨리>였다. 섬세
한 조각이 도저히 흙(돌)으로 지은 집
이라 생각할 수 없었다. 나무 조각 같
기도 하고 종이로 만든 것 같기도 한
신기한 건물들이었다. 긴 골목 안으로
들어가다 보면 하벨리의 외관을 보는
데는 모두 무료이나 살림하는 안쪽까지
보려면 입장료를 내야 한다. 난 하벨리
선물 가게에 들러 기념이 될 만한 원석
두 개를 샀다. 밤톨만 한 노랑과 주황
색 돌멩이로 살 때 기분이지 그냥 그대
로 내버려 둘지도 모르지만, 줄을 달아

목걸이로도 사용할 수 있는 것이다. 세상 태어나서 들어본 적도 없던 하벨리를 보면서 감
탄을 연발하며 잠깐 쉬러 들어간 곳도 하벨리를 개조하여 만든 레스토랑 'SAFFRON'이
다. 입구부터 심상치 않더니 내부는 가히 아름답기 그지없었다. 레스토랑은 3층에 자리하
고 있어 주변을 내려다볼 수 있는 곳이었다. 하늘이 더욱 아름답게 비치는 이곳에서 따뜻
한 레몬티(30Rs)를 한 잔씩 마시며 처음 만난 이들과 통성명을 간단히 하였다. 일행 중
한 남자는 힌디어를 잘하는 것 같았고 대부분 통역을 그쪽에서 했다. 차를 마시면서 자이
살메르성과 시내의 전경을 바라보니 이곳이 왜 '골드시티(Gold City)'인가를 말해주는 듯
저물어가는 햇살을 받아 마을이 온통 황금색으로 빛나고 있다.

  뜨거운 차로 하루의 피로를 달래며 자이살메르성 남동쪽의 <가디 사가르(Gadi Sagar)>
로 갔다. 12세기에 도시를 만들면서 함께 만든 인공호수로 예전엔 식수로도 사용할 정도
로 맑은 호수였단다. 호수 입구에서부터 탄성을 자아내게 하더니 무슨 동화 속으로 들어
온 착각이 일어났다. 우리 외엔 아무도 없이 저물녘의 호수에 정적과 고요만 가득하다.

어디서 날아들었는지 수많은 철새가 뜻밖의 이방인들 방문에 놀란 듯 후드득~ 후드득~ 내 눈앞에서 군무를 춘다. 가디 사가르를 통하는 문과 계단은 마하라자의 마음을 사로잡고 싶었던 '틸론'이라는 여인이 세운 것이다. 그러나 거리의 여인이던 그녀에게 왕의 총애를 빼앗기지 않으려고 왕실의 여인들의 심한 반발이 이어졌다.

결국엔 틸론이 브라만을 찾아가 왕을 모실 방안을 물었다. 브라만은 이곳에 게이트와 사원을 만들라고 해서 입구에 크리쉬나 신을 모시는 사원을 만들었다. 가디 사가르 입구엔 아름다운 문과 크리쉬나 신상이 세워져 있어 그때의 상황을 대변했다. 한때는 보트 놀이도 한 듯 알록달록 작은 보트들도 있어 풍광의 아름다움을 더 한다. 우리 일행들 외에는 여행자도 현지인도 없어 혼자 왔다면 조금 무섬증이 생겼을 거 같다.

착한 릭샤왈라가 안내해준 대로 가디 사가르의 반대편 끝에 있는 SUNSET POINT에 올랐다. 멀리 지평선 너머로 살랑살랑 돌아가는 길게 늘어선 풍력발전기가 그림처럼 느껴져 낭만을 더한다. 지평선 끝자락에 적잖이 수백 개가 되는 팔랑개비 풍력발전기가 이쪽 땅끝에서 저쪽 땅끝까지 이어지는 자이살메르 풍경을 잊지 못할 거 같다. 릭샤 가이드의 말에 의하면 저기 있는 풍력발전으로 자이살메르 도시 전체가 움직인단다. 붉은 하루를 온전하게 보낸 태양이 내일을 위해 쉬러 가는 걸까 아니면 쉼 없이 어딘든 태양 빛을 내리쪼이고 있을까? 코페르니쿠스에 의하면 지구가 태양 주변을 돌고 있을 텐데 대부분 사람은 해가 지고 해가 뜬다고 말한다. 떨어지는 태양이 비춰주는 주변 풍경이 예상보다 훨씬 아름답게 보여 그곳까지 다시 가 보고 싶었다. 전혀 예상치도 못한 매력이 가득한 인도다운 도시이다. 이 자이살메르성은 라자스탄주에 세워진 성 중 가장 오래된 1156년에 지어졌다. 작은 도시 평평한 자이살메르 어디에서든 볼 수 있는 해발 76m 위로 봉긋 솟아 있다. 우연히 만난 일행들과 오후 투어 일정은 저녁 7시가 되어 끝났다.

저녁을 먹기 위해 이곳의 소문난 음식점인 리틀티베트 레스토랑을 찾아갔다. 레스토랑에서 본 저녁 풍경의 자이살메르성 또한 아름다웠다. 난 저녁 메뉴로 베지터블 모모(채소만두)를 시켰는데 예상대로 누구에게나 추천할 만큼 맛이 있었다. 내려오는 길에 시장을 들러 당근, 오이, 토마토를 사서 숙소로 돌아왔다. 그런데 호텔주인은 내게 실수라며 사파리 투어를 함께 하기로 한 배낭여행사 식구들이 내일 31일에 숙소로 오는 게 아니라 2월 1일에 들어온다는 것이었다. 숙소 주인이 고의로 그런 건지 진짜 일정이 바뀐 건지 생각하기 나름이겠지만 이렇게 되면 나의 일정은 다시 틀어지게 되는 것으로 지금 내 입장으로선 어쩔 수 없다. 사막에서 하루를 자야 하고 지프와 낙타를 타고 이동하는데 낙타 몰이꾼과 단둘이 갈 수는 없는 일이다. 난 자이살메르에서 낙타 사파리를 마치고 우다이푸르로 갈 예정이었는데 자칫 무산될 듯하지만 일단 오늘 풀 수 있는 문제는 아니다. 그리고 우다이푸르행 기차표를 예약한 것도 아니니 욕심도 버려야 할 때이다. 나머지 생각은 내일하고 일단 자자. 이때만 해도 비행기는 너무 비싼 이동 수단이라는 생각에 비행기로 이동할 생각을 전혀 못 한 시절로 여행은 즐기지만, 진정으로 가난한 배낭여행자이다.

자이살메르성의 일출과 성안 풍경, 문화센터와 박물관

새벽 6시 30분에 일어나 행여 어제 동행했던 일행들과 사파리 투어가 가능할지 몰라 성안으로 찾아가 보기로 했다. 이유는 원래 일정대로 움직이려면 오늘 사파리 출발을 해야만 한다. 그리고 어제 본 가이드가 아침 7시에 자신들의 호텔 앞에서 출발할 것이니 내 맘이 결정되면 올라오라 했기 때문이다. 하지만 말꼬리에 '사전예약을 해야 할 텐데'라는 말이 맘에 걸리기 시작했다. 숙소 주인도 사파리 일정을 끼우기에 내게 숙박비를 저토록 싸게 했을 텐데. 자신의 실수를 빨리 인정한 건지 아예 처음부터 그리하려고 작정한 건지 모르지만, 이런 경우 좋은 쪽으로 생각하자. 어제저녁에 시장에서 산 채소와 집에서 준비해 간 어포 육포로 간단한 아침 먹거리를 챙겨 자이살메르성으로 갔다. 동도 트기 전에 자이살메르성에 오르면서 투어 일정에 대해 여러 가지 생각이 겹친다. 예약하지 않은 상태에서 굴러온 돌처럼 잠시도 아니고 1박 2일의 낙타 사파리 투어에 참여하느니 나의 다음 일정을 수정해 보는 게 내 성격에 맞을성싶었다. 서두르지 말고 쉬어가자.

난 하루 더 자이살메르성에 머물기로 작정하고 돌바닥이 아침이슬로 미끄러지는 성에 올랐다. 성이 도시보다 높아 어디로 올라가든지 올라서 둘러보면 일출을 볼 수 있으리라는 생각에 동쪽을 향해 걸었다. 마하라자 궁전을 지나 리틀티베트 레스토랑 쪽으로 꺾어 맞닿은 골목 끝까지 왔다. 때마침 이제 막 하루를 시작하려고 열심히 청소 중인 청년에게 이곳 옥상에 올라가서 일출을 봐도 되느냐 물었다. 그 청년은 두 손을 벌리며 "if you want, please"라고 말한다. 내가 원하면 그러라 하니 난 단숨에 뛰어올라 3층에 있는 옥상까지 갔다. 1, 2층은 고급 호텔로 내부가 아주 온화하고 고풍스러우며 근사했다. 하늘은 아직 열리지 않았고 자이살메르 도시는 아직 깊은 꿈결이다. 얼마나 시간이 지났을까? 도시의 인공불빛이 하나둘씩 켜지면서 멀리 하늘이 조금씩 붉어지고 주변은 더욱 진한 어둠에 싸인다. 첨엔 어디서 해가 떠오를까? 생각하며 360도 둘러보았다. 지평선 저 너머로 어제 보았던 풍력발전소 팔랑개비가 보일락 말락 한다. 한곳에서 좁쌀만 한 붉은 기운이 막 솟아나려 한다. 왜 여행책에는 이토록 아름다운 일출을 볼 수 있는 자이살메르성에 대해선 언급하지 않았을까? 빠짐도 마찬가지인데 일출이라는 것이 어디서 보아도 만나면 그 신비로움이 대단하다. 이른 아침 새벽 공기로 세수하고 떠 오르는 햇살로 온화한 화장을 한다. 단장의 마지막은 작은아들이 베트남 여행 중에 사 온 코발트빛 스카프로 점을 찍는다. 1$짜리라는데 여행 때마다 유용하게 잘 사용한다. 멀리 떨어져 있는 가족과 친구들 생각에 횅한 마음마저 달래려면 지금 나에겐 따뜻한 차 한 잔이 필요하다. 이른 새벽 불청객이 되지 않으려고 식당에 짜이를 시켰다. 맘 편히 일출을 보게 해준 보답을 하고 싶은 맘이다. 그리고 아마 다른 음식은 아직 준비되지 않았다고 할지라도 짜이는 있을 것 같았기 때문이다. 인도사람들은 신분과 상관없이 정말로 많은 사람이 짜이를 즐겨 마신다. 시도 때도 없이 마시는 차이고 그들은 이 짜이를 최고의 건강식품으로 생각한다. 아침 햇살을 받아 선명한 붉은 색을 띠는 한 가닥 꽃기린의 앙증맞은 꽃이 '나 여기 있어요~ 날 좀 봐요~' 하고 주방 옆에서 고개를 내민다. 짜이를 마시면서 어둠이 걷혀 주변을 둘러보니 옆 호텔의 난간에 한 남자가 나처럼 떠오르는 태양을 바라보고 있다.

허리 구부정한 저 남자는 저 태양을 보고 무슨 생각을 하며 무슨 소원을 빌었을까? 어느 여행자에게도 들어보지 못하고, 어느 여행책에도 나와 있지 않은 뜻밖의 멋진 일출을 본 자이살메르성에서 기쁨에 배고픈 줄도 모르고 혼자만의 흐뭇한 일출을 만끽했다.

이제 막 상점들이 기지개를 켜듯 하나둘씩 점포의 문을 열고 물건을 길거리로 내놓으며 먼지를 털어낸다. 내가 들어간 호텔 겸 레스토랑의 입구 옆에 VISIT MUSEUM이 있다. 건물 입구에 붉은 손바닥 문양이 눈에 띈다. 저게 뭐지? 궁금증만 한가득 인다. 마하라자 궁전을 중심으로 좀 더 깊이 골목 안으로 들어가 보기로 하였다. 마침 이곳 현지인들이 근처에 있는 KUND PARA라는 사원에서 하루 시작을 알리는 예배를 드리고 나온다. 한쪽 구석에 앉아 오랫동안 지켜보았다. 누구도 입을 떼서 말을 하지 않고 예불 모습은 정성을 다하며 신의 품에 폭삭 안기는 듯 신비롭기까지 하다. 하루를 시작하기 전에 단정하고 깔끔한 옷차림으로 사원에 들러 신발을 벗고 종을 치고 두 손을 합장한다. 그다음은 환한 빛을 비추고 있는 창살 안의 신에게 기도하고 나서 다시 본당으로 간다. 종을 치며 '내가 왔어요'하는 신호를 보내고 물을 떠서 손을 씻고 가운데 놓인 종을 어루만지며 돌고 돌며 기도한다. 신 앞에 가서 입에 손을 댔다 뗐다 반복하며 열심히 기도하는 사람들. 나의 눈에는 무슨 사당에 미신 굿을 하는 것처럼 보이기도 하지만 저들에게는 저들만의 신일 것이다. 아침 햇볕을 받아 진짜 황금색으로 눈부시게 변하는 사원의 지붕 꼭지를 보면서 아하 저래서 '골드시티'로구나! 또다시 감탄한다. 해가 중천으로 오를 때쯤의 광경은 상상보다 훨씬 멋졌다. 내 눈으로 직접 보고 자이살메르는 황금도시라는 말이 꼭 맞다! 맞다! 중얼거리면서 돌아보았다. 주인 없는 소들이 문전걸식하며 집마다 돌아다닌다.

  공식적으로는 1947년에 폐지되었다고 하지만 더욱 세분되어 여전한 카스트제도. 하지만 인도뿐 아니라 세상 어디에나 존재하는 빈익빈 부익부 사회. 이곳에서도 부호 자식들은 집 앞에 릭샤가 대기하거나 자신들의 지프로 학교에 간다. 성문 밖에는 여러 명의 남녀학생이 스쿨버스를 기다리는 듯 모여 있고 또 한편 거리에는 무슨 피켓을 들고 시위하듯 줄지어 간다. 내가 스쿨버스를 기다리는 남녀학생들의 자연스러운 모습을 카메라에 담아보려고 카메라를 올리는 순간 아이들은 누가 시킨 듯 너나없이 차렷 자세로 카메라를 향한다. 순간 어찌나 어색하고 미안하던지. 내가 고개를 좌우로 흔들며 그냥 자연스러운 포즈를 취해달라고 하니 모두가 해맑게 웃는다. 순수한 인도 아이들 두 장의 사진을 비교하니 지금도 웃음이 난다. 이곳도 남녀성비가 무차별하게 깨져 보였다.

그래서 한 남자가 네 여자를 책임져야 하는 일부다처일까? 인도에서 여자로 산다는 것을 좀 더 생각해 볼 이유가 있다. 뭔가 심상치 않은 저택 문 앞의 붉은 손바닥 흔적은 호기심과 함께 나의 연구 대상이 된다.

이곳에는 그 유명한 유혹의 '방 숍(BHANG SHOP)'이 있다. 성 밖으로 성벽에 붙은 가게로 '방'은 마약의 일종으로 대마초를 먹기 쉽게 가공한 것으로 방 숍은 쉽게 말하면 '마약을 파는 곳'이다. 인도라는 나라도 법적으로는 마약을 금지하는 곳이나 인도의 외국인교도소에는 마약 범죄자가 많이 있다고 한다. 그런데도 자이살메르에서는 버젓이 문을 열고 서양 여행자들은 흔연스럽게 들락거린다. 방 숍 아래로 자이살메르성 입구 안쪽에 낙타 가죽

으로 만든 가방 집에서 작은 가방 하나를 샀다. 내가 쓰겠다거나 뚜렷하게 누굴 주겠다는 생각으로 산 것이 아니라 그냥 처음 본 낙타 가죽가방이 이런 것이라는 생각과 기념품의 의미다. 아무튼 이 거리는 여행자들을 대상으로 준비된 물건들이 인사동 거리처럼 즐비해 있다. 나도 모르게 기웃거리게 되는 거리에서 작은 청동 제품이 즐비한 골동품 가게가 있는데 그곳에 내 맘을 사로잡은 것이 있다. 절대 흔하지 않은 것으로 보아 개인이 만든 수제품처럼 보이는 것으로 두 손에 책을 들고 독서 하는 여인의 브론즈이다. 아주 오래된 골동품인 듯 닦지 않아 거무튀튀하지만, 책 페이지를 누르는 문진으로 사용하면 좋을 듯 싶어 300Rs를 주고 샀다. 숙소로 돌아오는 길에 시장에 들러 레몬 한 알을 얻어 브론즈

를 문지르고 닦아보니 윤이 난다. 성안에서 관광객에게 공작 꼬리 부채를 파는 할아버지의 패션이 눈길을 끈다. 이 할아버지는 자신이 모델이 된 TIME지를 내보이며 관광객에게 공작 꼬리 부채를 하나라도 더 팔려 애쓰는 모습이 보기 좋다. 그의 패션만으로도 관광객의 눈길을 끌기 충분했다.

자이살메르성은 지금으로부터 약 900년 전(1156년)에 지어진 성으로 지금도 성안에 사람들이 거주하고 있다는 것이 다른 성과는 차별화되어 있다. 단지 다른 유적지들처럼 건물과 역사만 있는 것이 아니라 여러 가지 멋진 볼거리와 이들의 실제 삶, 그리고 골드시티 임을 실감할 수 있는 그 뭔가가 확실하게 있는 곳이었다. 지금부터 차근차근 자이살메르 성안을 구경할 마음으로 성 입구에서 약 5분 정도 걸어 오르면 커다란 두 번째 입구가 있다. 이곳 입구에는 많은 기념품과 골동품상점들이 늘어서 있으며 노상 점포도 다양하다. 가게뿐 아니라 줄타기와 같은 서커스를 하며 돈을 버는 가족들도 있고 악기를 들고 연주하며 땅바닥에 앉아 구걸하는 늙은 부부도 있다. 팔이 짓눌린 사람, 발이 부러진 사람, 눈이 으깨진 사람 등등 부자연스러운 지체를 내보이며 관광객에게 구걸하는 사람들도 끊임없이 많다. 좁은 문 안으로 오토릭샤가 동시에 오고 갈 때 다칠까 싶어 걱정된다. 그리고 왼쪽으로 작은 신전도 하나 있는데 밤이고 낮이고 쉼 없이 신을 모시고 예불을 드리는 것 같았다. 신전에 들고 나는 사람들이 들고 날 때마다 종을 울리고 뭔가 모를 뿌연 연기가 쉴 새 없이 뿜어져 나온다. 내게는 매우 낯선 신기한 세상이다. 자이살메르성 밖에서 성을 올려다본 풍경은 궁전이라기보다는 망루가 있는 요새처럼 보인다.

　다음은 마하라자가 거처했던 궁전으로 성 입구에서 조금만 오르면 오른쪽에 있는 아주 큰 건물로 앞에는 광장이 있다. 이곳에서 투어를 시작하기에 오토릭샤가 항상 대기 중이다. 조금 더 안쪽으로 걸어 들어가면 위풍당당한 부호들의 건축물이 있다. 건물들이 마치 호화로운 대형 가구의 거리에 든 착각이 인다. 어제 본 하벨리에서도 느낀 거지만 어떻게 건물이 저토록 섬세하고 아름다울 수가 있는가. 광장 주변에 여러 가지 기념품 가게가 있으며 이 궁전 안의 관람료는 꽤 비쌌던 것으로 기억된다. 그냥 관람료만 받아도 될 터인데 무슨 촬영권 비용도 따로 낸다. 하지만 겉으로 보기에도 살림 싱 키 하벨리는 여느 하벨리와 다르게 규모나 조각이 섬세하고 웅장했다.

드디어 아침에 만났던 붉은 손자국의 궁전 입구. 마하라자 궁전 입구에는 붉은 손바닥 자국이 스무 개 정도 있는데 인도판 열녀문이라나 뭐라나. 참 웃기지도 않은 사실이다. 인도의 전통 장례 중에는 남편이 죽을 때 산채로 화장해 버리는 '사띠(Sati) 의식'이라는 것이 있는데 그 의식에 참여한 여인들의 흔적이라고 하니 이곳에 살던 마하라자는 죽을 때 스무 명 가까운 여인과 함께 화장되었다는 이야기이다. 1987년까지도 사띠 문화가 있었다니 실로 충격이었다. 이해하긴 어렵지만, 궁전으로 들어가는 입구에 저렇듯 빨간 수적을 남기는 게 믿어야 할지 말아야 할지. 어찌 보면 이곳 문화에선 남자의 능력을 과시하는 것일 수도 있으리라. 하루를 시작하기 전 관광객을 맞이하기 위해 청소하는 저 남자는 손자국을 보고 무슨 생각이 들까? 궁전 입구의 오른쪽에는 계단이 무슨 관람석처럼 있어 궁전 앞에서 뭔가 축제할 때 무대처럼 사용하는 듯하였다.

이런저런 나만의 상상과 함께 인도에서 여자란 어떤 존재일까? 다시 의문의 꼬리를 문다. 사띠에 대해서 좀 더 알아보고 기록을 정리해야겠다.

파란 하늘에 황금색의 스카이라인이 어느 곳에서도 찾아볼 수 없는 풍광이었다. 구석구석 성안을 구경하고 숙소로 돌아왔다. 나의 숙소인 기리라지의 3층 옥상에서 내려다본 풍경으로 하루 장사를 나가기 전 손수레가 보인다. 성 담벼락 밑으로 손수레가 한두 대가 아니다. 아침 일찍 이렇게 빈 손수레로

있다가 점심 무렵에 모두 장사하러 나가고 저녁이면 다시 이곳에서 밤새는 거 같다.

마지막 여정인 우다이푸르를 접고 낙타 사파리를 하루 연기하며 기리라지 숙소에 하루 더 머문다. 2월 1일에 기리라지 숙소로 들어온다는 배낭여행사 팀이 주인이 말한 제시간에 진짜 올지는 알 수 없는 일이나 믿어보기로 했다. 이 팀을 만나 사파리 투어를 동행하기 위해 하루를 더 묶게 되는 오늘은 그냥저냥 편하게 보내야겠다는 생각에 시장을 돌아보기로 맘을 먹었다. 난 점심으로 30Rs를 주고 플레인라이스를 시켜 뜨거운 물에 말아 맨밥으로 한 끼를 해결했다. 대체로 집에서 혼자 밥을 먹을 때에도 한 상 가득 차려 먹는 편인데 대충 끼니를 때우는 식사는 날 우울하게 한다. 하지만 인도여행 중 단식에 가까운 식사는 뱃속이 가벼워 기분마저 맑아진 기분이다. 인도 여행 중에 장염을 경험하지 않는 사람이 없을 정도라는데 난 아직 무사하다. 점심 후 시장을 샅샅이 둘러본다. 간디 촉을 지나 호텔로 개조된 아마르 사가르 게이트(Amar Sagar Gate)로 나가서 MANDIR

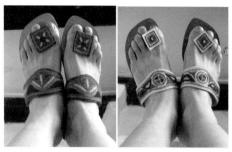

PALACE에 들어가 보았다. 인도 노인 둘이서 악기를 들고 연주하는 곳인데 진즉 공연했는지 내가 들어가기가 무섭게 끝나버려 아쉬웠다. 다시 골목 안 시장으로 들어와 다른 길을 택해 둘러보다가 언뜻 수제 슬리퍼 가게에 들르게 되었다. 열 살도 채 안 되어 보이는 작은 꼬마가 어찌나 적극적으로 물건을 팔려 애쓰는지. 자신의 아버지가 한 땀 한 땀 손수 지으신 장인의 신발이라며 시장 안에서 가장 좋은 것이라고 자랑한다. 자부심이 강하며 적극적인 판매 열성에 감동하여 500Rs를 주고 두 켤레를 사서 신어보니 대충 그럴싸해 보였다. 한 켤레는 내가 신고 나머지 한 켤레는 여행비상약을 챙겨주며 '스바로브스키'와 '가이사키'를 알려준 후배 여선생에게 선물해야겠다. 지난 함피에서도 그랬는데 자이살메르에서도 낮잠도 자고 넉넉한 시간을 보낼 수 있어서 기분이 좋다.

현재 오후 4시이니 시차가 있는 내 집은 오전 8시쯤 되리라. 아마 식구들이 모두 모여 있지 않았을까 싶어 작은아들에게 전화했다. 2월 2일 입대를 하는데 엄마가 집에 없어 서운하기도 하련만 걱정하지 말란다. 예상치도 못한 빠른 입대이긴 하지만 어미로서 미안한 맘이 가득하다. 큰아들은 모처럼 휴가를 내어 지금 광주 집으로 가고 있단다. 두 아들은 엄마의 여행을 적극적으로 믿어주고 도와주는 든든한 후원자이다. 가끔 아들들 맘 씀씀이나 말투를 보면 정말 아빠를 많이 닮았다는 생각이 든다. 그러면서도 무심한 아빠에 비해 훨씬 정감이 느껴지는 이유는 무엇일까? 피를 나눈 자식이라서일까? 내가 많이 의지하는 든든한 두 아들!! 고마워~~ 어미가 너희를 무척 사랑한다.

저녁 6시가 되어 계획된 인형극을 볼 마음으로 숙소 밖으로 나와 박물관을 가기 위해 위치를 파악했다. 가까운 거리이긴 하지만 먼지가 많은 비포장이고 주변의 볼거리도 없어 마을 입구까지 걸어 나가 10Rs를 주고 오토릭샤를 탔다. 상영시간이 18:30분인데 20분 전에 현장에 도착했다.

<사막 문화센터와 박물관(Desert Cultural Center & Museum)> 기대하고 둘러보려는 데 노신사 한 분이 내게 가까이 오더니, 양팔을 벌리며 "Welcome!!" 하며 반갑게 맞이한다. 난 어색하지만 가벼운 미소로 눈인사하며 극장 안으로 들어가 50Rs의 입장권을 끊었다. 실내에는 라자스탄 왕의 초상화와 무용수들, 인형극에 등장하는 많은 인형과 전통악기, 전통 문양의 수가 놓인 면직물 등을 전시하고 있다. 이른 도착이라 박물관을 둘러보고 있는데 아까 그 신사분이 악기 역사에 대한 DVD를 보여주면서 앞뒤도 없이 자화자찬 격으로 "Good Idea"라며 자랑한다. 그러면서 내게 "아름다워요~"라고 한국말로 인사를 한다. 난 아름답다는 수식어보다는 낯선 곳에서 느닷없이 한국말을 들으니 당황스럽고 깜짝 놀랐다. 얼떨결에 "Thank you~"로 답례했지만 좀 웃긴다고 생각했다. 인형극을 시작하기 전 한쪽 의자에 앉아 인형극에 관한 서적을 읽어 보고 있는데 그 신사는 내게 교사냐 묻는다. 난 그렇다고 답하니 자신은 이곳 박물관의 관장이며 자신도 선생이라며 명함을 한 장 꺼내어 준다. 명함에는 "NAND KISHORE SHARMA national Awarded Teacher/ 생략 /

E-mail:dccmuseum@yahoo.com/ Website: www.folkculturalmuseum.com 이라고 적혀 있다. 함께 사진을 찍자기에 기꺼이 찍었지만 난 이분의 손에 자신의 사진과 이력이 담긴 상장(?)이 들려 있는 줄도 몰랐다. 뭔가 자랑하고 싶은데 내가 너무 몰라준 게 아닐지 싶다. 공연 시간이 되자 실내에 어둠이 깔리고 조명이 켜지면서 서서히 음악이 흐른다. 한 몸에 두 얼굴을 가진 퍼핏 쇼(Puppet Show)는 인형의 춤과 노래꾼의 노래와 악기연주로 이어진다. 두 손바닥에 나무판으로 박자를 치며 노래하는 사람은 마치 이 분야의 달인처럼 보였다. 극의 절정에 다다르면 제정신이라기보다는 눈에 초점이 사라지고 접신의 경지에 이른다. 무당굿 같기도 하고 이집트나 터키의 수피댄스가 연상된다. 보는 내내 내가 공연에 꽤 집중한 듯하다. 처음 시작할 때 관객이 너무 적어 안쓰러운 맘도 있었지만 끝날 때 보니 언제 자석이 꽉 찼는지 이삼십 명은 넘어 다행이다.

인형극 관람을 마치고 걸어서 숙소로 돌아오는 길에 마을 입구에서 재미있는 가게를 발견하였다. 손수가 놓인 메트로 인도 특산품처럼 보이는 것이긴 한데 흰 종이에 다음과 같이 쓰여 있었다. "NO NEED FOR VIAGRA MAGIC BED SHEET" ㅋㅋ 참 인도답다. 숙소로 들어오기 전에 성 앞 슈퍼에 들러 비스킷과 과자를(20Rs) 사 왔다. 평소엔 입에 대지도 않을 군것질이다. 잠들기 전에 빨래하여 널어놓고 간단 일기를 쓰

고 있는데 숙소 밖의 멀리서부터 쿵작쿵작 사람들 웅성거리는 소리가 들렸다. 무슨 축제가 있는지 동네 사람들이 모여 어디론가 가고 있었다. 벌써 자정이 넘었는데 아무튼 이들은 이상한 데가 있다. 매우 못사는 거 같은데 끄떡하면 축제를 밤새고 한다. 이럴 땐 아무리 강심장이라 하더라도 밤에 혼자서 밖으로 나가는 것을 삼가야 한다.

여행 사진 전문 작가들의 인도여행 사진 중에는 고성능 카메라로 사람들의 표정을 잡아내는 사진들이 많다. 이목구비가 또렷한 인도사람들 인물사진을 보면 정말 입이 쩍 벌어질 만큼 근사하고 멋있다. 줌을 이용한 자연스러운 표정과 아웃포커싱을 한 작품 사진들. 그런 기술과 열정이 부럽기도 하다.

나의 사진은 나의 여행을 기록하고 일기 내용을 대변해주는 도구일 뿐이다. 순간순간 내 맘에 와닿는 장면을 순식간에 찍어낸다. 똑딱이 카메라로 창밖의 야경을 찍어 낸 사진이라 조잡하기 그지없지만 아무리 부족해도 내 것이라서 좋다.

마하라자 궁전의 놀라운 꼬마 악사들 공연과 쿠리 사막 투어

과연 숙소 주인의 말처럼 낙타 사파리 투어가 진행되려는지 의구심이 든다. 사실 좀 무리다 싶긴 하지만 지금까지 일정대로 무사하게 진행해 온 것만으로도 대단하고 신기하다. 하지만 내 생애 첫 경험인 낙타 사파리를 하고 싶은 터라 사뭇 기대된다. 어떤 상황이 와서 낙타 사파리에 참여하지 못한다 해도 어쩔 수 없는 노릇이다. 그동안 기차의 턱없는 연착으로 보드가야에 가지 못한 것과 우다이푸르에 못 간 거 말고 아쉬움 없이 처음 계획대로 나 홀로 여행을 진행하게 된 것만으로 만족할 마음의 여유를 가져야겠다. 보드가야는 다음 인도 동쪽의 시킴과 남쪽 여행할 때 꼴까따(켈커타)로 입국하여 일정을 잡으면 된다. 하지만 이번에 가질 못한다면 자이살메르의 낙타 사파리는 쉽지 않을 성싶다. 이런 경우 내가 억지를 부린다 해서 안 될 것이 되지는 않는다. 모든 걸 하늘에 맡기자는 맘으로 다시 일출을 보려 어제 그 RAJ MANDIR로 갔다. 종업원이 날 보더니 낯익은 사람 대하듯 미소로 반갑게 맞이한다. 나 같은 사람이 많지 않아서인지 싫지 않은 모양이다.

새 태양은 어제와 별 다름없이 새날에 같은 장소에서 같은 시간에 떠오를 것이다. 아니 어제와 똑같지는 않을 것이며 태양을 중심으로 지구가 돈다. 내 맘속에 어제의 흥분과는 좀 다른 것처럼. 태양은 벌써 손톱만큼 떠오르고 주변은 여명으로 어둠에 갇힌다.

종업원에게 블랙티를 빅 포트로 시켜두고 천천히 비스킷, 토마토, 당근과 함께 아침 식사한다. 서서히 어둠의 장막에서 벗어나는 골드 시티의 황홀한 일출을 보며 작은아들의 안전한 군 생활과 나의 마지막 여정을 정리하고 무사히 마칠 수 있도록 기도했다.

주여! 비록 몸은 떨어져 있으나 맘만은 아들과 함께 하나이다.
부디 입대를 앞둔 내 아들의 앞길을 안전하게 보살펴주소서~ 아멘 _()_

황금빛 도시에서 새로운 하루 시작에 감사하며 마하라자 궁전 앞에서 어제 가지 않은 다른 골목으로 들어섰다. 자인교 사원이 아침 태양 빛을 받아 황금색으로 변하는 중이다. 여행책을 보니 성안의 자인교 사원이 볼만하다고 쓰여 있다. 내부를 보려면 따로 입장료를 내야 하는데 카주라호에서 자인교 사원과 예불 모습을 실컷 본 뒤라 안에까지 들어가고 싶은 맘은 없었다. 사원 문밖에는 조그만 꼬마 아이가 피리를 부니 내 눈에 또 한 폭의 그림이 만들어진다. 마침 뒤에 있는 작은 안내 간판을 보니 MUDMIRROR G. H. 위에 City View라고 쓰여 있다. 난 안내해 준 대로 3층까지 쉽게 올라갈 수가 있었다. 이곳은 자인교의 지붕을 자세히 가까이 볼 수 있을 뿐 아니라 태양 빛에 빛나는 도시 골드 시티를 관람할 수 있었다. JAIN TEMPLE의 섬세함이 아침 햇살에 의해 금빛 찬란히 빛나고 봉긋 솟은 첨탑이 아름다워 기분 좋은 하루의 시작이다. 골목길 안에는 크고 작은 상점들이 개점을 위해 주변을 청소하고 물건을 내다 걸으며 손님 맞을 준비 하고 있다. 내려오는 길에 골목 어귀의 전통공예품 가게에 들렀다. 이것저것 구경을 하는데 내 맘을 사로잡은 골동품을 발견하였다. 가게 안에도 물건들이 많았지만 가게 밖 담벼락에도 주렁주렁 걸려 있었다. 그것 중 무쇠로 된 캔들이 내 맘에 쏘~옥~하고 들어온다. 소프트 볼 크기의 걸이형 둥근 캔들로 무게도 꽤 나갔다. 여행할 때 무게나 부피가 있는 것은 일단 선택하지 못한 경우가 허다하다. 그래도 맘에 든 물건이라 주인아저씨에게 얼마냐 물으니 한 쌍에 20달러(약 1,000Rs)란다. 이건 비싼 물건이다. 살까 말까 망설이다가 대충 흥정만 하고 가게를 나오면서 기필코 한 쌍을 사야겠다고 점만 찍어 두었다.

다시 어제 봤던 마하라자 궁전 앞 야외무대에서 공연이 준비 중이다. 5~6세쯤 되어 보이는 두 꼬마는 춤과 노래를, 열 살도 채 못돼 보이는 네 명의 아이들은 앉아서 악기의 연주로 공연이 시작된다. 머리에 커다란 터번까지 두르고 전통 복장까지 갖춘 모습을 보니 귀엽다. 전체 분위기가 나름 연주가로서의 면모와 외형적 형식을 잘 갖춘 공연장이다. 그 어떤 마이크나 스피커 시설이 없는데도 악기연주와 아이들의 노랫소리가 온 성안에 울려 퍼지기 시작한다. 전혀 예상치 못했는데 이런 공연을 길거리를 지나다 볼 수 있다니 완전 횡재를 만난 기분이다. 어제 인형극에서 봤던 손바닥 안의 나무 조각의 명쾌한 리듬과 두 꼬마 아이들의 손놀림에 맞는 악기 연주가 낯선 이방인에게 새로운 볼거리를 제공한다. 관람객이 많으나 구경꾼에게 관람료나 입장료를 따로 받는 건 아니다. 대신 자신들의 공연으로 모금을 하는 것이었다. 많은 이들은 이들의 공연을 보고 앞에 놓인 작은 방석에 적선(박시시)을 베푸니 그야말로 돈방석인 게다. 흥겨운 멜로디이지만 애절한 음색과 절절한 눈짓이 나 역시 자동으로 주머니에 손이 간다. 순식간에 주변엔 사람들이 몰리더니 어느 단체에서 왔는지 현지인 학생들이 몰려와 한껏 흥을 돋운다.

공연에 대한 설명이나 플래카드 하나 없이 저리 어린애들이 스스로 준비하고 남들 앞에서 공연하여 돈을 벌고 있다는 것 자체가 기특하고 신기했다. 난 무대 뒤 가까이 가서 꼬마돌 사진도 찍고 박시시도 했다. 사진을 찍으면서도 무슨 영화의 한 장면 같다는 생각이 든다. 뜻밖의 장소에서 예상치 못한 공연을 보고 가장 기억에 남은 사진(표지) 몇 장을 건진 셈이다. 그때 그 상황이 참 오랫동안 충격적이고 기억에 남아서다.

숙소에 들어가 주인아저씨에게 오늘 진짜 낙타 사파리를 갈 수 있느냐 물으니 오후 3시에 출발할 거라며 곧 있으면 배낭 여행객들이 도착할 거라고 한다. 오호~~ 드디어 가긴 가나 보다. 대부분 1박 2일의 낙타 사파리는 1인당 800~1,000Rs를 내야 하는데 숙소에 따라 그리고 사파리 내용에 따라 가격에 약간의 차이가 있다. 하지만 난 단체 여행자들과 합류하니 이미 정해진 내용대로 400Rs를 내고 동행하게 됐다. 개인이 아니고 단체로 움직이면 훨씬 싼 가격에 투어를 진행할 수 있다.

난 점심을 먹기 위해 리틀티베트 식당으로 갔다. 전날 주변인들이 적극적으로 추천한 80Rs짜리 멕시칸 푸드를 시켰다. 예상대로 걸쭉한 치즈의 풍부한 맛이 정말 훌륭했다. 하지만 양이 많아 반만 먹고 남은 것을 싸서 나왔다. 내가 외식을 불편해하는 이유는 청결 면에서 꺼림칙한 부분도 있지만 먹을 때마다 음식량이 너무 많다는 것이다. 난 어렸을 때부터 먹을 음식을 버리면 죄로 간다고 부모님께 배웠다. 그래서 직접 해 먹거나 남은 음식은 쉬이 버리지 못하고 포장하니 나의 간식이나 저녁이 될 거 같다.

숙소로 돌아오는 길에 웬 작은 꼬마 아이가 외줄 타기 공연(?)이다. 나이 든 남자와 여자는 어린 여자아이에게 오래도록 줄 위에 서서 온갖 재주를 부리게 한다. 여자 어른은 마당에서 장구를 치고 아이는 장대를 들거나 작은 링을 가지고 가느다란 줄 위를 오가며 재주를 부려보지만 오가는 사람들은 누구 하나 눈여겨보지 않는다. 멀리서 보기에도 공연이라기보다는 일가족의 생계를 잇기 위한 동냥 짓이라 하는 것이 맞을 듯싶다. 이런 앵벌이가 보편화된 인도 사회에서 이를 아동학대라 말할 사람은 아무도 없다.

쿠리(Khuri)

[류시화의 하늘 호수로 떠난 여행]의 배경이 되었던 사막 '쿠리'로 가는 낙타 사파리를 위해 나의 일정은 수정해야만 했다. 낙타 사파리는 혼자서는 감행할 수 없어 그룹을 기다리느라 하루를 더 머물게 되었다. 숙소에 들어와 보니 오후 1시에 출발한다고 알려 준다. 여행사 일행들은 우다이푸르에서 자이살메르에 도착하여 모두 점심을 먹으러 나가고 없었다. 어차피 내가 이들의 투어에 끼어들기에 참고 기다려야 한다. 여행사 선생님은 '유리'라는 이름을 가진 길벗으로 피곤한 모습이 역력했다. 난 나의 여행내용을 이야기하며 함께 투어해 줄 것을 이야기하니 흔쾌히 그러자 한다. 그런데 내게 또 하나의 행운은 배낭여행자 그룹의 대부분 여행객이 경기도 인천지역의 교사들이라는 것이다.

예정된 13시 30분에 지프가 숙소 앞에 당도했다. 기다리던 12인승 지프가 오고 정확한 사람 수는 기억이 없지만, 지프에 가득 찼던 기억만 남는다. 여행 샘(길벗)의 얘기로는 지프로 한 시간 정도 가면 사막에서 낙타가 우릴 기다리고 있다고 한다. 그런데 사파리에 다녀온 후 나의 일정이 문제다. 출발 전 하루의 펑크를 메우기 위해 투어 후 일정을 다시 짜야 한다. 우다이푸르까지 버스로 가려면 낮 3시 30분 출발로 12시간 소요된다. 디럭스형의 버스 삯은 300Rs이고 조드푸르까지 기차는 저녁 11시 15분으로 아침 5시 30분에 도착하여 다시 아침 7시에 우다이푸르 행 버스로 갈아타고 간단다. 이런 경우 오래 고민할 필요가 없이 조드푸르까지만 가고 우다이푸르는 접을 수밖에 없다. 난 낙타 사파리 투어 전에 조드푸르행 기차표 예약을 숙소 주인에게 부탁해 두고 지프에 올랐다.

낙타가 있는 곳까지 가는 길은 그나마 포장이 잘 되어 있었다. 하지만 파키스탄 국경 부근이니 특별히 조심해야 한단다. 인도는 종교분쟁으로 파키스탄과 매우 예민한 신경전 중으로 며칠 전에 타지마할 테러도 있었기에 모두 긴장한다. 길의 끝에는 지난번에 보았던 풍력발전기가 줄을 지어 멋진 풍경을 보여주는데 역시 모래만 있는 사막이 아니다. 한 시간쯤 지나자 신기루처럼 천막이 보이고 낙타와 낙타 몰이꾼이 우릴 기다리고 있었다.

우린 식량을 먼저 낙타에 나눠 싣고 함께 갈 몰이꾼들과 인도식 인사를 했다. "나마스테~~" 낙타를 이렇게 가까이 본 적이 없기에 무릎을 꿇고 쪼그리고 앉아 있는 폼부터 낙타 얼굴이 참 재미있게 생겼다고 생각했다. 모양새는 순하게 생겼으나 냄새가 고약하다. 1인 1낙타 라는 길벗의 말에 조금이라도 잘생기고 냄새가 덜 나는 깨끗한 낙타를 눈여겨 두었다. 여행 샘은 줄무늬 바지에 보라색 상의를 입은 인도 복장의 여인으로 변신해 있다. 아주 잘 어울리고 멋져 보인다. 현지 몰이꾼들과 사전협상을 한 후 축구선수들 개막전 인사하듯 두 줄로 마주 서서 서로 악수하며 각자 정해진 낙타에 올랐다.

낙타를 탈 때 필요한 사전학습으로 낙타 등 위의 손잡이를 꼭 잡고 최대한 몸을 뒤로 젖히며 겁먹지 말고 탄다. 몸에 힘을 빼고 낙타의 느릿한 걸음걸이와 출렁거림을 그대로 수용하며 자세를 편안하게 취해야 한단다. 출발 전 처음 만난 일행들과 단체 사진도

찍었다. 낙타는 탔으니 오늘 밤 사막의 밤하늘 별이 기대된다. 지금 이대로라면 날씨가 좋으니 검푸른 밤바다의 황금빛 별들의 잔치를 기대해 본다.

사막 이동 중 가끔 양 떼를 만날 수 있었으나 마른나무들과 몇 마리의 소들을 볼 수 있을 뿐 사람들은 거의 찾아볼 수 없었다. 40여 분 낙타를 탔을까? 사막 한가운데 마을이 나타나서 잠시 쉬어가자는데 여행 샘과는 이미 약속된 듯하다. 사막마을 통행세도 내고 마을을 구경해 보는 것도 나쁘지 않았다. 이곳 사람들은 인도 계급사회에서 가장 낮은 불가촉천민의 마을로 어떤 불상사가 일어날지 모르니 개인적으로 가까이 대하지 말라 한다. 마을 아이들은 그야말로 미개인들처럼 씻지 않은 자연 그대로였지만 이들이 사는 집들은 이제 막 지은 새집으로 깔끔했다. 우리 일행들이 나타나자 어디서 모였는지 꼬마 아이들이 순식간에 모여들었다. 꼬마 아이들이 무작정 달려들며 박시시를 요구하거나 내 목에 걸린 필기구를 빼앗아 가려 한다. 또 내 선글라스를 벗겨보려는 아이에게 난 버럭 악을 쓰며 아이들을 밀어냈다. 맘 한편 짠한 생각도 들지만 아주 버르장머리가 없고 무척 거칠고 빤질댄 걸 보니 여행 샘이 가까이 대하지 말라는 말이 무슨 뜻인지 알겠다.

입장료와 팁으로 40Rs를 주고 다시 낙타를 타고 사막을 향한다. 한 30분 정도 더 가더니 낙타 몰이꾼들은 오아시스라며 낙타에게 물을 먹여야 한다고 일행들을 세운다. 난 사막의 오아시스라고 해서 어마어마한 호수를 상상했다. 그런데 에~게~~ 이게 뭐야~ 허~얼~~ 진짜 웃긴다. 물통 하나 들어 올릴까 말까 하는 크기의 우물이 오아시스이고 그 안에는 뿌연 흙탕물이 올라온다. 더 깜짝 놀란 건 한눈에 보기에도 더러운 물을 낙타뿐 아니라 낙타 몰이꾼들이 목을 축이는 것이다. 그것도 자신의 땀내 풀풀 나는 입고 있던 메리야스를 들어 올려 거름종이처럼 입에 먼저 대고서. 일상이라는 듯 아무렇지도 않게 서로 번갈아 마신다. 미안한 말이지만 보는 내가 배탈날 것 같은 기분이다. 진짜 뭐든 맘먹기에 달렸다지만 이들에겐 진정한 오아시스인 모양이다. 우리가 가는 곳이 '삼 샌드 둔(Sam Sand Dune)'인 듯한데 류시화 님의 '쿠리(Khuri)'라 생각하자.

다시 출발하여 낙타 타고 가는 내 모습을 찍고 싶었지만 별 뾰쪽한 방법이 없고 동행인들에게 카메라를 주고 찍어 달라하면 되겠지만 그렇게까진 하고 싶지 않았다. 그래서 생각해 낸 것이 햇

빛에 반사하여 사막에 비치는 실루엣을 찍는 것이다. 맨 뒤의 실루엣이 나이고 나머지 사람들의 구도를 잡았는데 생각보다 좋아서 이대로 만족하고 더 바라면 쓸데없는 욕심이라 생각이 든다. 낙타 다리는 진짜 길고 늘씬하여 많은 여인네의 로망이다. 각선미 죽여주는 낙타!!! 말보다 훨씬 다리가 긴 낙타에 올라타고 느릿느릿한 걸음으로 출렁출렁 유유자적하며 사막을 지날 때 내가 무슨 아라비아 상인이라도 되는 듯한 착각에 빠진다. 낙타를 타는 첫 경험은 이리 가슴을 설레게 한다.

　끝도 없이 모래로 뒤덮인 사막이 아니고 키가 작고 마른 식물들이 사막 위의 쓰레기처럼 깔려 있어 조금 실망스러웠다. 하지만 내 상상의 하늘호수 같은 사막이 나타나겠지 하며 햇볕 내리쬐는 사막을 낙타를 타고 걸었다. 간혹 물먹은 선인장도 있었고 가시 달린 이름 모를 식물도 있었는데 내겐 그저 신기한 사막의 작물이다. 얼마쯤 갔을까? 금방까지도 잡풀 더미 위에 있었는데 경계 같지도 않은 경계를 지나니 거짓말처럼 진짜 상상했던 사막이 갑자기 화악!! 하고 나타난다. 이 순간 일행은 모두 환호성을 지르고 기쁨을 만끽하며 사진 찍기에 열을 올리기 시작했다. 사막에서 서쪽으로 넘어가는 그림 같은 쿠리 사막의 일몰 광경. 난 아직도 일행들과 섞이기가 어색해 혼자 손을 쭈욱~ 뻗어 선글라스에 비친 일몰도 찍고, 고마운 가방도 모래 위에 놓고 예쁘게 찍고, 내 그림자 찍기에 재미를 붙였다. 모래 끝 저 너머로 넘어가는 태양을 누구도 끄집어낼 수 없겠지만 이렇게 한 방 찍으니 이 재미도 보통은 넘는다. 낙타를 타고 두어 시간을 더 지나서 오늘 밤에 묵을 곳이라니 텐트도 없는 허허벌판에 짐을 푼다. 자연이 만들어 준 모래언덕과 석양을 배경으로 사진 찍기 놀이가 계속된다. 어쩌다 10초 셀카를 찍으려다 카메라를 모래에 떨어뜨렸다. 사그락거리며 사진이 찍히긴 하는데 여행을 마치고 나서야 고장이라는 것을 알게 되었다. 이때 모래가 렌즈 안으로 들어가 작동이 되질 않아 버렸다. 그래도 사진 한 장 건졌다. 야~호~~

동행인 중 준비된 모델(?)들 사진을 찍으며 잠시 쉬고 있으니 우리들의 투어를 책임진 낙타 몰이꾼들은 나름대로 정성을 다해 저녁상을 준비한다. 하지만 우리 일행들은 그들이 준비한 음식을 먹을 생각은 거의 하지 않고 각자 자신들이 준비한 과일과 과자부스러기로 배를 채웠다. 더 정확한 표현은 모래가 입안에 사그락거려 정성스레 만든 음식을 도저히 먹을 수가 없다.

해가 완전히 석양에 지고 어둠이 깔리기 시작하면서부터 한기가 느껴지는데 모래 위에 활활 타오르는 모닥불은 우리 모두를 한데 엮기에 부족함이 없었다. 여행사 투어 일행들은 여행 시작이 며칠 지났을 텐데 이제야 각자 간단하게 자기소개하는 시간이다. 내겐 모두가 초면인지라 기억하지 못하지만, 대충은 이랬다. 경기도 인천지역 선생님들 몇 분과 부산에 사는 처녀 선생님 한 분, 그리고 전통음악을 하며 시향에 몸담은 예술인과 사진작가분이 이 여행을 처음부터 함께한 일행이었고 난 낙타 투어 때만 따라붙었다. 여행을 언제 시작해서 언제까지인지 묻지도 않았고 이들이 어디서 와서 어디로 가는지도 모른다. 모닥불 속에 넣어 구운 감자 먹기를 마지막으로 모두 각자 자신의 침낭으로 들어갔다.

　　나는 낙타도 타고 사막도 보고 싶었지만, 최종 목표는 사막 밤하늘의 별들과 가까워지려고 이곳까지 왔다. 밤이 깊어갈수록 사막의 분위기는 무르익고 하늘의 별들은 초롱초롱 빛났다. 정말 한겨울 사막의 밤하늘은 뭐라 형언할 수 없는 고요와 적막과 축복이 쏟아지는 느낌이다. 나의 능력과 내가 가지고 있던 콤팩트형 카메라로는 저 아름다운 사막의 밤하늘을 찍을 수가 없다는 게 너무도 안타깝다. 슬플 일도 없는데 눈꼬리에서 눈물이 나와 얼굴 양쪽으로 흘러내려 귓속으로 들어간다. 아름다움도 잠시 텐트도 없는 사막의 밤은 너무도 추웠다. 두꺼운 매트와 바람막이가 있던 이집트의 바하리아 사막야영과는 또 다른 맛이었다. 어쨌거나 빨리 날이 새기만을 기다리면서 거의 뜬눈으로 까만 밤을 하얗게 새웠다.

쿠리 사막의 일출과 다시 만난 뜻밖의 여행 인연들

일상에서 나의 침상 온도는 한여름을 제외하고는 침대 위에 온수 매트를 사용하니 따뜻하다. 잠자기 한두 시간 전부터 이불 속 온도를 맞추고 따끈따끈해지면 촛농 녹듯이 잠이 쉽게 든다. 이런 습관 때문에 인도에서 한 달 내내 침상 환경이 전혀 다른데 잠을 자는 내가 이상할 정도다. 게다가 온기라고는 눈곱만치도 없고 시끄러운 야간열차에서도 잠을 잘 자는 나를 발견하고 스스로 대견하기까지 했다. 하지만 사막에서의 하룻밤은 노숙자가 따로 없었다. 지하철역 광장이나 공항 바닥이 아닌 사방이 휘휘 하고 지붕도 없는 허허벌판의 난장에서 잠자리이다. 너무나 추운 사막의 저녁으로 밤새 한숨 못 자고 뒤척이다가 새벽이 오기만을 기다리며 소리 없는 아우성으로 끙끙 앓았다. 속말을 나눈 친구가 있었다면 꼬옥 안고 잤을 거다. 별을 헤는 추억도 좋고 낙타 타는 경험도 좋지만, 그 순간만은 마치 지옥 구덩이에 빠진 거 같았다. 내가 좋아서 내가 스스로 선택한 길이지만 이렇게 춥고 힘든 밤이 될 줄은 상상도 못 했다.

예전에 경험했던 이집트의 바하리아 사막에서는 낙타를 탄 게 아니고 지프에 두꺼운 매트와 가리개 벽으로 쓸 양탄자를 양껏 싣고 와 밤을 새웠었다. 그때 사막야영은 추위에 떨지 않았는데 이번엔 너무 추워서 한숨도 못 잤다. 어찌하든 시간이 되니 어김없이 사막의 저편에 여명이 밝아오는데 형언키 어려운 아름다움이다. 저 모습을 보기 위해 우린 그 추위를 견디며 텐트도 없이 모랫바닥 위 얇은 침낭 하나에 몸을 담고 그 긴 밤을 보낸 것이다. 어제저녁 잠자리에 들 때의 별자리가 시시각각 이동하며 더욱 빛을 곱게 발하며 머리 위로 쏟아지는데 또 한 번 별자리 공부를 못한 것이 후회된다. 별자리에 관한 늦깎이 공부라도 하고 싶을 만큼 별들은 신비롭다. 새벽 동녘의 샛별, 그 초롱초롱함에 숨이 멈춘듯하다. 이럴 땐 특수렌즈가 장착된 고성능 카메라가 있었으면 좋겠다는 생각도 든다. 색깔 중에서도 내가 제일 좋아하는 색 인디고블루 위에 반짝반짝 빛나는 별들이 잠자리의 불편함을 조금은 잊게 한다. 그래도 어금니가 들썩일 정도로 너무 춥다.

우리 투어 일행 중 사진작가 선생님이 한 분 계셨다. 그분은 좋은 사진을 찍기 위해 동료에게 포즈에 대한 설정을 한다. 시키는 대로 포즈를 취하는 그 교사는 오늘의 모델로 맘도 좋아 보였다. 참 오랜 시간 여러 포즈를 취해 주었는데 난 이런 동행들이 있어 너무 좋기도 하고 고맙기도 하지만 미안한 맘이 가득했다. 덕분에 똑딱이 카메라로도 전문 작가 찍은 전시장 또는 책에서나 볼 수 있는 사진을 흉내 낼 수 있었다. 결과물이야 스스로 만족하면 되는 것이니까 좋은 경험 중 하나로 기억된다. 내가 찍은 마지막 사진 두 장은 '한 남자를 삼켜버린 태양'과 '모래 파도'라고 이름 붙이고 싶다. 운보 김기창 님의 수묵 담채화로 강렬한 느낌을 주는 <태양을 먹은 새> 그림이 생각난다. 동틀녘의 모래사장 위에서 사진찍기 일정이 밤새 추웠던 기분을 싸~악~~ 가시게 한다.

어제저녁에도 토마토 외엔 아무것도 먹을 수 없었는데 아침에도 뭘 먹었는지 모르겠다. 잠도 거의 못 자고 먹을만한 음식도 없지만 1박 2일의 사막 투어는 후회가 없다.

하늘호수에 발을 담그고 잔잔한 사막 파도에 맘을 빼앗긴다. 사막의 밤하늘 별을 보는 것과 낙타를 탄다는 것 외에는 별 기대를 하지 않았지만 새로운 체험의 사막 투어였다. 손가락으로 썼다가 바람 지우개로 사르르 지워지는 모래 낙서장도 재미를 더한다. 더 머물고 싶지만 이제 자이살메르로 돌아갈 시간이다.

낙타는 왼발 뒤를 시작하여 왼발 앞, 오른발 뒤, 오른발 앞 순서로 간발의 차이를 두고 꺼덕꺼덕 엇박자로 이동한다는 걸 알았다. 배설물은 염소 똥보다 큰 500원짜리 동전 크기의 구슬 모양으로 주르륵 마구 싸 댄다. 사막에서 하룻밤을 보내며 흠뻑 별이 쏟아지는 밤하늘과 낙타 타는 일을 마무리하고 오전 11시에 숙소로 돌아왔다. 동행들처럼 대부분 여행자는 사막 사파리를 하기 위해 자이살메르에 온다. 어쩌다 난 자이살메르에 나흘 동안이나 머물게 됐지만, 사막 투어를 함께 했던 일행들은 모두 새로 단장하고 가방을 챙기느라 분주하다. 그들은 어제 1시경에 이곳에 도착하여 곧바로 1박 2일 사막 투어만 마치고 오늘 오후 3시 버스로 내가 이미 지나왔던 자이푸르로 가고 난 밤 11시 15분에 조드푸르로 간다. 일행 중 연세가 좀 들어 보이는 여 선생님은 매사에 적극적이고 활달하셨다. 그 여선생님은 내게 메일 주소를 적어주며 내 콤팩트 카메라 안의 사진을 보내 달라고 한다. 하지만 잘 찍은 사진도 없고 멋진 사진도 없다. 그러니 보내줄 만한 사진이 없고 뭘 보내 줘야 할지 조금 고민이 된다. 일행들은 점심을 해결하려 자이살메르성 안의 리틀티베트 레스토랑으로 갔다. 함께 가지고 하지만 사막 투어로 이들과 일정을 마무리하고 싶어 난 숙소에 남았다.

이들이 식당에 간 사이에 난 별 식욕을 느끼지 못하고 성안을 돌아다니다 되돌아오는 길에 성 입구에서 또 다른 좌판 상인들을 만날 수 있었다. 직접 손으로 제작한 인형들. 누가 하나라도 사줬으면 싶지만, 나부터 사지 않으니 저게 팔릴까 싶다. 그리고 은세공품 한 개라도 팔려고 온몸에 칭칭 걸어 보이며 호객하는 여인도 있다. 그들의 표정 연기는 유명 배우 못지않게 사람 맘을 흔들어 놓는다. 내가 보기에 인도에서 빈부격차를 막론하고 장식하지 않은 여인은 여인이 아니다.

나는 낙타 사파리 투어를 떠나기 전날 숙소 남자에게 다음 예정지인 조드푸르행 기차표를 대행해 달라고 주문했었다. 커미션은 안 받겠다고 해 놓고 Total Fare 157Rs에 Service Charges 10Rs이니까 167Rs면 될 텐데 190Rs를 달라고 한다. 그래 놓고도 "노 커미션, 노 커미션"을 한다. 그래 공짜가 어디 있겠느냐 싶어 알고도 모르는 척 200Rs를 줬다. 전혀 예상치 않게 3박 4일을 자이살메르에서 보내긴 했으나 후회는 없다. 사막 투어며 숙소 비용까지 아무래도 이 주인 남자 덕을 본 것 같이 고맙다.

다음 이동시간은 밤 11시 15분이니 마음마저 여유로워 한가한 시간을 보낼 수 있었다. 나도 투어 끝나자마자 부지런히 서둘러 우다이푸르로 갔으면 좋았을 걸 하는 생각도 들긴 했지만 머무는 시간이 여유가 있어 좋긴 좋다. 낮잠도 한 시간 이상 자고 일어나 석양에 맞춰 바라 박(Bara Bagh)에 갈 채비를 하고 숙소를 나섰다. '거대한 정원'이라는 뜻을 가진 바라 박은 자이살메르 왕족들의 무덤으로 엄청난 규모에 건물도 아름다워 첫날부터 가고 싶었던 곳이다. 바라 박까지 릭샤 비용은 100Rs라는데 워낙 한적한 곳이고 공동묘지라는 생각에 혼자 가기가 조금 망설여졌다. 이렇게 맘이 선뜻 내키지 않을 땐 숙고할 필요가 있다. 주변의 여행객 중 바라 박에 함께할 사람들을 점심시간 때부터 찾아보지만, 바라 박이 뭔지 모르는 사람들이 태반이었다. 그래서 첫날 가디 사가르와 선셋 포인트를 함께 다녔던 오토릭샤 꾼을 찾아가 보았다. 30분을 넘게 마하라자 궁전 앞에서 기다렸는데도 그 남자는 나타나지 않았다. 이런 부분이 홀로 여행의 한계이기도 하다.

저녁 저물녘에 맞춰 사막 투어 가기 전에 봐 두었던 캔들 가게에 갔다. 처음에 말했던 대로 한 개에 10불짜리를 두 개를 사면 19불에 주겠단다. 낙타 사파리 투어 1박 2일에 지프, 낙타 대여와 두 끼니 식비가 400Rs인데 이보다 캔들 하나 값이 480Rs이니 매우 비싼 물건이다. 그래도 사고 싶어 19불을 주고 사고 나니 기분이 좋았는지 저녁 먹을 맘도 생겼다. 아침에 삶은 달걀 두 개와 점심에 토마토와 쿠키 몇 개로 하루를 보낸 상황이었다. 야간에 긴 시간 기차를 타야 하니 든든하게 저녁을 먹어둬야 한다. 리틀티베트 레스토랑에 갔는데 너무 늦은 시간이라 재료가 거의 떨어져 주문할 메뉴가 거의 없었다. 별로 내키진 않았지만 시킬 수 있는 메뉴로 짭조름한 '초우면'을 시켜 먹었다. 역시 괜히 먹었다는 생각에 맘이 허전했다. 그나마 날 위로하는 건 자이살메르성의 야경으로 조명을 받아 황금빛으로 물들어 탄성이 나올 만큼 아름다웠다.

그런데 그보다 더 신기한 일이 벌어졌다. 우~와~아~아!! 세상에 이런 일이. 믿기지 않지만 실제상황이다. 흐흐흐~ 식사를 마치고 나오는 길에 어쩜 이런 인연이 있을까? 이 낯선 곳에 어디서 많이 본 듯한 얼굴들이다. 와~우!! 바라나시에서 우연히 만나 하룻밤을 한 방에서 자고 다음 날 온종일을 같이 쏘다녔던 한국에서 여행 나온 젊은 일행들이다. 인도

영화 가즈니를 함께 보고 저녁까지 함께 먹으려다 시간을 착각해 기차 시간에 맞춰가느라고 부랴부랴 헤어졌던 사람들이다. 그때 그 일행을 1주일 만에 자이살메르 밤 길거리에서 다시 만나다니 이런 인연도 있구나. 나이로 봐선 딱 내 아들들 또래다 보니 그들은 엄마를 만난 듯했고 난 내 자식을 만난 듯 반가움에 노상에서 얼싸안고 방방 뛰었다. 귀띔도 없었는데 세상에 이 넓은 인도 땅에서 이들을 자이살메르에서 다시 만나다니 인연은 인연인가 보다. 이렇게 여행을 좋아하는 사람은 여행길에서 다시 만나게 된다. 난 마트에 가서 이들에게 이것저것 간식거리를 사주고 내 숙소로 함께 들어왔다. 그동안 각자 여행했던 이야기가 순서 없이 이어졌다. 난 저녁에 다시 조드푸르로 이동할 것이라 말했고 그들은 내일 사파리 투어를 떠날 예약을 한 상태란다. 그리고 놀라운 것은 남자아이의 가방을 오르차 관광 때 도난당했다는 비보였다. 그 가방 안에는 콤팩트 카메라와 지갑과 핸드폰이 있었다는데 여권을 잃지 않아 다행이었다. 여권은 가방에 담아서 다니는 것이 아니라 복대에 넣어 몸에 붙여 지녀야 하는데 이들이 그 기본을 지켜서 불행 중 다행이다.

아쉽지만 기념사진 한 장을 찍고 짧은 만남에 다시 이별하고 배낭을 챙겨 자이살메르역으로 이동한다. 자이살메르는 들어올 때도 그랬듯이 손님을 숙소에서 역이나 버스터미널에 배웅하는 것이 관례처럼 되어 있다. 숙소의 주인은 나를 자이살메르역까지 자신의 오토바이로 바래다주더니, 조드푸르에 가면 어느 숙소에 머물 것이냐 묻는다. 매번 그랬던 것처럼 나의 조드푸르 숙소는 정해져 있지 않았다.

조드푸르(Jodpur)

조드푸르의 Sinla Haveli 숙소와 신기료장수, 우마이드 가든

전날 밤 Giriraj Palace 숙소 주인의 배웅으로 자이살메르역 앞에 왔었다. 이 자이살메르 주인 남자의 이름은 Camel인데 자기의 친구가 조드푸르에서 호텔업을 한다며 특별히 정해져 있지 않았으면 찾아가 보라며 소개한다. 카멜이 적어준 [Sinla Haveli의 Mr sitalsingh, 전번 9314-7209-58]의 쪽지가 내 손안에 있어 왠지 맘이 차분하다.

내가 탄 기차는 조드푸르 기차역에 새벽 5시 30분 도착했다. 낙타 사파리가 있어 시끄럽던 자이살메르역과는 분위기가 다르고 정해진 숙소가 없어 불안할 때와는 달리 망설임 없이 오토릭샤를 잡았다. 그런데 내가 너무 흥분해서 배낭을 어깨에 멘 상태로 오토릭샤에 오르다가 배낭의 윗부분이 키 낮은 릭샤에 걸려 나동그라지며 무릎과 정강이를 긁혔다. 난 그 순간 눈앞에 번개와 별들이 오갈 만큼 아프고 창피했다. 릭샤 왈라는 괜찮나 물었지만 괜찮은 건 절대 아니었다. 쇠판 모서리에 부딪힌 정강이를 주무르면서 숙소에 당도했으나 통증은 온몸으로 퍼져 그 아픔이 극심했다.

자이살메르의 카멜이 소개해 왔다며 문을 두드렸다. 새벽잠이 깬 숙소 주인은 아무 말 없이 2층에 있는 싱글 룸을 열어주며 편히 쉬라며 갔다. 그동안 매번 했던 체크인의 번거로움도 없어 좋았다. 나도 두말하지 않고 정해진 방에 들어 씻지도 않고 침대에 침낭을 펴고 잠들었다. 그야말로 죽은 듯이 얼마나 잤을까? 온 동네에 쩌렁쩌렁 울려 퍼지는 인도(힌디?)음악에 깨어나 세정 후 일기를 쓰려고 로비의 책상 앞에 앉아 있는데 숙소 주인이 내게 와서 "굿모닝~" 인사를 한다. 그리고는 나의 옆방에 장기 투숙자인 이탈리아의 여인을 내게 소개한다. 아침 식사를 뭘 먹을 거냐고 묻는 말에 이 호텔도 조식을 포함한 숙소인가 보다 생각하며 식사 메뉴가 뭐냐 물었다. 뭐라고 복잡한 메뉴들을 얘기하지만, 뻔한 것이기도 해서 쉽게 알아들을 수가 있었다. 난 대충 알아듣는 척하다가 아메리칸 스타일로 주문했다. 식사를 마치고 체크인하는데 내가 먼저 자이살메르 기리라지 소개로 왔으니 너무 비싸게 받지 말라고 말했다. 덧붙여 난 지금 여행 마지막 부분이라 돈도 없다고 일렀다. 그 말이 먹혀들었던지 원래는 250Rs인데 200Rs에 해주겠단다. 다친 정강이를 보고 놀라며 약상자까지 챙겨주니 할 말이 없어졌다. 하벨리로 시설도 그런대로 괜찮은데 친절하며 싸고 쉽게 여행을 마무리하는 거 같아 기분이 좋았다. 자칫 다음 여정의 숙소를 소개해 준다면서 서로 짜고 사기를 치는 일도 있는데 나의 경우는 예외인 거 같다. 인도 여행을 하다 보면 내가 이들에게 보호받고 있다는 생각이 절로 든다. 이건 서로 무례하지 않다는 뜻으로 홀로 여행에서 꼭 필요한 것은 '겸손'과 서로 '존중'이다.

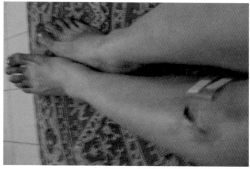

난 마지막 일정인 델리행 기차표를 예약하러 숙소를 나서면서 아무래도 다시 찾아오는 게 쉽지 않을 거 같아 명함을 달라니 똑 떨어졌단다. 힌디 발음하기도 쉽지 않고 여행책에 나올 만큼 유명하지도 않아 왠지 불안했지만, 현관 사진 한 장 찍고 출발했다. 그나마 카멜이 적어 준 숙소 전화번호를 가지고 있으니 별걱정 없을 줄 알았다.

조드푸르의 기차 예약사무소는 기차역에 있지 않고 따로 떨어져 있다. 약도를 가지고 물어물어 찾아갔으나 쉽지는 않다. 시장 안을 돌다가 릭샤에게 의존하지 않고 찾고야 말겠다는 생각이 성공하는 순간은 정말 기분이 좋았다.

나의 예정대로 원하던 델리행 기차표 [2462/ 04일 19:시 30분 출발, 05일 06시 15분 도착 264Rs]를 손에 넣었다. 달인 수준은 아니라도 제법이다. 지난번에도 말했지만, 인도 여행에서 목적한 대로 기차표만 잘 끊을 줄 알아도 여행의 반은 성공한 셈이다.

조드푸르에서 유명하다는 사나르 바자르(Sadar Bazzar)를 가기 위해 위치를 묻는데 내게 길을 가르쳐 준 사람이 반대 방향을 알려준 것 같았다. 역시 가라는 곳으로 가다 보니 새벽에 내렸던 기차역이 나왔다. 잘못 가르쳐 준 것을 탓하기보다는 대충의 방향과 위치 파악이 되니 오히려 고맙다는 생각이 들었다. 이제야 조드푸르 시내 방향을 대충 알겠다. 내친김에 쉬어가라고 역전에 있는 노상에서 신을 수선해 주는 사람을 만났다. 내가 그동안 신고 다녔던 샌들의 밑바닥이 덜렁거려 신발을 수선하기로 했다. 내 생각에 덜렁거리는 부분을 강력 본드로 풀칠만 하면 될 줄 알았는데 신기료장수는 전체적으로 빵 둘러 바느질을 해주겠다고 한다. 수명을 다한 신발인데 그럴 필요까지 있을까 싶었지만, 그냥 그에게 맡기고 작업하는 과정을 지켜보았다. 진짜 꼼꼼하게 잘도 꿰매는 신기료의 손놀림에 수선비 50Rs가 아깝지 않다. 그리고 기분 좋게 기념이라며 함께 사진도 한 방 찍었다. 내가 신기료장수에게 50Rs를 주는 것을 보고 이웃 아저씨들의 눈이 휘둥그레진다.

안전하게 신발까지 고쳤으니 어디든 더 걷고 싶다는 생각이 들었다. 이리저리 더 둘러보려다가 바쁠 것도 급한 것도 없으니 우선 숙소에 들어가 쉬고 싶었다. 그런데 예상대로 숙소 찾는 게 쉽지 않다. 물어물어 돌다 보니 구시가지를 뱅뱅 돌고 있었다. 결국은 젊은

가게 주인에게 도움을 청했다. 내가 호
텔명과 전화번호를 주니 그 젊은 청년
은 핸폰으로 나의 숙소가 GodaChowk
부근이라는 것을 확인해 주었다. 근처
까지 왔는데도 찾기 어려워 초등학생인
듯한 꼬마의 도움을 받아 숙소 앞까지
오게 되었다. 난 고마운 맘에 홍삼 캔

디 두 개씩 두 꼬마에게 주니 기뻐서 펄쩍펄쩍 뛰어가는데 아이구~~ 너무 귀엽다.

　숙소에서 쉬는데 옆방의 아가씨가 점심 먹었느냐며 인사한다. 우선 쉬고 싶은 맘에 배
가 부르다고 사양했는데 계속 이야기가 이어졌다. 그녀는 로마에서 왔으며 22세의 여대생
으로 힌디어에 매료되어 휴학하고 인도에 오게 되었다고 한다. 현재 호텔에 장기 투숙 중
으로 호텔주인이 날마다 힌디 선생님에게 바래다준다고 말한다. 3월이면 본국으로 돌아가
중국과 터키, 인디아를 돌며 큐레이터와 가이드로 일하는 것이 자신의 꿈이란다. 묻지도
않는 말을 이리 상세하게 하니 나도 가만있기가 뭐해서 간단하게 내 소개했다. 이야기가
진행되다 보니 우린 숙소 식당에 탈리를 주문하고 점심을 함께할 수 있었다.
　옆의 꼬마는 호텔주인의 딸인데 어찌나 애교가 많고 호기심이 많은지 모른다. 이 꼬마
가 "Lady~~" 하며 날 부르면서 언제든 불법 침입(?)한다. 다섯 살도 채 안 되는 꼬마가

50살이 훌쩍 넘은 나에게 "부인~ 또는
숙녀~"한다. 내가 아무리 피곤해도 살
갑게 달라붙는 이 어린아이를 모르는
척할 수도 없고 지금은 바쁘니까 가라
고 할 수도 없다. 다음 글에 아이에 관
한 이야기를 써 볼 생각이다.

이번 인도여행의 마지막 도시는 조드푸르로 볼거리들이 산재해 있어 걸어서 홀로 찾아 다니기엔 힘든 도시라고 한다. 그래서 마지막 일정인 내일은 일일 시티투어를 할까 하는 맘으로 국제여행자사무소를 찾아 나섰다. 역의 1층에 마련됐다고 해서 찾아갔으나 투어는 없고 숙소 안내만 한단다. 다시 찾아간 곳은 역에서 버스스탠드 쪽으로 1.5킬로 떨어진 관광안내소였는데 그곳에서도 여행 접수를 하는 게 아니라 시티투어 출발지로만 이용된다고 한다. 그럼 도대체 어디서 투어 접수를 하는 거야? 짜증도 났지만 어쩔 수 없는 일이다. 우여곡절 끝에도 결국 일일 시티투어를 결정하지 못하고 혼자 내일 하루를 보내기로 맘을 접었다.

이왕 이곳까지 왔으니 근처에 있는 <우마이드 가든(UMAID PUBLIC GARDEN)>을 찾아갔다. 그런데 우마이드 가든 입구에 박물관의 폐장 시간이 16:30분이라니 이미 시간이 지나서 정원의 출입구 문은 굳게 닫혀 있었다. 그런데도 공원 안에는 사람들이 제법 있어 이상케 생각하며 기웃거렸다. 이런 날 본 현지인 서너 명은 내게 안으로 들어갈 수 있는 쪽문을 가리키며 안내하는데 일명 개구멍이다. 허물어진 담벼락으로 들어가 본 정원 안은 의외로 넓고 한때의 화려함을 말해주는 규모였다. 나무들도 잘 정돈되어 있으며 사원과 동물원, 식물원들도 있어 도시의 휴식처로 마땅해 보였다. 석양 무렵의 한가한 공원에서 휴식을 취하는 것도 나름의 운치가 있었다. 폐장된 공원 안으로 몰래(?) 들어와 고즈넉함을 만끽하며 벤치에 앉아 내일의 일정을 계획한다.

여행 마무리를 잘해야 할 텐데…

　우마이드 가든의 현지인들 틈에 끼어 휴식을 취하고 숙소로 돌아오는 길은 이미 도시를 거의 간파한 뒤라 어렵지 않게 찾아올 수 있었다. 조드푸르는 이전의 도시들보다 외국인 관광객이 적어서인지 식당을 찾아 저녁을 먹으려는데 딱히 갈만한 곳이 안 보였다. 여행책에 먹거리 추천으로 구시가지 입구에 'Agra Sweets'라는 마카리아 라시 집이 있단다. 라시라면 식사가 아닌 냉음료의 후식이지만 소자띠 게이트 근처라는데 내가 머무는 숙소 입구이기도 하다. 사프론 향과 색을 가미한 '마카리아 라시'는 최고의 명물로 손꼽히는 메뉴이니 꼭 먹어보라고 추천한다. 직접 먹어보니 마카리아 라시는 누구에게나 추천할만했다. 향기롭고 달콤한 10Rs의 행복을 맛보고 귀가했다.

　그대로 잠들기엔 뭔가 아쉽다. 숙소에 들어 매니저에게 캔맥주와 스낵을 시켜 혼자만의 남은 시간을 만끽했다. 나름 지금까지 첫 홀로 여행이지만 잃어버린 것도 없고 특별한 사고도 없었으니 무사 여행에 대한 마무리 자축파티다. 그래도 끝까지 긴장의 끈을 놓쳐선 안 된다.

여행 28일 차 02/04

메헤랑가르성과 자스완트 탄다, 우마이드 팰리스

습관처럼 새벽부터 눈이 떠졌지만, 억지 잠을 청하여 7시가 넘
도록 늦잠을 잤으나 몸이 개운하지는 않다. 어디선가 흘러나오는
예배드리는 소리에 눈을 뜨고 새날을 맞이했다. 어제와 같이 숙소
에서 간단한 식사를 마치고 9시 15분에 오토릭샤를 타고 <메헤랑
가르성(Mehrangart Fort)>에 올랐다. 1459년 마르와르 왕국의 왕
라오 조다가 세운 이 성은 인도 전역에서 가장 큰 규모로 시내 어
디에서나 잘 볼 수 있게 우뚝 솟은 언덕 위에 마치 중세 기사 문
학작품의 배경이 될 듯 웅장함이 멀리서부터 느껴진다. 오토릭샤
를 타고 구불구불 다 올라와서 보는 메헤랑가르성은 그 웅장함이
더 하다. 입구 안쪽 매표소에서 250Rs로 입장권을 끊어 들어서는
데 Audio Tour Shop이 나왔다. 난 별도의 가이드와 헤드셋 사용
료를 내는 줄 알고 카운터의 남자에게 이렇게 말했다. 내게는 여
행책이 있으니 성 안내 책자만 줄 수 없느냐고 물었다. 그랬더니
신기하게도 그 남자는 "Korean Language!" 한다. 와~~아~~ 진
짜요? 허걱!! 한국어 안내라니 대한민국 대단하다.

그가 내민 팸플릿에는 여러 가지 번역기 중 마지막에 [Korean]라고 쓰여 있었다. 우~후~ 대박!! 여러 여행지 중 그다지 외국 관광객이 많지 않음에도 불구하고 거대한 크기로 웅장함을 느끼게 하는 메헤랑가르성과 다국어 안내 시스템, 그리고 섬세한 건축물이 날 놀라게 했다. 그 유명한 타지마할에서도 이렇지는 않았는데. 나의 마지막의 여행지인 줄 알고 하늘이 내린 축복인 듯했다. 한 달여 여행 끝에 조금 기진맥진했었는데 순간 다시 기운이 샘솟는다. 지금껏 인도여행을 다니면서도 중국어와 일본어는 있는데 한국어 안내가 있는 걸 처음 경험해서 놀라웠다. 우리나라 국력 신장을 느끼며 어깨가 으쓱 올라가는 순간이기도 했다. 게다가 오디오 안내가 어찌나 섬세하고 녹음 또한 깔끔한지 진짜 놀라웠다. 신통하고 정교한 안내를 들으며 진정한 투어의 맛을 보는 듯하였다. 음성까지 차분하여 지루하지 않게 세 시간이 넘게 꼼꼼히 성안을 둘러볼 수 있었다.

인도에서 가장 보존상태가 뛰어난 타르사막 위의 메헤랑가르 포트는 122m 바위산 위에 세워진 성이다. 골콘다 성처럼 오르내리는 것이 아니라 구릉 하나 없는 평편한 건축물로 외세의 침입에 철통같은 방어를 한 요새이자 궁전이다. 외부 침입을 방어하기 위해 두 개의 커다란 문이 90도 각도로 꺾여 있는 '로하 폴(Loha Pol)'에 커다란 쇠못이 일정 간격을 두고 박혀 있었다. 코끼리의 침입을 막을 심산인지 사람의 키보다 더 높은 곳에 많은 쇠침이 박힌 쇠문이다. 승전 개선문인 '자야 폴'을 지나 태양의 문인 '수라즈 폴'로 들어서면 왕궁을 개조한 박물관이 나타난다. 조드푸르가 독립국으로 지위를 얻은 것은 1459년경 마르와르 왕조 출신 라지푸트인 Rao Jodha가 조드푸르 왕조를 세우면서란다. 그 후 무굴 세력의 확장으로 위기를 맞자 역시 혼인동맹을 수단으로 겨우 명맥을 유지하다가 1949년에 라자스탄주로 편입되어 관광도시며 행정도시로 급부상하였단다. 그런데 이 자야 폴 앞에서 벽면을 보면 외세 침입의 흔적인 많은 포탄 자국(Cannon Ball Marks>) 볼 수 있다. 1808년 전쟁 당시의 포탄 자국을 동그랗게 표시해 두어 저게 진짜 포탄 자국일까 하는 의구심이 들 정도였다. 수백 방의 총탄 자국으로 성을 얼마나 튼튼하게 지었으면 저렇게 많은 포탄을 맞으면서도 끄떡없었을까?

성벽의 외곽과 꼭대기에는 대포가 줄지어 있고 성벽 밖으로 펼쳐지는 풍경은 파란색 일색이다. 라자스탄주의 행정중심지인 조드푸르는 행정중심이라는 것보다는 '블루시티(BLUE

CITY)'로 도시 전체가 푸른색으로 넘실댄다. 그 이유는 지배계급인 브라만들이 자기 집을 푸른색으로 칠해 다른 사람들과 차별화를 시도했기 때문이다. 메헤랑가르성에서 아래 도시를 내려다보며 실감할 수 있는데 도시 전체가 점묘화를 보는 것처럼 독특한 느낌을 주는 것 같지만 계급사회 차별의 의미를 지닌 풍경이다.

조금 더 지나면서 이 궁전의 주인인 만싱의 미망인들 손자국이 나를 다시 한번 놀라게 한다. 자이푸르와 자이살메르에서도 봤던 저게 도대체 뭐지? 세상에나!! 관심 있게 묻고 둘러본 결과 나는 더욱 놀랐다. 유교에 열녀가 있듯 인도의 힌두문화에 '사띠(Sati)'라는 것이다. 사띠란 '진정한 아내'라는 뜻으로 죽은 남편을 따라 함께 죽는 걸 말한다. 내 상식으로는 이해가 가지 않지만, 남성 중심의 문화권인 인도에선 충분히 그러고도 남을 만하다. 지난번에도 말했지만 '사띠 문화'란 인도 전통 장례 중 남편이 죽었을 때 그의 부인도 산 채로 화장해 버리는 의식을 말한다. 이 얼마나 황당한 일인가? 죽은 남편을 따라 불길에 뛰어들어 분신자살하고 이런 사띠를 행한 여성들을 여신으로 승격시켜 사원이 지어지고 막대한 기부금이 들어온다니 이런 아이러니를 어떻게 생각해야 할지 혼동이 온다. 서른한 개의 한쪽 손바닥이 새겨진 이 문의 주인공은 1987년, 당시 18세의 여성 루프 칸와르(Ruf Kanwar)로 결혼한 지 7개월 만에 사망한 남편 따라 '너는 내 운명'이라며 죽었다. 그런데 함께 죽은 부인이 서른한 명(?)이라니 고개가 갸우뚱거려졌다. 내가 모르는 뭔

가가 있겠지만 저게 정말일까? 하는 의구심과 함께 인도에서의 여성의 위치란 도대체 어떤 것일까? 힌두문화라고는 하지만 인도의 다른 주에선 보지 못한 사띠 풍습!! 사띠 의식에 대한 찬반론이 팽배하였는데 보수파들은 본인의 자의적 행동이고 선택이니 살인과는 다르다고 주장한다. 일부에서는 화형이라는 비판도 일고 있단다. 사띠를 선택한 여인들은 여신으로 승격되고 사원이 지어져 결국 친정이나 시댁에 부가 축적되기에 가족 간의 피를 부르는 일도 있고 화형 중 다시 튀어나오려 한다면 기어코 나올 수 없도록 밖에서 문을 잠가버리기까지 한다니 놀라울 뿐이다. 현지 여인이 사띠의 손에 입을 맞추며 영혼을 위한 기도를 하는 건지 문에 기대어있다. 계속 벽에 이마와 입을 번갈아대고 손으로 문지르며 그곳에 머문다. 외국 관광객이 별로 없는 줄 알았는데 서양 할아버지 할머니 등 단체관광객이 제법 있다. 저 사람들은 이걸 보고 무슨 생각을 할까? 동상이몽.

다음의 적황색 건물은 태양의 문이라 불리는 '수라즈 풀(Suraj Pol)'이다. 왕궁을 개조한 박물관으로 당시 왕궁 모습을 재현해 놓은 전시실과 왕족의 손때가 묻은 소품을 전시해 놓았다. 마하라자(왕)가 타고 다니는 유리 벽의 황금 가마와 한껏 치장한 마하라니(여왕) 모습, 무기 전시실에는 금은제 수공예품, 상아나 동물의 뼈 등을 이용한 창과 방패 칼 등이 있는데 보존상태가 뛰어나고 볼거리가 풍부하다. 오늘날 궁전의 주인인 왕자는 '이곳이 세기에 남겨질 최고의 박물관이 되기를 희망한다.'라는 메시지를 오디오 안내로 들려준다. 화사한 문양과 특별한 아치 기둥이 있는 마하라자의 대관식을 거행한 '모띠 마할(진주 궁전)', 원색의 스테인드글라스 안으로 흘러 들어오는 태양 빛은 과히 놀랄만하다. 색색의 크고 작은 구슬을 천장에 매달아 무도회장 분위기를 만들어 낸 왕과 시녀들의 댄스홀인 '풀 마할(꽃 궁전)'이다. 거울로 만들어진 '시시 마할'은 상감기법과 섬세한 세공 기술이 더할 나위 없이 아름다워 인도만의 독특한 분위기로 나를 매료시킨다.

조금 떨어진 성 밖에 내 호기심을 자극하는 하얀 성 'Jaswant Thanta'의 모습이 보인다. 성 관람을 마치고 나오는 길에 인도 학생들의 단체 관람객들을 만날 수 있었다. 이방인인 내게 환영의 인사인지 꼬막손을 흔들어 반가움을 표현한다. 아이들의 순수함은 어디든 있겠지만 인도 아이들의 순수함을 따를 수 있을까? 자칫 아이들의 행렬이 무너질까 봐 얼른 자리를 떴다.

성내의 마지막 32번에서 사용했던 헤드셋 오디오가이드 기기를 돌려주고 기프트 샵에 들어갔다. Mehrangarh Museum Souvenir Shop에 들어가서 가족과 지인들에게 선물할 물건들을 샀다. 시중 가격과 비교해보면 열 배가량 비쌌지만, 이곳은 할인 없이 정찰제인 모양이다. 그런대로 품질이 좋아 보여 모자 두 개(600Rs), 네 사람이 폴로 경기하는 그림이 그려진 것으로 조카와 내가 입을 순면 라운드티 두 장(1,000Rs), 최 선생에게 줄 티셔츠는 폴로 경기하는 국가대표 선수들이 입는 운동복으로 전면에 노랑 대각선 줄이 있고 그 안이 조드푸르라는 글씨가 새겨있는 것을 한 장(795Rs) 샀다. 마땅히 살 게 없어 샀지만, 최 선생은 옷에 큰 글씨가 새겨진 옷은 안 입는다. 기념품으로 사긴 했는데 항상 그랬듯이 여행 중 사는 선물은 그 당시의 기분으로 끝난다. 받는 사람은 그게 얼마나 심사숙고해서 샀는지 알려고 하지 않는다. 그래도 여행 막바지라 나중에 후회할까 봐 몇 장을 샀다. 기프트 샵에서 계산을 하는 두 남자는 연신 싱글벙글하며 날 돈 많은 귀부인 대접을 한다.

메헤랑가르 포트!! 모두 감상하고 내려오는데 India icecream 판매대가 눈에 들어와 초콜릿바를 하나 사서 물고 릭샤가 오길 기다리는데 오토바이 한 대가 내려가려고 시동을 건다. 이때 평소에 하지 않던 행동이 나왔다. 자칫 잘못했다간 큰일 날 뻔한 그리고 여행이 아니면 볼 수 없는 나의 행동이다. 지금 내가 생각해도 참 대담한 나의 모습으로 난 전혀 알지 못하는 인도 남자에게 말을 걸었다. "저 혹시 내려가실 거면 내가 지금 소자띠 게이트 가려는데 그곳까지 태워 줄 수 있느냐?"를 전혀 유창하지 않은 영어로 말을 걸었고 나의 뜻을 안 그 남자는 흔쾌히 "OK~" 했다. 난 "So good ~"하며 그 남자의 오토바이에 올라탔다. 아주 대담한 행동으로 보이지만, 내가 본 바로 관상학상 착한 사람으로 보여 조금도 불편하지 않았다. 그 남자는 지배계층의 풍채와 분위기를 지니고 있었고 나이도 나보다는 훨씬 적고 순해 보였다. 그래서 순간의 작은 두려움도 없었지만 내가 이 정도로 대담했다니 믿어지지 않았다. 어쨌거나 낯선 남자의 오토바이 뒤에 타고 내려오는 길에 성안에서 봤던 '자스완트 탄다' 가까이 왔다. 난 그곳이 궁금하기도 하고 보고 싶기도 했지만 차마 말할 엄두가 나지 않았다. 그런데 남자는 나에게 Jaswant Thanta를 들러보고 싶지 않으냐 묻는다. 난 내가 원하는 바라며 만면의 미소로 강한 긍정의 표정을 보여주었다. 그렇지 않아도 자이살메르에서 바라 박을 둘러보지 못해 아쉬웠다.

이 남자는 친절하게도 계속해서 왕족들의 화장터이자 묘라는 유래까지 얘기해주며 티켓을 끊는 일과 카메라 촬영권을 받는 것까지 친절하게 안내해준다. 그러고는 자신은 나무

그늘에 앉아 있을 테니 걱정하지 말고 맘껏 둘러보고 오라고 한다. 믿음이 없지는 않았지만, 난 혹시나 하는 맘으로 그 남자에게 기념사진 하나 찍자며 입구에 들어서기 전에 한 컷 해 두었다.

<자스완트 탄다(Jaswant Thanta)>는 자스완트 싱 2세를 기리기 위해 1899년에 지어졌다. 정원 중앙에는 자스완트 싱 2세가 말을 타고 호령하는 청동상이 있다. 자세한 건 모르겠지만 암반 위에는 수많은 마하라자의 비석들이 신전처럼 모셔져 있다. 아그라의 타지마할처럼 흰색 대리석으로 만들어져 '메와르의 타즈마할'이라 별칭이 붙을 정도로 섬세하게 만들어진 작은 건물이다. 마치 상아를 빚어놓은 듯한 건축물 형상은 곡선으로 디자인된 자이살메르의 '가디 사가르'의 모습과 비슷하다. 깔끔하게 잘 단장된 정원과 주변에 크고 작은 유적들 입구에는 연못 같은 작은 호수도 있다. 내부의 벽에는 역대 마하라자의 초상화와 중앙에는 제단이 놓여 있다. 마치 우리나라의 제각 같은 분위기인데 관광객도 별로 없어 너무도 한가롭게 섬세하고 아담한 자스완트 탄다를 제대로 구경할 수 있었다.

난 구경을 마치고 나와 그 인도 남자의 오토바이를 다시 타면서 "I'm a Lucky woman."이라고 말해 그 남자에게 감사의 마음을 전했다. 사다르 바자르에서 내려달라고 말하니 그 남자는 내게 바자르 안 구경을 도와주겠다며 앞장을 섰다.

시장의 중앙에는 조드푸르의 방향과 이정표를 상징적으로 나타내는 시계탑이 오후 세 시를 가리켰다. 시장 구경을 하려는데 이때까지 내 옆에 있던 인도 남자는 내게 자신의 사무실에 들러 짜이 한잔하고 가라며 좁은 통로가 있는 2층으로 올라가는 계단을 가리킨다. 어어~ 또 바라나시의 그 상황이라는 생각에 내심 웃음이 나왔다. 난 정중히 사양하며 그동안 감사했다고 인사하고 냉정히 돌아섰다. 이런 경우 다시 말하지만 머뭇거릴 것이 아니라 파리채로 파리를 잡듯이 단호해야 한다. 다행히 이 남자는 두 번 권하지 않아 그리 싫은 감정은 아니었고 오히려 이 남자의 친절에 미안한 생각도 들었다. 무작정 의심할 것은 아니지만 아무튼 신중하게 행동하고 빠른 판단을 해야 하는 인도여행이다. 긴장하고 싶지 않지만 긴장해야 하는 이유가 분명히 있다.

<사다르 바자르(Sadar Bazaar)>는 조드푸르 시민들이 애용하는 시장으로 구시가지의 중심에 자리 잡고 있다. 점포가 따로 있는 예도 있지만 대부분 노점이나 손수레에 일용품과 채소, 과일 등을 팔고 있었다. 이곳 사다르 바자르의 명물 중 하나가 향신료 가게이다. 나의 여행책에도 굳이 사지 않더라도 독특한 냄새와 상인들의 친절한 설명을 듣는 것만으로도 즐겁다고 안내가 되어 있었다. 뭘 하나라도 사고 싶었지만 뭘 사야 할지 설명을 들어도 잘 몰라 아무것도 사지 못하고 가게를 나왔다. 카레의 재료인 강황을 사고 싶기도 했지만, 동료 샘 중 제발 인도에 가서 카레 같은 거 절대 사 오지 말라는 말이 생각나서 웃고 말았다. 사다르 바자르 북문 앞에는 Amalate Shop이 있는데 신기하게도 한글로 써진 설명 간판이 있어 날 놀라게 했다. 몇십 년째 달걀과 오믈렛만을 팔고 있는 현지인의 유명한 노점 식당이다. 내가 있는 동안 한 명도 보지 못한 한국 관광객을 위하여 날마다 저 간판이 저곳에 있을 테니 나라도 가서 오믈렛을 사 먹을까 싶었으나 그냥 지나쳤다.

지나치면서도 조금 미안했다. 한글로 적힌 내용을 보니 오물렛 두 접시에 빵을 포함해서 12Rs란다. 성인 남자가 배부르게 먹을 수 있을 만큼 양도 많단다. 무슨 이유에서인지 인도여행 중엔 뭘 먹고 싶다는 생각도 없고 허기짐도 못 느끼며 다녔다.

아침에 계획했던 대로 메헤랑가르 포트와 자스와트 탄다를 둘러본 후 사다르 바자르까지 구경하고 돌아왔다. 피곤했지만 숙소 입구에서 놀고 있던 딸이 "Lady~~" 하며 어찌나 반갑게 맞이하던지 30분 정도 같이 놀아주고 내 방으로 들어왔다. 주문하지도 않았는데 주인은 점심 먹었느냐 물어보고 무심결에 "아직!"이라며 간단하게 답한 내게 탈리(인도백반)을 준비해 준다. 별로 먹고 싶지도 입맛에 맞지도 않지만, 짜파티에 인도 카레 그리고 고추볶음과 토마토 조각으로 시원치 않은 점심에 커피까지 추가다. 이럴 줄 알았으면 아말렛숍에서 먹고 올걸. 난 첨엔 이런 식사가 가정식으로 숙박비에 포함되었을까? 궁금했지만 아침만 주는 게 아니고 점심도 챙겨주니 체크아웃할 때 알게 되겠지 하며 별로 신경쓰지 않기로 했다.

Sinla Haveli의 주인 Sheetal Singh씨와 그의 딸이 있는 숙소에 머무는 동안 그의 부인은 한 번도 보지 못했다. 대신 힌디어를 배운다는 로마 아가씨를 자주 보고 상냥한 그녀와 기념사진을 찍었다. 4살 정도 돼 보이는 이 딸이 어찌나 친근하게 다가오는지 두려울(?)때도 있었다. 피곤할 때는 귀찮았을 정도였으니까? 하지만 쪼그마한 아이가 "lady~~" 하며 날 부르고 방안에 무작정 들어올 때는 미워할 수가 없다. 외출하고 들어오면 마치 기다렸다는 듯이 멀리서부터 내 가슴팍으로 달려든다. 그러고는 내가 쓴 모자며 선글라스, 스카프 등을 자기 몸에 감싸며 이런저런 포즈를 취한다. 귀찮아도 카메라를 꺼내서 사진을 찍어준다. 아이 아빠는 이런 딸의 행동을 못마땅해하지만 어쩔 수 없다는 듯 못 말린다. 이 딸은 2박 3일 동안 머물면서 나와 정이 들었는지 숙소에서 체크아웃하고 나올 때 동네가 쩌렁거릴 만큼 울어댔다. 어찌나 서럽게 울던지 내가 탄 오토릭샤까지 올라타며 가지 말라고 붙드는데 지금도 그 모습과 우는 소리가 귓가에 쟁쟁 울린다.

조드푸르는 볼거리들이 흩어져 있어 걸어 다니기엔 무리가 되는 거리이다. 개운치 않은 점심을 마치고 계획했던 오후 일정으로 '우마이드 바반 팰리스'를 가기 위해 오토릭샤를 딴다. 입장료 30Rs 내고 들어선 <우마이드 바반 팰리스(Umaid Bhawan Palace)>는 조드푸르의 마하라자를 지낸 우마이드 싱의 궁전으로 그가 재임 당시 엄청난 기근으로 사람들이 죽어가자 민생 구제를 위한 국책토목사업으로 축성했다고 하는데 아시아에서 가장 큰 왕실 저택이라고 한다. 기근 중에도 346개의 방이 있는 큰 궁전을 지었다는 게 아이러니컬하게 느껴지지만, 지금에 와선 관광 사업의 하나로 일부는 최고급 호텔로 수입을 올린

다니 암튼 다행스러운 일이다. 미국 대통령 빌 클린턴이 인도 방문 때 이곳에서 묵어서 더욱 유명해진 우마이드 바반 팰리스이다. 우마이드 바반 팰리스의 100여 개의 방은 호텔로 개조되어 있었다. 그리고 나머지 방들은 왕실 가족이 사용하여 관광객에게는 개방되지 못하며 일부만 박물관으로 개조하여 개방되었다. 정원 입구에 당시 왕족들이 사용한 올드카가 화려하게 광을 내며 전시되어 있다. 특히 박물관에는 왕실 가족이 최근까지 사용했던 유리와 도자기, 금과 은으로 세공된 가정용품 등을 전시해 놓고 있었다. 왕실과 같은 로열패밀리의 생활상을 엿볼 수 있기는 했지만, 기대에 미치지는 못했다. 박물관 내에는 마하라자 사진이 곳곳에 걸려 있었다. 자이푸르 여행 때도 말했지만 라자스탄주는 무굴의 침입에도 끝까지 대항했다. 어떻게든 독립을 지켜내던 마하라자는 영국의 지배하에서도 결혼동맹까지 감수하며 자신들의 지위와 신분을 지켰으며 영국도 일정 권위를 인정하며 인도를 지배했다. 1857년 세포이 항쟁이나 1945년 인도 독립운동에서도 라자스탄주의 마하라자 자리를 굳히기 위해 인도의 지배계층이 영국 편에서 매국노 같은 행동을 보였다는

것만으로도 영국의 계산된 속셈이 드러난다. 인도 초대 수상 네루 시절까지만 해도 인도의 단합을 위해 마하라자의 특권을 인정했다니 이들의 영화가 얼마나 크고 긴지 짐작이 간다. 인디라 간디 이후 마하라자의 특권을 상당 부분 제한한 적이 있었다지만 21세기 지금까지도 변함없는 영향력을 가지고 있다고 한다. 액자속의 왕과 함께 찍은 폴로선수들이 입은 옷은 어제 최 선생에게 선물하려고 산 옷인데 최 선생은 이렇게 글씨 써진 옷을 안 입을 게 뻔하다.

우마이드 바반 팰리스를 홍보하는 대형 TV는 한국산 엘지 캔버스다. 박물관 관리인에게 "이 TV는 우리나라 제품이며 난 한국 사람이다"라고 자랑하니 흔쾌히 TV를 켜 주었지만, DVD의 홍보내용은 별거 없었다. 피곤한 김에 쉬어가자며 의자에 앉아 보았는데 내용은 조금 실망스러웠고 대한민국 엘지 캔버스 화면의 화질이 과연 전자산업의 일등국다웠다. 누구도 내게 신경 쓰지 않은 이곳에서 오랜 시간 휴식을 취했다.

건물의 외형으로 봤을 때 중앙의 돔 모양 지붕은 뉴델리의 대통령 궁과 똑같은데 이는 바반의 건축설계자가 헨리 랭체스터로 대통령 궁의 설계자 에드윈 루텐스를 존경했기 때문이라고 한다. 그러고 보니 둘 다 영국 사람이 지은 건축물이다. 영국의 식민지였던 인도사람들은 과연 영국에 대한 감정이 지금은 무엇으로 어떤 모습으로 남아있을까? 우리가 일본 식민지였던 과거의 기억과 얼마나 다를지 궁금하다.

우마이드 바반 팰리스를 둘러보고 나오는데 올라오는 오토릭샤가 없다. 사실 별로 관광객이 없었기에 기대하지는 않았지만 내가 내려가는 데 불편할 거라고는 생각지 못했다. 어쩔 수 없이 한참을 걸어서 내려오는데 1톤쯤 되어 보이는 타이탄 트럭이 멀리서 내려온다. 허허벌판 땡볕 길에서 걸어갈 자신이 없던 난 지나가는 트럭을 세워 오토릭샤 있는 곳까지만 탈 수 있느냐고 도움을 청했다. 별 표정 없이 올라타라고 하면서도 어디까지 가느냐? 묻는데 힌디어로 묻는다. 눈치로 직감하면서 난 힌디어를 할 줄 모른다고 말하며 "소자띠 게이트"만 반복해서 대답했다. 그리고 커다란 슈퍼가 있는 마을 입구쯤에서 오토릭샤가 보여 내려달라고 했더니 그제야 방긋 웃으며 안녕 손짓한다. 매번 느끼는 바이지만, 인도사람들은 무표정하면서 이처럼 순수하고 천진하다. 빈부의 격차가 있고 계급사회가 주는 압박과 시름이 온몸에 젖어 있다는 생각은 우리만의 생각일 수도 있다.

꽤 사람들이 붐비는 슈퍼 앞에는 먹을거리가 쭈~욱 늘어서 있었다. 난 피곤한 김에 달콤한 스윗 라시(Makania Lassi 12Rs)와 감자와 채소를 양념하여 튀긴 음식 사모사를 주문하여 상점 앞 계단에 앉아 먹었다. 마치 현지인들처럼 그들 속에 끼어 앉아 먹는 그 음식 맛은 정말 좋았었다. 어제 먹었던 Agra Sweet의 것보다 더 싸고 더 맛있었다. 어찌

한 달여를 여행하니 이제 매우 친숙해진 인도 음식이 되었다. 특히 스윗 라시는 배울 수 있으면 배워서 가족들에게 먹여주고 싶은 음식이었다. 값싸고 맛도 있으며 즉석에서 만든 인도 음식은 위생 문제만 해결된다면 세계인의 입맛을 사로잡을 음식이다. 달리 세계 3위의 인도 음식이겠는가. 인도 여행 중 가장 고생하는 부분이 인도 음식이라는데 이에 대한 정보를 웬만큼 안다면 배탈 날 일도 없고 즉석 음식의 식도락을 즐길 수 있다. 하지만 말은 이리하나 진심으로 인

도 음식의 매력에 빠져 일부러 찾을 날이 올지는 자신이 없다. 다시 오토릭샤를 타고(15Rs) 소자티 게이트에서 내려 숙소로 들어오는데 마침 게이트 앞 성소에서는 하루를 마감하는 감사와 또 다른 소원을 비는 사람들이 줄지어 있었다. 작은 신당 안에는 신상을 청소하는 남자가 있었는데 그 모습을 구경하는 나에게 신발을 벗고 들어오라고 손짓한다. 나는 신발을 벗고 들어가 그들이 하는 모습을 구경하며 사진도 찍었다. 소녀들은 헌금과 꽃목걸이 등을 준비하여 제물로 바치고 깊이 머리 숙여 기도한다. 이들에게서 신앙심은 자신을 지탱하는 최고의 힘이지 않을까? 삶 자체가 종교적인 인도사람들에게는 신에 대한 복종과 헌신, 그리고 자기가 믿는 신에 의지하고 사는 겸손이라는 순박함이 있다.

이제 숙소로 가서 짐을 챙겨 떠나야 한다. 6시 30분에 그동안 숙식한 것을 정산해야 하는데 난처한 상황이 벌어졌다. 마지막 인사를 하려는데 주인집 꼬마 아이가 어찌나 서럽게 울어 대는지 꼬마의 얼굴이 눈물 콧물 범벅이다. 주인 남자(꼬마의 아빠)가 불러 놓은 오토릭샤를 먼저 올라타면서 날 따라가겠다고 나서는 건지 날 가지 말라고 나서는 건

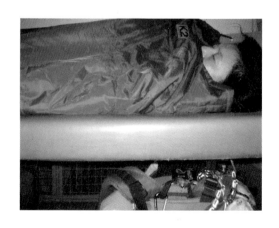

지 온 동네 떠나갈 듯 악을 쓰며 울기만 했다. 그 짧은 순간에도 정이 들어 맘이 애잔하다. 난 체크아웃하며 그동안 먹은 이틀간의 숙박비로 640Rs를 계산하고 역으로 왔다. 델리행 기차는 정해진 시간인 저녁 7시 30분에 정확하게 출발했다.

델리 2(Delhi 2)

항공권 리컨펌과 델리로 유학하러 온 조카의 국제학교 방문

조드푸르에서 19시 30분에 출발하여 델리까지 11시간 10분간 장거리 이동이다. 그동안 28일간의 긴 여행을 마치고 다시 올드델리로 2월 5일 새벽 6시 40분에 도착했다. 한 달의 여행 중 열하루를 야간 이동으로 마지막 기차여행이다. 잃어버린 물건도 없고 별탈이 없으니 모든 게 다행이고 이만하면 행운이지 싶다. 감사한 마음으로 오토릭샤를 타고 뉴델리역 앞의 빠하르간지를 향했다.

예전에 1박을 함께 했던 홍 샘이 머무는 브라이트 G.H.를 찾아갔다. 당시에 미리 말해 두었기에 이날 이 시간에 내가 올 줄 알고 있겠지만 맘 한구석엔 신세를 진 것은 분명하다. 홍 샘은 새벽에 도착한 나를 반갑게 맞이하고 아침 8시 10분경에 대사관에 볼일 있다며 나갔다. 공부하는 홍 샘에게 도움이 될 만한 일을 생각해보다가 예전에 화장실 청소를 하자고 말했는데 그대로다. 내가 하는 것이 좋을 것 같아 고무장갑과 수세미, 세제를 사가져 와 말끔하게 청소했다. 신세를 졌으니 이 정도는 해줘야 맘이 편할 것 같아 자청한 일이니, 나의 기분이 편하고 개운하다.

이제 내 짐을 정리 후 식사하러 나왔다. 숙소 끝 골목쯤에 유명한 라시 가게에서 티벳 음식 모모와 라시로 아침을 하고 지하철역 앞의 도서관을 찾아보았다. 2년 전에 한 번 찾아가 본 적이 있기에 도서관의 개관 시간과 열람 방법 등을 알아보고 10시에 코넷 플레이스를 향했다. 조카와는 코넷플레이스 잔페스로드에 있는 라프레스 학교 사무실에서 13시에 보기로 하였기에 아직 시간이 많다. 하지만 만사 불여튼튼. 오전에는 항공권 리컨펌 (Reconfirm)을 해야 하고 조카의 아비인 남동생의 부탁도 있어 환전도 해야 한다. 남동생 부탁이 아니어도 고모인데 부모를 떠나 이곳 멀리까지 유학 나온 조카에게 뭐든 주고 싶은 심정이었다. 하지만 솔직한 심정은 어린 외아들을 제주도도 아니고 이토록 먼 타국의 국제학교를 보내는 남동생이 마땅치 않다. 아무리 형제간이라도 깊은 간섭은 말아야 하기에 아무 말 안 할 뿐이다.

난 코넷플레이스에서 항공사를 찾는데 먼저 여행사이면서 리컨펌 업무를 대행해주는 곳에 들었다. 사설이기에 수고비로 200Rs의 돈을 달라하기에 금방 알아차리고 대행해줄 필요 없다며 그 여행사를 빠져나왔다. 항공권 리컨펌은 내가 나에게 주는 마지막 밋션인데 후~우~~ 쫄깃한 긴장감이 날 깨운다. 잔페스로드에 분명히 있을 거라는 생각에 다시 둘러보며 결국 항공사 에어인디아를 찾았다. 은행과 함께 있는 에어인디아 건물 입구에서는 가방 안을 모두 열어 조사하고 방문목적을 묻는데 어렵지 않게 통과할 수 있었다. 대기번호를 안내석에서 떼어 리컨펌 업무를 볼 창구 앞에서 기다렸다. 대기자 번호 불이 들어

와 난 가벼운 미소로 "리컨펌 플리즈 (Reconfirm please~)" 하며 여권과 함께 전자티켓을 내밀었다. 날 상대한 항공사 여자는 내게 델리에서는 어느 숙소에 머물고 있느냐 등 간단한 질문을 한 다음 형광펜으로 출발과 환승 시각

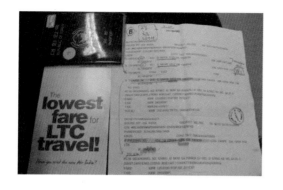

을 알려주며 반드시 3시간 전에 공항에 도착해야 한다는 주의사항을 알려준다. 그리고 스템프를 쿠~욱하고 찍는 순간 난 탱큐~로 가볍게 마무리하고 리컨펌 업무를 마쳤다.

Reconfirm!! 직접 귀국할 항공권 재확인은 처음 하지만 어렵지 않아요~~

약속 시각 10분 전에 국제학교 사무실에 당도했다. 지난번에 교장과 담당 선생님 등을 한번 만나 뵀었기에 반가이 맞이하신다. 잠시 사무실에 앉아 있으려니, 본 학교에서 담임 선생님과 함께 조카 우영이가 들어왔다. 조카를 본 순간 어찌나 늠름한 모습을 보이든지

뜨겁게 포옹만 했다. 콧등엔 땀이 송골 송골 나면서도 겨울옷 차림이다. 내가 산 반 팔 티셔츠로 갈아입고 기념사진 도 찍었다. 잠시 후 우영이와 근거리에 있는 유네스코 세계문화유산도 둘러보 러 가자고 했는데 학교 방침이 우영이 를 밖으로 데리고 나갈 수 없다면서 점심도 시켜준다고 한다. 내가 처음 방 문 때 피자 한 판을 선달하지 못해서 아쉬웠다고 했더니 그게 먹고 싶었던 지 피자를 주문한다. 평소 조카는 한국 토종음식을 좋아하는데 피자 6쪽 중 4 쪽과 콜라를 맛있게 먹는다.

내 생각에 조카만 보고 와도 괜찮지만 가능하다면 캠퍼스를 직접 가서 보는 것이 좋을 거 같다. 우영에게 담당 선생님께 여쭤보라고 말하니 제법 영어로 자신의 뜻한 바를 말하는 어린 조카 모습이 놀랍고 대견하다. 우영이는 이곳에서 4개 국어(힌디어, 영어, 프랑스어, 스페인어)를 배운단다. 가능하다는 허락을 받아 사무실에서 두 시간을 기다린 후 3시에 담임선생님의 승용차를 타고 본 캠퍼스로 이동했다. 캠퍼스는 인도 서부 라자스탄주에 있는 자이푸르(jaipur) 방향으로 델리에서 140여 킬로 떨어진 곳이다. 2시간 40분 걸려서 허허벌판 사막 위에 세워진 학교에 당도했다.

넓은 대지에 건물 다섯 동이 세워져 있었고 지금도 한창 공사 중이었다. 넓은 축구장과 잔디 위에서 크리켓 경기를 하는 아이들을 만날 수 있었고 몇몇 선생님들을 빌 수 있었

다. 키 큰 나무는 볼 수 없지만 탐스러운 달리아가 줄지어 심겨 있었다. 예상했던 대로 건물들을 돌아보면서 방방을 소개받고 국제학교의 교육과정도 대충 이해했다. 완벽한 시스템을 갖추진 않았지만 이제 막 세워져 꿈틀거리는 귀족의 산실임은 틀림없었다. 중요한 건 14살 우영이가 그곳 생활에 잘 적응해 가는 것이고 동생 부부가 안심해야 하기에 이 정도만 이야기했다. 솔직히 겉으로 보이는 건물들은 매우 훌륭한데 기숙사 시설은 시골 자취방만 못하여 실망했지만 그걸 전할 수는 없었다. 우영에게 목적한 바를 꼭 이룰 수 있게 모든 것을 참고 견디며 적응하려 애써 보라고 말하기엔 조카가 너무 어린 나이다. 자식이라고는 저 하나밖에 없는 부모의 곁을 떨어져 살기엔 숫자로 어린 나이일지 모르나 나름 의젓한 품새가 과연 내 조카이구나 하는 생각도 해보았다. 엄마 아빠에게 전해달라는 편지를 내미는 손이 가늘게 떨리며 천만 원(1년에?)이라는 돈이 아까워서라도 열심히 하겠다고 다짐할 땐 내 맘도 쌔~엥~ 했다. 문화와 풍습이 너무 다르고 채식주의자들의 생활 속에 적응하기란 쉽지 않겠다. 하지만 닭요리가 나오는 날과 엄마와 통화할 수 있는 토요일, 그리고 100일 후면 방학이라며 한국에 오는 날만을 기다리고 있다는 조카의 생각을 돌려놓기란 무리라는 생각에 "그래 그러자. 우리 잘해보자" 하며 다독였다.

그곳에서 하루 머무르려고 했는데 외부인 투숙이 안 되고 주변에 인가나 호텔도 없다. 6시 40분쯤에 우영일 그곳에 두고 나만 돌아 나올 때 이별을 어떻게 하나 걱정했지만 별 무리는 없었다. 현장의 선생님 두 분과 우영이가 버스 정류장까지 나와 배웅해 주었다. 버스만 3시간 타고 오토릭샤를 1시간 타니 숙소에 도착한 시간이 거의 자정이 되었다. 지금 내 생각에는 어차피 이미 시작한 거 동생 부부가 좀 더 독하게 맘먹고 아들을 믿고 후원해 주길 바랐다. 아무튼, 우영의 목에 걸린 두툼한 십자가 은목걸이도, 멀리 떨어져 아들의 성공을 비는 가족도 두 손 모아 기도할 때이다. 조카 우영이는 이곳 생활을 3년을 계획하고 있었다. 그 이후는 어찌할 건지 멀리 보는 지혜도 필요할 듯싶다. 어쩌자고 저리 어린 외아들을 이리 먼 곳까지 보냈는지 나름의 이유가 있겠지만 아무리 생각해봐도 내 상식으로는 이해가 가질 않는다. 보고 싶어도 잘 참고 서로가 심사숙고해서 선택한 길이니 서로의 맘에 평안함이 깃들기를 바랐다. 학교를 나오는 길에 학교를 배경으로 조카와 기념사진을 한 장 찍었는데 너무 흔들려 무슨 유령 사진 같다. 나도 한때는 내가 학교 선생이면서도 나의 두 아들을 대한민국 교육을 받게 하고 싶지 않을 때도 있었다. 내 자식 교육에 후회 같은 건 없지만 델리로 돌아오는 동안 별의별 생각이 다 든다.

여행 30일 차 02/06

델리의 인연 홍 샘과 마지막 일정 후 홍콩 경유 귀국

    아침 7시. 델리에서 동숙자 홍 샘은 학원에 가고 난 혼자서 짐 정리 후 저녁에 공항으로 나갈 일행들을 찾기 위해 하레나마 G.H. 로 갔다. 배낭여행자들의 숙소이기에 동행이 가능할 줄 알았는데 택시 렌트가 이미 끝나버렸다. 쉐어하는 일 외에도 내가 하레나마를 찾아간 이유는 홍 샘이 브라이트 G.H. 직원과 낯 붉힐 이유가 있고 맘에 들어 하지 않기에 좀 더 나은 방이 있나 알아보기 위해서이다. 하지만 호텔 리셉션에 알아본 결과 숙비도 1박에 250Rs로 장기 투숙자에겐 매우 큰 액수인 80Rs나 비싸다. 게다가 사방이 꽉 막혀 실내공기가 탁한 것이 좋을 게 전혀 없다는 생각이 들었다. 가격 대비 집 중앙에 마당이 있어 하늘을 볼 수 있는 브라이트가 낫다는 결론이니 홍 샘에게 비교 설명해 줄 수 있어 다행이다. 홍 샘은 서른 중반을 훌쩍 넘은 적지 않은 나이에 시집도 안 가고 공부를 더 하겠다고 이리도 먼 나라 인도에 왔다. 도전의식도 좋고 매사에 적극적인 부분도 있어 좋지만 내 눈에는 억지로 버티고 있다는 생각이 들어 안쓰럽기까지 했다.

게다가 뭘 잘못 먹었는지 장염에 걸려 식음을 전폐한 상태가 되니 맘이 더욱 걸린다. 숙소 남자와 숙박비 때문에 다툼이 있었던 모양인데 서로 뻣뻣하게 퉁기고 있는 것 같았다. 신경성 위장병이 아닌가 싶기도 한데 좀 안타까웠다.

골목에서 밴드 소리가 방방 울려 그냥 자동 끌림으로 들어가 봤더니 결혼을 하는 모양이다. 난 첫 인도여행에서 인도의 결혼과 풍습을 재현해본 경험이 있다. 엄격한 계급사회에서 인도의 결혼풍습은 딱히 '이거다'라고 말하기 어렵지만 동일한 카스트와 이뤄져야했다. 현재는 카스트제도가 사라졌다고는 했지만, 인도에서는 결혼이 가장 중요한 통과의례이기도 하다. 신랑과 신부가 행복한 결혼이길. 사랑해서 결혼할진대 오래오래 함께하길.
개똥밭에 굴러도 저승보다는 이승이 좋고, 살기가 힘들다면서 살아보니 살아진다며 누구나 건강하게 오래오래 살기를 원한다.

물론 자기 멋에 살긴 하지만, 인생도 결혼도 여행도 잘한다는 것이 뭔지 되돌아보게 된다. 한 달간의 홀로 여행을 마치고 집으로 돌아갈 시간이 가까워지니 별별 생각이 다 든다. 낯선 곳에서 같은 시기에 다른 계절을 경험해 보는 것도 즐겁고 몰랐던 세상을 경험해 보는 것도 즐겁다. 한 달을 돌고 돌며 지독한 고생을 했어도 집에 가고 싶다는 생각보다 더 돌아다니고 싶은 생각이니 어쩜 좋으냐. 내게 이런 체력이 있다는 것이 신기하고 이런 내 모습을 보며 부모님께 감사한다. 뭔가 모를 자신감도 생기는 게 앞뒤 안 맞아 보이지만 사실이 그렇다. 2월 8일 개학으로 출근만 아니라면 항공권을 연장하고 싶다.

여행 마지막 날인 오늘 조금은 긴장해야 하는 하루이니 시간대별로 정리해 보았다.

아침 9시. 지갑에 남겨진 현지 화폐가 딸랑 500Rs다. 못 돌아본 델리 구경도 해야겠는데 다시 환전하기도 성가셔서 그냥 빠하르간지에서 시간을 보내기로 했다. 적지만 남은 돈 범위 내에서 오늘 하루를 잘 보내야 한다. 제일 먼저 찾아간 곳은 임페리얼 시네마와 짜이 가게가 있는 곳을 향했다. 지하철 앞쪽에서 왼쪽으로 꺾어 돌아 도서관에 들어서니 예전과 다름없이 공부하기에 딱 좋은 분위기였다. 도서관 주변까지 한 바퀴 둘러보고 정문 오른쪽에 있는 길거리에서 짜이 한 잔과 토스트 오믈렛으로 아침 식사를 해결했다. 음식의 양도 내게 딱 맞아서 좋고 참으로 맛있다.

아침 11시. 피씨방에 들어가 인터넷과 사진 정리를 하려는데 중간쯤 갑자기 인터넷이 끊겨 원하는 사진 올리기가 허사가 되어버렸다. 그러던 중 한국 여자 한 분이 인터넷을 이용하고자 들어왔는데 우연히 나랑 이야기하게 되었다. 그녀는 뭄바이 아래 고아를 간다고 한다. 난 귀가 번쩍 띄어 그럼 함피를 가느냐? 물었다. 아아~ 그녀는 함피가 목적지라고 한다. 난 나의 고아와 함피 다녀온 이야기 하며 함피에서는 강 건너에 숙소를 정하라고 알려주며 RAJU G.H.의 만수를 찾아보라며 부탁했다. 숙소에서 나올 때 깜빡 잊고 계산하지 못하고 나온 50Rs를 쪽지 한 장과 함께 싸서 전해 달라고 부탁했다. 맘으로는 더 보태고 싶으나 현지 돈도 없고 전혀 모르는 사람이라 쉽지 않았다. 이렇게 해서 드디어 여행 내내 지니고 다닌 맘에 진 빚을 갚을 수 있었다. 인도를 떠나기 하루 전에라도 무거운 짐을 해결할 수 있어 속이 후련했다. 어떻게 오늘 이 여인을 내가 만날 수 있었을까? 이건 우연을 가장한 필연처럼 느껴졌다. 그녀와 함께 사진을 찍고 싶었는데 의심한다는 생각이 들까 봐 참았다. 그나저나 너무 신기한 일이 일어나는 인도다. 마치 영화 같은, 거짓말 같은 사실이다!! 상상이 현실이 되는 인도가 맞다.

정오 12시. 한국인 단체 배낭여행자들이 즐겨 찾는 마이호텔 겸 인도방랑기라는 레스토랑을 찾아갔다. 이곳은 한국인 여행자들이 쉐어하는 장소로 점심을 먹기 위함보다는 저녁에 공항에 같이 갈 수 있는지를 알아보기 위해서이다. 아침에 빠하르간지 길거리에서 만났던 일행들과 저녁 7시에 마이호텔 앞에서 만나기로 하긴 했었다. 공항에 가려면 택시를 사전 예약해 두는 편이 좋은데 4명이 한 조가 되어 합승으로 가는 것이라 안전하고 비용도 절감할 수 있다. 그래서 직접 인솔자를 만나 양해와 협조를 구하고 확실하게 해두는 편이 좋을 것 같아서이다. 흔쾌히 맞아 주는 젊은 남자는 델리 현지에서 한국인 여행자를 안내하는 유학생이었는데 인상이 참 좋아 보였다.

오후 1시. 대충 일과를 정리하고 숙소에 들어와 쉬고 있는데 방문을 노크하는 소리가 들렸다. 난 무슨 일이냐고 물었는데 숙소에서 일하는 또 다른 사람이었다. 그 남자는 내게 체크아웃시간이 넘었는데 안 나가려면 추가 요금을 더 내야 한단다. 난 난감하여 어정쩡하게 서 있는데 어제저녁 일일 숙박료 추가분을 받았던 사람이 위층에서 내려오면서 상황을 묻는다. 내가 오후 6시쯤 나가야 한다며 상황을 얘기하자 이 남자는 또 다른 남자에게 인상을 쓴다. 내게는 "OK! OK!"를 연발하며 방긋 웃더니 푹 쉬었다 가라며 추가금을 달라는 남자를 데리고 내려간다. 참 세상은 둥글게 살고 볼 일이다. 간밤에 12시 가까이 들어오면서 "너무 늦어 미안해"하고 그들이 요구한 대로 50Rs를 주면서 덕분에 편하게 쉴 수 있어 고맙다고 했더니 이런 결과가 있다. 사실 내게 편히 쉬라던 남자는 장기간 투숙자인 홍 샘과는 매우 껄끄러운 사이이다. 서로 깐깐하게 다투기도 했으니 젊은 홍 샘이 속상하기도 했겠다. 이 사람들도 사람인지라 자신들을 인정해주고 부드럽게 대하면 베풀 줄 아는 사람인데 홍 샘과의 관계가 안타까웠다. 서로 으르렁댄다는 표현이 맞을 만큼. 그래서 홍 샘은 숙소를 옮길 맘까지 먹고 있는데 내게는 자신의 권한 안에서 해줄 수 있는 인정을 베푸는 모습을 보여준다. 추측건대 홍 샘은 공부에만 관심이 있어 들고 날 때 웃어 보이지 않아 무시당한 기분이 들었던 모양이다. 그 외에도 이들은 영어 회화도 익숙지 않은 내게 말을 걸어오고 친해지려 한다. 늦게 들어오는 간밤에도 "한국에는 언제 가느냐?". "너의 시계는 왜 바늘이 네 개이며 두 세트냐" 묻는다. 내 나름대로 "투모로우 나잇~" 또는 "원 클락 코리안 타임~ 투 클락 인디아 타임~" 서툴지만 대답해 주니 신기하고 좋은 모양이다. 내가 저녁을 먹지 않아 매우 배고픈 시늉을 하며 오믈렛 한쪽을 들고 들어오니 그거 먹고 배고프지 않겠냐며 사소한 얘기들을 건네며 친근감을 표현한다.

가끔 사람들은 나에게 여자이거나 외모 덕분이라는 덕담하지만, 외모로 보자면 홍 샘이 훨씬 예쁘고 젊고 아름답다. 대부분 사람은 서로의 존재를 인정하고 무시하지 않으면 누구나 좋아한다. 서로 귀히 여기고 존중하며 산다는 건 정말 좋은 일이다. 난 냉철하고 지혜로운 사람보다 따뜻하고 온유한 사람이 좋다. 내가 인도여행 중 깨달은 것은 서툰 영어 회화라서 더 친절한 도움을 받았다는 생각이 크다. 일상 우리가 약한 자를 돕지 잘나거나 강한 자를 돕지는 않는 것처럼. 그래서 난 해외여행에서 '겸손'을 제1 미덕으로 삼는다. 저녁에 홍 샘 만나면 이야기해 주고 싶다. 나보다 나이 어리긴 해도 내 말을 잘 들을 것 같지 않지만 그래도 뜻은 통하리라. 천성적으로 타고난 성격을 어찌 고쳐보겠다는 생각보다 조금만 더 양보하고 부드럽게 대한다면 서로의 관계가 나빠질 이유가 하나도 없다. 그리고 다른 숙소라 할지라도 뚜렷이 다를 것도 좋은 것도 없다. 같은 크기의 두부나 콩나물 봉지도 서로 다른 가격을 책정하듯이 거기엔 다 그럴만한 이유가 있다. 타임서비스나 횡재를 만날 수도 있지만 어쩜 이게 세상 사는 이치일 수도 있다. 이런저런 생각들로 꽉 차 있었는데 나도 모르게 꿀잠을 한 시간 이상 자고 일어났다.

오후 3시. 끼니때가 지났지만 쉼터식당에 가서 백반이나 먹을까 하고 나섰다. 하지만 불현듯 드는 생각은 현지 돈이 딸랑딸랑 몇 푼 없다. 그 순간 내 눈에 든 숙소 앞의

길거리 인도 음식으로 삶아 으깬 감자 속에 콩과 옥수수를 넣어 기름에 지진 것으로 두 조각의 식빵에 끼워 소스에 버무려주는 것인데 10Rs, 라시 10Rs 다. 식빵을 만들어 주던 소년은 내가 사진 찍어주는 것을 무척 좋아했다. 카메라를 들이대니 마술이나 하는 듯 뜨겁게 튀겨낸 감자 지짐을 맨손으로 주물러 소스를 얹힌다. 음식을 만드는 모션을 과장되게 하고 이웃에 있던 아저씨도 옆에 있던 동생까지 챙겨가며 카메라에 포즈를 취한다. 난 카메라를 소년에게 주고 간단하게 카메라 다루는 법도 알려주며 내 사진도 부탁했는데 제법이다. 순수가 넘치는 이들의 모습에서 사랑이 느껴진다. 이 시간 난 이들을 만날 운명이었나 보다. 난 어쩜 이런 인도사람들의 표정에 빠져 힘들긴 하지만 30여 일을 지치지도 않고 여행을 다녔다. 인도 인구가 약 14억 명에 이르니 전 세계인구의 17%가 넘는다. 그 안에 별의별 사람들이 다 있을 것이지만 지금 만난 저들의 행복한 표정에서 나까지 행복해지는 순간이다.

오후 4시. 숙소에 드니 홍 샘이 이제 막 들어왔는지 씻고 있었다. 그녀가 나를 대하는 표정을 보니 내가 써둔 편지를 읽은 모양이다. 그녀는 전날 저녁부터 배탈이 나서 아무것도 먹지 못했다며 가까운 식당의 티베트 음식을 하는 곳에 가서 김치 뚝바를 먹겠다 한다. 난 방금 먹어서 아무 생각이 없었지만, 같이 따라가서 저녁 식비를 계산(65Rs)했다. 그리고 지하철역 앞에 있는 도서관과 맛난 오믈렛 집도 안내했다. 다시 짜이 가게에 가서 짜이도 한 잔 사주면서 용기를 북돋우어 주었다. 잠시지만 내가 낼 숙비(추가금)를 냈어도 홍 샘의 양해와 배려로 내가 신세를 진 건 분명하다. 누구하고든 헤어질 땐 서운한 맘이 없게 하자는 것이 내 생각인데 이리 떠나니 맘이 좀 나은 것 같았다.

오후 6시. 공항 가는 택시 합승 문제로 7시 약속 시각보다 30분 먼저 마이호텔 로비로 갔다. 혼자 가겠다는 대도 홍 샘은 내게 정을 느꼈는지 끝까지 날 배웅해 주겠다며 마이호텔까지 따라나선다. 그리고 일행들과 택시에 오르는 순간까지 내 손을 놓지 않는다. 여행이란 아무 연고도 없는 새로운 사람을 만나고 헤어짐의 연속이다. 난 그녀가 계획한 공부를 성공적으로 마치고 환향하기를 기도했다. 지나고 보니 서로 연락처라도 주고받을 걸 둘 다 이런 부분에선 냉랭한 사람들로 서로 사적인 부분은 전혀 묻지 않았다. 이제 나의 첫 홀로 인도 여행 31일간을 마무리하고 귀국 길에 오른다.

여행 31일 차 02/07

여행이란 혼자라도, 둘이라도, 여럿이라도 좋다.

어젯밤. 델리 빠하르간지 인도방랑기에서 낯선 사람들과 새롭게 만나 네 사람씩 택시에 나눠 타고 델리 공항으로 왔다. 공항 가는 택시는 4명이 예약하여 1인당 200Rs다. 물론 혼자라면 800Rs를 내야 하는데 마이호텔의 투숙객들과 합승하니 비용 절감이 당장 생긴다. 여행 마지막 날이기에 현지 화폐도 거의 다 떨어졌는데 출발 전 이들과 합류하게 되어 다행이다. 마이호텔에서 묵었던 일행들의 인솔자도 참 좋은 인상이고 가이드 능력도 대단해 보였다. 그들이 헤어질 때 내가 누리지 못했던 끈끈한 정들도 느낄 수 있었다. 지금까지 길다면 긴 여행을 돌아보면 여행이란 혼자라도 좋고 둘이라도 좋으며 이들처럼 여럿이라도 좋다.

델리 공항에서 입국 절차를 모두 마치고 딸랑 남은 현지 화폐가 200Rs. 패스트푸드점에서 가지고 있는 현지 화폐에 맞춰 딱 먹을거리를 골라 계산하려는데 텍스를 포함하니 가지고 있던 돈보다 15Rs가 부족했다. 당황한 내 모습을 보고 가게 점원이 그냥 미소를 보이며 괜찮다며 받아준다. 순간 당황스럽긴 하지만 어찌나 미안하고 고맙던지. 별로 좋아하지도 않은 메뉴이긴 하지만 남은 돈 싹 쓸어 썼다는 기분은 그리 나쁘지만은 않았다. 홀로 하는 첫 해외여행인데 끝까지 깔끔하다. 개학만 아니라면 홍콩에서 스탑오버하여 한 일주일 더 여행하다 귀가하고 싶은데 아쉽다. 오늘 첨 만난 일행 중 젊은 청년 대학생 몇 명은 홍콩에 머문다기에 한순간은 그들이 부러웠다. 경유지에서 스탑오버를 하려면 항공권을 살 때 5만 5천 원을 추가하여 신청하면 된다. 난 다음 여행 땐 경유지가 홍콩이라면 나도 머물러 홍콩 여행을 할 계획을 상상하며 혼자 김칫국부터 마셨다.

홍콩 첩랍콕 섬의 국제공항에서 환승구로 찾아가 전철로 이동하였다. E2 지역으로 와서 다시 대기. 홍콩과 델리의 시차는 2시간 30분으로 현지 홍콩 시각은 아침 6시 30분이었다. 다음 보딩을 위해 티켓 카운터가 열릴 때까지 난 공항 내 화장실에서 세수하고 화장품 면세점에 들어가 테스트 화장품으로 기초화장까지 하는 여유를 가졌다. 그리고 일기를 정리하며 한 달간의 여행 전체를 돌아볼 수 있었다. 손글씨로 틈나는 대로 작성한 두툼한 일기와 수천 장이 넘은 사진이 지금 내겐 제일 귀한 것이다.

거문고선녀에게 힘든 여행은 있어도 실패한 여행은 없다.

마·무·리·회·고

나에게 있어 홀로 배낭여행이란?

일탈! 여행! 많은 사람은 여행을 간다고 하면 시작부터 '일상으로부터 탈출'이라는 생각한다. 난 방학이 아닐 땐 조각난 시간을 모아서 짧은 국내외여행을 하지만 출근할 일도 없고 석가헌의 농사일과 풀 맬 걱정이 없는 여름 또는 겨울방학이면 해외 배낭여행으로 일탈한다. 이번 여행 역시 뚜렷한 목적 없이 그저 밤이 되도 돌아오지 못할 곳까지 가서 내 삶의 재충전을 하고 싶었다. 컴퓨터, 핸드폰, 가족, 부엌, 학교, 동료, 친구 등등에서 벗어나 여행 자체에만 신경 쓰고 싶었다. 최소한 여행 외에는 다른 생각 안 하며 한 달을 보내자 맘먹었다. 집에선 연락을 자주 안 한다고 걱정하지만 이럴 때 쓰는 말이 무소식이 희소식이고 나 또한 식구들 모두 믿고 든든하기에 걱정 없이 여행한다. 게다가 2008년은 내 인생에서 최고의 해이다. 최 선생은 최 선생대로 뜻하는 바를 이루었고, 두 아들 역시 졸업과 동시에 자신들이 원하는 직업을 갖게 된 해이다. 난 그동안 살아온 날들을 되돌아보며 두 다리를 쭈~욱 뻗고 나만을 위한 시간을 갖고 싶었다. 이번 여행이야말로 온 가족의 후원에 힘입어 출발했기에 뒤 당김 없이 가벼운 맘으로 여행을 할 수 있었다. 31일간의 인도여행으로 인도에 관하여 집중해서 공부할 수 있었고 하나씩 알아가는 뭔지 모를 성취감은 가슴 벅차도록 좋다. 내게 여행은 걷는 독서이고 즐거움에 스스로 알아서 하는 공부다.

변화! 예전에는 최 선생에게 얼굴 맞대고 여행가겠다는 말도 못 하고 떠날 때도 있었

다. 처음 배낭여행을 시작하던 2006년 겨울 한 달간의 지중해 여행 때는 인천공항에 가서야 문자로 알렸다. 두 아들의 도움이 있었긴 했으나 가출하듯 그땐 그러고 싶었다. 그 후 내가 여행 간다면 정말 마지못해 속내를 억누르며 배웅만 해주었는데 이번엔 경비에 보태라며 용돈까지 챙겨줬다. 이 변화의 의미는 대단한 것이었다. 어찌 가정주부가 집을 한 달간 비운다는데 속 편한 남편이 어디 있겠는가? 그 마음 충분히 헤아려지지만 난 여행 한 달간을 오로지 날 위해 쓰고 싶었다. 하지만 여행 기간 중 가장 맘이 무거웠던 것은 작은아들의 입대였다. 사관학교 체육조교로 입대하는데 평생 단 한 번인 입대를 엄마가 챙겨줘야 하는데 그러질 못해 머릿속에 꽤 오랫동안 혼란스러웠다. 큰아들은 형이 알아서 잘 챙겨 보내겠다며 걱정하지 말라 하고 작은아들은 한사코 여행 마무리까지 잘하라고 당부한다. 최 선생이야 언제든 힘들면 돌아오라 말했지만 내 성격을 잘 알기에 별 기대도 하지 않았으리라 짐작한다. 인생에서 가족의 믿음과 협조, 이런 긍정적 변화는 꼭 필요하다고 생각한다.

혼자! 2007년 1월에 작은아들과 함께 북인도에서 네팔 안나푸르나까지 여행한 경험이

있다. 그때는 여행사의 인터넷 모객으로 '길벗'이라는 여행 샘이 동반하여 뉴델리부터 아그라, 잔시, 카주라호, 사트나, 바라나시와 고락푸르를 거쳐 육로로 카트만두와 포카라 안나푸르나 트레킹을 했었다. 이번 여행은 어쩔 수 없는 1박 2일 낙타 사파리를 제외하고 혼자 계획하고 시작부터 끝까지 혼자서 다녔다. 낯선 땅 인도에서 한 달 동안 언어 문제와 토양과 문화의 차이를 뼈저리게 느끼는 시간이었다. 대부분 인도 여행객들은 설사나 감기에 죽을 고생을 한다고 하지만 난 그런 경우는 없었다. 두 아들은 엄마의 정신력으로 버텼다 하지만, 실로 타고

난 건강(?) 때문일 수도 있고 극도로 음식을 절제한 생활이기도 했다. 그래도 체력이 그다지 부족하지 않고 여행할 수 있는 내가 내게 놀라울 만큼 거침없이 다녔던 여행이었다. 하지만 황당한 상황의 연속으로 욕을 입에 달고 다녀야 한다는 인도에 대해 갖은 입소문도 내게는 일어나지 않았다. 여행책에 나와 있던 추측과 주의사항만으로도 무서움과 두려움이 따르고, 그리고 뭔지 모를 호기심도 좋지만 홀로 짧지 않은 외로움 가득한 여행이었다. 자신들은 보내줘도 못 간다며 대단하다는 여고 동창들의 찬사도, '무슨 여자가 한 달씩이나 인도여행'하며 겁도 없다는 동료들의 비아냥거림도, 그 나이에 무슨 배낭여행? 하는 질타나 의구심들도 내 귀에 들어오지 않았다. 그래도 내가 이렇게 용기를 가지고 여행할 수 있었던 것은 가족의 이해와 도움이 있었기 때문이다. 든든하게 물심양면으로 후원해 주는 가족들이 없었다면 시도부터 하지 못했을 수도 있다. 이번 여행이야말로 시작부터 끝까지 혼자 알아서 하는 첫 홀로 여행으로 기록된다.

도전!

하지만 결국 내가 생각한 것은 '혼자'라는 것이다. 뼛속으로 바람이 숭숭 들어오는 외로움이 밀려올지라도 결국은 혼자다. 인간은 주변 여러 사람과 사물들과 유기적 연관 관계를 맺은 사회적 동물이면서도 결국은 혼자다. 지금까지 살면서 특히 여행하면서는 외로움을 보상할 만큼 혼자가 얼마나 편하고 좋은 건지 난 잘 안다. 여행 다니는 내내 "지금 내가 이 자리에서 죽는다고 해도 뭐가 아쉬울 게 있느냐?"는 생각이다. 설령 사고가 나서 죽는다고 해도 슬픔은 잠깐뿐이라는 생각과 지금 죽는다고 해도, 후회하지 않을 오늘을 살고 싶다고 생각하고 시작한 여행이었다. 어느 작가의 말처럼 좋아하는 것을 하면서 나이가 들어가고 싶었다. 흔한 말로 '지가 죽기보다 더하겠어'라는 생각이다 보니 극한 상황에서도 의연해질 수 있었다. 하지만 이건 내 생명을 경시한다거나 대충하겠다는 뜻은 절대 아니다. 처음부터 '이건 무식한 도전이야'를 반복하며 밤이건 낮이건 별 두려움 없이 계획했던 대로 하루하루 여행을 진행해 갔다. 나의 여행 도중 제자가 카페에 남긴 글 '사자보다 더 강한 심장을 가진 우리 선생님'이라는 말에 힘이 솟기도 했지만 목표를 세웠으니 마지막까지 임무 완수라는 책임감 같은 것도 생겼다. 선생이니 제자에게 본을 보여주자는 심정도 조금 있었다. 지저분함과 악취, 매캐한 향과 뿌연 도시는 덤으로 견뎌야 할 내 몫의 도전이었다.

무모! 첫날 밤 자정을 넘긴 01시 30분. 인천서 출발하여 홍콩과 델리를 거쳐 18시간 비행으로 뭄바이 공항에 도착했다. 호텔 예약도 하지 않았으니 휴게소에서 날새기를 기다렸다가 움직여야 한다는 걸 뻔히 알면서도 나도 모르게 환전하고 바우처를 끊었다. 지금 생각해보면 그때 내가 많이 흥분해 있었던 거 같다. 그 캄캄한 밤에 동행도 없이 어딘지도 모를 꼴라바 빈민가를 프리페이드 택시를 타고 갔다. 숨죽이며 한 시간 넘게 낯선 곳을 택시를 타고 간 것은 무용담이다. 앗차! 이건 아닌데 하는 생각이 들었을 땐 이미 택시를 타고 어둡고 낯선 인도 거리를 달리고 있었다. 난 되지도 않은 핸드폰을 열어 영어와 한국말을 섞어서 잘 도착했다며 집에 상황을 알리는 생쑈까지 할 수 있었던 것은 참 지혜롭고 침착한 행동이었다. 택시를 타기 전에 기사님 얼굴을 사진도 찍고 바우처를 내 손에서 놓지 않았던 일 등, 내가 인도여행이 처음이 아니란 것 알렸다는 것이 잘한 일이다. 빈민가 골목 안에 리모델링하는 인니아G.H.의 징대와 포장들. 시기면 밤에 시커먼 사람들이 반짝이는 두 눈동자를 굴리며 호객하는 세 남자를 본 순간 난 정말 기절할 뻔했다. 내가 뭄바이라는 도시를 사전에 알았더라면 나의 행동은 달랐으리라. 이런 무모함이 여행을 더욱 참 맛나게 했다. 불과 며칠 전 뭄바이 호텔이 인도판 911테러 장소인지라 여행자제국인 줄도 모르고 덤벼들었던 첫날의 무모한 도전을 해서일까? 내 배짱은 더욱 두둑해졌다. 참 무모하나 용기는 대단했다. 대부분의 인도사람은 순수하고 친절하지만, 여행자들을 상대로 하는 삐끼들은 여행자를 깔보거나 쉴 새 없이 속이려 든다.

추억! 성취감과 호기심에서 오는 희열들도 많았지만 지금도 아슬아슬했던 순간들을 대충 나열해 보면 이렇다. 첫날 숙소도 정하지 않은 채로 자정 넘어 무작정 게스트하우스를 찾아간 일, 인도 뭄바이 중앙역에서 방금까지 없다던 기차표를 끊었던 순간. 그 표로 자정에 뭄바이에서 고아의 마드가온까지 용용하게 갔던 첫 번째 기차여행. 안주나에서 마지막 버스 끊겨 첨 본 스님의 오토바이를 타고 빠짐의 숙소로 돌아왔던 일. 밤새며 달려가야 할 기차표 예약 날짜가 1월인데 4월로 잘못 찍혀 좌석이 없어 황당했던 일, 함피에서 사설 버스 타고 새벽 동트기 전에 하이데라바드에 내렸던 일. 아잔타에서 다음 여행지 보팔로 가기 위해 기차 타러 부사발로 가야 하는데 잘가온으로 가버렸던 일. 보팔에서 밤 3시 30분 출발로 텅빈 기차 타고 홀로 바라나시에 갔던 일. 새벽 4시에 보드가야 가겠다고 바라나시 새벽 골목길을 사이클 릭샤를 타고 누볐던 일과 기차의 너무 긴 연착으로 뒤로 연결된 남은 기차표를 모두 환급받았던 일. 바라나시에서 델리 가는 기차표에서 24시간 기준시간을 착각하여 19시를 9시로 알고 영화 봤던 일, 그리고 기차 안에서 승객을 가장한 도둑놈들, 지금 돌이켜보면 더는 셀 수 없을 만큼 극적인 일들이 너무도 많았다. 현지에서 경험했던 것들을 당시에 바로 손글씨로 적어두었다가 31일간의 여행 후기를 썼지만, 사진과 함께 순간순간이 주마등처럼 스쳐 지나간다. 내겐 다시없을 좋은 추억이 된다. 어느 한 곳도 숙소 예약 없이 야간 이동을 강행했던 건 숙박비와 시간 절약을 위한 일이긴 했다. 스스로가 이렇게 잘 적응하여 별 탈 없이 여행할 수 있었던 건 나도 모를 또 다른 힘이었다. 이런저런 일들에 두려움을 갖지 말아야 한다면서도 순간순간 공포에 떨었던 일들. 죽기보다 더하겠냐는 배짱부렸던 순간들도 지금 생각하면 등골이 오싹한다. 하지만 이런 것들로 인해 나의 홀로 여행의 발판은 확실해졌다. 홀로 여행은 한 번만 제대로 마치면 그다음엔 자동으로 잘할 수 있다. 누구나 처음 한 번은 어렵다는 것이다. 송창식 님의 '맨 처음 고백' 노랫말처럼.

신기!

한 달 내내 어느 한 곳도 숙소 예약하지 않고 다니면서도 바로 투숙할 수 있었던 배짱은 어디서 온 것일까? 한 달의 긴 여정을 예약도 없이 숙소를 찾아 머물렀다는 건 인도라서 가능한 상황이 아니었을까? 대부분 비실체적인 세계관을 가진 힌두교를 자기의 신앙으로 여기며 사는 사람들, 일원론적 세계관을 가지고 있어 참이 거짓이고 거짓이 참이라 생각하는 사람들이다. 이들처럼 계획했던 대로 가도 그만 안 가도 그만이라 생각해야 하는데 예약해 두었던 기차표 시간만 되면 긴장했던 순간이 지금 생각하면 쪼금 우습다. 기차표 삯이 아까워 기어이 그 기차를 타야만 한다는 생각을 여행 반쯤 지나고 나서야 버릴 수 있었다. 일정에 안 맞으면 접을 줄 아는 지혜도 여행 후반에 가서야 얻게 되었다. 물론 처음에는 여행 중 퍼즐 맞추듯 꼭꼭 마칠 때마다 느껴지는 쾌감도 만만치 않았다. 그럴 때마다 스스로 격려와 칭찬을 하면서 "Mission impossible~ No problem!!"하면서 혼자 좋아했던 순간들은 지금 생각해도 가슴 벅찼고 신기한 일이다. 지서분하고 띡딱하며 비좁은 기차 안에서 침낭 하나로 야간 이동을 이틀 걸러 하루씩 한 꼴이다. 혼자 길을 걷다가도 배가 고프면 식당에 들어가야 하는데 연거푸 세 끼 이상을 굶고도 멀쩡(?)할 수 있었던 내가 신기하다. 그러면서도 수천 장이 넘는 사진을 찍고 기록하는 열정, 가능한 일은 끝까지 애써서 가능케 하고 불가능한 일은 포기가 아닌 있는 그대로에 감사했다.

다음! 이번 여행에서 입출국 시 항공 이동 2박을 제하더라도 도시 간 버스와 기차로 밤샘 이동을 11번 했다. 숙소 예약도 번거롭고, 경제적 부담과 시간을 아끼는 이유도 있었지만, 잘잘못을 떠나서 기차표 예약, 기차역 내의 웨이팅룸과 클락룸 이용, 기차 내에서 장시간 보내기 등등, 딱 배낭여행자인 내 취향이다. 항공 이동과 5성급 호텔을 이용하면 왠지 진정한 인도여행의 맛을 못 느낄 것 같다.

이 여행기는 두 번째 인도여행 후 기록이지만 지금까지 다섯 번의 인도 여행 이후 운이 좋아서 여섯 번째 인도여행을 한다고 해도 2.5성급 숙소와 SS이거나 SL급 기차를 이용하고 홀로 배낭여행을 할 생각이다. 근거가 있는지 모르지만 인도여행 관련하여 이런 말이 있다. '인도를 여섯 번 여행하면 그곳에 주저앉게 된다'라는 속설인데 그의 매력에 빠져 헤어날 수 없다는 뜻이다. 어찌하든 다음 여행은 이런 순례 형의 여행이 아니라 '쉼과 머묾'으로 기획하고 싶다. 조용하고 공기 맑고 살아가는데 적당한 기온을 주며 산과 호수가 함께하는 바다가 있는 곳에 지루하지 않은 여행을 하고 싶다. 그런데 이미 머릿속을 맴도는 다음 여행도 방랑기 수준이니 언제쯤 쉼과 머묾의 여행이 될꼬. 또 훌훌 떠다니고 싶은 인도여행을 계획 중이다. 실제야 어찌 되든 여행계획은 자체만으로도 입이 벌어지고 가슴이 벌렁대고 흥분된다. 여행 내내도 그랬지만 일상에서도 퍼즐 맞추듯 꼭꼭 꿰맞춰 사는 피곤함을 언제쯤 던져 버릴 수 있을까? 첫 홀로 해외여행을 무사히 마쳤으니 자랑스럽기도 하지만 아직은 내가 봐도 촌스럽기 그지없다. 이런 촌스러움이 나쁘지 않으니 나마스떼~~ _()_

2023년 3월

거문고선녀

[부록] 인도 소풍에서 힌디어 배우기 (배낭여행사 제공) _ 스마트폰 번역 앱 사용 추천

*** 인사하기 ***************************************

나마스떼 두 손을 공손히 모으고 "나마스떼" 라고 인사합니다.
　　　　안녕하세요! 라는 의미. 보통 스님들이 "나무아미타불"이라고 할 때 여기서 "나무"가 같
　　　　은 어원에서 나온 말이다. "당신께 귀의합니다"라는 멋진 표현이다.
피르 밀렝게 또 만나요.
단야와드 고맙습니다
압세 밀까르 무제 꾸쉬 후이 당신을 만나서 반갑습니다.
마프 끼지에 실례합니다.
아차 헤 좋습니다. 보통 "아차아차"하면서 고개를 옆으로 흔든다.

*** 소개하기 ***************************************

압캬 남 꺄 헤? 당신의 이름은 무엇입니까?
메라 남 빠니 헤! 나의 이름은 빠니입니다.
메 코리안 흥 나는 한국인입니다.
압 끼 우므르? 당신은 몇 살이죠?
아비 끼뜨네 바제 헤? 지금 몇 시예요?
압 께세 헤? 당신은 어때요?(=How are you?)
메 비스 쌀 끼 흥? 나는 20살이예요. **베티예** 앉으세요.
버후-ㅌ 쑨다르 헤 너무 아름답습니다.

*** 식당에서 ***************************************

~ 디지에! ~를 주세요. **빠니 디지에!** 물 좀 주세요.
무제 ~ 짜이에 나는~를 원합니다.
무제 탄다빠니 짜이에 나는 시원한 물을 원해요.
꼬운- 꼬운 사 카나 헤? 어떤 요리가 있습니까?
우스 세 에고 사 왈라 디지에 저것과 똑같은 것을 주세요.
보훗 아차 라가! 아주 맛있었습니다. **바스** 그만, 여기까지.
끼뜨나 파이샤(Rs) 헤? 얼마예요?
바끼 파이샤 틱 네히 헤 거스름돈이 틀립니다.
단냐와드 고맙습니다. **빌 데 디지에** 계산서 주세요

자주 쓰이는 단어

*** 시장에서 ***********************************

이스까 담 끼뜨나 헤? 이것의 가격은 얼마입니까? **마흥가 헤** 비싸군요.
바후 마흥가 헤 너무 비싸요. **깜 까로나!** 좀 깎아주세요. **이예 싸스따 헤** 이것은 싸군요!

*** 호텔에서 ***********************************

까믈라 헤 ? 방 있어요? **엑 라또 께 리예 끼라야 헤?** 하루 묵는데 얼마입니까?
또이렛트 까항 헤? 화장실은 어디입니까? **믈라 바달 데 디지까예** 방을 바꿔주세요
가람 빠니 세 나하 사고따 헤? 따뜻한 물에 목욕할 수 있습니까?
깔 수바흐 메 짤리 자따 헤 내일 아침에 출발합니다.

*** 길거리에서 ***********************************

메인 ~자나 짜흐따 흥 나는 ~로 가고 싶습니다.
여항 세 호텔 따고 끼뜨니 두르 헤? 여기서 호텔까지는 얼마나 멉니까?

*** 교통수단 이용시 ***********************************

타지마할 따고 끼뜨네 사마이 라게가? 타지마할까지 얼마나 걸립니까?
아그라 자네 까 티켙 디지예 아그라 가는 표를 주세요 **티끄 헤!** 맞아요!

*** 몸이 아플 때 ***********************************

울따 씨 아 라히 헤 구토를 합니다. **다스트 라그 가에 헤** 설사를 합니다.
닥터 불라 디지에 의사를 불러주세요 **호스삐딸 자나 짜흐따 흥** 병원에 가고 싶습니다.
메라 사만 쵸리 호 가야 헤 짐을 도둑맞았습니다.
폴리스 불라 디지예 경찰관을 불러주십시오 **바짜이예!** 도와줘요!

*** 숫자 익히기 ***********************************

1/에끄, 2/도, 3/띤, 4/짜르, 5/빤츠, 6/체, 7/사뜨, 8/아뜨, 9/노오, 10/다스. 11/갸라ㅎ, 12/바라ㅎ, 13/떼라ㅎ, 14/쪼다ㅎ, 15/빤드라ㅎ, 16/솔라ㅎ, 17/사뜨라ㅎ, 18/아타라ㅎ, 19/운니스, 20/비스, 30/띠스, 40/짤리스, 50/빠짜스, 60/사트, 70/삳따라ㅎ, 80/아씨. 90/나베. 100/소우

INDIA
RAILWAY MAP

[이미지 출처: https://www.mapsofindia.com/]

2022년 현재는 일일 승객 수는 2,400만 명.

2022년 연간 여객 교통량은 35억 4,000만 명.

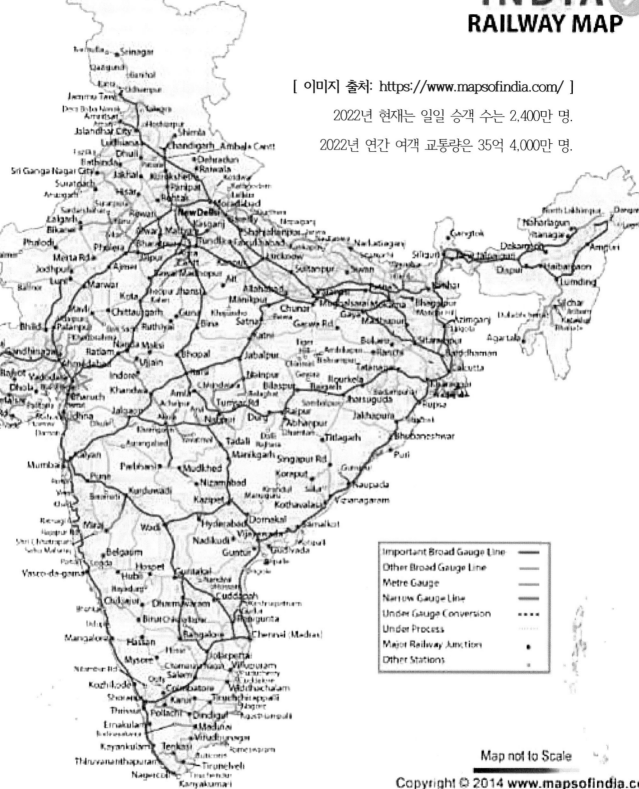

Important Broad Gauge Line	————
Other Broad Gauge Line	————
Metre Gauge	————
Narrow Gauge Line	————
Under Gauge Conversion	• • • •
Under Process	....
Major Railway Junction	•
Other Stations	□

Map not to Scale

Copyright © 2014 www.mapsofindia.co
(Updated on 30th October 2014)

지금까지 거문고선녀(琴仙)의 해외 여행한 기록과 정리 상태

현직 근무 중 방학이 되면 국외 자율연수 계획서와 보고서를 제출하며 해외로 나갔다. 퇴직 후에도 2019년 10월까지 해외여행이 이어지는데 이후 코로나로 하늘길이 막혔다. 그런 가운데 코로나 수칙을 잘 지켜가며 국내 구석구석을 틈새 여행할 수 있어 내게는 아주 특별한 시간이었다. 우리나라가 이토록 아름답고 깨끗하고 잘 사는 나라임을 알게 된 절호의 기회였다. 국내든 국외든 어쩌면 내게 여행은 눈을 즐겁게 하거나 맛집 찾기보다는 '서서 하는 독서'였다. 현장에서나 다녀와서도 사진과 글로 정리하며 앉아서 여행을 곱씹었다. 발길마다 정리하며 몰랐던 것을 새로 알아가며 즐거워했다. 검소하지만 누추하지 않았고 여유 있어도 낭비하지 않았다.

여기에 그동안 다녀왔던 해외여행 기록과 정리 상태를 정리해 두었다. 아마도 내가 손가락 움직일 기력이 있을 때까지는 이 일을 계속하지 않을까 싶다. 난 이 일이 재미이고 앉아서 다시 가는 추억여행이기 때문이다. 그래서 소장본 일지라도 거문고선녀의 세계여행 이야기는 계속된다. 소장본의 여행기가 하나씩 쌓일 때마다 흡족한 미소를 짓는다. 생을 다할 때까지 집중할 수 있는 소일거리가 있다는 것이 얼마나 좋은 일인가!!

1. 1994년 07월 21~08/09일 가족이 함께한 미국 동서 횡단과 캐나다 렌터카 자유여행
2. 1995년 08월 06~13일: 7박 8일 월간 말 주최, 가족여행 1차 중국 북경~백두산 여행
3. 1996년 01월 14~21일 7박 8일 1차 일본 선진학교 시찰 교육청 해외연수 여행
4. 1997년 01월 04~09일 5박 6일 수피아 교직원 부부 동반 필리핀 여행
5. 시기는 찾아봐야 할 듯 광주시교육청 공로 여행과 학생처장 회의 금강산 여행 2회
6. 2003년 08월 17~27일 러시아/ 노르웨이/ 덴마크/ 핀란드/ 스웨덴 10박 11일간 광주시 교육청 해외연수 여행
7. 2006년 01월 09~02/08일: 31일간 터키/ 그리스/ 이집트 단체 자유 배낭여행
8. 2006년 09월 27~10/02일 5박 6일 동말레이시아 코타키나발루 패키지여행
9. **2007년 01월 작은아들 인도/ 네팔 17일간 단체 자유 배낭 패키지(소장본 제본 완성)**
10. 2007년 10월 20~23일: 친언니와 3박 4일 2차 중국 하이난 패키지여행

11. 2008년 01월 06~10일: 여고 동문과 4박 5일 3차 중국 하문 골프 여행

12. 2008년 01월 25~30일: 두 아들과 5박 6일간 2차 일본 도쿄 중심 자유 배낭여행

13. 2008년 05월 23~26일: 제자와 3박 4일간 3차 일본 후쿠오카 자유 배낭여행

14. 2008년 07월 31~03일: 3박 4일간 4차 일본 오사카와 북알프스 단체 산행

15. 2009년 01월 08~02/07일: 31일간 내 생애 최초로 2차 중인도 홀로 배낭여행(본 책)

16. 2009년 10월 01~04일: 막냇동생과 5차 일본 후쿠오카/ 벳푸/ 유휴인 패키지여행

17. 2010년 01월 2~ 4일: 인도로 가기 전 2박 3일 홍콩 홀로 자유여행

18. **2010년 01월 05~23일: 3차 남인도 배낭 7일간의 스리랑카 홀로 배낭여행(가책 완성)**

19. 2010년 07월 29~08/13일: 15박 16일간 4차 북인도 마날리~ 레 자유 단체 배낭여행

20. 2011년 01월 03~27일: 25일간의 서말레이시아와 미얀마 홀로 배낭여행

21. 2011년 07월 19~08/11일: 24일간의 북태국과 라오스 홀로 배낭여행

22. **2011년 12월 29~01/28일: 31일간의 케냐/ 탄자니아/ 잠비아/ 보츠나와/ 나미비아/ 짐바브웨/ 남아공/ 카타르 자유 단체배낭 여행(소장본 제본 완성)**

23. 2012년 07월 25~08/13일: 20일간 북 인도네시아(발리/ 롬복/ 자카르타/ 메단/ 사모시르/ 발리게) 홀로 자유 배낭여행

24. **2012년 12월 30~02/04일: 35일간의 페루/ 볼리비아/ 칠레/ 아르헨티나/ 브라질 자유 단체배낭 여행(현재 소장본 제본 작업 중)**

25. 2013년 07월 22~08/14일: 24일간 베트남/ 캄보디아/ 남태국 홀로 자유 배낭여행

26. 2014년 01월 02~02/04일: 24일간 모로코/ 알제리/ 튀니지/ 몰타 자유 단체배낭 팩 이후 10일간 남이탈리아 시칠리아섬과 로마 홀로 자유 배낭여행

27. 2014년 07월 20~08/12일: 24일간 남인도네시아 (술라웨시/ 수라비아/ 롬복/ 길리/ 코모도/ 라부안바조/ 발리) 이후 싱가포르 센토사섬까지 홀로 자유 배낭여행

28. **2015년 01월 01~02/01일: 32일간의 멕시코/ 과테말라/ 쿠바 자유 단체배낭 패키지 (소장본 제본 완성)**

29. **2015년 07월 21~08/13일: 24일간의 아이슬란드 링로드 일주와 로우가베이트걸 트레킹, 헤이마에이 섬 / 핀란드 헬싱키 4인 자유 배낭 지프 여행(소장본 제본 완성)**

30. 2015년 12월 30~01/31일: 33일간의 동행 1인과 뉴질랜드 남북섬과 밀포드트레킹 이후 태즈마에니아 섬과 울룰루트레킹 및 동남호주는 홀로 자유 배낭여행(가책 완성)

31. **2016년 07월 18~08/13일: 27일간의 몽블랑 트레킹을 포함한 프랑스/ 북이탈리아/ 스위스 융프라우까지 홀로 자유 배낭여행(소장본 제본 완성)**

32. 2017년 01월 02~02/04일: 20일간의 남·서·북부 호주 홀로 자유 배낭여행과 남태평양 로얄캐러비언 크루즈를 이용한 13일간의 뉴칼레도니아/ 피지/ 바누아투 여행

33. 2017년 07월 23~08/14일: 13일간 5차 인도 암리차르, 맥그로간즈와 시킴의 홀로 자유 배낭여행과 8박 9일간의 부탄 패키지여행

34. **2018년 01월 8~31일: 24일간의 친구랑 함께한 에티오피아 전국 일주 현지여행사 지프를 이용한 자유 배낭여행(소장본 제본 완성)**

35. 2018년 02월 20~26일: 6박 7일간 6차 일본 홋카이도 자유 배낭여행(가책 완성)

36. **2018년 07월 20~08/14일: 25박 26일간 러시아 캄차카반도와 시베리아 횡단 열차 자유 배낭여행(소장본 제본 완성)**

37. 2019년 3월 14일~4월 26일: 46일간 산티아고 순례 프랑스 길과 프랑스 서부, 스페인&포르투갈 자유 배낭여행. **(처녀 출판하여 현재 온오프라인 서점 시판 중, 좋은땅, 정금선 저 [기적의 순례와 여행])**

38. 2019년 5월 10~19일: 9박 10일간 하와이 가족여행

39. 2019년 9월 18일~10월 07일: 21일간 오스트리아/ 영국/ 이탈리아 알프스 돌로미테 트레킹/ 러시아 모스크바 자유 배낭여행(소장본 제본 완성)

2023년 03월 05일

거문고선녀

국내외여행 기록 초안은 다음 카페 [거문고선녀]에서 일기와 큰 사진으로 볼 수 있음.

소장본은 낱권 인쇄(6~10권)하여 관심이 있거나 필요한 분들과 돌려보는 중.

월간신문, 행복한 동네문화 이야기, 2022. 4월호 [편집장 김미경이 만난 사람]

나를 위한 가장 멋지고 훌륭한 선택! 틈새 쪼개 70개국 여행한 정금선 여행가

2018년 8월 캄차카 아바찬스키(2,751m)
볼케이노 트레킹

❀ '내 딸이 선생님이 된다면 더 이상 바랄 것이 없다.'

　몸이 너무 약해 야단 한 번 들어본 적 없이 성장한 어린 시절. 부모님은 공부보다는 건강하게 만 자라 줄 것을 바라셨죠. 뭐가 되겠다는 특별한 꿈은 없었으나 아픈 사람을 보면 간호사가 되고 싶었고, 장애인을 보면 그 장애인의 손, 발, 눈이 되고 싶었습니다. 무용 발표회에 가면 무용가, 바이올리니스트나 피아니스트를 보면 연주가, 미술 전람회를 가면 화가가 되고 싶었어요. 특별하게 잘하는 것이 없고 그나마 내가 남보다 잘하는 것 중 하나는, 한 번 자리에 앉으면 그 일을 마칠 때까지 있는 듯 없는 듯 혼자 앉아 끝까지 해낸다는 것이었죠. 서울로 올라와 대학 생활을 하면서 꿈이라기보다는 하고 싶은 게 너무 많았어요. 하지만 이번에도 건강의 문제로 4학년 때 고향으로 내려가야 했어요. 부모님 곁에서 교생실습을 하며'선생님이 되자'고 저의 꿈을 굳혔습니다. 이런 저의 모습을 보고 아버지는 제가 선생님이 된다면 섬지방까지 따라오셔서 밥도 해주고 옷도 다려주신다고 하셨죠. '내 딸이 선생님이 된다면 더 이상 바랄 것이 없다.'는 최고의 믿음과 따뜻한 사랑이 큰 힘이 되었습니다. 그런 아버지는 제가 대학 졸업도 하기 전에 세상을 떠나셨지요. 교생 실습했던 학교에 선생님으로 출근하는 모습을 꼭 보여 드리고 싶었는데, 기다려주지 않으신 거죠.

✿ 저녁 시간이 다가와도 돌아오지 못할 곳으로 여행을 떠나자!

교직 3년 차, 학생 신분의 남편과 결혼하면서 늘 절약하는 생활을 해야 했습니다. 두 아들양육과 남편의 석박사과정을 양가 부모님 도움 없이 혼자서 해결해야 했으니까요. 남편의학위 논문에 드는 지출을 줄이기 위해 저는 방학만 되면 전자 계산 부전공연수를 열심히 받아, 남편의 학위 논문 제작을 제 손으로 거의 해결했어요. 학교에서는 수업 외에도 전산을 이용한 성적 처리부터 학교 홈페이지 제작과 운영까지 혼자서 많은 일을 감당했습니다. 게다가 교육청 사업으로 영상 제작과 IT 영재교육, 교육정보화사업 등에 앞장서서 활동했어요. 덕분에 광주시 교육청이 정부로부터 5년 연속 최우수상을 받기도 했죠. 밤새 장학자료를 만들고 방학 땐 연수원 강사까지 하다 보니 점차 심신이 피폐해졌습니다. 그야말로 일 중독자가 되어 원형탈모와 대상포진, 허혈 심장병까지 생겼으니까요. 몇 번이나 119에 실려 가면서 '이러다 죽으면 너무 억울하겠다.'라는 생각이 들었죠. 이때 처음 시작한 것이 주말의 전원생활이었어요. 우리 집 밥상의 모든 채소를 자급자족할 만큼 농사를 짓고, 여기에 화초 기르는 재미에도 푹 빠졌지요. 호미질 텃밭 생활로 건강이 차츰 회복될 무렵, 두 아들은 대학 진학을 했고, 방학 때만큼은 학교, 가정, 가족, 컴퓨터, 살림 등 내 주변 모든 것에서 벗어나고 싶었어요. 이때 결정한 것이'저녁 시간이 되어도 돌아오지 못할 곳으로 여행을 떠나자'라는 기발한 생각을 하게 되었답니다. 내 일생 중 나를 위한 가장 멋지고 훌륭한 최고의 선택이었죠.

✿ 지금까지 70개국 여행, '더 멀리, 더 힘든 곳으로 가 보자'

그러면서 교사만이 가진 방학을 연수에서 여행으로 바꾸었습니다. 나에게 여행은 그동안 잘 살았다며 내가 나에게 주는'토닥토닥 포상'의 의미가 컸어요. 첫째, 밤이 되어도 집으로 돌아올 수 없는 곳까지 가자. 둘째, 항공료가 아까우니 한번 나갈 때 나에게 주어진 방학이라는 조건을 다 채우자. 셋째, 내가 나에게 투자하는 첫 사례이긴 하지만 경비를 무시할 수가 없으니, 몸은 고되지만, 경제적으로 부담이 덜한 배낭여행을 선택하자. 힘들 것 같지만 무엇보다 좋아서 하는 일이니 흔히 말하는 여독은 제로였고, 오히려 재충전의 시간이 되었죠. 현재까지 약 70개국을 여행했어요. 한 나라를 20~30여 일씩 다섯 번 간 곳도 있으니 나라의 개수보다 '어떻게, 무엇을'이 중요합니다. 2006년 이후, 모든 방학은 여행으로 꽉 채웠습니다. 당시 내 맘은 한 살이라도 젊었을 때'더 멀리, 더 힘든 곳으로 가 보자'였어요. 그래서 오지와 트레킹 여행도 과감히 시도했습니다. 나에게 여행은 육체적 건강을 덤으로 받는 나만의 세계, 정신의 자유와 같은 것이죠. 신기한 체험들로 가득했던 여행이 희미한 기억으로 남지 않기 위해 뚜렷한 기록을 하자고 스스로 발동을 걸었어요. 꼭 하지 않아도 될 일이고, 안 했다고 누가 뭐라 하지도 않을 것이지만, 여행기를 쓰는 것이 정말 좋았죠. 여행 중에 그때그때 느낌과 기분을 기록하며 여행을 다녀와서 조각난 것들을 퍼즐 맞추듯 재정리하는 시간은 환상적이죠. 그동안의 여행을 거의 이렇게 꼬장꼬장하게 궁시렁 모드로정리해 얼마 전에는 책도 내었답니다.

✿ 힘든 여행은 있어도 어떤 여행도 실패한 여행은 없다.

새로운 여행지에 대한 두려움보다는 용기와 호기심, 현지 언어능력보다는 겸손한 마음, 현지인의 문화와 생활을 존중하는 마음이 필요합니다. 개인적 준비로는 시간과 경비, 체력, 가족의 협조 정도이죠. 돈은 아껴 쓰면 되지만 아무리 떠나고 싶어도 기초체력이 없으면 어렵습니다. 저는 항상 다음 여행을 준비하기 위해 삼시세끼를 집밥으로 잘 챙겨 먹었고, 걷기 운동을 생활화했으며, 자전거로 왕복 10.4km를 출퇴근했습니다. 일단 어딜 갈 것인가 정해지면 항공권부터 저지릅니다. 항공권 발권 순간 호흡이 빨라지는데도 이상하게 마음은 편안해집니다. 여행루트를 계획할 때는 인터넷에 일반여행사의 일정표가 진짜 많은 도움이 됩니다. 그 안에서 더할 것은 더하고 뺄 것은 빼는 일정을 대략 세우고 일주일 단위로 하루 정도의 여유 일정을 둡니다. 여행내용은 다른 사람의 여행기나 TV 여행 프로, 가이드 전문 서적 등을 참고하는데 보통 100일 전부터 틈틈이 준비하고 여행을 다녀와서는 약100일 정도 밤잠을 줄여가며 재정리합니다. 여행 전에 충분히 미리 준비하면 좋겠지만, 여행 정보나 여행 상식이 적다고 해서 여행이 실패하지는 않습니다. 결코 '실패한 여행은 없다'는 것이 저의 지론입니다.

✿ 《기적의 순례와 여행》 책 발간

벼르고, 망설이고, 실망하고, 참고, 기다리고 또 벼르다 출간한 지 이제 100일 정도 되었습니다. 전부 제 손으로 작업하고 홍보와 배포를 위해 출판사 이름만 빌렸습니다. 15년여 동안 70여 개국을 여행하면서 소장용으로 제본한 책이 지금까지 아홉 권인데 그중 한 권입니다. 거의 모든 저의 여행 기록이 있지만, 이 주제를 출판한 이유는 따로 있어요. 산티아고를 순례하면서 이토록 아름답고, 훌륭하고, 보고 들을 게 많고, 쉬운 길이 있을까 싶었죠. 또 많은 이의 버킷리스트라는 사실에 작은 도움서가 되고 싶어 감히 출간을 결심한 것이죠. 결코 쉬운 길은 아니지만, 예전부터 생각해 왔던 홀로 여행을 꿈꾸는 사람에게 보내는 메시지로 선택한 여행일기입니다. 홀로 하는 여행의 시작이 산티아고 순례길이었으면 좋겠다는 생각으로 말이죠. 이유는 순례자 여권만 있으면 값싼 숙소와 음식을 먹을 수 있을뿐만 아니라, 교통수단은 두 발이면 되고 이미 정해진 이동 경로이니 이보다 쉬울 수는 없기 때문이죠. 더욱 중요한 것은 하루 25km씩 걷기가 쉽지 않은 일이지만, 시나브로 자유를 찾는 기적을 체험할 수 있는 곳이기도 하지요. 이 책은 46일 동안 산티아고 순례와 프랑스 서부와 포르투갈 여행을 덧붙였습니다. 순례와 여행의 차이도 느껴보시라는 의미에서죠. 이 책을 읽은 많은 분이 저와 함께 걷고 있는 착각을 일으킨다고 하시는데, 그렇다면 '성공이다'라고 생각합니다.

2019년 10월 이탈리아 돌로미티 Tre cime 3,343m 등반

✿ 내 나이 50, 나 홀로 해외여행, 절대 늦지 않다?!

저는 두 아들이 대학 마칠 무렵 여행을 시작했어요. 내 삶에서 뭔가 결정을 내려야 할 시기, 이때가 아니면 영영 놓쳐버릴 것 같은 때가 있잖아요? 늦다고 생각할 때가 가장 빠르다 이 말을 믿어보세요. 아이슬란드는 네 명이 지프 여행, 에티오피아처럼 친구와 둘이 간 적도 있지만, 유럽이나 동남아 여행은 거의 혼자서 다녔어요. 아프리카나 중미, 남미 항공권은 각자, 현지의 길벗이 있는 배낭여행이었죠. 트레킹은 세계인이 함께하는 현지여행사와 조인을 했어요. 장기 여행이다 보니 호텔 패키지여행은 꿈도 못 꾸고 남과 어울림이 몹시 서툰 사람이라 혼자가 편했지요. 불행하게도 저는 날 때부터 배 속이 좋지 않은 사람이라, 현지 음식에 쉽게 적응을 못 합니다. 여행 때마다 밑반찬과 누룽지로 해결하고, 주로 백배커나 유스호스텔에 투숙해서 현지에서 해 먹고 다녔죠. 혼자라서 뼛속까지 외로울 때도 있지만 불편한 동행이 있어 괴로운 쪽보다 혼자가 훨씬 좋습니다. 어려운 점 하나를 들자면 여자 혼자라는 이유로 깊숙이 파고드는 여행은 조금 두렵습니다. 하지만 현장은 상황에 따라 전혀 달라요. 서넛이 함께하는 여행이라도 위험하지 않은 건 절대 아닙니다. 혼자라서 이성적일 때가 많아요. 이겨내는 방법도 있고 요령도 있지만, 저의 경우 이 여자를 도와줘야겠다 싶은 마음이 생기게 겸손한 자세로 일관합니다. "help me please~~" (웃음)

✿ 혼자 첫 해외여행 마치고, 커다란 성을 차지한 개선장군 같은 기분!

제가 여행을 계획하고 망설이며 일 년을 미룰 때, 두 아들은 자신들 때문에 엄마의 인생 행로가 묻힌다면 두고두고 맘에 걸릴 거라 했어요. 그러면서 엄마는 계획한 여행을 떠날 충분한 자격이 있다고 하더군요. 그 말에 용기를 얻어 혼자서 결심하고 나선 배낭여행이 2006년 1월, 31일간의 터키, 그리스, 이집트 여행이었습니다. 두 아들은 엄마가 처음 홀로 떠나는 장기 여행에 필요한 모든 장비를 챙겨주면서 침묵해 주었습니다. 여행 출발 후에야 남편에게 여행을 알리는 문자를 보냈어요. 답장의 내용인즉슨 "하늘만 바라봐지네, 두 아들을 위해 현명하게 판단하기를 바라네!"였어요. 두 아들이 챙겨줘서 가는 거라니 두 번째 하는 말은 "한 달을 다 채우려 하지 말고 힘들 때 돌아오라"고 하더군요. 사실 나도 그땐 자신이 없어서 그러겠다고 했는데 막상 여행길에 접어드니 천사 옷을 입고 쌍 날개를 단 기분이었어요. 그리고 마침내 여행을 마치고 집으로 들어선 기분은 커다란 성을 차지한 개선장군 이상이었지요. 그건 나 자신도 난생처음 나선 긴 장기 배낭여행을 그렇게 옹골지게 잘해 낼 줄을 몰랐기 때문이죠. 두 아들은 엄마의 정신력이 대단하다고 만족해했어요. 그런데 한 번으로 끝나는 것이 아니라 방학만 되면 가출(?) 여행을 하는 아내를 어느 남편이 좋다고 하겠어요.(웃음) 말린다 해서 안 갈 사람이 아니라는 걸 아는 남편은 항상 마지못해 눈 감아 주는 정도였지요. 그런데 여행을 다녀온 뒤의 저의 변화를 보고 차츰 달라지더군요. 해외여행을 시작한 지 4년 만인 2009년 1월이었어요. 홀로 31일간의 인도 여행을 떠날 때(당연히 혼자 떠난다는 말은 안 하고) 터미널까지 배웅해 주며 용돈까지 챙겨주는 일이 일어난 거죠. 여행경비의 십분의 일도 안 되었지만, 이건 많고 적음의 문제라기보다 페레스트로이카의 대변혁이었죠.

✿ 많은 여행 중 제일 기억에 남고 쉬운 여행은 '산티아고 순례길'

가장 기억에 남은 여행지가 어디냐는 물음은 가장 어려운(?) 질문이고 답하기도 매우 애매합니다. 말할 게 없는 것이 아니라 사연이 너무 많아 딱 짚어내기가 어렵기 때문이죠. 앞에서도 말했듯이 여행은 실패한 여행도 없고 나쁜 여행도 없습니다. 해외여행뿐 아니라 국내 여행도 다 사연이 있고 기억에 남습니다. 게다가 무슨 복인지 어디서든 곤경에 처했을 때마다 현지의 천사가 나타나는 신기할 정도의 행운이 따라왔습니다. 여행을 계속하다 보니 눈치도 생기고 센스도 발휘하게 됩니다. 하지만 굳이 기어코 하나를 꼽으려면 '산티아고 순례길'입니다. 이미 다녀왔던 순례길이라도 다른 계절에 또 가고 싶습니다. 이유는 순례길이라는 특수성 때문에 마음이 편하고, 정해진 길로 걷기만 하면 되고, 뭔가 해냈다는 자신감과 건강은 자동으로 따라옵니다. 혼자 나서도 모든 지구인이 친구가 되고, 보는 것마다 눈이 즐겁고 그곳에는 자유와 고요가 있어 성스럽기까지 합니다.

2019년 스페인 산티아고 프랑스길
800km + α

✿ 탐험가가 아닌 여행가로 만족해야 하는 나의 여행의 한계

요즘엔 훌륭한 번역 앱도 많지만, 언어가 그다지 중요하지 않다고 생각합니다. 너무 유창한 영어를 구사하면 주변에서 날 도와주려 하지 않는다는 믿음도 큽니다. 하지만 언어가 서툴면 여행은 할 수 있지만 깊이 있는 친구를 사귈 수가 없습니다. 혼자 자유로워지려고 떠난 여행인데 친구가 생기면 신경 쓰는 게 귀찮아지긴 해요. 하지만 친구를 얻는 게 목적이라면 달라지겠죠. 특히 현지 트레킹의 경우 현지여행사와 조인하게 되는데 대부분 여행자나 트레커들은 아주 친절하며 상대가 잘 알아들을 수 있도록 천천히 온몸으로 얘기합니다. 그래도 어떤 상황이든, 누구와도 의사소통이 원활하게 이뤄질 수 있는 언어능력이 있었으면 좋겠습니다. 또 하나는 여자 혼자의 몸이라 위험한 곳은 사전에 피하게 됩니다. 그래서 여행의 깊이나 질이 떨어질 수 있고 뻔한 루트라는 생각이 들 때도 있습니다. 아쉽지만 스스로 미지의 세계를 탐험하는 탐험가가 아니니 이만하면 됐다고 만족해합니다.

✿ 남극세종기지, 달나라에도 가고파

방학이라는 제한된 시간 내에서 여행하다 보니 아직 둘러보지 못한 나라가 많아요. 퇴직 후 맘껏 다녀보려 했는데 코로나 팬데믹에 빠지고 말았죠. 퇴직하여 시간은 많지만, 체력이 견뎌낼지 모르겠습니다. 욕심대로라면 달나라도 가고 싶고, 적어도 남극세종기지에는 꼭 가 보고 싶어요. 독서는 앉아서 하는 여행이고, 여행은 서서 하는 독서라 하잖아요. 저에게 여행기 정리는 다시 한번 그곳으로 데려다주는 가상여행이 되기도 한답니다. 또 하나는 제게 현재 손자 네 명이 있는데 이 아가들 생일 때마다 일 년에 한 번 100만 원씩 적금을 들고 있어요. 20년 동안 할 생각인데 손자들이 성년이 되는 날 찾아, 세계여행 종잣돈으로 할머니의 여행기와 함께 선물할 생각입니다.

요즈음 전 세계적으로 대한민국 이미지가 좋아져 어딜 가든 자부심이 느껴집니다. 우리가 얼마나 잘 사는 나라인지, 물자가 풍부해 얼마나 낭비가 심한 나라인지, 그래서 여행 후, 도리어 지구를 살리는 방법이 뭔지, 환경오염이 얼마나 극심한지, 음식물 쓰레기를 어떻게 줄여야 하는지 등 스스로 작은 것부터 실천하는 마음이 생긴다고 말하는 정금선 여행가에게 여행을 통해 삶이 얼마나 달라질 수 있는지를 생생하게 듣는 인터뷰였습니다. 모쪼록 건강을 유지해 남극세종기지와 더 나아가 달나라까지 다녀오길 바라며, 이 기회에 '행복한 동네문화 이야기' 독자들에게 그동안의 여행기를 들려 달라는 부탁도 드렸답니다.

✿ 이 글은 온라인 '티스토리 블로그: 행복한 동네문화 이야기' 검색
✿ 광고 없는 삶, 문화, 소통이 있는 월간지 <행복한 동네문화 이야기 제150호>에 실려 있음.

인도여행의 한 수

ⓒ 정금선, 2023

초판 1쇄 발행 2023년 3월 20일

지은이   정금선
펴낸이   이기봉
편집   좋은땅 편집팀
펴낸곳   도서출판 좋은땅
주소   서울특별시 마포구 양화로12길 26 지월드 빌딩 (서교동 395-7)
전화   02)374-8616~7
팩스   02)374-8614
이메일   gworldbook@naver.com
홈페이지   www.g-world.co.kr

ISBN 979-11-388-1693-9 (03810)